KATHE KOJA

SCHWARZER ABGRUND

Roman

Deutsche Erstausgabe

WILHELM HEYNE VERLAG
MÜNCHEN

HEYNE ALLGEMEINE REIHE
Nr. 01/8610

Titel der Originalausgabe
THE CIPHER
Aus dem Amerikanischen übersetzt
von Thomas Hag

Redaktion: Dr. Uta Kreuter

Printed in Germany 1992
Umschlagillustration: Marshall Arisman
Umschlaggestaltung: Atelier Ingrid Schütz, München
Satz: (1224) IBV Satz- und Datentechnik GmbH, Berlin
Druck und Bindung: Ebner Ulm

ISBN 3-453-06112-8

Für Rick
Ohne dich geht nichts
Mit all meiner Liebe

Ich möchte Rick Lieder, Rus Galen und Jeanne Cavelos
für ihre Hilfe danken.

Könnte mein Wunsch sich erfüllen
So wäre ich gerne der Balsam
Für eine Wunde
Aufgelöst
Von deinem Speichel

Shikatsube No Magao

Bewußt oder unbewußt, es spielt keine Rolle in der wirklichen Welt.

Rick Lieder

1

Nakota hat es entdeckt. Sie hockte auf einem schäbigen Stuhl in meiner schäbigen Bude im dritten Stock und verzog den Mund zu etwas, das mit einem Lächeln schon keinerlei Ähnlichkeit mehr besaß. Die langen, spindeldürren Beine schauten unter ihrem häßlichen Kleid hervor. Das Licht, das hinter ihr in das Zimmer fiel, war trübe und grau wie ein schmutziges Fell. Sie war quicklebendig, versprühte unaufhörlich düstere Funken. Um uns herum die Überbleibsel eines Streits: zusammengedrückte Bierdosen, ein in einer Bar geklauter, von Zigarettenstummeln überquellender Aschenbecher. »Hast du doch schon gehört«, sagte sie. »Diese Geschichte von den Schwarzen Löchern, ja? Die im Weltall. Große, schwarze Arschlöcher.« Sie lachte und entblößte dabei ihre kleinen Zähne, Fuchszähne, nicht weiß oder gelblich wie Elfenbein wie die anderer Leute. Ihre Zähne hatten einen fast bläulichen Ton, so als fände dahinter ein neuartiger, unbekannter Fäulnisprozeß statt. Nakota würde anders verwesen als andere Menschen, und sie würde dem sofort zustimmen.

Sie steckte sich eine Zigarette an. Von all meinen Bekannten war sie die einzige, die immer noch rauchte, nicht aus Trotz und ohne Schuldgefühle. Sie atmete Zigarettenrauch ein wie Luft, wenn auch nicht ganz so häufig. Schwarzer Tabak und ungesüßtes Mineralwasser. »Also. Faßt du es heute an?«

»Nein.«

Erneut dieses komische Grinsen. »Wiener.«

Ich zuckte mit den Schultern. »Bestimmt nicht.«

»Nicolas Wiener.«

Ich gab ihr keine Antwort und ging wieder in die Küche. Hol dir dein Wasser selbst. Das Bier war schon fast zu kalt, es tat beim Trinken weh. Als ich ins sogenannte Wohnzimmer kam – in meinem Fall ein kleines Zimmer mit großen Fenstern, einem Schlafsofa und einem wackeligen Stuhl –, da lächelte sie mich wieder an, aber diesmal war es echt. Manchmal kam es mir vor, als sei ich der einzige, der sie schön fand, der einzige und der erste. Mein Gott, vielleicht war da nicht viel, aber mir entging das Wenige nicht.

»Komm, schauen wir's noch einmal an«, sagte sie.

Da gab es nichts mehr zu erwidern. Ganz leise, wie wir es uns angewöhnt hatten, stiegen wir die Stufen hinab, und am ersten Treppenabsatz (zweiter Stock für euch) ging's rechts weiter. Vorbei an der neuen Graffitti, die LEESA IST EINE HURE verkündete (natürlich ohne Telefonnummer; vielen Dank, Idioten), vorbei an den Wänden mit der ungesunden Patina gammliger Flecken. Dann den Flur entlang, bis man vor einer Art Abstellkammer stand, Reinigungsmittel, Werkzeuge, Müll, der bis zur Tür reichte, und hinter den Abfallhaufen plötzlich ein freier Fleck, an dessen Rändern dünner Staub lag, der leicht fortzuwischen war.

Und sehet dort, das Geisterloch.

»Scheiße«, sagte Nakota, wie zu erwarten war. Ihr üblicher Ausdruck des Erstaunens, ihr Stoßgebet. Sie kniete sich nieder, näher am Rand, als ich es je gewagt hatte, stützte sich auf kerzengeraden Armen ab und starrte hinein. Es schien, als könne sie den ganzen Tag so knien in dieser schmerzhaften Stellung, aber sie spürte sowieso nichts, wollte nur schauen, schauen. Ich nahm meine Position ein, links hinter ihr. Mein eigenes Gebet war Schweigen. Was sind Worte vor dem Unaussprechlichen?

Schwarz. Nicht die Dunkelheit, nicht die Abwesenheit von Licht, sondern lebendiges Schwarz. Vielleicht dreißig Zentimeter im Durchmesser, eher etwas mehr. Reines Schwarz und etwas Pulsierendes, besonders, wenn man zu genau hinsah, das Gefühl, daß dort etwas nicht lebte, aber lebendig war, daß es nicht einmal ein Etwas war, sondern ein – Prozeß. Ein Kaninchenloch, irgendein seltsames, verdammtes Wunderland, sicher. Hol jemanden herbei, der Alice heißt, binde ihr einen Strick um... Wir hatten über all das gesprochen, würden es wieder tun, wahrscheinlich heute nacht. Nakota würde dasitzen wie immer, aufrecht wie eine Priesterin, und sie würde mich angiften, während ich mich in meine Gedichte verbiß, Scheiße schrieb, die mir am Morgen oder eher am Nachmittag, wenn ich aufwachte, dann unerträglich schien. Sie war dann schon lange weg, zu ihrer Arbeit im Club 22, wo sie mit unbeweglicher Miene hinter der Bar stand, und ich kam schon wieder zu spät in den Video-Laden. Es konnte Tage dauern, bis sie wiederkam, oder auch nur einen. Eines Tages kam sie vielleicht nie mehr. Sicher, wir waren Freunde, aber gegen das Geisterloch hatte ich keine Chance. Über gewisse Dinge braucht man nicht mehr nachzudenken, wenn man sie gut beherrscht. Ich habe mich schon so vielem so lange verweigert, daß die wahre Kunst darin besteht, unkompliziert zu denken.

Neben mir ein Flüstern: »Sieh es dir an.«

Mir schien, als verbreite es auch einen Geruch, dieser negative Ort. Wie zu erwarten war, rissen wir unsere Witze darüber, der Name selbst, ein Loch, man kann es sich denken. Und dann war da dieser Geruch, nicht unbedingt schlecht und irgendwie völlig unbekannt, aber er war da, ganz bestimmt. Ich würde mich immer daran erinnern, würde ihn im Dunkeln erkennen (haha), noch eine Straße weit entfernt. So etwas Eigenartiges vergißt man nicht.

Zum tausendsten Mal: »Wäre es nicht absolut geil, da hinabzusteigen?«

Und ich, wie auf ein Stichwort, fast automatisch: »Ja, aber wir tun's nicht.«

Die Ränder des Lochs waren abgerundet und sanft. Sie verlangten nach Berührung. Nicht ich, sagte die kleine rote Henne, der kleine Angsthase, huhu. Der Geruch strömte aus dem Loch, wie so oft, und wenn er besonders intensiv war, meinte Nakota, daß sie ihn fast greifen könne. (Aber das bedeutete nichts. Sie war nasentropfensüchtig und konnte ihre eigene Scheiße nicht riechen, auch wenn sie behauptete, daß die sowieso nicht stinke.) Der Duft stieg auf wie eine feuchte Dampfwolke, aber wer wußte, von welcher Flüssigkeit, aus welchem Teich diese Schwüle genährt wurde. Ein feuchtes Zentrum? Dinge, dort drinnen? Das waren Nakotas Vermutungen, aber ich wußte, daß es einfach das Geisterloch selbst war, seine schwarze Existenz, das diesen greifbaren, flüssigen Geruch aufsteigen ließ.

Wie lange heute nacht? Eine Stunde? Zwanzig Minuten?

Es gab keine Möglichkeit, das festzustellen, bis wir wieder in der Wohnung waren und auf die Uhr schauten. Und dazu wurde es jetzt Zeit. Sie erhob sich zögernd. In dem staubigen Halbdunkel glänzte ihr Haar so schwarz wie das Geisterloch, kurze Strähnen, die über die hohen Wangenknochen fielen. Sie richtete sich auf, beugte die Arme und erhob sich. Meine Knie knackten, wir schüttelten uns, lächerlich für einen Atemzug und verschwanden.

Die Stufen hinauf, meinen Flur entlang. »Kommst du mit rein?«

Sie blieb stehen, bevor wir meine Tür erreicht hatten, schüttelte den Kopf. »Nein.«

»Hast du deine Zigaretten?«

Sie klopfte auf ihre Rocktasche. Sie mochte diese bescheuerten, häßlichen Dinger aus den Second-hand-Läden, nachgemachte Fünfzigerjahre-Röcke, die sie zu Ungetümen änderte, zu Eidechsen mit Fängen, wie sie auf den scheußlichen, nachgemachten Kimonos für Touristen zu sehen waren. Diese Röcke, und T-Shirts von Bands, die so obskur waren, daß nicht einmal ich sie kannte. Mein Gott. Meistens sah sie aus wie ein Bündel Lumpen, das jemand für die Heilsarmee vor die Haustür gelegt hatte. Oder für die Müllabfuhr.

»Und deine Nasentropfen?« Halt lieber den Mund, sagte ich mir, aber nicht schnell genug, um ihrem Zorn zu entgehen. »Vielen Dank. Meine Mutter ist tot, ich passe jetzt auf mich selbst auf.« Dann sah sie mich ernst an, fast schon freundlich für ihre Verhältnisse. »Na dann«, sagte sie, drückte meinen Ellbogen – ihre Art, Aufwiedersehen zu sagen – und ging. Sie hatte einen schleppenden, dennoch grazilen Gang, und das Kleid, das die Farbe von Erbrochenem hatte, schwang um ihre mageren Hüften.

Was, ich und enttäuscht?

Ich kannte diese Hüften ja, ich hatte die spitzen Knochen gespürt, den knochigen Rücken, die kleinen Brüste. Ich hatte sie einmal mit Gummibällen verglichen, und trotz ihrer Wut mußte sie lachen. Meine Witze gefielen ihr immer, ob sie wollte oder nicht. Das letzte Mal, als wir uns liebten, es mußte Jahre her sein, hatte ich mich ihr betrunken aufgedrängt, und es war furchtbar, wirklich schlimm. Es war so furchtbar, daß ich auf einmal, ich war gerade halbwegs in ihr, mit blanken Entsetzen erkannte, daß sie tatsächlich *nett* zu mir war. Das brachte mich so durcheinander, daß ich von ihr herunterkroch und ins Bad flüchtete, wo ich zwischen den Handtüchern hockte, die sich naß und schmutzig auf dem nassen, schmutzigen Fußboden türmten. Ich saß neben der Kloschüssel und schüttelte den Kopf. Sie tauchte in der Tür auf, nackt und dünn wie ein Strich, stand in dem diffusen Licht des Schlafzimmers und meinte, daß es das erste Mal sei, daß es einem Mann bei ihr schlecht wurde. Ich glaube, es war ihr Lächeln, diese bläulichen Zähne, was mich schließlich zum Kotzen brachte.

Dennoch: trotz ihres kalten Lächelns, ich begehrte sie, Nakota, noch immer, ewig, auf die träumerische Art, wie man sich wünscht, im Marianas-Graben zu tauchen oder im All spazierenzugehen. Man weiß, der Wunsch wird sich niemals erfüllen, also ist es in Ordnung, davon zu träumen. So wie man vom Geisterloch träumt, fast. Es war schon lange her, daß sie mir klargemacht hatte, daß jene Tage vorbei waren, sie hatte Schorf über die lächerliche Wunde meiner Liebe wachsen lassen oder über etwas ähnlich Dummes, das aber genauso schmerzte. Auf meine eigene kranke, schmachtende Art und Weise war ich ein Romantiker. Ich verstehe einen Wink, aber ich kann nicht damit leben.

Drinnen schloß ich die Fenster, die ich geöffnet hatte, damit der Gestank ihrer Zigaretten abziehen konnte. Das über der Schlafcouch ließ ich offen. Die Nachtluft hat mir schon immer gefallen, besonders als ich klein war und man mir dauernd sagte: Das ist nicht gut für dich. Fenster zu! Du holst dir eine Lungenentzündung! Heute nacht war es draußen sehr kühl, höchstens fünf Grad plus. Dumme Nakota, sie trug keine Jacke. Du holst dir eine Lungenentzündung.

Vor Hunger bekam ich Kopfschmerzen; im Spiegel mein fahles, bleiches Gesicht. Also essen wir was. Die Einkauferei war mir zuwider, irgendwann wurde das ganze Zeug ja doch schlecht, daher hatte ich immer nur sehr wenig im Haus und nichts besonders Gutes. Oder Frisches. Aber Schimmel machte mir nichts aus, ich konnte alles essen und es unten behalten. Bier tötet die Bakterien ab, erzählte ich allen. Heute abend gab es Kräcker und Erdnußbuttersandwiches. Die Erdnußbutter war billig und dick, und ich redete mir ein, daß sie dieselbe Konsistenz wie Scheiße hatte, während ich die Kräcker zerbrach und damit herumkrümelte. Nicht, daß ich jemals Scheiße gegessen hätte, ich kann mich jedenfalls nicht daran erinnern, und es ist doch sicher keine Sache, die man vergessen würde, oder? Was geschähe wohl, wenn man Essen in das Geisterloch steckte?

»Gott, hör bloß auf damit«, murmelte ich und kaute an einem Mundvoll Matsch herum wie irgendein Penner im Park, halt doch den Mund, halt den Mund, trink lieber Bier und lies die Zeitung. Liebe Briefkastentante! Mein Freund möchte Sex mit mir, ich bin erst elf. Was soll ich machen? STADT FINANZIERT NEUE KLÄRANLAGE. Zwei neue Filme liefen an, einer mit Sex, der andere ohne. Nicht mit mir, ich habe genug Filme dort, wo ich arbeite. *Video-Hut*, kann ich Ihnen helfen? Die Fernseher laufen von der ersten Stunde bis zur letzten, Film für Film, Nachspann um Nachspann, bis wir alle, selbst die Dümmsten von uns, sie Wort für Wort auswendig kennen. Einmal habe ich aus Verzweiflung mein *Video-Hut*-Namensschild in den Mikrowellenherd gesteckt. Eine stilisierte rote Popcornschachtel, Popcornstückchen rund wie Brüste, die ungebändigt über meinem falsch geschriebenen Namen explodieren. Und das ganze grelle Ding geschmolzen. Keine Ahnung, was es dem Herd angetan hat.

Ich nahm ein Bier mit ins Bett, zusammen mit einer neuaufgelegten alten Ausgabe von *Wise Blood*. Flannery O'Connor. Gott, wie ich auf die abfahr! Sie starb, bevor ich geboren wurde. In dieser Nacht, die Beine unter der fadenscheinigen roten Decke, habe ich weniger gelesen als hin und her geblättert, auf der Suche nach meinen Lieblingsstellen. Ich konnte sie auch auswendig, aber sie zumindest waren es wert. Durch das Bier fühlte ich mich ganz okay. Ich las und dachte an Nakota und bekam eine schlappe, halbherzige Erektion. Die kühle Nachtluft wurde auf meinen Wangen kalt. War auch die Luft vom Geisterloch kühl, wenn man das Gesicht ganz nahe dranhielt? Direkt darüber, sagen wir mal? Schön nahe? Hätte man wohl das Gefühl eines Vakuums? So wie ein Sog, wie der Arm einer Frau, der einen ins Bett zieht?

»Hör auf!« Alarmiert schreckte ich hoch, ängstlich, aber ja, wer wäre das nicht? Nun, Nakota zum Beispiel. Sie würde hineingehen wie ein Zombie, sie würde in die wie zum Kuß geöffneten Lippen schlafwandeln, ein schwarzer Kuß, der dich hinabzog und an deinem Schwanz saugte, dieser dummen Zeltstange unter der Bettdecke. Und wohin gehst du, du verdammter Sack? Ich fing an zu zittern, ließ alles liegen, stand schnell auf und schaltete das Radio ein. Nichts als Rude-Boy-Reggae. Gefiel mir nicht, mir gefiel überhaupt nichts von dem, was hier vorging, nennt man es deshalb Sirenengesang, weil es alles durchdringt?

Bier. Bier ist gut für alles, vielleicht sogar für das. Ich stand vor dem Kühlschrank, bemerkte den Geruch der Kälte gar nicht. Die eisige Dose brannte in meiner Hand. Ich wollte nicht hinein in die Dunkelheit, ich wollte noch nicht einmal daran denken, sie zu sehen. Ich wollte nur trinken, trinken und einschlafen, was ich auch machte.

Und wachte mit Kopfschmerzen auf, die wie ein schweres Faß in meinen Magen rollten, kaum, daß ich mich aufgerichtet hatte. Mir wurde schlecht. Immerhin waren die Stimmen in meinem Kopf verschwunden, bis auf meine eigene. War ich froh. Bahnte mir glücklich fluchend einen Weg unter die Dusche, fuhr noch immer glücklich ohne Frühstück zur Arbeit, vorbei an Bäumen, die so nackt wie Telegrafenmaste waren, und an Reklametafeln für Dinge, die ich nicht brauchte oder niemals tun würde. In meiner Jackentasche steckte, hastig zerknüllt wie ein Pornofoto, das schlechte Gedicht (oder waren es mehrere?), das ich in meiner Furcht geschrieben hatte. Ich würde es nicht lesen, aber ich schämte mich, es wegzuwerfen.

An einer roten Ampel wagte ich, das Blatt auseinanderzufalten. Das erste, was ich sah, war das Wort »Nacht« und daneben etwas, daß ich so heftig auf das Papier gekritzelt hatte, daß es sich fast nach außen durchgedrückt hatte. Oder nach innen, je nachdem.

Der Arbeitstag zog sich dahin, die Kollegen machten Witze, die ich nicht verstand, ich träumte über meiner Registrierkasse und beobachtete die Kunden, die wie Ratten in einem Labyrinth durch die Regalreihen liefen: Brave Ratte, hier hast du dein Tittenvideo.

Ich hatte vor ein paar Monaten dort angefangen, im *Video-Hut,* und weil ich von allen Angestellten am schlechtesten nein sagen konnte, wurde ich stellvertretender Filialleiter. Beschissene Bezahlung, aber das kann man sich denken. Zum Glück waren meine Bedürfnisse noch geringer als mein Gehalt. In meiner Zeit als völlig mittelloses Mitglied im Kreise der Poeten hatte ich mir eine Philosophie angeeignet, in der Minimalismus als Verschwendung galt. Ich hatte so lange wie eine Küchenschabe gelebt, daß ein voller Tank und ein voller Kühlschrank nicht mehr erstrebenswert waren: Ich meine, was hätte ich mit all dem anfangen sollen?

Also blieb mir meine Verwahrlosung, die Wohnung im dritten Stock, ein kleines Zimmer und zwei kleinere, Schlafcouch und armseliges Mobiliar, eine wirklich gute Stereoanlage und sogar noch bessere Kunstdrucke. In der Mehrzahl Klee, Bacon und Bosch. Die besten stammten aus alten Ausgaben des *Smithsonian,* die ich umsonst bekam, wenn die Bibliothek sie ausmusterte. Mein bestes Stück aber war ein Schwarz-Weiß-Foto von Nakota, auf dem sie, in Lumpen gehüllt wie in ein Leichentuch, aus dem Grab stieg, das meine Badewanne war. Das war noch in meiner früheren, noch schäbigeren Wohnung gewesen, wenn auch diese hier weiß Gott ganz schön verwahrlost war. So machte es mir nichts mehr aus, als sie bei einer Party völlig verwüstet wurde. Während einer dieser Partys haben wir damals auch das Geisterloch entdeckt, nicht, wie ich heute denke, durch Zufall, sondern durch einen geheimen Plan. Ich verstehe, was gemeint ist, wenn man sagt, daß jemand die Gefahr sucht. Habe ich eben verwüstet gesagt? Besonders in jener Nacht: überall Essensreste in der Gegend verschmiert, Bierlachen und umgekippte Aschenbecher auf dem Boden. Auf dem Duschvorhang klebte ein verkrusteter käsiger Belag, den selbst ich, betrunken wie ich war, nicht genauer zu betrachten wagte. Außer mir und Nakota war niemand mehr da, nur noch eine Frau, deren Namen ich bis heute nicht kenne. Ihr Mund stand offen, und sie sah so tot aus, wie es für eine lebende Person möglich ist. Ihre Haut hatte eine ganz merkwürdige Farbe. Ihr Haar glänzte vor Gel, und die wie Flügel abstehenden Seiten ragten noch immer so fürwitzig in die Luft, als seien sie noch immer auf Spaß aus, ganz im Gegensatz zu dem weggetretenen Kopf, von dem sie abstanden.

»Ist noch Bier da?« Ich konnte kaum sprechen, aber ich glitt nur so dahin, ja, ich fühlte mich gut. Nakota schnüffelte irgendeine wüste Mischung, die ihr ein Typ aus Southfield gegeben hatte. Ihre Nasenlöcher waren erschreckend rosa gerändert, und sie schüttelte mißbilligend den Kopf, um mich wissen zu lassen, daß sie meine Sucht ablehnte, während sie ihrer nachgab.

Ich weiß heute nicht mehr, wie wir in den Flur des zweiten Stocks gekommen sind, aber ich erinnere mich an die stehende, schale Luft. Ich habe es mit Gerüchen, das hat man sicher schon bemerkt. Nicht ich, sondern Nakota öffnete die Tür. Daran erinnere ich mich genau und an ihre Hand, als sie mich hineinzog. Jagdinstinkt für das Böse schlechthin, denke ich heute, aber damals? Wer weiß, vielleicht dachte ich, daß sie es dort drinnen mit mir treiben wollte oder so. Ich Glückspilz.

Drinnen war es dunkel, und ich war so betrunken, daß ich fast darüber stolperte, fast – kann man sich das vorstellen? – geradewegs hineingefallen wäre. Sie packte mich am Arm, riß mir das Hemd bis zur Manschette auf. Ihre Stimme war ein Knurren: »Sieh.« Sie deutete auf etwas. »Sieh dir das an.«

Ich sah es mir an, so wie es war, nicht größer oder kleiner, und wir standen so lange davor, daß ich schon glaubte zu halluzinieren. Nicht nur das Geisterloch, sondern auch alles andere um mich herum. So seltsam war es. Die grobkörnige Dunkelheit der Kammer, die zerbeulten Dosen mit Reinigungsmittel, die aufgehäuften Lumpen. Nakota atmete wie ein Zug, der ohne Lokomotivführer dahinrast. Und vor mir das, was sich nicht verleugnen ließ. Man stellt sich immer vor, wie toll es wäre, wenn die Geschichten aus *Twilight*

Zone Wirklichkeit würden. Diese Scheiße kann man getrost vergessen.

»Scheiße«, sagte Nakota.

Ich weiß nicht mehr, wie ich in meine Wohnung zurückgekommen bin, erinnere mich an nichts mehr, obwohl ich das heute sehr bedauere. Ich wachte mit dem heftigen Drang auf, pissen und kotzen zu müssen, mit etwas Glück nicht gleichzeitig und bemerkte so eben, daß die fremde Frau verschwunden und Nakota schon wach war. So aufrecht wie sie dasaß, hatte sie wahrscheinlich überhaupt nicht geschlafen. Sie nickte mir kurz zu, als ich an ihr vorbeistolperte, ein zweites Mal bei meinem langsameren, schmerzhafteren Rückweg.

»Komm«, sagte sie, zum ersten Mal, »wir sehen es uns an.«

Sie fand den Namen, natürlich, darin war sie unschlagbar. Sie benannte es und meldete ihren Anspruch darauf an, auch wenn ich keine Lust hatte, mit ihr um die Schürfrechte zu kämpfen. Ehrlich gesagt, hatte ich Angst davor, damals noch nicht so viel wie jetzt, aber eben so viel Angst, wie jeder vernünftige Mensch empfunden hätte?

»Wer weiß, was das verdammte Ding überhaupt ist?« stritten wir bei Instantkaffee (ich) und abgestandenem Mineralwasser (sie). Die Wohnung stank nach Rauch. Wir kämpften schon seit Stunden miteinander, langsam und intensiv. Das Ding stellten wir nicht in Frage, schon damals nicht, es gab nicht der Hauch eines Zweifels. Aber es war die Geburt ewigwährender Unstimmigkeit. Wie konnten wir auch, wie konnte irgend jemand die ruhige schwarze Tatsache leugnen, die dort auf dem Boden eines verdreckten, unbenutzten Lagerraums lag, in einem noch verdreckteren Haus in einer Straße, die kein Stadtsanierer mehr entdecken würde? Romantisch war es nicht, zumindest nicht für mich. Wie konnte etwas romantisch sein, dessen Ecken und Kanten so schmerzhaft unsymmetrisch waren?

Spekulationen, natürlich. Woher kam es, wohin – Nakotas erste und leidenschaftlichste Frage – wohin führte es? »Wenn du doch hinunterstiegest«, sagte sie mit leuchtenden Augen.

»Oder du.«

»O ja.«

»Genau davor habe ich Angst.« Wer nicht?

Wie kam es dorthin? Hatte es jemand dorthin getan? Sie schnaufte verächtlich, und ich mußte ihr recht geben. Niemand machte so etwas. War es dort einfach gewachsen? Fasziniert stellte sie diese These auf, und bevor ich noch ja oder nein sagen konnte, hatte sie ihre Annahme schon barockartig ausgeschmückt. Welcher seltsame Samen – auf diese Frage kam sie immer wieder zurück – besaß die Anlagen, aus denen so etwas entstehen konnte.

»Es lebt.« Wieder dieses ominöse Lächeln.

»Nein«, sagte ich und wußte, daß wir beide unrecht hatten, aber wir konnten nicht sagen, inwiefern. »Es ist noch nicht einmal ein Es, Nakota, es ist ein, ein –«

»Ein was? Ein Ort? Ein Zustand?« Was für ein höhnisches Grinsen, erlesen wie der knochige Blick eines Skeletts. Eine Zigarette hing zwischen ihren dünnen Lippen. Vor ihrer fahlen Haut schien sie fast schwarz. »Du weißt auch nicht mehr als ich.«

Da hatte sie recht, obwohl wir unser Bestes taten, etwas herauszufinden. Seltsam, daß ich niemals allein ging, niemals auf eigene Faust etwas unternahm. Hatte ich Angst? Sicher, aber nicht aus den Gründen, die man vielleicht annehmen könnte.

Von Anfang an war sie die erste, ich hing immer ein Stück zurück. Es war ihre Idee, mit einer Taschenlampe hinunterzuleuchten (nichts), ihre Idee, etwas hinabzuwerfen. Ein Stück Asphalt vom Parkplatz, nicht zu groß, nicht zu klein. Wir hörten kein Geräusch, nicht den geringsten Ton. Kann man sich vorstellen, wie gespenstisch das ist? Ein leeres Glas; nichts, auch wenn das Glas sich warm anfühlte, als es zurückkam. Der dicke Faden, an dem es gehangen hatte, war ebenfalls warm. Eine Kamera, meine Idee, aber wir taten es nicht, wir wußten nicht, wie wir es anstellen sollten. Eine, die selbsttätig Bilder schießt, konnten wir uns nicht leisten. Ein Stück Papier, ihre Idee (hätte von mir kommen sollen, man sieht, was für ein großartiger Dichter ich bin), aber immer noch: nichts.

Wir beredeten es immer wieder, ohne Ende. Die Theorien häuften sich, ihre Augen zogen sich zusammen und ihre

Gesten ähnelten Kampfsportbewegungen. Ich hatte nur mein Zögern und mein Bier und errichtete Hindernisse, über die sie springen mußte.

Wie jetzt, heute. Das Telefon summte ärgerlich: »Video-HutkannichIhnenhelfen?«

»Hi, Nicholas.« Am Telefon klang ihre Stimme noch kälter als sonst, aber für sie war das normal, sie hätte einen großartigen Inquisitor abgegeben. »Ich komme heute abend vorbei.«

»Ja?« Sie kam sicher nicht, um sich an meiner Gegenwart zu ergötzen. Hätte mir das Recht gegeben, mit ihr zu schlafen, wenn auch nur ansatzweise. »Heute abend wollte ich eigentlich weggehen. Vielleicht morgen.«

»Ich komme nach der Arbeit.«

Als sie kam, trug sie noch ihr Bardamen-Kleid, das besser aussah als alles andere, was sie sonst anhatte. Zumindest war es einfarbig, ein nüchternes Schwarz. Sie hatte eine mittelgroße Papiertüte dabei. So wie sie das Ding hielt, mußte etwas Schweres darin sein. Das machte mich nervös, ich wußte nicht warum, aber bei Nakota wußte man eh nie Bescheid, man erhielt auch keine Verwarnung. »Was ist das?« fragte ich.

»Wirst du schon sehen. Fertig?« Sie war's. Sogar völlig aufgedreht, was mich noch mehr beunruhigte. Aber ich bin dumm, ich mache bei allem mit.

»Laß uns gehen«, sagte ich.

Vorsichtig und still wie immer. Es war sowieso ein Wunder, daß wir nie jemanden sahen oder daß uns nie jemand begegnete. Vielleicht war jeder im Haus in unser kleines Geheimnis eingeweiht. Es war nicht ein Thema, über das man sprechen würde, und hier redete sowieso keiner mit seinen Nachbarn. Die Hälfte von ihnen hätte ich nicht einmal erkannt. Ich kannte nur die, die neben mir wohnten, und die Merkwürdigen. So wie im Leben.

Als wir in den Raum kamen, tat Nakota etwas Seltsames. Sie suchte nach einem Schloß und fluchte, als sie keines fand. Vorsichtig setzte sie die Tüte ab. »Was hast du vor?« fragte ich und trat noch etwas weiter zurück als sonst. »Willst du mich fesseln und da rein werfen?«

Sie sah mich an, als bedauere sie, nicht schon selbst darauf gekommen zu sein. »Guter Gedanke. Nein, aber es ist tatsächlich ein Experiment.« Sie nahm die Tüte, griff hinein und warf sie beiseite. »Das haben wir noch nicht probiert.«

Ein großes Einmachglas, es faßte vielleicht vier Liter, voller Insekten.

Alle möglichen Insekten: Fliegen und Wanzen und Käfer und Stechmücken, sogar zwei Libellen. Es war wunderschön, irgendwie, und ekelerregend. »Warum fressen die sich nicht gegenseitig auf?« fragte ich und merkte, daß ich flüsterte.

Auch Nakota flüsterte. »Ich habe irgendwelches Zeug hineingesprüht.« Ohne weiter darauf einzugehen, schob sie das Glas immer näher ans Geisterloch, bis es genau am Rand stand, näher als wir selbst uns je gewagt hatten.

»Und jetzt?«

»Jetzt warten wir ab.« Ihre Stimme zitterte vor Erregung. »Wir werden schon sehen, was passiert.«

Wir warteten ziemlich lange ab, in der Dunkelheit. Ich lehnte mit dem Rücken an der Tür, und Nakota war zur Abwechslung mal an meiner Seite. Sie schnupperte und atmete heftig. Als sie rauchen wollte, verbat ich es ihr, nicht in dieser luftleeren Feuerfalle. Ich flüsterte eindringlich, jedenfalls so eindringlich, wie es bei ihr möglich war, und sie gab nach. Die Insekten taumelten durch den Behälter und begannen langsam sterbend auf den Boden zu fallen, zuckten in kurzen Bewegungen und, mein Gott, veränderten sich: ein zweites Paar Flügel, ein zweiter, nein, ein dritter Kopf, Farben jenseits des Realen. Nakota stöhnte wie eine Dampfmaschine. Ich spürte ihren rauhen Atem an meinem Ohr, roch ihren schalen heißen Nikotinatem. Ich sah, wie einer Schabe Spinnenbeine wuchsen, sah, wie eine Libelle in der Mitte aufplatzte und sich in etwas verwandelte, das schon kein Insekt mehr sein konnte.

Schließlich waren sie alle tot und blieben es auch für lange Zeit. Zumindest schien es mir lang. Ich faßte genug Mut, um nach dem Glas zu greifen, aber Nakota hielt mich zurück. Welcher Instinkt hatte ihr dazu geraten?

»Warte«, sagte sie mit ausgetrockneter Stimme, legte ihre Hand auf meinen Arm.

Und plötzlich kochte der Inhalt des Glases auf, eine Ansammlung Flügel, Beine, glänzender Körper und toter Farben vermischte sich wie Nahrung in einem Mixer, kreiselte umher. Das Glas auf dem Boden begann hin und her zu schaukeln, eine kleine Polka, bis sein Inhalt sich langsamer drehte und zum Stillstand kam. Mein Mund stand offen. Es machte mir Mühe, ihn zu schließen.

»Jetzt«, sagte Nakota.

Jetzt wollte ich das Glas nicht mehr anfassen.

Es war heiß. Ich zog die Hand weg und benutzte vorsichtig den Saum meines T-Shirts, um den Deckel abzuschrauben. »O Scheiße.« Mir wurde schon vom bloßen Hinsehen übel, so, daß ich mich abwenden mußte. Nakota nahm das Glas vorsichtig auf ihren Schoß und begann zu meinem Entsetzen, in seinem Inhalt herumzustöbern.

»Nakota –«

»Sei still«, sagte sie sanft. »Sieh dir das an.«

»Nein.« Ich setzte mich wieder hin, lehnte den Kopf an die Tür und schloß die Augen, während sie ihre ekelhafte Autopsie durchführte. Ich hörte, wie sie erstaunt murmelte, und schließlich, wie der Deckel wieder zugeschraubt wurde, und spürte ihre Hand auf meiner Schulter.

»Nicholas. Schau. So schlimm ist es nicht.«

»Ich will nicht.« Aber ich tat es natürlich.

So schlimm war es wirklich nicht, wenn man einen starken Magen hatte. Sie hatte die besten Stücke handverlesen, die seltsamsten, sollte ich vielleicht sagen: Winzigste Köpfe auf doppelgliedrigen Hälsen, abgespreizte Flügel im Viererbund, der halb intakte Körper der Küchenschabe mit den langen Spinnenbeinen. Nakota präsentierte ihre Trophäen aus der Unterwelt auf dem staubigen Fußboden. Sie lächelte, sie berührte meinen Arm.

»Sind sie nicht wunderschön?«

»Nein«, sagte ich, und sie waren es auch nicht, nicht für mich. Ich hatte nicht den Wunsch, sie zu berühren, aber ich tat es. Um ihr einen Gefallen zu tun, ja. Ein dummer Grund, ich weiß. Wahrscheinlich war es ihr völlig egal. Ich nahm das in die Hand, was mir noch am erträglichsten schien: Das Flügelquartett, das mich an ein vierblättriges Kleeblatt erinnerte.

Gegen meinen Willen bewunderte ich die verrückte Musterung, delikat geritzte und gestanzte Schriftzeichen in einer Sprache, die ich niemals meistern würde. Plötzlich überkam mich der erschreckende Drang, diese Flügel zu essen, sie mir in den Mund zu stecken und auf ihrer veränderten Süße herumzukauen. Ich stieß sie fort, wörtlich, ich streckte meine Hände zu Nakota hin. Die Flügel schwebten sanft auf den Boden.

»Ganz ruhig«, sagte sie ärgerlich und barg die Flügel in ihren zusammengefalteten Händen. Nach einer Weile sagte sie: »Ich brauche eine Tüte oder so etwas.«

Auf dem Weg nach oben kämpfte ich gegen dieses Bild an, mutierte Körper, die von einem blinden Hurrikan herumgewirbelt wurden. Mit einer Brottüte aus Plastik mit der Aufschrift ›Der Weizen der Natur‹ kam ich zurück. Sie füllte ihre Errungenschaften hinein, mit all der Behutsamkeit eines Wissenschaftlers, der seine kostbaren Daten sichert, und knotete die Tüte äußerst sorgfältig zu.

»Also.« Hinsehen wollte ich nicht. Ich nickte nur in Richtung des Glases mit seinem schrecklichen zermatschten Inhalt. »Was willst du damit machen?«

Sie zuckte mit den Schultern. »Wegwerfen wahrscheinlich.«

»In den Müllcontainer?«

»Warum nicht?«

Warum nicht? Ich bestand darauf, das Glas wenigstens wieder in die Papiertüte zu stecken. Ich wollte, daß sie es trug, aber ich kam wieder mal nicht gegen sie an. Also ging ich vorsichtig die Stufen hinunter und hielt es so weit von mir entfernt wie möglich.

»Jetzt weiß ich, was das Wort ›scheußlich‹ bedeutet«, sagte ich.

»So schlimm ist es nicht.«

Der Müllcontainer war schon ziemlich voll. Besorgt kletterte ich auf die wackelige Motorhaube eines verrosteten schwarzen Toyotas und räumte ein paar schlüpfrige und schleimige Müllbeutel beiseite. Euch stecken wir besser ganz nach unten, in die Vergessenheit, meine Lieben. Ich machte einen Witz darüber, wie man Leichen wegschafft, drehte mich um und sah – niemanden. Miststück. Hat ihre Käfer genommen und ist nach Hause gegangen. Der Toyota ächzte, ich sprang runter und ging nach oben. Essen kam nicht in Frage, und als ich einschlief, landete ich in einem Traum der Schmerzen, einem Angriff von Insekten, die krabbelnd Rache suchten. Egal, wie wild ich mit den Armen ruderte, sie fanden dennoch ihren Weg.

Es war früh, heiß und komischerweise sehr voll, mein eingepferchter Arsch am Bauch eines anderen, zum Glück nicht der Nakotas. Eine Eröffnung in der Incubus Galerie, ein paar Freunde von ihr hatten eine Ausstellung. Sie arbeiteten mit Metall, und alle Skulpturen sahen aus wie gekreuzigte Clowns.

»Und mit diesem Mist machen die Geld?«

»Du hast ja deine Gedichte auch verkauft«, zischte Nakota bösartig, aber technisch gesehen lag sie falsch. Sie waren zwar gedruckt worden, meine Gedichte, meine schlechten amerikanischen Haikus, aber niemand hat mir je etwas dafür bezahlt. Aber ich hatte mir mein Scheitern auch verdient. Was machte ich denn daraus, daß sich vor mir die schwarze Inspiration des Geisterlochs auftürmte?

Die ganze Zeit tranken wir billigen, sauren Wein aus kleinen Plastikbechern, die nach Moder rochen. Nakota hielt eine Hand in ihrer Jackentasche. Man sah, wie sich ihre Finger sanft darin bewegten, während sie sprach. Sie hatte sie dabei, flüsterte sie, die Käfer, in einem neuen, soliden Plastikumschlag. Ihre Augen leuchteten. Sie trug ein T-Shirt, auf dem in herabtropfenden, schockfarbenen Lettern ›Ameisenfarm‹ stand. »Ein kleiner Scherz«, meinte sie und klopfte sich selbstzufrieden auf den Busen.

»Hör auf, an dir herumzuspielen«, sagte ich zu ihr. »Es lohnt sich nicht.«

Als der Wein zu Ende ging, drängte ich sie zum Gehen. Sie wollte noch bleiben, aber sie wollte mir auch die Käfer zeigen. Wir fuhren zu einem Café in der Nähe vom Club 22, sie hatte noch etwas Zeit, bevor ihre Schicht begann, saßen in einer mit orangenem Kunststoff gepolsterten Nische und tranken Kaffee, der noch schlechter schmeckte als der Wein.

Ihre dünnen Beine zuckten unruhig hin und her. Ein Insektentanz, ich versuchte, nicht daran zu denken.

»Runen«, sagte sie.

»Runen, ach du Scheiße. Was meinst du mit Runen?«

»Es ist mein Ernst. Ich bin sicher, daß es sich um eine Art von Sprache handelt.«

Mir war schon ein ähnlicher Gedanken gekommen, aber als sie es jetzt aussprach, fühlte ich mich beschissen und wurde irgendwie auch nervös. Nakota hatte mich zu Orten geführt, wo ich im Traum nie hingekommen wäre, aber meistens waren es keine guten Orte gewesen. »Du hast zuviel *Weekly World News* gelesen«, sagte ich und schaute in meine Tasse. ›Toter bringt Riesenbaby zur Welt‹ und diese ganze Scheiße.«

Als führe sie eine Filigranarbeit vor, öffnete sie ihre neue Plastiktasche und wollte mir den Rest ihrer Haustierchen zeigen. »O nein, nicht hier«, protestierte ich, aber sie ignorierte mich, und ich schaute hin. Dieses Mal sah ich die Schönheit deutlicher, wenn es Schönheit im Tode gibt, kleine bizarre Leichen, die ich nicht berühren mochte.

»Kannst du es nicht erkennen? Sie doch.« Ihr ausgefranster, abgekauter Nagel deutete auf einen der Flügel, fuhr langsam über das Flechtwerk. »Sieh dir das an.«

»Kann ich nichts mit anfangen«, sagte ich so kühl wie möglich und rutschte absichtlich etwas zurück. Die Nische war im Moment meine Grenze. »Vielleicht hilft es, wenn man verrückt ist«, meinte ich, aber es hatte keinen Sinn. Ein kleiner Teil von mir freute sich sogar darüber, daß ihr Gesicht wieder leuchtete, so als hätte sie Make-up aufgelegt. Als sie die Teile wieder zurücktat, waren ihre Hände zärtlich wie die einer Mutter, und mit geneigtem Kopf dachte sie nach und hob ihre Tasse in diesen so fürsorglichen Händen hoch.

»Wie wäre es mit einer Maus?«

Zuerst kapierte ich nicht, aber dann wurde mir fast schlecht. »Hör auf«, sagte ich und schob meine Tasse weg. »Sind diese Käfer nicht schon schlimm genug? Wie geschmacklos willst du eigentlich noch werden?«

»Seit wann bist du im Tierschutzverein? Es wäre doch nur eine verdammte Maus, Nicholas.«

Sie meinte es ernst. Der wahnsinnige Wissenschaftler. Und ein Teil von mir fragte sich mit einer häßlichen Neugier, was denn wohl passieren würde, wenn wir einen dieser kleinen Nager im Maul der Finsternis baumeln ließen, wie er aussähe, wenn er die Reise überlebte. Achte auf den ersten Schritt, das ist ein Knüller. Meine Ratlosigkeit trieb mich aus dem Café, und ich saß grimmig im Wagen, bis sie fertig war – und sie brauchte verdammt lange, soviel war klar. Ich sagte kein Wort, bis wir vor dem Club 22 parkten und unschlüssig sitzenblieben. Der Auspuff hustete langsam und rhythmisch. Regen fiel unregelmäßig gegen die Windschutzscheibe. Im Autoradio lief sanfte Reggae-Musik.

»Komm, Nakota«, sagte ich und berührte sie, was ich sonst kaum noch tat. Meine Finger strichen so sanft über ihr Handgelenk wie die ihren über die Insekten. »Du willst das doch nicht wirklich tun? Oder doch?«

Sie schaukelte auf ihrem Sitz vor und zurück, und ihre Haare bewegten sich mit. Ihr Mund wurde so klein und gemein wie noch nie. »Du bist so dumm, Nicolas, und du wirst immer dumm bleiben, und weißt du, warum? Willst du wissen, warum du immer dumm bleiben wirst? Weil du Angst davor hast, irgend etwas anderes zu sein.« Sie stieg aus, ohne die Tür zuzuknallen – es war nicht ihr Stil, mit Türen zu knallen –, aber ich fuhr davon, als hätte sie es getan.

Zwei, drei Tage kein Anruf, nichts. Gut. Ich konnte durchaus den Rest meines Lebens verbringen, ohne mitzuerleben, was mit einer Maus geschieht, die den Todeskuß empfängt, besonders wenn es ein sehr seltsamer Kuß ist. Aber ihre Worte taten mir weh, schwelten in mir wie eine Splitterwunde, die sich entzündet. Angst. Sei kein stupider Macho-Idiot, sagte ich mir, und ich meinte es auch so. Aber es war nicht so sehr der Vorwurf der Feigheit, sondern die Meinung – es klingt lächerlich –, daß sie intellektuell mutiger war als ich. Sie hatte angeblich den Mut, die Dinge auf die Spitze zu treiben, sie auf den Kopf zu stellen und an ihnen mit aller Kraft herumzurütteln. Vielleicht war es wirklich so dümmlich simpel wie: Wer ist der bessere Mann? Eigentlich halte ich mich für klüger als so zu argumentieren, aber wer weiß. Zumindest kann mich meine eigene Dummheit nicht mehr allzusehr überraschen.

Sie fehlte mir. Wie dumm, aber es stimmte, und ich fühlte mich nicht einmal schlecht dabei. Es gab gute Gründe: Sie mochte ein Klotz am Bein sein wie keine zweite, despotisch und rücksichtslos, sie scherte sich nicht um meine Meinungen und noch weniger um meine Gefühle. In dieser Sache allerdings waren wir Partner, sie war von Anfang an dabeigewesen, sie wußte Bescheid. Aber vor allem war sie Nakota, und das war so unveränderbar wie das Geisterloch selbst.

Wer rief wohl wen an?

»Ich kann gleich vorbeikommen«, sagte sie, und zu ihren Gunsten sollte ich erwähnen, daß kein Triumph in ihrer Stimme mitklang. Als sie kam, wußte ich warum. Eine Schachtel, ein leises Scharren darin, das Geräusch verschreckter kleiner Füße.

Ich verzog mein Gesicht zu etwas, das sich sogar häßlich anfühlte, aber Überraschung? Eigentlich nicht, und das wußte auch sie. Sie stellte die Schachtel auf den Küchentisch, setzte sich am anderen Ende des Zimmers mit einer Zigarette auf die Kante des zugeklappten Schlafsofas.

»Komm, gib's zu«, sagte sie. »Du willst es auch wissen.«

»Ja, genauso, wie ich wissen will, wie ich aussehe, wenn ich tot bin, aber so eilig habe ich es damit nicht. Um Gottes Willen, Nakota! Was kommt als nächstes, ein Baby?»

»Eine beschissene kleine Ratte aus der Zoohandlung ist wohl kaum ein menschliches Wesen.« Etwas gefiel mir an ihren Worten nicht, vielleicht weil sie so offensichtlich angeekelt auf meine Einwände reagierte oder weil sie auf ihre gerissene Art etwas überspielte. Vielleicht kannte sie es auch, spürte in sich eine Gier, von der selbst sie lieber nicht wissen wollte, daß es sie gab. Was immer es auch war, sie wandte sich ab, ihr mitschwingendes Haar verdeckte ihr Profil, und ohne Zusammenhang fiel mir etwas ein: sie in meinen Armen in irgendeinem eiskalten Schlafzimmer, ein rotbedruckter Schlafsack halb zugezogen. Ich kaute im Halbschlaf auf einem Haar von ihr, das mir ins Gesicht gefallen war.

Ich erhob meine Hand, um mich zu verstecken oder zum Schutz. In diesem Moment wollte ich sie nicht sehen. Als ich aufsah, blickte sie mir in die Augen.

»Du brauchst nicht mitkommen«, sagte sie.

Muß man etwa fragen, ob ich es tat?

Ich kauerte neben ihr und haßte mich, weil ich so aufgeregt war. Ihre Finger webten schnell und sicher aus Kordel eine Art Fischnetz um den Körper der Maus, und ich flüsterte nervös und dümmlich etwas von ›gute Idee‹, und sie sah mich ernst an und sagte: »Ich denke alles durch.« Die Maus, deren Nasenspitze im Höchsttempo flatterte, stieß ein ängstliches Quieken aus, das sich zu einem Crescendo steigerte, als Nakota sie mit sicherem Griff über der Öffnung des Lochs baumeln ließ. Für die Maus muß es ausgesehen haben wie das jüngste Gericht, tiefer als der Tod, und sie krümmte zukkend ihren Rücken, daß ich schon befürchtete, ihr Panzer würde platzen und sie in einen unerforschten Tod stürzen, aber Nakotas Arbeit war gut und das Netz hielt.

»Jetzt«, sagte sie.

Ich schaute hin, nicht auf die Maus, die herabgelassen wurde, sondern auf Nakota. Langsam, ohne zu zittern bewegte sie ihre Hand, mit ruhigem Blick verfolgte sie den Vorgang, den sie zielstrebig geplant hatte. Aber ich sah auch eine kühle Frustration, ein Unbefriedigtsein, das so lange anhalten würde, bis sie selber die Reise machte. Aber nicht, solange ich lebe. Als die Maus tiefer sank, warf ich einen Blick auf ihr weißes Fell, das sich schockierend lebendig von der Schwärze des Lochs abhob. Ihre Klauen suchten dort Halt, wo es keinen gab, und ich dachte, gleich wird etwas Schlimmes passieren, schlimmer als bei den Insekten.

Aber nichts geschah. Die Maus sank immer tiefer, bis man kaum noch etwas Weißes schimmern sah. Nakota blickte ihr nach und meinte: »Vielleicht warst du –«, als ein Klumpen aus Fell und Flüssigkeit sie mitten ins Gesicht traf. Sie schrie auf, beugte sich vor und kratzte an ihren besudelten Augen herum, und ich sah, wie sich ihre Knie nach vorne bewegten, ohne daß sie es zu bemerken schien, gefährlich nahe, und ich packte sie und warf sie zur Seite. In diesem Augenblick stieg ein Schwall süßer Luft aus dem Geisterloch auf, die Luft im

Himmel mochte so riechen. Ich zitterte so heftig, daß ich mich kaum aufrecht halten konnte, aber mein Griff war fest genug, um Nakota wehzutun.

»Au«, sagte sie, und ich ließ sie los. Sie wischte sich mit dem Ende ihres T-Shirts das Gesicht wie mit einem Handtuch ab. Sie hob es an, und ich starrte auf ihren Busen, als hätte ich ihn nie zuvor gesehen. Das T-Shirt sah verklebt aus. Ihre Finger griffen wie Fühler ins Haar, und sie schüttelte es leicht. Etwas wurde losgelöst, ein kleines Teil, und sie sagte ›Verdammte Scheiße‹ und lachte sogar und hielt einen Schwanz in die Luft, einen Teil davon, der sich in ein leuchtendes primärfarbiges Mosaik verwandelt hatte, hart wie Stein. Sie schwenkte ihn zum Beweis hin und her, schüttelte erneut den Kopf und fand einen Fuß. Die Zehen waren gesplittert und spreizten sich, die Klauen nun größer als der Fuß selbst, enorm aufgebläht mit einem Höcker, schrecklich. Sie lachte noch immer, wirklich glücklich, und ich sah, daß etwas Rotes, Glänzendes an ihrem Mundwinkel hing und eine zusätzliche Lachfalte von furchtbarer Heiterkeit eingravierte. Ich stolperte an ihr vorbei, schubste sie fast so hart beiseite, wie ich sie festgehalten hatte, geh mir aus dem Weg.

Als sie endlich herauskam, saß ich auf dem Treppenabsatz, so weit wie möglich von der Tür entfernt, ohne sie endgültig im Stich zu lassen. Nichts hätte mich wieder hineinzwingen können, vielleicht nicht einmal ein Schrei, ihr Schrei, wer weiß. Außerdem, was Nakota zum Schreien brachte, würde mich wahrscheinlich vor Angst in einen Starrkrampf versetzen. Mir war noch immer schlecht, überall.

»Bekommen, was du wolltest?« fragte ich, als sie vor mir stand, nicht sauber, aber sauberer. Diese Art von Abenteuer war nicht nur ihr Element, es war wahrscheinlich das einzige Element, in dem sie existieren konnte. Ihre kleinen Proben, die Fragmente, die sie sich aus den Haaren geklaubt hatte, hielt sie locker in der rechten Hand. Mit der linken versuchte sie mich hochzuziehen. Sie sah aus, als könne ihr das auch gelingen, ohne Anstrengung, zahnstocherdünne Arme mit der Kraft eines Herkules.

»Ich will mich waschen, sagte sie. »Das T-Shirt ist auch versaut.«

Das Wasser lief ziemlich lange. Ich saß auf dem Sofa, trank Bier, und mein Blick wanderte ab und an nervös zu ihren Mäusestücken. Ich wollte nicht in die Versuchung kommen, sie zu berühren. Aber sie waren so unglaublich grotesk, daß man sie fast berühren mußte, und sei es nur, um sich zu vergewissern, daß sie tatsächlich existierten. Der steinharte Schwanz schimmerte im trüben Licht meiner Lampen, der monströse Fuß und ein Teil, vielleicht, des Kopfes, dessen, was einmal ein Kopf gewesen war. Sie lagen auf dem Holzimitat meines Wohnzimmertisches, Artefakte von einem Ort, dessen Klima und dessen Architektur das Innere des Besuchers umdrehen konnten, Tourist oder nicht. Los, Idiot, nimm den verdammten Kopf schon in die Hand! Also tat ich es.

Zögerlich, aber dann überfiel mich die pure Erregung des Bizarren. Ich fühlte mich wie beim ersten Mal, als ich, als wir das Geisterloch entdeckt hatten: Mein Gott, es ist so *seltsam*. Sachte befingerte ich den zusammengepreßten Schädel, das halb aufgerissene Maul, die Augenhöhle, die jetzt nach außen gestülpt war. Das Ganze hatte die Form eines eingedrückten Dreiecks, langgezogen wie altes Gummi, und wie altes Gummi bröckelte es an den zarten Rändern ab. Frostbilder, die die schreckliche Finsternis gemalt hatte.

Nakota, die den feuchten Geruch der Dusche mit sich brachte, murmelte über meine Schulter: »Es ist so wunderschön, Nicholas, nicht wahr?« Ihre Worte duldeten keinen Widerspruch, sie stellten eine Herausforderung dar, und endlich einmal zeigte ich mich ihr gewachsen. Ich griff nach hinten und betastete mit einer Hand ihre Hüfte, während ich mit der anderen den Kopf betastete. Beides schien mir gleichsam seltsam und begehrenswert. Das Wasser tropfte aus ihrem nassen Haar, perlte auf ihre fast skelettartigen Schlüsselbeine, und ein Tropfen über ihrem Busen verwandelte sich in ein zitterndes Prisma, als das Licht in einem merkwürdigen Winkel darauf fiel. Während ich mich halb umdrehte, wurde er zu einem Juwel, und ich sog den wandernden Tropfen mit meiner Zunge auf, stellte mir dabei vor, daß er die Quelle des Geruchs war, den das Geisterloch heute verströmt hatte. Schwarzer Nektar. Ich biß in ihre Brustwarze, den halben Kopf hielt ich noch immer sorgsam in der Hand. Jetzt drückte ihr Gemurmel Zustimmung aus, endlich gefiel ihr, was ich tat. Ich zog sie mit einer Hand herab, die Brustwarze noch immer zwischen meinen Zähnen, und ich biß fester zu, ließ sie erst los, als sie auf dem Boden lag und ich zwischen ihren feuchten schmalen Schenkeln kniete. Als ich in sie eindrang, setzte ich den Kopf ab, und in ihrer Nässe vergaß ich ihn oder erinnerte mich nicht mehr daran, denn meine Gedanken waren anders als die körperlichen Träume, die mit Sex einhergingen: Sie waren explizit, scharf und detailliert, so wie die besten Halluzinationen. Ich fickte das Geisterloch, durchbohrte es mit all meiner Kraft. Sein subtiler Sog wurde zu einem Vakuum, das so stark und verlangend war, daß ich viel schneller kam, als ich wollte. Schade für Nakota, schade auch für mich. Als ich hinuntersah, lag sie mit geschlossenen Augen da und preßte den scheußlichen kleinen Halbkopf zärtlich an ihre Brustwarze. Mein Orgasmus vermischte sich mit diesem Anblick, er war gedehnt und verzerrt wie der Schädel selbst.

Ich sank zusammen, atmete langsam und stöhnend, während der Schweiß auf meiner Brust abkühlte und ich mich an sie drückte. Sie hatte die Augen noch immer geschlossen, aber nun erschien ein eingraviertes Lächeln auf ihrem Gesicht. Sie hob den Kopf hoch und hielt das verdrehte Maul, nein nicht an ihre, sondern an meine Lippen.

»Küß mich«, sagte sie.

Und ich tat es.

Am nächsten Morgen haftete jener bittere Kuß noch immer auf meinen Lippen. Ich konnte, ich wollte nicht glauben, daß ich tatsächlich den mißgestalteten Mund der Maus mit meinem eigenen berührt hatte. Mit den ausgefransten Borsten meiner Zahnbürste schrubbte ich mir die Haut vom Zahnfleisch, ich rieb und rieb, so lange, bis ich vom Bürsten wie ein Clown grinste. Ich dachte an den Mäusekopf an Nakotas kleiner Brustwarze, ihren seltsamen Säugling. Sie würde niemals aufwachen und sich dessen schämen, was sie in der Nacht zuvor getan hatte.

Als ich aufwachte, war sie natürlich schon fort. Wie sie

diese lautlosen Abgänge zuwege brachte, war mir ein Rätsel. Ich hatte einen ziemlich leichten Schlaf, aber ihre Bewegungen hatten mich nicht aufgeweckt, auch nicht das Geräusch der Tür. An irgendeine Nachricht von ihr war nicht zu denken. Das einzige Anzeichen dafür, daß sie überhaupt hier gewesen war, bildete das zusammengerollte, feuchte Handtuch, das auf dem Boden des winzigen Badezimmers lag.

Bei der Arbeit war ich noch mürrischer als sonst, überraschend eigentlich, denn ich hätte doch glücklich sein sollen, nicht wahr? Nakota und ich waren schließlich wieder ein Liebespaar. Tatsächlich? Eigentlich nicht. Wir hatten es mit dem Geisterloch getrieben, nicht miteinander. Nur der Gedanke daran ließ mich schaudern und verschaffte mir gleichzeitig einen Ständer. Während ich den Schaumstoffbecher an meine Lippen hielt und der heiße Kaffee mein wundgescheuertes Zahnfleisch beruhigte, schloß ich die Augen und versuchte, nicht an Nakotas nächstes Experiment zu denken, oder an meine mögliche Rolle darin. Wie hat man es doch formuliert? ›Sag einfach nein‹?

Aber mit diesem Gerede verschwendete ich nur meine Zeit. Natürlich würde ich ja sagen, ich hatte eine unheilbare Krankheit, ich konnte zu Nakota nicht nein sagen. Warum? War es die simple Zurückhaltung, den geliebten Partner zu verärgern, besonders wenn er so gefährlich sauer wie Nakota werden konnte? Oder war es mein eigenes Zögern, diesen Prozeß zu beenden, meine eigene, fast genetische Faulheit, in der sie ein geeignetes Werkzeug fand, das sich leichter bedienen ließ als die meisten? Die Frage erschöpfte mich. Ich weigerte mich, auch nur darüber nachzudenken. Gleiten und treiben, das war ich und die Art, wie ich mein Leben lebte, närrisch, hoffnungslos, unerlösbar, ein Höllenloch in der Besenkammer war meine Epiphanie, meine einzige wahre Liebe galt einer Frau, die mich niemals auch nur annähernd geliebt hatte, selbst nicht zu meinen besten Zeiten, ihren besten Zeiten, diese Frau, die nun wieder meine Geliebte war, in einer Affäre, die eine fast schon endgültige Zeitverschwendung war. O Gott, die herrlichen Höllen, die ich erschaffen kann, auch du, wir alle. Selbst Nakota. Wir sind unsere schlimmsten besten Freunde. Keine Zustimmung? Zum Teufel mit dir.

Meine schlechte Laune steckte die anderen an, vergrößerte sich im Laufe des Tages, so als sei sie ein sich verbreitender Virus, und ich der Typhuserreger Nicholas hatte noch meine Freude daran. Fette Frauen in *Verdammt-binichgut-T-Shirts*, Glatzköpfige Kerle mit Tittenvideos und Teenager mit beschissenen Manieren, sie alle lehnten sich über die Theke, knallten ihre Plastikkarten darauf und trommelten ungeduldig mit den Fingern, weil ich so langsam war. Ich hätte noch langsamer arbeiten können, spürte die Versuchung, bis mir klar wurde, daß ich sie dann nur um so länger vor mir hatte. Also beeilte ich mich, unfreundlich und achtlos, ich nahm ihr Geld und ließ die Kassenschublade mit einem routinierten Schnalzer herausknallen, genauso ungeduldig wie ihre Gesten, und ich reagierte auf ihre Barschheiten mit meinem eigenen unverhohlenen Scher-dich-zum-Teufel-Blick.

Als meine Schicht vorbei war, ging ich, ohne die Kasse nachzuzählen. Ich trat in einen stärker werdenden Regen hinaus, der meiner Stimmung entsprach und sie noch verschlechterte. Wasser tropfte durch das Seitenfenster meines Wagens. Ich versuchte die Scheibe hochzukurbeln, aber der letzte verstockte Zentimeter gab mir nicht nach. Das ganze Auto roch wie ein nasser Hund.

So roch auch meine Wohnung: ich hatte das Fenster aufgelassen, oder Nakota. Klar, schieb ihr die Schuld zu. Ich saß am Küchentisch, auf dem einzigen Stuhl, der nicht wackelte, löffelte Soße aus dem Sardinenglas, las die Zeitung, versuchte, meine Post zu ignorieren und das fast sichere Wissen, daß bald das Telefon klingeln würde. Sie würde anrufen, mit irgendeiner brandneuen Scheußlichkeit. Und was würde ich sagen? Warum fragen, wenn man die Antwort schon kennt?

Sie rief nicht an.

Die Arbeit, sagte ich mir, obwohl ich wußte, daß sie Donnerstagabend frei hatte. Wo war sie? Es gab viele Möglichkeiten. Die Incubus Galerie, vielleicht wieder so eine verdammte Eröffnung, vielleicht auch etwas ganz anderes. Vielleicht hockte sie immer noch über dem Mäusekopf und versuchte, ihm seine Geheimnisse zu entlocken, aus seinen Deformationen die Besonderheiten seiner Reise zu enträtseln, wie mit einem Rosenkranz für eine besondere neue Religion. Hohepriesterin, dafür war sie wie geschaffen. Der Kult des Geisterlochs. Treten Sie ruhig näher, wir können ihnen nicht die Erlösung bieten oder Ihnen Ihre Sünden vergeben, aber wir bieten Ihnen einen Höllentrip. Sehen Sie Mr. Maus hier oder seine tapferen Landsleute, die Fliegende Käferbrigade. Lassen Sie mich Ihre Aufmerksamkeit besonders auf das Exemplar mit den zwei Köpfen lenken.

Mein Schlaf war oberflächlich, unruhig, keine Chance für etwas Erholung. Statt dessen Träume, viele davon, Träume von wachsender Frustration, die zu Furcht gefroren, leise zunächst, doch dann mit solchen Schrecken angefüllt, daß ich aufwachte, immer wieder. Mein Mund war so trocken, daß es schmerzte, aber ich fürchtete mich davor, aufzustehen und einen Schluck Wasser zu trinken. Was noch schlimmer war: mein Schwanz war unerklärbar hart. Ich weigerte mich, das anzuerkennen, ich wollte gar nicht erst darüber nachdenken, warum. Ich brauchte eine Ewigkeit, um wieder einzuschlafen.

Ich wollte gerade zur Arbeit gehen, ich war schon spät dran, da klingelte das verdammte Telefon. Sie? Genau. »Wie wär's heute abend?« Direkt, alles Nette war verschwunden, meine süße Nakota, und ich lächelte dazu, ihr zahmes Männchen, ja ja.

»Komm vorbei«, sagte ich und spielte mit den Schlüsseln. Ich wollte sie fragen, von wo sie anrief. Besser, ich ließ es lieber. »Du weißt ja, wann ich nach Hause komme.«

»Ich komme vielleicht ein bißchen früher.«

»Lieber nicht, Nakota.« Ich wußte nicht, was sie vorhatte, aber ich konnte sicher sein, daß sie nicht tatenlos vor meiner Wohnungstür warten würde.

»Sag mir nicht, was ich zu tun habe.« Sie legte auf. Himmel, sagte ich mir mit klopfendem Herzen, jetzt ist sie sauer auf dich. Nichts ist ungewisser als eine beleidigte Nakota, und du Idiot mußtest das Gewehr auch noch laden, was?

Ich stand da, in meinem eigenen Zorn, bis ich, ohne

richtig hinzusehen, bemerkte, wie die blassen Ziffern auf der Uhr in der Küche sich weiterbewegten 8.28. Scheiße.

Als ich fast unten war, fiel mir ein, daß ich mein beschissenes Namensschild vergessen hatte. Ich blickte einmal ärgerlich zur Tür des Lagerraums hinüber, das nichtssagende Portal zu allem in meinem Leben, das konfus war, aber ohne Konfusion – ich drehte heftig den Zündschlüssel, im Radio sang irgendein fröhlicher Schwachkopf –, wo wäre ich denn ohne Konfusion?

Fantasie kann die Hölle sein. Ich verbrachte den ganzen Tag in Unruhe, dachte, was passiert, wenn das oder das, und ich machte Fehler, die mir kaum auffielen. Immer wieder sah ich Nakotas Hand, kühl und fest an der Klinke der Lagertür. Sie ging in ein schwarzes Xanadu, das ich nicht ergründen, geschweige denn auflösen konnte. Sie verschwand wie ein Stein in einer Kiesgrube, einer Teergrube, aufgezogen und dann hinab und hinab. Sie genoß natürlich jede Sekunde, aber mir tat es gar nicht gut, nein. Oder?

»Sie haben mir das zweimal berechnet.« Gemeiner kleiner Mund, knochiger kleiner südländischer Typ. Sie roch nach *Tabu*, das Parfüm, daß ich auf der ganzen Welt am wenigsten mag. »Sie haben mir das zweimal berechnet.« Diesmal klang es noch anklagender, als würde ihr dieses grausame Unrecht ein neues Arschloch reißen. Ich sagte nicht, tut mir leid. Ich machte die Rechnung rückgängig, zögernd, ich hätte sie gerne mit dem Kopf zuerst in das Geisterloch gesteckt, zweimal berechnet, aber sicher. Ihre Beine würden wie die einer Heuschrecke zucken, der blaue Hosenanzug tiefer und tiefer fallen, dir könnte ich ein Tabu zeigen.

Ich schlitterte nach Hause, durch die aufspritzenden Pfützen des immerwährenden Regens, umfuhr rote Ampeln. Ich merkte nicht, wie meine Haare und mein Gesicht naß wurden, wegen des verdammten Seitenfensters an der Fahrerseite. Die Kurbel war kaputt, aber ich hatte andere Sorgen: Ist sie da, was stellt sie an, was stellt sie nicht an? Ist sie überhaupt da? ›Da‹ hieß vielleicht auch, wenigstens noch erreichbar, und wenn nicht, was dann? Ihr ein paar Zeilen schreiben, was? Man kann über die schlimmsten Dinge lachen. Ich zumindest.

Ich ging nicht zu meiner Tür, sondern zu der des Geisterlochs. Feuchte Fußabdrücke, Schmutz auf dem abgetretenen Holzfußboden des Flurs, sieh nur Mami, ich bin ein Detektiv. Nakota war vor dem Geisterloch, mit einem Hammer, vielleicht, oder einem Messer. Oder einer verdammten Atombombe. Oder mit dem Kopf eines Säugling, der in einem Glas mit Flüssigkeit schwamm. Plötzlich tat es mir leid, daß meine Hand auf dem Türgriff lag, ich spürte ein alles durchdringendes Zögern, hineinzugehen und zu sehen, was dort geschah.

Ich ging hinein.

Nakota, naß, als hätte sie gerade geduscht, zerzauste Haare und zerzauste Kleider, sie trug ein schäbiges Sportsacko, unter dem ihre Schultern hervortraten wie ein kaputter Kleiderbügel. Sie drehte sich aus ihrer Hocke um und beobachtete die Tür wie ein Gefahr witterndes Tier. Als sie mich sah, war sie kaltblütig genug, mir zuzulächeln. Kein nettes Lächeln, zugegeben, aber das war ja wohl eh klar.

»Du kommst zu spät«, war alles, was sie sagte, und sie drehte sich wieder um, als hätte sie mich mit diesen Worten huldvoll verabschiedet. Ihr Jackett roch unangenehm nach Hundefürzen, besonders nach diesen saftigen, die mein Hund Jenny früher immer losließ. Vielleicht war es auch das Geisterloch, vielleicht wurde ich auch verrückt. Geruchshalluzinationen, eines der selteneren Anzeichen, aber zum Teufel, mein Leben war eh alles andere als normal. Ich bemerkte, wie meine Hände zitterten. Als ich die eine mit der anderen berührte, spürte ich die eisige Kälte meiner Haut.

»Du bist zu früh«, sagte ich.

»Ich probiere etwa Neues aus.« Sie machte sich kaum die Mühe, mich anzusehen. Nicht einmal die Düsterkeit des Raumes konnte den nachdenklichen Glanz in ihren Augen verdecken. Nakota konnte so hübsch aussehen, besonders, wenn sie über etwas nachgrübelte, woran die meisten anderen nicht einmal denken wollten. Ich erinnerte mich an einen Parkplatz vor einer Bar namens *Der Pelikan*. Es war eine schwüle Nacht, und Nakota war ganz vorne mit dabei, in dem kleiner werdenden Kreis. Mit leuchtenden Augen beobachtete sie die Kettensägenkämpfer, sog den leichten Geruch des Blutes und den Benzingestank ein. »Sie treffen sich jede Woche hier«, sagte sie zu mir. Ich hielt mich, nebenbei bemerkt, mit der Hand auf der Motorhaube meines blauen Dodge Charger fest und kotzte auf einen Reifen. Sie sah mir zu. »Natürlich nicht die gleichen Typen.« Natürlich nicht.

»Was hast du vor?« fragte ich mit leicht nach hinten geneigtem Kopf, vorsichtig, so daß ich nicht hinschauen mußte, bevor ich hörte, was da vor sich ging. »Warum konntest du nicht auf mich warten?«

Sie ignorierte die zweite Frage. »Ich habe versucht, eine Katze zu bekommen«, sagte sie. »Aber es hat nicht geklappt.« Sie lächelte fast, ja wie, verlegen. »Also, eigentlich hätte ich wahrscheinlich eine kriegen können, aber Scheiße, ich mag Katzen.« Sie lachte kurz, und mir fiel auf, wie nah sie an der Dunkelheit kniete, wie sorglos. »Außerdem ist das hier irgendwie noch besser.« Für einen Augenblick fischte sie ihren Trostpreis aus dem Loch: eine menschliche Hand in einer Zellophantüte.

Mir schnürte es beinahe die Kehle zu, eine harte Faust begann in meiner schmerzenden Brust zu schlagen, und ich wich mit einem Entsetzen zurück, das so elementar war, daß man es in einem Wort beschreiben konnte: Nein!

»Nein«, sagte ich mit einem fast beiläufigen Tonfall. Sie schüttelte leicht mißbilligend den Kopf. »Sieh das nicht so eng«, meinte sie und senkte die Hand etwas nach unten. »Es ist ja nicht so, daß ich sie jemandem abgeschnitten hätte, oder so. Ich habe sie von Useless.«

In meiner Angst sagte mir der Name zunächst nichts, aber dann plötzlich doch, und ich atmete erleichtert auf und lachte sogar. Useless, so nannte sie Eustice, einen Bekannten von uns, ein Fotograf. Er lebte mit einer Pathologin zusammen, die ihr praktisches Jahr im Leichenschauhaus der Universitätsklinik ableistete. Nakota versuchte mich zu beruhigen. »Es ist noch nicht mal so, daß sie das Ding vermissen werden, ich meine, was ist schon eine Hand mehr oder weniger? Sie kriegen auf den Straßen jederzeit neue. Useless fotografiert sie.«

»Hände?« Ich beugte mich über ihre Schulter. Mit einem unwohlen Gefühl betrachtete ich die Hand. Weiße Haut, die jetzt in ein schlammiges Gelb übergegangen war, die Linien, die Schnittstelle, wo man sie von ihrem Gastkörper getrennt hatte. Sie drückte sich in einer Weise gegen das Plastik, daß ich froh war, noch nichts gegessen zu haben.

»Penner, Landstreicher.« Nakotas feine Augenbrauen wölbten sich elegant, um ihre Augen herum zeigten sich die ersten Anzeichen eines Geflechts von Krähenfüßen. Ich schaute nun in diese Augen, immer noch über ihre Schulter gebeugt. »Sie sterben, niemand kümmert sich um sie, und seine blöde Freundin schneidet sie auf und untersucht sie oder sowas.« Sie ließ die Tüte wie ein seltsames Pendel sachte hin und her schwingen. Ich griff an ihre Jacke, zog daran.

»Paß auf«, sagte ich. »Du bist gefährlich nahe.«

Sie bewegte sich etwas, ohne letzten Endes den Abstand zu verringern. »Ich wollte Fotos machen, vorher und nachher, verstehst du? Aber Useless wollte mir nicht seine Kamera leihen, wenn ich ihm nicht sagte, wofür.«

»Aber die Hand hat er dir ohne weiteres gegeben.«

»Es ist ja nur eine Hand.«

Eine tote Hand, dachte ich und mußte lächeln. Das Ganze war so bizarr, daß es schon wieder komisch war. Entspannt, zumindest so entspannt, wie ich in der Nähe des Geisterlochs sein konnte, lehnte ich mich etwas zurück. Ich verlagerte mein Gewicht auf die Fersen und betrachtete Nakota, die nachdenklichen Falten um ihren Mund, der sichere Griff an der Angelschnur, die Fingernägel, die bis auf das Fleisch abgekaut waren. Sie kaute auf den Nägeln, so lange ich sie kannte, kaute darauf herum wie ein Kind an einer Decke lutscht, intensiv und mit leerem Blick. In diesen Tagen bearbeitete sie ihre Hände bestimmt noch intensiver, und ich fragte mich, ob die Fingernägel der Hand wohl auch abgebissen waren. Ich hatte gelesen, daß die Nägel auch nach dem Tod noch eine Weile weiterwachsen. »Wer kaut denn den Toten die Nägel?« fragte ich mit einer dümmlich sonoren Stimme und wurde mit einem der seltensten Lächeln Nakotas belohnt, einem wirklich amüsierten Grinsen.

»Ich«, sagte sie und setzte ihren Fischfang fort.

Die Hand war so tief unten, daß sie mir ganz klein vorkam, bei meinem Tunnelblick in die Finsternis. Nakota ließ die

Schnur sorgsam hinab, als hielte sie tatsächlich eine Angel in der Hand. Vor dem schwarzen Hintergrund leuchtete die Hand heller auf, die Plastiktüte schien verschwunden, nur der grüne Faden, mit dem sie zugebunden war, war erkennbar. Immer tiefer. Schreib uns, wenn du Arbeit hast.

Dann fuhr Nakota zusammen. Sie lächelte plötzlich ganz anders und sagte: »Irgendwas passiert.« Ich sah, wie sie ihre Hand um die Schnur preßte, sah, wie sie in ihrem Griff hin und her baumelte. Ihr Gesicht hatte einen düsteren Ausdruck angenommen, sie runzelte geschäftsmäßig die Stirn, glaubte wahrscheinlich, die Hand verloren zu haben. Sie stemmte ihre Knie fester auf den Boden, ich richtete mich auf, war darauf gefaßt, womöglich gleich gebraucht zu werden. Wie ein Feuerlöscher. Schlagen Sie im Notfall die Glasscheibe ein. Notfall, das war sicherlich das richtige –

Gleich einem heranbrausenden Zug stieg ein Gestank aus dem Loch auf wie von einem verfaulenden Riesen. Es stank so widerwärtig, daß selbst Nakota nach Luft schnappte. Ihr Griff um die Angelschnur lockerte sich, ihre Züge wurden hart, als wolle sie sich verteidigen. Ich sank nach hinten, preßte mir unbeholfen das Hemd auf Nase und Mund. Dann sah ich, wie sich die Hand langsam an der Schnur nach oben hangelte, an der Schnittstelle leuchtete schwach irgendeine Flüssigkeit. Ich brüllte in mein Hemd und packte Nakotas Arm. Ihre Kontrolle über die Schnur ließ nach, die Hand taumelte in trunkenen Ovalen über dem Abgrund, um sich plötzlich mit dem Elan eines Zirkusakrobaten zielstrebig nach oben zu bewegen. Sie näherte sich dem Rand des Geisterlochs, und ich schrie: »Nakota, laß los!« Sie verwünschte mich wortlos, mit einem tierähnlichen Laut und gab die Schnur nicht aus der Hand.

»Laß los!« schrie ich erneut und schlug ihr kräftig auf den Unterarm. Die Hand klammerte sich um so fester an die Schnur, als habe die Bewegung sie erschreckt. Ich schlug Nakota noch einmal, und die Hand zitterte in korrespondierender Panik. Ich holte ein drittes Mal aus, aber Nakota kam mir zuvor, hart und rücksichtslos. Mit einem letzten Schwung hob sich die Hand aus dem Loch, flog durch den Raum und landete in einem Haufen leerer Clorox-Flaschen, wie eine Bowlingkugel, die die Bahn hinuntersaust, und mit einem nassen Platschen fegte sie die Plastikflaschen auseinander. Ich stolperte auf meine Beine und hielt Nakota fest, die mit wutverzerrtem Gesicht auf mich einschlug. Ich schleppte sie zur Tür, wo wir stehenblieben. Ich hielt ihre Arme nach unten, während sie mir nach hinten vor die Schienbeine trat.

Nichts geschah.

Sie hörte auf, mich zu treten.

Immer noch geschah nichts. Ich ließ sie los, und sofort schlug sie mir ins Gesicht, mit aller Kraft. Dann lief sie auf die Hand zu. Ich betastete mein Gesicht, ergriff die Türklinke und wartete.

»Sie ist tot«, sagte sie.

Ich wartete lieber noch.

»Sie ist tot«, beharrte sie und hielt sie an der Schnur hoch. Sie schwang sanft vor sich hin, und sie war tot, eindeutig, kraftlos, armselig und irgendwie mitgenommen.

»Tja«, meinte sie, »dann schmeiße ich sie wieder rein«, und bevor ich mich rühren konnte, hatte sie es getan, mitsamt der Schnur.

Sie sah mein Gesicht, wer weiß, wie ich geschaut habe, nur Gott und Nakota, und sie lachte, ein wenig unsicher. »Keine Angst, sie kommt nicht mehr raus. Es ist wie bei den Schwarzen Löchern, weißt du?«

»Ich hoffe –«

»Ich weiß, daß ich recht habe.« Eine Pause. Ihr Mund war traurig verzerrt und hatte einen solchen Nicht-Sie-Selbst-Ausdruck im Gesicht, daß ich einen furchtbaren Augenblick lang dachte, daß sich noch mehr als die Hand verändert hätte. »Ich frage mich, wie es aussieht.« Noch immer stand sie leicht gebeugt vor mir, die kleinen Hände auf den Schultern. »Dort unten.«

»Das nächste Mal würde ich ein Auge herablassen.«

Und plötzlich begannen die Muskeln in ihrem Gesicht sich zu entspannen, und sie brach in ein unglaubliches, fast brüllendes Gelächter aus. Ich hatte sie nie zuvor so laut und schallend lachen hören, es klang, als ob Flaschen zersprangen. Auch ich mußte lachen, sie ließ sich auf mich fallen, ihre

Arme hingen wie Haken über meine Schultern, und ihr ganzer Körper bebte mit der Gewalt ihrer Heiterkeit. Wir lachten, als wir den Raum verließen, den ganzen Weg zurück zu meiner Wohnung, wir lachten unter der Dusche und bumsten unter dem kühlen Schauer. Im ablaufenden Wasser sah man dünne Blutfäden. Ihre knochigen Ellbogen stachen an meinen Seiten hervor wie die federlosen Flügel eines Vogels.

2

Am Morgen war sie wie üblich fort, ich lag da, allein und nackt. Die Innenseiten meiner Schenkel waren noch mit den Spuren unserer Liebe bedeckt. Sie blieb danach noch gerne eine Weile oben und ließ den Saft rauslaufen, und mir gefiel, was ihr gefiel. Unter der Dusche stellte ich mir vor, daß ich sie noch immer riechen konnte, den geheimen Duft ihrer eckigen Knochen, hatte sie immer so scharf und so gut gerochen? Ich dachte an die vergangenen Zeiten, alte Erinnerungen, die von den neuen entfacht wurden, und dieses Mal fragte ich mich nicht, wie lange es dauern würde. Nimm, was du kriegen kannst, und denke nicht darüber nach. Natürlich würde es nie ganz so einfach sein, aber es gab Augenblicke, so wie jetzt, wo ich mit Erfolg so tun konnte als ob. Ich hatte keine Neigungen, über diese Momente hinauszusehen. Ich bin niemand, der in die Zukunft sehen will. Bestenfalls verdirbt es einem nur die Gegenwart, durch Sehnsucht oder Besorgnis, und schlimmstenfalls, nun. Wer möchte denn wirklich wissen, wie eng die Schlinge ist, die um den eigenen Hals liegt, und wer will schon wissen, wie tief die Scheiße ist, in der man irgendwann stecken wird? Sie nicht. Ich auch nicht. Denn da wartet selten ein aufgesparter Segen auf einen, wenn man schließlich ans Ziel kommt. Ich nehme das Jetzt mit, aufwachen und den Geruch der Liebe noch an sich, um sich, zu spüren. Ich nehme meine Hoffnungen mit, bevor sie sich in Enttäuschungen verwandeln; ein guter Morgen bleibt ein guter Morgen, auch wenn er am Abend in der Apokalypse endet.

Endlich mal war ich früh genug auf, um zu frühstücken. Ein öltriefendes Thunfischsandwich, halb in ein Küchentuch gewickelt, ich aß es in der Einsamkeit des Flurs im zweiten Stock, aber das konnte man sich vielleicht schon denken. Ich starrte auf die Tür und dachte an das Geisterloch dahinter.

Es mußte schon andere Jünger gehabt haben, im Laufe seiner unerklärlichen Geschichte als verrücktes Gottesding.

Und was für Opfer? Niemand hatte ein solches Talent für rohe Fantasien wie Nakota, aber ohne Zweifel würde der Prozeß, der das Geisterloch war, auch kleinere Gaben akzeptieren. Seltsam, aber wir haben nie irgendwelche Spuren gefunden. Ich konnte kaum glauben, daß kein anderer Hausbewohner über diese ganz besondere Immobilie gestolpert war. Es wäre – nicht ›nett‹, aber auf eine unergründliche Weise gut, mit jemanden darüber zu reden, besonders wenn dieser jemand etwas normaler als Nakota wäre. Oder ich.

Lies deine eigenen Gedichte, sagte ich mir und lächelte dünn und hämisch. Ich schrieb sie noch immer, oder besser gesagt, ich fand sie geschrieben vor. Ich erinnerte mich kaum an den eigentlichen Vorgang des Dichtens, denn normalerweise war ich stinkbesoffen, wenn ich schrieb. Ich brachte es nicht fertig, sie zu lesen, und traute mich nicht, sie einem anderen zu zeigen. Meine mageren dichterischen Talente waren in den düsteren Jahren im Englischseminar auf ihrem Höhepunkt gewesen. Und sie wurden noch magerer, wenn auch nicht viel, als ich mit dem entschlossenen Fatalismus eines echten Idioten versuchte, mir mit meiner ›Arbeit‹ meinen Lebensunterhalt zu verdienen. Nakota hatte recht: wie kam ich dazu, mich über ihre komischen Bildhauer-Freunde lustig zu machen?

Ich hörte Schritte, die sich die Treppe hinunterbewegten, stieß mich hastig von der Wand ab und schob mir den letzten Bissen Thunfisch in den Mund. Nonchalant schwang ich mich um den zerkaut wirkenden Geländerknauf herum, als der Nachbar an mir vorbeiging, ein dürrer, schwarzhaariger Mann, der fast noch ein Jüngling war. Er hielt den Kopf gesenkt, so als kommuniziere er mit seiner täglichen Tragödie, die zu intensiv war, sie mit jemanden zu teilen. Mir war es recht: es hat mir nie etwas ausgemacht, ignoriert zu werden. Ich sah ihm nach, wartete, bis er die große Haustür hinter sich geschlossen hatte, und eilte dann hinauf, um mir mein Namensschild und meinen Mantel zu holen. Heute kommst du pünktlich, dachte ich. Oder sogar zu früh.

Aber auch im Wagen träumte ich weiter. Ich stellte mir vor, daß die anderen Autofahrer und ich gemeinsam auf einer Odyssee wären, deren Sinn und Ziel uns für ewig verborgen bliebe. Hier und dort erhaschten wir eine Ahnung davon, mehr oder weniger, je nach den Umständen, der eigenen Persönlichkeit oder beidem. Mein Gott, was sind wir doch heute morgen mystisch, aber ich konnte nicht über mich lachen, wie ich es normalerweise getan hätte. An den Ampeln studierte ich die Gesichter der Fahrer mit einem Mitgefühl, das ich noch nie verspürt hatte. Ich sah durch ihre trüben Morgenvisagen und ihr scheinheiliges Autotelefonlächeln hindurch, mit der Schärfe von Augen, die einen viel seltsameren Anblick gewöhnt waren. Nakota hätte sie mit weniger als einem verächtlichen Zucken der Mundwinkel abgetan. Ich fragte mich, was wohl geschehen würde, wenn sie zu dem Geisterloch kämen, dem unvermuteten Behältnis des Bizarren. Würde der Druck seiner seltsamen Natur sie prüfen, so wie wir geprüft wurden, würden sie davor davonlaufen, würden sie es anbeten oder aufgrund seiner unaufhörlichen Unglaublichkeit als nichtexistent aus ihren Köpfen verbannen?

Diese Stimmung wurde ich den ganzen Tag nicht los. Alles bei der Arbeit bekam eine Bedeutung. Welches Video ein Kunde auswählte. Sicher, daraus konnte man auch sonst jeden Tag seine Schlüsse ziehen, aber so, wie ich mich fühlte, sah ich tiefer, entdeckte Zeichen, die ich nie zuvor bemerkt hatte. Das satte Geräusch einer Visa-Card, die über die Theke geschoben wird, die Struktur der Theke selbst, die Art und Weise, wie die ständig laufenden Fernseher in den Pausen zwischen dem Nach- und dem Vorspann zu *Straßenmädchen II*, *Verraten* und *Wie ein tollwütiger Hund* schwarz wurden und wieder aufflackerten. Selbst der Geruch des Geldes oder der von den Händen der Kunden oder von der Luft unter der Hitze der falschen Markisenleuchten, all das sagte mir etwas, zeigte mir etwas. Hatte mir das Geisterloch diese Gabe verliehen – lag dort die Quelle? Ich sah vielleicht nicht die Bedeutung der Muster, aber immerhin bedeutungsvolle Muster, und das reichte mir.

In dieser Stimmung fuhr ich nicht nach Hause, sondern zum Club 22. Dort saß ich bei einem Pabst-Bier und wartete, bis eine schmollende Nakota ihre Schicht begann. Für mich glättete sie ihre Stirn nicht, aber sie kam zu mir, wenn auch nicht sofort. Doch auch das schien mir bedeutsam: sie wußte, daß ich es lange aushalten würde, daß ich warten konnte. War es nicht so?

Ihre dünne Gestalt heute in staubigem Schwarz; das Leder ihrer Arbeitsschuhe ächzte in der Naht zwischen der Sohle und dem Obermaterial; das Haar hatte sie zu einem zutiefst unschmeichelhaften Knoten hochgebunden: meine Geliebte. Habe ich das gesagt? Schon wieder?

»Hi«, sagte ich.

»Weshalb trinkst du diese Scheiße?« Sie stieß mit dem Knöchel des Zeigefingers gegen meine Flasche, so kurz und heftig, daß sie hin und her schwankte. »Trink doch wenigstens etwas Vernünftiges.«

»Kommst du heute noch vorbei?«

Plötzlich sah ich Interesse in ihren undurchdringlichen Augen. Ich kannte sie schon so lange, aber letzten Endes doch kaum. »Wieso? Hast du etwas vor?«

Ich schüttelte den Kopf. Meine Stimmung sackte nach unten, ich zupfte an der blassen Goldfolie herum, also gut, jetzt war es Miller High Life. Ich habe auch für dich etwas High Life. »Ich dachte nur, daß du einfach mal reinschauen könntest.«

»Ich glaube nicht. Ich muß ein paar Sachen erledigen.« Sie drehte sich um, hielt das Tablett nachlässig in der Hand und ging auf die drei einsamen Trinker zu, die wie schiefe Grabsteine am Tresen lehnten. Sie stand hinter der Bar und bediente sie, während hinter ihr altmodische Weihnachtskerzen in einem sinnlosen Rhythmus blinkten, der eher an Kurzschluß als an Festbeleuchtung erinnerte. Ich trank mein Bier aus und fuhr nach Hause. Auf dem Treppenabsatz des zweiten Stockwerks blieb ich stehen und lauschte dem betrunkenen Gekreische von, ja wovon, Zorn oder Vergnügen. Für mich waren es nur Geräusche, irgend jemand tat irgend etwas in irgendeiner Wohnung. So nahe am Geisterloch. Würde es etwas ändern, wenn man direkt daneben lebte, würde es die tägliche Routine neugestalten oder verzerren? Würde man sich die Zähne mit Stutenmilch putzen, würde man wie eine züngelnde Klapperschlange auf dem Boden herumkriechen? Würde man beißen?

Ich wäre gerne noch bei der Geisterlochtür stehengeblieben, hätte gerne mein Ohr daran gepreßt, mit aller Kraft gelauscht, Papier und Stift geholt, o ja, und alles aufgeschrieben. Statt dessen ging ich in meine Wohnung hinauf, aß trokkenes Pita-Brot mit beschissen schmeckender Erdnußbutter und betrachtete versunken, mit meinem neuen nachdenklichen Blick, das bizarre, wirre Bosch-Tryptichon, das ärmlich in einem unwürdigen Licht hing. *Der Garten der Lüste* mit seinen Vögeln und kopulierenden Paaren. Nichts davon war betörender als die Alltäglichkeit des Fremden, das mein jetziges Leben beherrschte. Dennoch stellte ich fest, daß ich sie alle noch mehr begriff als zuvor, die Teufel und die Hasen, die Schmetterlinge und die Blüten, daß ich sie mehr liebte als je zuvor. Ich bedauerte, daß meine Kopien noch nicht einmal richtige Kunstdrucke waren, sondern lediglich Seiten aus einem Magazin. Auch das war irgendwie symbolisch, wenn ich auch nicht wußte, warum.

Als ich in den Schlaf glitt, begann ein Kopfschmerz an meinen endlosen Überlegungen zu nagen. Als ich aufwachte, war der Geist dieser Kopfschmerzen noch immer da, zusammen mit zwei beschriebenen Seiten. Sie begannen mit den Worten »Der Riese sagt, daß man geben muß, um zu bekommen.« Wahrere Worte, usw. usw. Mit kühlem Herz und stärker werdenden Kopfschmerzen rollte ich die Blätter zu einem eleganten Ball, den ich aus dem offenen Fenster warf.

Nakotas, wenn man so will, freier Tag hatte neue Früchte geboren. Ich war kaum zehn Minuten von der Arbeit zu Hause, als sie auftauchte. Sie strahlte geradezu über ihre Neuigkeiten, setzte sich erst gar nicht hin. Dies war offensichtlich zu bedeutsam. »Hör zu. Ich habe eine neue Idee.«

»Miststück«, murmelte ich den verbogenen Kanten eines Mikrowellenmenüs zu, während ich versuchte, die Folie vom Teller zu lösen. »Tut mir leid. Ich höre zu.«

»Wie«, meinte sie lächelnd, die Hände auf die schrägen Hüften gestützt, des Beifalls sicher, »wie wäre es, wenn wir einen Camcorder in das Geisterloch hinunterlassen?«

Meine Gabel bohrte sich durch die Folie. Ich lächelte verwirrt. »Klingt gut.«

Ein eisiger Blick, aber ihre coole Fassade hielt noch, auch wenn sie einen Riß bekommen hatte. »Denk mal nach«, meinte sie in einem Ton, der andeutete, daß mich das überfordern könnte, es aber dennoch meine Pflicht war. »Du hast mich darauf gebracht. Ein Auge, hast du gesagt, und mir fiel ein, okay: ein *Camcorder*. Ein eingestelltes Gerät, das alles aufzeichnet. Alles. Es wäre fast so, als würde man selbst hinuntersteigen. Fast genauso gut.«

Ich schob das Essen in die Mikrowelle, schaltete sie ein und setzte mich ihr gegenüber hin.

»Nakota, das ist eine gute, eine großartige Idee, aber wir haben keinen Camcorder, und wir können –«

»Zwei Worte.« Sie hielt zwei Finger hoch, die bleich wie Kerzen waren.

Ich wartete.

»Video.« Sie winkelte den einen Finger an. »Hut.« Den anderen auch.

Zum ersten Mal sträubte ich mich. Ich meine, ich sträubte mich wirklich, was sie anfangs wirklich überraschte und sie dann zu einer kalten Wut trieb, die ich selten bei ihr gesehen hatte. Wir gingen alles durch: Ich konnte es nicht, sie würden es herausfinden, ich war ein noch schlechterer Dieb als Lügner, und sie wußte, daß ich ein lausiger Lügner war. »Sie sind völlig paranoid wegen ihrer Camcorder«, sagte ich ihr. »Sie haben nur zwei, die sie vermieten, es fällt garantiert auf, wenn einer fehlt. Das ist keine große Ladenkette.« Ich versuchte, leise zu bleiben, schon wieder. »Das ist *Video Hut*, verdammt noch mal, sie haben diese blöden Dinger selbst finanziert, sie nehmen sie am Wochenende mit nach Hause und machen Aufnahmen von ihren Kindern.«

»Dann leih dir doch einen aus.« Auch darauf wußte ich eine Antwort, man stelle sich vor, ich der Antwort-Mann. Die allererste Regel für die Angestellten war: Nichts wird ausgeliehen.

»Dann tu' ich es.«

»Nakota, nein.«

»Ich kann nicht glauben«, sagte sie mit einer tiefen, langsamen und bitterkalten Stimme, »daß du nicht mitziehst, daß du dir solche Sorgen machst, erwischt zu werden, deinen beschissenen, miesen Job zu verlieren –«

»Ich muß essen«, entgegnete ich. »Jeden Tag.«

»Ich tu' es«, wiederholte sie. »Allein. Oder«, mit einer noch kälteren Stimme, »ich tue es ohne Camcorder.«

Sie sagte es wie der Duellist mit dem lächerlichen Vorteil, aber, o ja, ich bin beschränkt, ich brauchte eine Sekunde oder zwei, bis mir klar wurde, was sie nicht meinte – eine Kamera – und dann, was sie meinte. Und *daß* sie es auch meinte. Eindeutig.

Ich sagte keinen Ton, stand nur mit offenem Mund da, kurz vor meinem nächsten brillanten Argument und sah in diese Augen, die mich mit der abgeklärten Ruhe des Gewinners ansahen, denn wie auch immer, sie hatte gewonnen. Ich sagte nichts, aber irgendwo in den Falten meiner Züge entdeckte sie Einwilligung. Dennoch lächelte sie nicht, sondern bedachte mich mit einem Nicken, das fast noch schlimmer war.

»Laß mich wissen«, meinte sie, »wenn ich dir helfen soll.«

Schließlich war es fast lächerlich einfach, passend für jemanden, der ein so unbeholfener Dieb war wie ich. Mein Gott, ich habe noch nicht einmal einen kleinen Ladendiebstahl begangen. Die Spätschicht am Samstag verabscheuten alle. Kein Problem, sich freiwillig zu melden. Und das beste: Ich konnte es schriftlich machen, setzte meine schuldbewußte Unterschrift neben den Dauerwunsch.

Als dann der Samstag kam, war es auch kein Problem, sich für die Kassenabrechnung anzubieten; schließlich war ich stellvertretender Geschäftsführer. Nervös rechnete ich jede Kasse doppelt nach. Nakota stand ärgerlich neben mir, den Camcorder in der Hand, die spitzen Hüften unter einem Sportmantel verborgen, im Neonlicht des Hinterzimmers. Der Laden selbst lag fast im Dunkeln, hier und da brannten ein paar spärliche Notlampen, natürlich nur da, wo man sie nicht brauchte.

»Mir gefällt das nicht«, zischte ich zum hundertsten Mal über die Schulter. »Wir machen es, bringen es so schnell wie möglich hinter uns, und bringen das Ding sofort wieder zurück.«

»Ja, Mami.« Aber sie klang abgelenkt, ohne wirklichen Zorn, sie war zu aufgeregt. Als ich schließlich abgerechnet hatte und das Geld im Safe verstaut war, schaltete ich das Licht im Hinterzimmer aus, stand für einen Augenblick wie ein Blinder in dem plötzlichen Dunkel; sie neben mir, fast noch mehr geblendet.

»Fertig?« fragte sie ungeduldig, drückte aber meinen Arm, nicht einmal, dachte ich, nur so, sondern wirklich erregt und willens, diese Erregung mit mir zu teilen, dem Mitverschwörer und Teilzeithandlanger. Ohne meinen Arm loszulassen, ließ sie – ich sah es im Schein der schwachen roten Notbeleuchtung – drei extragroße Hershey-Riegel von der nachgemachten Süßwarentheke in ihrer Manteltasche verschwinden. Sie bemerkte, daß ich sie beobachtet hatte, und lächelte, zuckte ironisch mit den Schultern.

»Willst du einen?« Schmeckte wirklich gut.

Zuhause rannte sie die Stufen hinauf, buchstäblich lautlos, während ich ein Stockwerk hinter ihr her trottete und sie gewähren ließ. Deine Show, Nakota.

Ich machte es mir im Badezimmer gemütlich, erledigte mein wohlverdientes Geschäft, und es kam mir sehr lange vor, bis sie plötzlich gegen die Tür hämmerte und ich rief, daß sie ja offen sei, und Nakota vor mir stand, eine leere Videohülle in der Hand.

»Das Band läuft«, sagte sie, und eine Weile sprachen wir kein Wort, sahen einander nur an, stellten uns vor, wie das rote idiotische Auge in all die Dunkelheit starrte und darauf wartete, ob auf diesem Trip das Wetter wechseln würde.

»Bier?« fragte sie, ein schnelles bejahendes Nicken, endlich einmal eine Idee von ihr, der ich mit ganzem Herzen zustimmen konnte, selbst beim Scheißen. Sie stand vor der vor Nässe aufgequollenen Tapete, auf der ekelhafte blaßlila Seepferdchen spielerisch in einem ordinären, mit goldenen Blättern bedeckten Meer herumschwammen. Nakotas Augen waren geschlossen, und die Lider zuckten leicht, so als träume sie.

Plötzlich eine Ablenkung, wobei ich mit abgewischtem

Hintern dastand, die Hosen um die Knöchel, und sie sich mit offenen Augen geradewegs auf den Badezimmerfußboden kniete und mich in ihren Mund nahm.

Oh, sie fühlte sich gut an. Während sie mich bearbeitete, umschlossen ihre knochigen Hände meine Eier, ihr Haar schwang in einem hypnotischen Rhythmus hin und her, und ich packte diese Haare, diesen Kopf, preßte ihn an mich. Ich spürte ihre Nase, die sich weich gegen meinen Körper drückte, ich atmete heftiger und stöhnte schließlich hart und leise, als ich kam. Langsam, ganz langsam, ließ sie los und fuhr sich mit der Zunge über ihre glänzenden Lippen, wie eine Katze, die gerade gefüttert worden ist. Ich lehnte mich gegen das Waschbecken, stieß angehaltene Luft aus und sah, wie sie sich über die Toilette beugte und gekonnt einen milchigen Samenstrom aus ihrem Mund fließen ließ. Dabei sah sie mich mit einem herausfordernden Blick an, so als wartete sie nur darauf, daß ich beleidigt sei.

»Ich mag diese Scheiße nicht«, sagte sie, als sie fertig war. Ein fast hochnäsiges Lächeln. »Nichts Persönliches.«

Und doch wirkte sie beinahe komisch in ihrer Freundlichkeit? Nakota? Wie versprochen verschwand sie, um Bier zu holen,und kam mit einem ganzen Kasten zurück, den sie keuchend in die Küche schleppte. Sie wollte nicht, daß ich ihr half. Oder bezahlte.

»Das geht auf mich«, meinte sie bestimmt.

Sie trank sogar selber eins, saß gemütlich neben mir auf der Couch, las laut aus Flannery O'Connor vor und lachte an den falschesten Stellen. Ich streichelte ihre knochigen Hüften, lauschte ihrer charmant gekünstelten Lesestimme, eine Lehrerinnenstimme, wie ich zu ihr meinte, und sie lächelte nikkent. Mein Vergleich schien ihr nicht zu mißfallen.

Wir kamen fast bis ans Ende von *The Enduring Chill*. Mein Kopf schwankte hin und her wie der eines Säuglings, ich war herrlich betrunken, und ihre Stimme klang wie eine Serenade, bis ich plötzlich aufwachte, ruckartig, schrecklich durstig und allein. Aber ich hörte die Toilettenspülung, und sie kam aus dem Bad, nur mit einem Slip bekleidet. Selbst in dieser vertrauten Umgebung bahnte sie sich vorsichtig ihren Weg zurück. Sie war praktisch nachtblind. Sie kletterte neben mir auf die Couch, unter die Decke, blieb aber aufrecht sitzen, und unwillkürlich wurde mir klar, daß sie die Stunden zählte wie ein menschlicher Wecker. Sie wartete auf ihr Video.

»Wie lange noch?« fragte ich mit einer kehligen Bierstimme, und sie sagte: »Es dauert nicht mehr lange«, und dann war ich wieder allein. Plötzlich war sie wieder da, angezogen, nervös und fummelte an meinem störrischen Videorekorder herum. Der Camcorder lehnte sicher am Bettsofa. »Warte«, murmelte ich undeutlich, noch völlig verkatert. Als ich einen Fuß auf den Boden setzte, geriet ich mitten in eine kleine Armee leerer Bierdosen, zu viele. »Laß mich mal.«

»Mach schnell.«

Sie hatte es so eilig, daß sie sich nicht einmal setzte, und starrte auf den Bildschirm, während ich aufs Sofa zurückwankte. Ich mußte Wasser trinken, doch ich wollte auch warten, nur eine Minute, um zu sehen, was sich da zeigen würde; auch ich kann neugierig werden.

Eine geschlagene Minute Rauschen und Schnee – eine lange Zeit, dazusitzen und sich nichts anzusehen, ich war schon für den Schnellvorlauf, aber Nakotas Blick hinderte mich daran. Dann ein Schwall absoluter Finsternis, *aufgenommene* Finsternis, reich und bedrohlich, wie die Röntgenaufnahme eines Krebsgeschwürs. Nakota öffnete den Mund, um etwas zu sagen, aber ein blitzartiges Bild ertränkte ihren Gedanken: so etwas wie blutige Stelzen, die den Bildschirm wie Hände hinter Glas liebkosten, so intim, so gierig, daß selbst Nakota einen kleinen, ängstlichen Laut ausstieß. Dann war es, als würde eine Barriere zerschmettert, zügelloser Spaß, was auch immer die Bilder lieferte, die an diesem Spiel ihren Spaß hatten: ein breites, schwarzes Grinsen wie das Geisterloch selbst, wie ein Namensvetter, dann die Umkehrung, ein schwarzes Arschloch, aber wie ein Mund, mit Zähnen oder Knochen wie zersplittertes Glas, und in diese Büchse der Pandora starrte Nakota atemlos hinein, ich mit weit offenem Mund, wie der Dorftrottel im Abnormitätenkabinett. Fast schwindelig rutschte ich nach vorne, als auf dem Schirm Dinge geschahen, von denen ich eigentlich nichts wissen wollte. O ja, ich bin ziemlich abgebrüht, ganz der kauzige Voyeur, ich kann über Sachen lachen, bei denen andere Leute kotzen müssen, aber wie würde es jemandem gefallen, dem ekstatischen Tanz einer Selbstverstümmelung beizuwohnen, eine Gestalt, die sich selber ausweidet, sich selbst in eine neue, grobe Form bringt, und zwar aus dem, was aussieht wie die eigenen dampfenden Gedärme. Es entstand keine neue Gestalt, sondern eher das Gegenteil, wie mit der Kuchenform ausgestochen, an dessen Rand, obwohl es keine Umrandung hatte, die Finsternis war, ein Vortex, der so endgültig wirkte, daß das Geisterloch daneben verblaßte. Versteht man, was ich meine? Das Geisterloch war im Vergleich zu dieser Ungestalt ein verdammtes Kirmeskarussel, und plötzlich sah man etwas, daß ich schlimmer fand, weitaus schlimmer, als von irgendeinem lächerlichen Tod dahingerafft zu werden. Die Figur drehte sich um (jetzt), auf eine aufreizend langsame, fast pornogrpahische Weise und zeigte mir, sie zeigte mir, was dort zu sehen war.

Und ich mußte mich abwenden. Selbst Nakota saß mittlerweile mit schlaffen Lippen neben mir, waren die Umstände jetzt selbst für sie etwas zu viel geworden? »Gott.« Ich brachte das Wort kaum heraus, bedeckte zuckend mein Gesicht, um mich selbst zu schützen, und ich hörte ihren leisen Aufschrei, Auflösung der Schockshow, und als ich wieder hinsah, lief nur noch leeres Band, die Show ist vorbei, Leute, es gibt nichts mehr zu sehen.

Das Ganze hatte vielleicht fünf Minuten gedauert.

Nakota: Ich sah, wie ihre Hände zitterten, als sie sich durch das Haar fuhr, wie sie sichtbar schluckte, spürte das trockene Geräusch in ihrer Kehle, denn mir ging es genauso, ganz genauso. »Glaubst du –« begann sie und brach den Satz ab. Ich glaubte, sie wolle etwas anderes sagen, aber statt dessen nahm sie das Band heraus, steckte es mit der gleichen ehrfürchtigen Sorgfalt in ihre Tasche, als handele es sich um eine kostbare Reliquie, und schnappte sich ihren Mantel. Und war verschwunden. Sie drehte sich nicht einmal um, aber dieses Mal bemerkte ich es kaum, es war mir auch egal, denn ich hatte genug mit mir selbst zu tun, ganz gewiß, und die Wohnung war zu eng für uns beide. Sie war sogar für mich zu eng, also stand auch ich auf, zog mich an und ging. Beinahe achtlos hob ich noch den Camcorder auf und nahm ihn mit. Ich würde ihn zurückbringen, ja, aber zum Teufel mit der Arbeit für heute. Videos? Na gut, ich zeig dir ein Video. Nichts für die Zartbesaiteten. Kategorie, tja. Sagen wir mal ›Anspruchsvoll‹. Oder Komödie, je nachdem, je nachdem, wie hoch Ihr ganz persönlicher Grad an Verkorkstheit ist, und wenn Sie verkorkster sind als die meisten, dann werden Sie sich hierbei auf die Schenkel klopfen vor Vergnügen. Vielleicht noch mehr. Ich würde es ja selber tun, wenn ich mich daran erinnern könnte, wie man seine Hände bewegt.

Nach dem *Video Hut* drehte ich sorglos den Zündschlüssel um: Ich wollte fahren, einfach nur so durch die Gegend, aber ich hatte kaum noch Benzin und mußte irgendwo anhalten. Ein schmieriger Tisch bei White Castle, die Hamburger auf meinem Tablett wurden kalt, während sich meine Hände wie eine Kompresse um den Kaffeebecher klammerten. Er hatte ungefähr die Größe eines Behälters für Urinproben, der Kaffee schmeckte höllisch, aber ich hatte ja schließlich die Hölle gesehen, nicht wahr, oder den Himmel der Hölle, was nicht so viel Unterschied ausmachte.

Eine Müll-Lady kam an meinen Tisch und fragte, ob ich mit meinen Hamburgern schon fertig sei. Sie roch penetrant nach der Seife, die man auf den Toiletten der Tankstellen vorfindet. Sie trug drei T-Shirts übereinander und eine Jacke, die mich an Nakota erinnerte. Ich schob ihr die Hamburger hin. »Nehmen sie nur«, sagte ich.

»Sonst kriege ich ja nichts«, antwortete sie, was mir sehr klug erschien. Sie nahm die Hamburger, setzte sich zwei Tische weiter hin und begann zu essen. Ich fragte mich, was sie wohl denken würde, wenn ich ihr das Geisterloch zeigte. Sie glauben, Sie stehen am Rande der Gesellschaft, was Lady? Ich zeige ihnen den Rand des Randes, gibt's sogar schon auf Video.

Ich blieb sitzen, bis ich zum Gehen aufgefordert wurde. Ich hatte wohl zwei Stunden dort gehockt, ich trug keine Uhr. Als ich nach Hause kam, war Nakota dort. Sie spielte es schon wieder ab. Ich wußte nicht genau, ob ich es sehen wollte, und setzte mich neben sie. Ich nahm ihre Hand in meine, ganz fest, es war mir scheißegal, ob sie das wollte oder nicht. Es schien ihr nichts auszumachen. Oder sie bemerkte es nicht.

»Wie kommt es?« fragte sie beinahe flüsternd, als das weiße Rauschen am Anfang lief, »daß es auf Band, weißt du, noch *irrer* wirkt?«

»Weil es das ist.«

Ich wußte nicht genau, *was* ihr daran irrer vorkam; sicherlich ist die Wiederbelebung der Hand eines Toten schon verdammt irre, so irre wie die spontane Umverteilung von Insektengliedmaßen oder das simple Zerplatzen einer Maus. Für mich war das ein Beweis dafür, daß das Geisterloch kein Ding oder ein Ort war, sondern ein wirklicher Prozeß, *etwas, das geschah*, und daß man dieses Geschehen sogar auf Band aufnehmen konnte. Auf einer anderen Ebene war es so etwas wie eine Operation. Oder eine Art Tod. Wir haben dieses Video im Laden, Sie haben sicher schon davon gehört, *Die Gesichter des Todes* heißt es, der letzte Augenblick, festgehalten auf VHS. Das gleiche Prinzip: Jeder weiß um den Tod, aber ihn tatsächlich zu sehen, Mann. Schwachköpfe, die sich das ausleihen, pustet es tagtäglich weg, keine Witze. Vielleicht war es für mich nicht anders: das Geisterloch, die Insekten, die Hand, die Maus, heiliger Strohsack. Und jetzt schau hin, schau, wie es wirklich passiert. Schau hin!

Was es für Nakota war, wer weiß, aber sie schien wirklich zutiefst verblüfft, so wie ich sie kaum zuvor erlebt hatte. Für sie war es auch eine Art Bestätigung, nur wofür? Auch hier: Wer weiß? Sie sprach nicht darüber. Vielleicht, dachte ich, sind wir ja beide hypnotisiert. Magnetisiert im ursprünglichen Sinne. Aber vielleicht waren wir auch nur eine besonders blöde Ausgabe der Idioten, die nichts glauben, bevor es nicht im Fernsehen gesendet wird.

Ich sah mir alles regungslos an. Ich sah mir auch den Teil an, den ich eigentlich hatte vermeiden wollte, vorher, und dann tat es mir leid, daß ich ihn doch ansah. Nakota wirkte nicht so, als täte es ihr leid, aber heiter und gelassen schien sie auch nicht. Sie nahm ihre Zigaretten und zwei kleine gelbe Tabletten aus der Tasche ihres Sportmantels.

»Willst du eine?«

Ich schüttelte den Kopf. »Was sind das für Dinger?«

»Nur eine Art von Hilfe. Ich nehme sie schon den ganzen Tag.« Sie schluckte sie ohne Wasser hinunter. Ich habe nie kapiert, wie sie das konnte. Ich muß fast schon würgen, wenn ich nur zusehe.

»Ich bleibe bei Bier«, sagte ich. Es war noch immer eine ganze Menge da. Ich gab ihr ein Glas Wasser, und sie stand auf und schüttete zwei kleine Päckchen Zucker hinein. Sorgfältig leerte sie jedes Päckchen bis auf den letzten Krümel.

»Warum machst du das? Warum bewahrst du den Zucker immer in diesen kleinen Päckchen auf?«

»Wenn ich eine Tüte kaufe, kommen mir nur Kakerlaken rein.«

»Laß sie doch.« Sie trank das Glas in einem Zug leer. Dann grinste sie, ein füchsisches Grinsen. »Ich komme mir vor, als sei ich unter Wasser«, sagte sie. »Und als würde ich gleichzeitig brennen.«

Schon wieder das Video. Sie ließ es ein ums andere Mal laufen, bis ich es nicht mehr sehen konnte und nur noch rumsaß und mich in aller Stille betrank. Als mein Blick auf die Uhr fiel, stellte ich erstaunt fest, daß es erst vier war. Ich wäre noch nicht einmal von der Arbeit nach Hause gekommen. Ich hatte vergessen, eine Nachricht zu hinterlegen, aber es war mir völlig egal, es spielte sowieso keine Rolle. Vielleicht hatte das Geisterloch endlich einen Weg in meinen Kopf gefunden und trieb mich nun schmerzlos in den Wahnsinn.

Ich war so betrunken, daß ich auf dem Küchenfußboden einschlief. Als ich aufwachte, kroch ich als erstes zum Kühlschrank und holte mir noch ein Bier. Nakota hockte noch immer auf dem Schlafsofa. Das Licht des Fernsehers erhellte den Raum. Draußen regnete es, das einzige Geräusch, daß man hörte, und so war es wirklich, als sei man unter Wasser. Das seltsamste Aquarium der Welt. Und man schwamm selber darin.

»Du siehst dir das an, als wäre es ein Porno«, sagte ich zu ihr. Die Worte kamen so undeutlich aus meinem Mund, daß ich fast lachen mußte, aber so war es, ein ritueller Exzeß der Selbstbefriedigung, vielleicht machte sie es sich dabei wirklich selber. Das perfekte avangardistische Schock-Video. Junge, war ich heute abend wieder witzig. Schade nur, daß keiner lachte, außer mir. Oder auch nur zuhörte. Nakota jedenfalls nicht. Mit einem Mund voll Bier schlief ich wieder ein und wachte zu den Schlägen monströser Kopfschmerzen wieder auf, das Bier klebte mir feucht auf Hemd und Haut, der Fernseher brummte und Nakota schlief tief, zusammengerollt wie ein Fragezeichen. Ihre Hände, kindlich und schutzlos, lagen sanft auf ihrer Wange, während ein Schatten wie ein krebsgeschwüriges Lächeln über ihr Gesicht zog.

»Haben sie eigentlich was gesagt?« Nakota trank Sweet'n'Low und Mineralwasser. Sie stützte sich mit den Ellbogen auf den glatten Tresen. Der solide Steinblock trennte uns, als ich mit meinem eigenen Ellbogen gegen meine leere Bierflasche stieß. Montag gegen zwölf im Club 22, und außer Nakota und mir war nur noch der harte Kern da, den sie auf ihre schnippische, abwesende Art bediente. Im Moment aber waren alle Gläser gefüllt, meines auch, denn sie schenkte gerade wieder ein. Das Bier kam heute vom Faß, billig, aber mir war es egal, ich brauchte sowieso nichts zu bezahlen.

Sie zündete sich schon wieder eine Zigarette an. Schwarzer Rauch, ganz recht. »Ob sie was *gesagt* haben.«

»Wegen des Camcorders?« Ich schüttelte den Kopf. Ich entschuldigte mich nicht, und sie machte sich nicht über mich lustig. Werden Wunder je vergehen? Nicht solange es ein Geisterloch gibt. »Ich glaube nicht, daß es ihnen aufgefallen ist, und wenn, dann sagen sie nichts.«

Sie zog an ihrer Zigarette. »Jedesmal, wenn ich es mir anschaue, sehe ich etwas anderes.«

Mir ging es nicht so. Ich nickte, ja, aber das war gelogen, wie erstaunlich leicht es war zu lügen. Ich verriet mich nicht, auch nicht später in meiner Wohnung, als sie zum Bettsofa kam. Ich stand schon an der Schwelle eines bösen Traumes, die Silhouette ihres nackten Körpers wurde von harmlosem Fernsehlicht geformt, das sie angelassen hatte, um sich zurechtzufinden, nicht das Geisterloch-Video, ganz normales beschissenes Fernsehprogramm, wo die Werbespots wie Scheinwerfer flackerten. Sie hob die Decke an, gerade genug um darunterzuschlüpfen und ihre Kälte an meine Wärme zu schmiegen, aber auch ich war kalt, eine innere Kälte vor allem. Ich legte meine Arme um sie, sie atmete heftig gegen meine Brust, und ich spürte, daß ich steif wurde, aber ich bewegte mich nicht, und sie berührte mich nicht mehr, eine gegenseitige Rücksichtnahme, so vollkommen, als sei sie abgesprochen. Als wir aufwachten, war es noch nicht Tag, aber es dämmerte, die kalte Luft rosa getönt, und mein Schwanz war so steif, daß es weh tat. Ich bewegte mich immer noch nicht, aber ihre Hände fanden einen Weg zu mir, durch die Kälte und das Schweigen. Ein paar hitzige schnelle Bewegungen und ich kam, und dabei streichelte sie sich selbst, halb an mir, ihre Hüfte gegen meine Hüfte. Ich hörte, wie sie kam, ein winziger, krächzender Schrei, und ohne Atem zu holen; sagte sie: »Sie's dir mit mir zusammen an.«

Ich sagte nicht nein. Aber ich sah es mir auch nicht an.

Ich hatte von Anfang an recht gehabt: Für Nakota war es ein Schock-Video. Für einen Gehirnfick.

Seit sie das Band zum ersten Mal eingeschoben hatte, war sie so oft in meiner Wohnung, daß selbst ich zufrieden war. Im Lotussitz und mit krummen Rücken saß sie da, die Augen starr auf den Bildschirm gerichtet. Jeden Tag, kein plötzliches Verschwinden mehr, sie blieb auch über Nacht. Ab und zu war sie noch da, wenn ich zur Arbeit ging. Dann lag sie bewegungslos auf dem Bauch, und in ihren Augen war kein Friede, ihre Lider flatterten, als träume sie einen endlosen Traum. Das Band lief ständig, es sei denn, ich schaltete es wenigstens ab und zu einmal aus. Es gelang mir schon ganz gut, die Bilder zu ignorieren, falls ich nicht gerade den kritischen Moment erwischte, in dem die Gestalt sich umdrehte. Dann mußte ich hinsehen, ob ich wollte oder nicht, und hinterher fühlte ich mich so wie immer. Es tat mir an einer Stelle weh, die ich nicht betrachten konnte, um die Tiefe und die Schwere der Wunde feststellen zu können.

Nach der Arbeit: Die ersten Tage des Schneefalls lagen hinter uns, und schon kotzte es mich an, schmutziggraue Klumpen am Rande der Fahrbahn, und die Leute fuhren, als hätten sie das Scheißzeug noch nie gesehen. Die Heizung in meiner Wohnung erzeugte keine echte Wärme, nur eine Art halbherziger feuchter Hitze, von der sich meine Drucke wellten und die den Boden trocken und kalt ließ. Ich kam nach Hause: die Zeitung, ein halb gegessenes Lunch in einer braunen Papiertüte mit Fettflecken, mein häusliches Ich. Was gibt's zum Abendessen, Liebling. Geisterloch-Soufflé?

Nakota saß wie immer vor dem Fernseher, bedachte mich aber bei meinem Eintreten mit keinem Blick, nicht die geringste Geste, die bewies, daß sie nicht allein war. Schließlich drehte sie sich langsam, ganz langsam um, erhob sich wie in einem Unterwasser-Ballet, ging die paar Schritte zum Fernseher, als sei es ein Kilometermarsch, kniete sich davor und preßte vorsichtig und zärtlich ihre Wange gegen den Bildschirm.

Fast erwartete ich – ja was? Das Zischen von verbranntem Fleisch? Einen blendend-weißen Lichtstrahl, der sie geradewegs in den Fernseher ziehen würde? Natürlich geschah gar nichts, nichts Sichtbares, sollte ich vielleicht besser sagen, denn das ist ja der knifflige Teil, nicht wahr, darin liegt ja gerade die Schwierigkeit. Die schwersten Verletzungen sind die inneren, das hätte ich aus eigener Erfahrung wissen sollen, aber ich bin einer von den Typen, die nicht dazulernen.

In dieser Haltung blieb sie eine Weile sitzen. Ich ließ sie, fand kein Argument dagegen. Ich schaute weg, räumte meine Sachen ein. Es schien nicht angebracht, jetzt zu kochen oder etwas anderes zu tun. Wie soll man sich verhalten, wenn man Zeuge einer Ekstase wird?

Ich las die Zeitung, raschelte jedes Mal nervös mit dem Papier, wenn ich den Eindruck hatte, sie bewege sich, und stand schließlich auf, schaltete das Band ab, den Fernseher, half ihr beim Aufstehen – sie konnte es brauchen – und führte sie wieder zum Sofa. Sie setzte sich hin, ralativ fügig, und ich stand vor ihr und sah an ihr herab. Was sollte ich tun? Plötzlich riß sie die Augen auf, starrte mich mit einem Ausdruck an, der bei jedem anderen Anlaß sehr komisch gewesen wäre, und sagte mit einem breiten, bedrohlichen Lächeln: »So ist's recht, verhätschele die Verrückte nur, du armer Idiot.«

»Sehr wohl, Eure Verrücktheit.« Und sie lachte über mein zaghaftes Lächeln, ein normales Geräusch, zumindest für ihre Verhältnisse. Sie steckte sich eine Zigarette an und fragte, ob Mineralwasser da sei oder irgend etwas anderes zu trinken.

»Heute arbeite ich nicht«, sagte sie. »Tom hat mich gefragt, aber ich habe nein gesagt.«

Der Abend verging, zu Bett, kein Sex, ihr knochiger Körper fühlte sich kalt an, und sie sank in den Schlaf wie ein Eisblock in den Schnee. Ich wollte noch etwas lesen, aber ich konnte mich nicht richtig konzentrieren, die Wörter verwandelten sich in andere Wörter, Sätze in Hetzreden, ganze Abschnitte in verzerrte Polemiken über die Macht des Instinkts. Dann wieder verwandelten sie sich in Symbole, die ich nicht deuten konnte, und ich wußte, daß ich schlief und träumte. Niemand störte mich, obwohl sich die Wörter wieder veränderten und sich auf den Seiten wanden, als seien sie aufgespießt, als sei ich ein verabscheuungswürdiger Sammler, der sie, koste es was wolle, besitzen mußte. Sie formten sich zu Herausforderungen, schwächlichem Widerstand, und ich lachte und klappte das Buch zu, immer wieder. Ich genoß meinen grausamen Rhythmus in einem Maße, daß ich schließlich aufwachte und erschrocken hochfuhr. Ich rieb mir die Augen und sah, daß Nakota verschwunden war.

Die Wohnungstür stand offen.

Ich brauchte zwei Sekunden, bis ich meine Jeans übergestreift hatte, natürlich verfingen sich ein paar Schamhaare im Reißverschluß. Es tat weh, aber ich spürte es kaum, ich galoppierte wie eine ganze Kavallerie die Treppe hinunter, murmelte »Scheiße, Scheiße« vor mich hin, als seien es Zauberworte, aber schon vom Treppenabsatz konnte ich es sehen: Sie hatte sich nicht einmal die Mühe gemacht, die Tür zum Lagerraum zu schließen, hatte nicht einmal die Zehn-Watt-Lampe angemacht. Ich tat es, ich wollte sehen, was vor sich ging. Was immer es auch war.

Ein Blick, o ja, es tat sich etwas.

Sie kniete davor, nackt und völlig abwesend, hatte die Arme zu beiden Seiten aufgestützt, das Haar baumelte herab, und sie war dabei, ihren Kopf in das Geisterloch zu stecken.

»Um Gottes willen!« Ich war zu entsetzt, um mir etwas anderes zu überlegen, mir Sorgen zu machen, daß ich ihr weh tun könnte, also rammte ich sie wie ein Lastwagen, stieß sie zur Seite, und sie krachte auf den Boden, genau wie die angebundene Hand, mitten in einen Haufen Müll. Überall flog der Mist durch die Gegend, aber sie kam zurück, krabbelte wie ein Krebs auf mich zu, mit gefletschten Zähnen, hochgerissenen Augenbrauen, ihre kleinen Brüste baumelten in der Luft, ihre Augen waren vollkommen leer. Ich packte sie, und sie biß mich, biß mich wie ein Hund, überall Blut, und aus Angst um meine Hand ließ ich sie los, und in diesem Moment stürzte sie wieder auf das Loch zu. Ich riß sie am Hals zurück, die Panik verlieh mir Kraft, und sie gab einen kleinen Laut von sich. Jetzt hatte ich ihr bestimmt wehgetan, und ein winziges, ein kleines Stück Leben kam in ihr Gesicht zurück, und ich packte noch einmal dort zu, wo ich ihr wehgetan hatte, benutze den Schmerz, benutze ihn.

»Nakota!« Ich packte noch kräftiger zu. »Hör auf damit, hör auf, hörst du mich?«

Plötzlich kam alles zurück, aber ihre Augen sahen noch immer seltsam aus, und ich lockerte meinen Griff nur ein wenig. Auf ihren Zähnen klebte Blut, und sie weinte fast, in meinem ganzen Leben hatte ich sie nicht weinen sehen. »Ich muß, Nicholas, laß mich gehen.«

Die Muskeln bebten in meinem Arm, die Vibrationen ihres Körpers übertrugen sich auf meinen. Mein Gott, wie stark sie war. »Das kann ich nicht.«

Tränen und Blut. »Ich muß, Nicholas. Mein Kopf ist da unten.«

»Oh, Nakota«, sagte ich und dachte, jetzt ist sie völlig übergeschnappt, die ganze Sache war zuviel für sie. Was tat ich nun? »Laß uns wieder nach oben gehen, okay? Wir gehen nach oben und –«

»Ich will meinen Kopf wiederhaben!« Sie versuchte sich loszureißen und, mein Gott, sie war wirklich stark, sie boxte und trat und schnappte mit den Zähnen nach mir, während ihr Mund arbeitete, lange Speichelfäden hingen heraus, und sie schlug auf mich ein, und ich hielt sie fest, ganz fest. Eigentlich wollte ich sie aus dem Raum ziehen, aber so, wie sie sich wehrte, brauchte ich alle meine Kraft, nur um sie festzuhalten, und ich tat ihr schon wieder weh, obwohl sie es sich nicht anmerken ließ. Vielleicht mußte ich ernst machen, sie bewußtlos schlagen (auch wenn ich gar nicht wußte, ob mir das überhaupt gelingen würde, ich hatte keine Erfahrung in solchen Sachen), aber sie laugte mich langsam aus, sie wehrte sich so heftig, wehrte sich die ganze Zeit, bis ich schließlich schrie: »Okay, okay, hör einfach nur auf, okay? Hör auf!« Mit aller Kraft schüttelte ich sie, ihr Hals schnappte nach hinten wie eine Peitsche, und sie wurde ruhiger, wild nach Luft schnappend, aber ruhiger.

»Ich will meinen Kopf wiederhaben«, sagte sie.

O Gott. Ich versuchte, mit ihr zu reden, ihr den Wahnsinn auszureden, aber sie wollte an mir vorbei. Aus ihrer Kehle drang ein Winseln, daß mich an ein kleines, krankes Tier erinnerte, sie murmelte etwas über ihren Kopf und stemmte sich mit aller Kraft gegen meinen Körper, als sei ich eine Mauer oder eine Tür, die sie durchbrechen müßte, um frei zu sein. Das konnte die ganze Nacht so weitergehen, so lange, bis sie mich am Boden hatte, und ich zweifelte nicht daran, daß sie das schaffen würde. Irgendwann. Sie war die Königin des Irgendwanns.

»Hör auf!« wiederholte ich ständig, und ich glaubte langsam, daß ich sie wirklich zusammenschlagen mußte, wenn ich sie wirklich vom Loch fernhalten wollte. O Gott, bitte nicht das. »Hör auf, Nakota, hör –« Gewinsel und Keuchen, es war, als kämpfe man mit einem Hund, der nach einem schnappt. So ist das also, wenn jemand seinen Verstand verliert, aha, und sie stemmte und stemmte sich gegen mich. All ihre Muskeln bebten, und dann kam der Tritt. Ich hätte darauf gefaßt sein müssen, schließlich war es der klassische Trick, und während ich wie ein Taschenmesser zusammenklappte und mir an die Eier griff, stürzte sie an mir vorbei, ein Sprung beim Ballett. Ich hatte Schmerzen, ja, aber die Wut gab mir die Kraft, noch einmal nach ihr zu greifen, und ich erwischte etwas, irgendeinen sehr dünnen Teil von ihr, und mit aller Wucht schleuderte ich sie gegen die Wand. Wie eine Tür, die man zuschlägt, krachte sie dagegen, aber für mich war der Schwung zu groß, ich verlor das Gleichgewicht, und ich stand zu nahe, zu nahe am Geisterloch. Wie eine Windmühle stolperte ich in vollkommener Lautlosigkeit darauf zu, in einer Sekunde, die so lang und einzigartig war wie der letzte Augenblick vor einem Zusammenstoß.

Ich falle geradewegs hinein.

Von Nakota kam nichts mehr, ich hatte sie endlich ausgeknockt, keine Hilfe, kein Halt, ich kann nicht, ich kann nicht mehr.

Gott!

Ich stürzte der Länge nach zu Boden, ein Aufprall wie ein Schrei, der durch die Kammer hallte, zappelte wie ein Fisch, und mein rechter Arm, der mir eigentlich Halt geben sollte, verschwand bis zur Schulter im Geisterloch.

Immerhin bekam sie so ihren Kopf wieder.

3

Natoka als Krankenschwester. Wir brauchten beide Krankenschwestern, sie noch mehr als ich, auch wenn meine Hand mittlerweile grotesk angeschwollen war. »Was für Viren schleppst du eigentlich mit dir rum?« Ein schwacher Scherz, der noch nicht einmal ein halbes Lächeln erntete. Ihre Lippen zuckten um die Zigarette herum. Schwarzer Rauch, der in meinen Augen brannte. Ihre Bewegungen waren langsam, von einer Art verkrüppelter Anmut, und sie ging durch die Wohnung, wie man einen Unfallwagen fährt, selbst ihre Haare sahen verletzt aus, schmutzig und mit einem Gummi nach hinten gebunden. Wir hatten das ganze Aspirin, das ich hatte, aufgebracht und fingen jetzt mit dem Nyquil an.

Es war schon fast Morgen, die wolkenverhangene Dämmerung kündigte neuen Schneefall an. Ich lag im Bett, Nyquil in der einen, Bier in der anderen Hand. Nakota stand zitternd vor der Stereoanlage. Auf ihrem nackten Rücken, genau über den Rippen sah man einen beunruhigend herzförmigen, blauen Fleck. Nur dem, den man liebt, prügelt man die Scheiße aus dem Leib.

»Beeil dich«, sagte ich. »Du wirst erfrieren.« Sie fand, was sie suchte, aber es dauerte etwas. Lauten Kicktrash, ein passendes Obligato für unseren kleinen Tanz, meine Damen und Herren, und nun der Geisterloch-Walzer. Sie ging durch das Zimmer, und es tat mir weh sie anzusehen, blaue Flecken wie Wolken, großzügig über den ganzen Körper verstreut, aber vor allem an den Armen, dort wo ich sie festgehalten hatte. Die Erinnerung an meine panische Tyrannei war schmerzlich, aber ich wußte, daß ich zur Abwechslung einmal völlig recht gehabt hatte. Ein komisches Gefühl, gar nicht angenehm. Man kann sich daran gewöhnen, dauernd falsch zu liegen: irgendwann ist man für nichts mehr verantwortlich.

Wieder ins Bett, in die Wärme. Wir hatten sämtliche Dekken, die ich besaß, übereinandergestapelt, wir brauchten die Hitze. Ich nahm sie vorsichtig in den Arm, wollte ihr nicht noch mehr wehtun und bot ihr etwas Nyquil an. »Angenehmes Bouquet«, sagte sie mit undeutlicher Stimme.

Als sie mir die Flasche zurückreichte, zuckte ich zusammen. Sie drehte sich um, langsam. »Ich dachte, es sei die andere Hand«, sagte sie.

Das hatte ich auch gedacht, aber da war es, im rechten Handteller, ein Loch, eindeutig, ein Loch, und schwankend stieg ein häßlicher Verdacht in mir auf. O Gott, bitte nicht, kein Souvenir, ich habe meine Pflicht getan. Bitte, tu mir das nicht an.

Ich betrachtete meine Hände. Die linke, die Nakota gebissen hatte, war geschwollen, fast violett, man konnte sehen, daß sie etwas abbekommen hatte. Die rechte präsentierte das Loch in der Handfläche, eine kreisförmige Verletzung mit grauen Rändern. Während wir noch daraufstarrten, wölbte sich ein winziger Tropfen einer klaren Flüssigkeit, dick wie Sirup, in der Wunde, aber er tropfte nicht heraus.

»Hat dich –« Plötzlich war ihre Stimme wieder deutlich. Sie richtete sich auf, sie war aufgeregt, diese kranke Hexe. »Hat dich etwas – verletzt?«

»Halt den Mund, verdammt noch mal.«

Meine Stimme zitterte. Ich hatte Lust, sie erneut zu schlagen, statt dessen wandte ich mich ab. Ich schloß die Augen und erinnerte mich nur noch an die große Furcht, die mich am Rand des Geisterlochs ergriffen hatte, und dann dieses Gefühl des Gepacktwerdens. Ich erinnerte mich an ihr Stöhnen, daß ich meine Hand zurückzog und zu ihr kroch. Sie lehnte noch immer an der Wand und weinte ohne Tränen. Ich konnte ihr keinen neuen Kopf präsentieren, aber ihr eigener schien schon wieder zu funktionieren. Wir schleppten uns nach oben, wo das Duschwasser brennend über uns herablief. Es schien, als könnten wir nicht genug Wärme bekommen, nicht genug Medizin. Schwester Nakota schob mir Pillen in den Mund. Jetzt war alles beim alten, ich konnte meine Verseuchung bejubeln.

»Hat dich etwas dort unten –«

»Ich sagte, halt den Mund!« Ich schlug mit der Hand auf

das Bett, auf das Bündel der Decken und verspritze hellgrünes Nyquil. Der Schmerz trieb mir Tränen in die Augen, o Gott tut das weh, und Nakota fuhr zusammen, aber ihre Augen leuchteten. Ich schloß die meinigen, damit ich sie nicht ansehen mußte.

»Laß mich in Ruhe«, sagte ich, und das tat sie. Aber ich konnte spüren, wie sie nachdachte.

Das alte Sprichwort bewahrheitete sich: am Morgen sah alles anders aus, besser, die blauen Flecken, die Schwellungen, die Schmerzen und auch sonst alles.

Alles, außer meiner rechten Hand.

Ich stand allein im Badezimmer, lehnte mit dem Rücken gegen die unverschließbare Tür und untersuchte im flackernden Licht meine Hand. Ich kam mir vor, als analysierte ich einen Biß des Teufels, o ja, es kostet Überwindung, ihn zu berühren. Ob die Wunde entzündet war? Aber ja. Ich ließ kaltes Wasser darüberlaufen, danach warmes. Die Hitze rötete die Haut etwas, aber ansonsten gab es keine Veränderung.

Nakota klopfte an die Tür. »Ich muß da rein, Nicholas.

»Moment noch«, antwortete ich und lehnte mich etwas fester gegen die Tür. Ich hielt die Hand nahe, ganz nahe vor meine Augen, eine kleine, hügelige Wunde, wie ein maßstabgetreues Miniaturmodell des –.

Sag es nicht.

»Ich muß pinkeln, Nicholas!«

Ich trat von der Tür weg, ließ sie herein und versteckte die Hand an der Seite. Während sie pißte, zog ich mich an, ich beeilte mich, gepackt von einer absurden beklemmenden Furcht. Ich griff nach dem Schlüssel, rief: »Bis dann«, als ich die Türe viel zu fest hinter mir zuschlug. Im Flur atmete ich heftig. All meine Bewegungen liefen in der Geschwindigkeit eines Slapstick-Filmes ab, und ich mußte mich förmlich zwingen, ganz langsam die Stufen hinunterzugehen. Ich wollte wirklich nicht an der Tür zum Geisterloch stehenbleiben, auf keinen Fall wollte ich das, auch wenn der Türknauf sich in meiner entzündeten Hand so gut anfühlte, auch wenn es dahinter so warm war, wärmer als auf dem Flur, wärmer noch als in meiner Wohnung. Die Hitze schien natürlich aus dem Geisterloch zu strömen und woher auch sonst, hm? Woher auch sonst?

Ich murmelte in die Dunkelheit hinein.

»Was hast du mir angetan?

Es war warm. Eine Anspannung, die ich gar nicht ganz erkannt hatte, schien mit einem Mal von mir abzufallen, meine Schultern sackten erleichtert herab, es war so warm. Meine Hand war ganz naß, sanft und süßlich und tröpfelte die Flüssigkeit aus der Wunde, auch hier: Wärme.

»Was wird mit mir geschehen?«

Keine Antwort, kein Orakel. Nur der Mund des Geisterlochs, aus dem warmer Atem aufstieg. Wie in einem Traum fiel mir auf, daß der Geruch heute stärker war, ein kräftiges Aroma, vielleicht so etwas wie Weihrauch, es roch nach Gewürzen, vielleicht war es –.

Vielleicht war es hinter deinem *Blut* her, du verdammter Idiot, mach, daß du hier verschwindest, aber schnell.

Raus. Raus auf den Flur und die Stufen hinunter. In mir war jetzt nur noch Furcht, die gute alte, gesunde Furcht, auch draußen, wo ich über den verschneiten und vereisten Gehweg schlidderte. Instinktiv streckte ich die Hände aus, um mein Gleichgewicht zu halten, aber ich stürzte, so schwer, daß mir fast die Luft wegblieb. Beide Hände schmerzten so stark, daß mir sofort kalte Tränen übers Gesicht liefen. Ich brauchte fast eine halbe Minute, nur um hochzukommen, und mein Blick fiel auf die Krähen mit ihren großen schwarzen Flügeln, die nachdenklich auf den Telefondrähten hockten, Stadtgeier in den Lehrjahren. Es schien, als flögen sie in dem Moment davon, als ich sie sah, nicht hin zu mir, sondern nach oben, wo schnell dahinziehende Wolken die schwächliche und ratlose Sonne verdeckten.

Ich hielt an einem Drugstore und klebte mir im Auto sorgfältig Heftpflaster über mein hübsches neues Loch. Zwanzig Minuten zu spät zur Arbeit, eine Tatsache, auf die mich der Manager in einem erlesenen Wutanfall hinwies, den ich dankbar über mich ergehen ließ. Der Tag kann beginnen, dachte ich, und meine Hand stimmte mir mit einem feuchten, kühlen Pochen zu.

Schluß mit dem Video, befahl ich ihr.

Man stelle sich die Szene vor. Aber ich sagte es tatsächlich, drohte ihr mit einer ruhigen Autorität, die ich natürlich nicht besaß, innerlich zitterte ich, aber ich sagte, nein, nein, wenn du es sehen willst, dann woanders. »Ich will nicht, daß noch einmal geschieht, was geschehen ist«, sagte ich.

»Das wird es nicht.« In ihrer leisen Stimme schwang unterdrückter Zorn mit. Sie blickte auf meine verletzte Hand, die rechte natürlich; die andere, die sie gebissen hatte, würdigte sie keines Blickes, nein, das war zu normal für sie. Ihre eigenen Hände zitterten vor Schreck so sehr, daß es ihr kaum gelang, eine Zigarette anzuzünden. »Ich habe keine Angst.«

»Aber ich.«

»Du weißt, daß ich keinen Videorecorder habe.« Ich konnte ihre Wut spüren.

»Pech.«

Sie wußte nicht, wie sie mir das entsprechend heimzahlen sollte. Die Zigarette steckte fest zwischen ihren Zähnen, ihre Hände flatterten nervös umher, meine Kälte machte sie wütender, als es all mein Zorn je bewirkt hätte. »Du hast keinen Mumm in den Knochen, weißt du das? Du bist ein Feigling, ein Angsthase, ein Versager –.« Und was folgte, war eine endlose Litanei meiner vielen Schwächen, aber während sie die Liste fortsetzte, dachte ich an größere Schwächen, Dinge von denen sie nichts wußte und nie etwas erfahren würde. Dinge, die sie wahrscheinlich – bestimmt – nicht einmal für erwähnenswert halten würde. Aber es waren Dinge, die den Stachel des Bedauerns mit sich trugen, der noch immer so bitterlich scharf war, daß nur der Gedanke daran sofort die gleißende Scham von damals in mir hervorrief. Ich sah, wie sich Nakotas gemeiner kleiner Mund hin und her bewegte, wie die Zigarette unbemerkt niederbrannte, wie die Asche lautlos auf den Boden fiel. O ja, ich hatte unendlich viele Fehler begangen, eine banale Wahrheit, aber dieses eine Mal hatte ich richtig gehandelt.

Schließlich seufzte sie frustriert: »Aber das nehme ich mit«, sagte sie und drohte mir mit dem Videoband, als sei es ihre Faust.

»Wie du willst.«

Und weg war sie, Aschenreste hinterlassend, eine Spur, die ich mit der Hand auflas und in die kalte Nachtluft streute. Ich stellte mir vor, daß die Asche unten im Schnee Muster formte, die gleichen, die sie angeblich auf den Insektenflügeln gesehen hatte, die Flügel der Insekten, die nun alle unter dem Schnee ruhten.

Nachts saß ich in meiner Wohnung – allein, überflüssige Frage –, kümmerte mich um meine Hand und untersuchte die sich verschlimmernde Entzündung, auf welche Art sich die, nun, Infektion nicht zu verbreiten, sondern zu vertiefen schien. Die grauen Ränder der Wunde wurden schwärzer. All die anderen vergänglichen Souvenirs jener Nacht waren verheilt, selbst Nakotas Bißwunden, alles an mir war so gut wie neu, oder zumindest so wie vorher. Nur meine rechte Hand nicht.

Es sah auch nicht aus, als würde es besser werden.

Ich hielt sie bedeckt, Kriegsverletzungen soll man nicht zur Schau stellen, und als es schlimmer wurde, wechselte ich von Heftpflaster zu Mullbinden. Das Loch wuchs tatsächlich, die Ränder erweiterten sich, während Grau zu Schwarz wurde, die Haut wurde glatt wie Plastik, wie *teures* Plastik, wenn ich schon verwese, dann bitte auf die feine Art. Immer noch tropfte Flüssigkeit heraus. Das war das Unangenehmste, dieses gottverdammte, beschissene, tröpfelnde Zeug, meistens nur ein bißchen, aber manchmal so viel, daß es mir die Hemdmanschette durchnäßte, und bei der Arbeit mußte ich manchmal so tun, als hätte ich Cola verschüttet, aber wie oft kann man eigentlich Cola verschütten? Und es roch, ja, aber nicht so, wie man es vielleicht erwartet hätte. Das Aroma wechselte, manchmal stank es so nach Abfall, daß es mir fast den Magen umdrehte, wenn ich den Verband wechselte, manchmal duftete es süßlich, fast angenehm. Selbst Nakota nahm es wahr. Ich ertappte sie, wie sie bei manchen ihrer kühlen, seltenen Besuche schnuppernd die Nase rümpfte, wie eine Katze. Aber sie war natürlich zu stolz um zu fragen.

Sie war ein anderes, viel größeres Problem, schmerzhafter als meine dumme künstliche Verwesung, mit noch weniger Aussichten auf Heilung. Sie hatte mich verlassen. Das war natürlich meine Strafe wegen des Videos, das sie sich fleißig woanders ansah. Es mußte so sein, denn es war zwei Wochen her, seit ich das Band zum letzten Mal gesehen, geschweige denn in den Recorder geschoben hatte. (Aber wo sah sie es sich an? Hatte sie sich etwa einen Videorecorder gekauft? Niemals. Also bei wem sah sie es? Und wie erklärte sie es, wenn sie sich überhaupt die Mühe machte. Schluck sie herunter, diese Fragen, sagte ich mir, schluck sie herunter, bis du daran erstickst, aber stell keine Fragen.) Gott, wie ich sie vermißte, nicht dann, wenn man es am meisten vermuten würde, es gab keine einsamen Nächte, in denen ich in meine Junggesellenkissen schluchzte und meinen steifen Junggesellenschwanz rieb. Am meisten tat es weh, wenn sie da war, eingewickelt in den schäbigen Sportmantel, den sie nun dauernd trug, Röhrenjeans und zu große Schuhe. Dafür hatte sie Herrensocken an. Sie war immer naß, ihre Hände sahen kalt aus, ihre roten Lippen hatten eine fiese graue Färbung angenommen. Manchmal platzten sie auf und ich konnte Blut in den Spalten sehen. Bei diesem Anblick hätte ich weinen können, ich weiß, das klingt lächerlich, aber so fühlte ich mich.

Sie setzte sich mit gekreuzten Knien auf das Schlafsofa und starrte mich an, der ich unablässig daherschwatzte. Ich dagegen starrte in mich selbst, wunderte mich auch über mein leicht zu durchschauendes Gerede, das allzu deutlich nur den einen Satz wiederholte: Komm zurück. Komm zurück und sei mir nicht mehr böse.

Aber ich konnte noch immer nicht nachgeben.

Auch wenn ich wußte, daß sie es sich woanders ansah, wußte, daß ich sie vor nichts beschützte und es vielleicht noch schlimmer machte, wenn ich nicht bei ihr war: was dann? Ich war ein ziemlicher mieser Wachhund, aber ich war immerhin etwas, das sich zwischen sie und ihre eigene Hemmungslosigkeit werfen konnte. Ich hatte sie schon vor einigem bewahrt. Vielleicht war gerade das ein Problem oder der Kern des Problems, vielleicht war es der letzte Schlag für sie, daß ich mein Veto gegen das Video eingelegt hatte. Wer weiß. Ich wußte nur eines: Selbst wenn dieses Veto sie von mir fernhielt, ich mußte weiterhin nein sagen, weil ich es nicht ertragen konnte, daß sie es sich dauernd ansah und ich mir dauernd Sorgen machte, ob sie sich nicht vielleicht in dieser Nacht davonstehlen würde und ich hinter ihr her müßte, ihr vielleicht wehtun müßte, um sie aufzuhalten. Oder schlimmer noch; daß sie mich für immer verlassen könnte. Bring dich um, Nakota, wenn du mußt. Ich liebe dich, und ich könnte dich niemals ganz aufhalten, könnte nur deine Geschwindigkeit verlangsamen. Aber ich habe mir das Recht verdient, nicht dabei zusehen zu müssen. Immerhin – versuchte ich mich zu beruhigen, eine widersprüchliche Vorstellung, ich weiß – immerhin schien sie mir etwas weniger zombiehaft als sonst, vielleicht hatten die Stunden (nahm ich an) unbeaufsichtigter, suchtbeherrschter Wiederholungen das Video einiges von seinem kalten, hypnotischen Charme gekostet, von Saulus zu Paulus oder so. Das war natürlich Unsinn – hab' ich das nicht schon einmal gesagt? – aber für mich war es eine unersetzliche Fiktion, die mich vorwärtstrieb. Wenn ich sie im Stich ließ – erneut –, wenn es keinen Ausweg mehr gab, dann wollte ich wenigstens nicht ihr Komplize sein.

Ich dachte nach, solange bis sie aufstand und ohne ein Lächeln sagte: »Komm, wir gehen.« Und ich stolperte hinter ihr her, zum Geisterloch.

Natürlich, sie kam nicht wegen mir, sondern wegen des Geisterlochs. Ich war sicher, daß sie oft, vielleicht sogar meistens allein dorthin ging. Ihre Arbeitszeiten erlaubten es; sie hätte sich sogar eine Wohnung im Haus mieten können, ohne daß ich es bemerkt hätte. Und das war es, was mich so verwirrte. Warum machte sie sich die Mühe, mich mitzunehmen? Aber ich stellte keine Fragen. Sie ab und an zu sehen, ohne sie auch nur zu berühren, auch wenn das alles war, was ich bekam, würde ich es annehmen, wenn auch eher traurig als glücklich, aber auf alle Fälle schweigend.

Die Treppen hinunter. Dann wir beide wieder näher beieinander und in das dunkle Maul starrend. Manchmal stand sie, die Hände in den Taschen, manchmal kniete sie davor. Bei der Erinnerung an diese Haltung lief es mir jedes Mal kalt den Rücken hinunter. Ich hinter ihr, ihr Ritter in verbeulter Rüstung, der unbeholfen an seiner bandagierten Hand herumfummelte, während seine schöne Dame ihren Gral bewunderte.

Immer ohne ein Wort, und wortlos trennten wir uns auch an der Treppe. Sie eilte schroff und schweigend davon, ich schleppte mich nach oben, um mir irgendeine Ablenkung zu verschaffen. Einmal kramte ich sogar meine peinlichen Gedichte hervor. Ich versuchte es auch mit Bier, aber wer hätte das gedacht? Ich ließ es stehen. Statt dessen saß ich mit geschlossenen Augen am Fenster und atmete die kalte Luft ein, bis ich einschlief. Mit verkrampften Schultern wachte ich auf, meine Blase war voll, und meine Hand schmerzte, sie schmerzte.

Nichts wurde besser.

Im Wartezimmer des Arztes hing ein schwacher Bleichgeruch in der Luft, ich saß nervös auf einem roten Kunstledersofa und las einen Zeitungsartikel: »Ist ihr Ehepartner ein Workaholic?« Nein, aber meine Freundin, meine Ex-Freundin hat die enervierende Angewohnheit, ihren Kopf in Dinge zu stecken, die sie nichts angehen. Aber dieser Artikel stammt wohl eher aus *Cosmopolitan*. HaHaHa.

»Mr. Reid? Nicholas?«

Die Sprechstundenhilfe war ein Mann mit einem runden und fraulichen Hintern, seine Uniform weit, hellblau und sauber. Blutdruck, Puls, Temperatur. »Sie haben also ein Problem mit einer Infektion? Eine Handverletzung?«

»Ja.«

Er wollte meine unbeholfenen Abdeckarbeiten entfernen, die doppelte Bandage, aber ich schüttelte den Kopf, zog meine Hand weg und verbarg sie wie ein Kind hinter dem Rücken. »Wissen Sie, mir wäre es lieber, wenn es nur der Doktor sehen würde. Ich meine«, fuhr ich mit einem schwachen, verlegenen Lächeln fort, »es tut ziemlich weh, wenn man es berührt.«

»Gut.« Das war es nicht, aber ich hatte mich durchgesetzt und darauf kam es an. Wenn ich schon eine Ein-Mann-Abnormitäten-Show abziehen mußte, dann, bitte sehr, nur auf Einladung.

Die knochigen Hände des Doktors hatten die Farbe von schwachem Kaffee, sein Haar war grau und struppig. Sein schroffer und gelangweilter Blick schien zu sagen: Bringen wir's hinter uns. Nicht so traurig, Doc, dachte ich, während ich meine Bandagen abschälte, das hier wird Ihnen den Tag versüßen. Ein medizinisches Wunder.

Zunächst sagte er nicht viel, stellte ein paar Fragen, dann ein paar mehr, drückte meine Hand mit seinen knochigen Fingern, meine Knöchel, die Stelle unter dem Daumen.

»Tut das weh?«

»Nein.«

Er drückte weiter. »Hier?«

»Nein.«

»Und hier?«

»Nein.« Ich spürte, wie enttäuscht er war. Hinter ihm hing ein Kalender an der Wand, eine friedliche Winterszene, mit den besten Grüßen eines Pharmakonzerns: Bitte, kaufen sie unsere Medikamente.

»Und wie ist es –«

Der Schmerz kam so unerwartet und heftig, daß ich mit Tränen in den Augen meine Hand wegriß. Etwas Flüssigkeit aus der Wunde spritzte auf den Arzt, honigfarbene Tropfen auf dem blütenweißen Kittel. Behutsam hielt ich die rechte Hand in der linken, sicher ein unbewußtes Tätscheln des gequälten Fleisches, und er fragte noch einmal: »Wie, sagen Sie, ist das passiert?« Man beachte, er fragte nicht, wie das passiert war, sondern wie ich sagte, daß es passiert sei. Ein ziemlicher Unterschied, aber ich tat so, als existiere er nicht und wiederholte meine Lüge. Ich hatte mir die Hand an einem dreckigen Eisenrechen aufgerissen. Wie ich auf Rechen kam, in einem Mietshaus, weiß ich nicht, aber es war mein Unsinn, und ich blieb dabei.

»Aha.« Er nahm es mir nicht ab. »Nun, das ist eine sehr ungewöhnliche Infektion, Nicholas. Sie muß völlig sauber gehalten werden. Ich werde Ihnen einige Pflegeanweisungen geben lassen.« Als ob meine Wunde ein lebhaftes exotisches Haustier wäre, dessen Seltenheit meiner ganzen Aufmerksamkeit bedurfte. Er gab mir ein Rezept, Cephlasporin oder so, und entließ mich. Ich bezahlte bar, was mich noch verdächtiger machte, und ging davon wie ein Verbrecher, mitsamt meinem neuen, leuchtenden Verband und meinem sündigen Schmerz.

Auf dem Heimweg schneite es die ganze Zeit, graue unnachgiebige Flocken trieben gegen meine Windschutzscheibe. Die Scheibenwischer waren dem nicht gewachsen, und ich fuhr durch eine verwaschene, beunruhigende Landschaft. Meine entzündete Hand am Lenkrad schmerzte. Zuhause riß ich die neue Bandage ab, ließ meine Hand mit der Innenfläche nach oben auf dem Fensterbrett ruhen. Draußen fiel der Schnee. Ich schlief ein, und als ich aufwachte, dämmerte der Abend. Mein ganzer Körper war kalt und steif, bis auf meine Hand. Sie leuchtete rosa, das Fleisch war geschmeidig und warm. Neugierig berührte ich es, und sofort schoß ein Strahl Flüssigkeit, dick wie Gelee aus der Wunde. Er tropfte gegen das vereiste Fenster, und in dem gelben Klecks glaubte ich ein strahlendes Auge zu sehen, das mir zuzwinkerte.

Ein müder Nachmittag an der Kasse im *Video Hut.* Meine verbundene Hand fühlte sich steif und kalt an, besonders in den Fingerspitzen, Verabschiedete sich mein Blutkreislauf, oder was war los? Ich lernte, den Laserschreiber mit der linken Hand zu benutzen, ich lernte, mit der linken Hand Kaffee zu trinken, und ich lernte, nicht ohne einige Nadelstiche, wie man sich mit der Linken das Namensschild ansteckte. Meine Leidensgefährten hatten längst aufgehört ›Was macht die Hand?‹ zu fragen und ignorierten lässig sowohl mich als auch meine Verletzung. Genau, wie ich es mag.

Heute schneite es nicht, aber es war kalt, gewiß, ich spürte, wie die Kälte durch das große Fenster drang, spürte ihren Angriff jedesmal, wenn sich die Tür öffnete. Neben mir stand ein neuer Kollege, kurzes braunes Haar und Namensschild gleichermaßen schief und murmelte: »Welcher Schwachkopf wagt sich denn an einem solchen Tag außer Haus, um sich *Trostpreise* auszuleihen?«

»Oder *Muttis kleines Massaker.*« Ich ignorierte das leichte Pulsieren unter meinem Verband. Die Tür ging auf. »Schau dir den an«, meinte ich und nickte verstohlen in Richtung eines nun wirklich ziemlich seltsamen Typen, ein großer Kerl in rissigem braunem Leder, bleiche Haut, so bleich wie ein Toter. »Ich wette, der kommt nicht wegen des neuesten Kassenschlagers.«

»Sieht irgendwie unheimlich aus«, meinte mein Kollege, und in diesem Moment drehte sich der Mann um, er konnte es nicht gehört haben, aber er drehte sich um, kam mit schnellen Schritten auf die Theke zu. Mein neuer Kumpel verschwand im Hintergrund und ließ mich mit dem Laserschreiber und der bandagierten Hand allein. »Kann ich Ihnen helfen?« Ich glaube nicht, daß es sehr überzeugend klang.

»Bist du Nicholas?«

Eine flache Stimme, nicht besonders tief, und als er seine Hände auf die Theke legte, sah man die gegerbte Haut, die hügeligen Fingernägel mit jahrealtem Schmutz darunter. Von nahem wirkte er noch blasser, so bleich, daß ich ihn schon für einen Albino hielt, aber seine Augen waren von einem wässerigen Grau.

»Ja, ich bin Nicholas« antwortete ich. »Womit kann ich Ihnen dienen?

Er beugte sich noch näher vor. Seine Lederjacke verströmte einen dumpfen Tankstellengeruch. »Das Geisterloch«, sagte er.

Ich starrte ihn mit weit geöffnetem Mund an. Die typische Idiotenpose, ich weiß, aber ich konnte nicht anders. Schließlich sagte er, noch ruhiger, mit noch flacherer Stimme. »Es ist schon okay. Shrike hat mir alles erzählt.«

»Wer ist Shrike?«

Jetzt wurde er ein wenig ungeduldig, was man gut verstehen kann, denn schließlich stand er nun da, mit seinem großartigen, mystischen Kennwort, und ich reagierte, als hätte er mir das Gehirn geklaut.

»Du weißt schon, Shrike. Kein Grund, nervös zu sein, Mann. Sie hat mir das Video gezeigt.«

Nun, der Name paßte ganz gut zu ihr. Shrike. Und sie hatte ihm also das Video gezeigt. Er war sozusagen mein Ersatz. Soviel zum Eklektizismus. Ich sah ihn mir genauer an. Auf dem Hemd unter der Lederjacke in langweiligem Allerweltsrot ›Randy‹ eingestickt. Ein winziger, gespaltener Schädel, goldfarben und leicht verdreckt, hing an seinem

Ohr, das noch verdreckter aussah. Er hatte weißblondes, sehr sauberes Haar, bei weitem das sauberste an ihm.

»Und«, sagte ich, »was hältst du davon?«

»O Mann!« Er beugte sich noch weiter vor, und nun wurde seine flache Stimme leidenschaftlich. »Was für ein Wahnsinnstrip, es war einfach unglaublich. Wir haben es uns bestimmt zwanzig Mal angesehen. Shrike sagt, je öfter man es sich ansieht, desto intensiver wirkt es, geht es in dich rein, verstehst du?«

»Ja, ja.«

»Ich seh mir das an und denke, das ist Gott, verstehst du?«

»Gott. Sicher.« Der Gott der Bekloppten. Ich lächelte, ein unwillkürlich saueres Lächeln, aber Randy – ein Mann mit vielen Gesichtern – lachte laut. »Ich wußte es«, meinte er. »Ich wußte, daß ich dich mögen würde, Mann.«

Was für eine Lobrede. Halt dich zurück, sagte ich mir, er kann dich auseinandernehmen. Ein paar Sekunden standen wir noch so da, einander anlächelnd. Ich fragte mich, was, zum Teufel, ich seiner surrealen Gutmütigkeit entgegenhalten konnte, aber Randy hatte keine Probleme, er wußte genau, was er wollte. Noch etwas näher an mich heran, ein paar Zentimeter weiter, und er war mitten in meinem Gesicht. »Also wann kann ich es sehen?« murmelte er verschwörerisch.

»Was sehen? Das Geisterloch? Hat Na –, hat Shrike dich noch nicht mitgenommen?«

»O ja, wir haben den *Raum* gesehen.«

Was, zum Teufel, sollte das? »Aber ihr seid nicht hineingegangen?«

»Nun, wir sind reingegangen, aber du weißt doch, was passiert ist.«

Wenn ich wirklich mit dem Rücken zur Wand stehe, greife ich immer nach der Wahrheit. »Ich weiß wirklich nicht, wovon, zum Teufel, du redest, im Ernst. Also, ihr seid reingegangen, in den Lagerraum, aber ihr habt es nicht gesehen?«

Leicht irritiert lehnte er sich etwas zurück und sah mich mißtrauisch an, wollte ich ihn verarschen oder was? »Es ist so, wie Shrike sagt: Du mußt dabei sein.«

Wir starrten einander an, das alles ergab für mich keinen Sinn, bis mein Geist seine Worte plötzlich in etwas übersetzte, was noch weniger Sinn ergab. Nicht ›Komm doch auch‹, sondern ›ohne dich funktioniert es nicht‹. Ohne mich? Das bedeutete gar nichts. Was hatte ich mit dem Betrachten des Geisterlochs zu tun, und warum sollte Nakota das behaupten. Sie war eine Lügnerin, sicher, eine Wortverdreherin, aber was hatte sie davon, eine solch dumme Geschichte zu erfinden, und was genau hatte sie Randy erzählt, daß er glaubte, meine Anwesenheit würde das, was er gesehen hatte, irgendwie verbessern.

»Also.« Randy verschränkte die Arme. Kräftige Arme. »Wann kann ich es sehen? Heute abend?«

Das Gefühl, eingesperrt zu sein, stieg in mir auf, gefangen in einem zugespitzten Augenblick, an dem man auswählen kann, mit einer seltsam faden Schadenfreude, aber, zum Teufel damit, okay? Was soll's. Es ist ja sowieso nicht *mein* gottverdammtes Loch, mein persönliches Eigentum, mein Name steht schließlich nicht drauf. Was immer auch geschieht, meine Schuld ist es nicht.

»Klar«, sagte ich. »Ich bin so gegen sechs zu Hause.«

»Gut.« Randys Lächeln kehrte zurück. Ich glaubte schon, er würde mir sogar die Hand schütteln, aber statt dessen boxte er mir leicht gegen die Schulter, und diese Geste war so pubertär, daß ich sie einen Augenblick lang völlig mißverstand und mit einem starren Grinsen darauf wartete, noch einen verpaßt zu bekommen, aber nicht so sanft. »Ich rufe Shrike an. Bis nachher, Mann.« Er ging, der kalte Wind strömte in den Laden, und ich sah ihm nach, während er zu seinem Wagen ging, nachdenklich, noch immer mit diesem dummen Grinsen, bis sich mein untreuer Freund wieder hervortraute und mir auf die Schulter klopfte.

»Ein Freund von dir, Nicholas?«

»Kann man sagen.«

Ich griff, ohne mir selber ganz zugestimmt zu haben, zum Telefon. Ich wollte Nakota anrufen. Dann wiederum: nein. Nein, ich werde es nicht tun. Soll er es ihr sagen. Noch immer grinsend, legte ich den Hörer auf und sah plötzlich, daß mein Verband völlig durchnäßt war und daß darunter etwas pulsierte: eine dicke, rötliche Soße lief direkt auf die Theke. Ich wischte sie mit dem Hemdärmel auf, lief auf die Toilette, wikkelte die verklebte Bandage ab und spülte die Wunde aus, das Loch, aber das Wasser lief nicht so schnell wie die Flüssigkeit aus meiner Hand, ein richtiges Leck, so nannte man das wohl. »Sieh dir nur diese Scheiße an«, sagte ich zu mir selbst, und schließlich hörte ich auf, es auszuspülen, ich ließ es einfach laufen. Wenn es Blut wäre, dachte ich, würde ich glatt verbluten.

Es dauerte so lange, daß es schon peinlich wurde. Es klopfte an der Tür, der Neue. »Alles in Ordnung?« Ich murmelte irgendeine Antwort, sah zu, wie es floß. Er verschwand wieder. Irgendwann hörte es dann auf, ganz plötzlich. Mit meiner linken Hand, immer noch recht ungeschickt, aber schon besser, man weiß ja, was man über die Not sagt, holte ich meine kleine Heftpflasterdose mit der Mullbinde und dem zurechtgeschnittenen Pflaster hervor und fertigte einen neuen Verband an. Dann wartete ich vorsichtig einen Augenblick, um sicher zu sein, daß es nicht noch einmal anfing. Nichts. Nur die weiße Unschuld der Mullbinde, das gekreuzte Pflaster, die blasse Haut.

Der Rest des Tages schleppte sich dahin. Hatte ich etwa Spaß an meinem neuen Job als Zirkusdirektor? Hereinspaziert, es wartet auf sie das größte Loch der Welt, das verspreche ich Ihnen. Zur Abwechslung nahm ich mein Recht als stellvertretender Geschäftsführer wahr, die Kollegen herumzuschubsen. Der Neue muß dableiben und abschließen, während ich nach Hause fuhr, viel zu schnell für das Wetter. Ich rutschte und schlidderte und kam kurz vor sechs zu Hause an.

Im Flur war es immer noch so kalt, daß ich meinen Atem sehen konnte und daß mir meine normale Hand fast erfror, als ich unbeholfen und ungeduldig den Schlüssel im Schloß herumdrehte. Ich nahm die rechte, ignorierte für einen Moment den Schmerz, aber dann tat es mir leid. Ein migräneartiger Stich in der Handfläche, ich mußte mich hinsetzen, wiegte die rechte Hand in der linken, tätschelte mein nachlässig abgewertetes Wundmal, da klopfte es an der Tür, laut und brüsk. Jetzt schon?

»Nur herein«, sagte ich, zu leise, ich mußte es wiederholen, aber da standen sie auch schon vor mir, der große, gute alte Randy, der vor lauter Aufregung fast schon sabberte, und Nakota, in einer billigen, schwarzen Windjacke, das Haar zerzaust, noch mürrischer als sonst. Sie ging zum Kühlschrank und kam schmollend zurück. Natürlich hatte ich kein Mineralwasser. Das idiotische Grinsen kehrte wieder auf mein Gesicht zurück. Ich fühlte mich großartig.

»Ihr kennt euch«, sagte Nakota, als ob das irgendwie meine Schuld war.

»Willst du ein Bier?« fragte ich Randy. »Wir können es mitnehmen.«

Er holte zwei Old Milwaukees und hatte seins halbleer getrunken, bevor wir nach unten gingen. Nein, meine Liebe Nakota, du wirst uns nicht führen, dies hier ist mein Tanz. Wie man sich bettet, so liegt man. Den Flur hinunter, schon lag meine Hand auf dem Türgriff, und es brauchte auch keine Floskeln. »Nach dir«, sagte ich zu Randy und ging – bin ich nicht gerissen – schnell noch vor Nakota durch die Tür. Ich schnitt ihr den Weg ab, ich schnitt sie ab, ich trat ihr fast auf den Fuß. Ich grinse sie über die Schulter an.

»Zu liebenswürdig, Arschloch«, sagte sie, aber es war leiser als ein Flüstern. Ich zwinkerte ihr zu.

Meine Bierdose war leer, und ich warf sie in die Ecke, hörte das leise Klappern von Blech, stieß Randy an. »Wir hätten ein paar mehr mitnehmen sollen.« Aber der hörte mir nicht mehr zu, er lag auf den Knien, ein ehrfurchtsvoller Anbeter und sagte, so leise, daß ich mich herunterbeugen mußte: »Sieh dir das an, Mann, sieh dir das an.« Seine gekrümmten Schultern waren feucht von geschmolzenem Schnee, seine weißen Haare hingen herab wie zerfetzte Fransen.

Ich stand links, Nakota natürlich zwischen uns. Ihr Gesicht schien fast wie friedlich? Ein wenig zumindest, so friedlich, wie es ihr möglich war. ›Erfüllt‹ ist vielleicht das bessere Wort. Sie beugte sich tief herab, wie über ein Wasserloch, ignorierte uns beide, sog den Geruch auf. Heute abend war es wirklich umwerfend, ein fast likörartiger Duft. Schmeckten auch sie es tatsächlich auf der Zunge? Hatten auch sie die gleichen komplexen Vorahnungen, spürten auch sie dieses nervöse Zucken?

»Seht euch das an.«

Nakota atmete heftig ein und aus, und selbst in der Dunkelheit konnte ich erkennen, wie ihre kleinen Brüste unter der Windjacke zitterten. In ihren Mundwinkeln klebte frisches Blut, das noch nicht einmal getrocknet war.

»Seht euch das an.«

Ein und aus.

Meine Hand schmerzte, machte mir Sorgen, sie pochte wie ein Herz, fast synchron zu Randys Ausrufen. Halt den Mund, wollte ich schreien, halt den Mund, du blöder Bastard, aber es ging weiter, ein und aus und »Seht nur!«, und auf einmal war es komisch, komisch auf eine mir völlig unbekannte Art und Weise: Es war sogar umwerfend komisch. Und plötzlich kam mir eine Idee. Ich erhob mich, freudig erregt zuckend, als hätte ich einen Anfall spastischer Tapferkeit, und ich beugte meine Knie, als wolle ich einen Leichtathleten imitieren, und begann zu springen, schnell und immer schneller, über das Geisterloch und zurück. Hoppe hoppe Reiter, der frische Schweiß lief mir über die Stirn, was für ein Spaß. Hin und zurück. »Sieh mal, Mammi, freihändig!« schrie ich, und schließlich wurden meine Pirouetten langsamer, bis mich Randy packte, wahrscheinlich hatte ich mit dem gleichen Griff Nakota gepackt, die mich jetzt anstarrte, und ich erkannte mit einer Klarheit, die mich beruhigte, daß sie Angst hatte.

Randys Gesicht war leer, aber seine Augen waren aufgerissen, so weit, daß ich die Äderchen darin erkennen konnte. Ich mußte lachen, ein verebbendes Glucksen leider, denn ich erkannte, was für einen absoluten Idioten ich gerade aus mir gemacht hatte, und wollte die ganze Sache mit einem Witz abtun. Ich hatte keine Ahnung mehr, was ich vor einer Minute noch so furchtbar komisch gefunden hatte.

»Du hast geschwebt«, sagte Randy.

»Du solltest mich mal tanzen sehen«, entgegnete ich, aber er meinte es so, das war keine Metapher, Randy war keiner, der gerne zu Metaphern griff, bestimmt nicht. Nein, nein. Er gab wieder, was er gesehen hatte.

»Es war eine, eine, wie heißt es noch mal –«

»Levitation«, ergänzte Nakota. Ihre Stimme klang ausgetrocknet.

»Nein, nein, ich bin nur sehr schnell«, witzelte ich schwach, aber sie kauften es mir nicht ab, sie hörten nicht einmal mehr zu, sondern sahen mich nur an. Schließlich wandte sich Randy an Nakota.

»Du hattest recht, Shrike«, sagte er. »Und wie recht du hattest.«

Ich sah sie an, aber sie schaute zu Randy, und dann blickten sie gemeinsam zu mir herüber, und Randy sagte mit einer merkwürdigen Betonung: »Du legst dich besser mal ein Weilchen hin, Mann. Du siehst nicht gut aus.« Und Tatsache war, daß ich mich auch nicht gut fühlte. Also wieder nach oben, ich legte mich auf das Sofa und balancierte eine neue Dose Bier auf meinem Bauch. Randy saß mir gegenüber, und Nakota ließ Leitungswasser laufen, in der vergeblichen Hoffnung, daß es irgendwann kalt würde.

»Trink doch ein Bier«, schlug ich vor.

»Was genau hast du da unten gemacht, Mann?« fragte Randy. Er nahm einen großen Schluck, und sein Ohrring baumelte. »Was war das?«

»Nichts.« Mir war es mittlerweile peinlich, ich wünschte, sie würden aufhören mich anzustarren und statt dessen miteinander über das Geisterloch zu reden, über das Wetter, ihre Vorliebe für merkwürdige Sex-Partner, meine Vorliebe für merkwürdige Sex-Partner. Irgendwas. »Ich hab' nur einen Narren aus mir gemacht, okay?«

»Du hast geschwebt, Nicholas«, meinte Nakota, die plötzlich über meinem Kopf auftauchte. Fast sah es aus, als ob auch sie den Trick gemeistert hätte, aber nein, sie hatte sich nur neben dem Sofa auf einen Stuhl gesetzt und über mich gebeugt. »Du hast mindestens dreißig Sekunden über dem Geisterloch in der Luft gehangen. Mindestens.«

»Quatsch.«

»Eher an die zwei Minuten«, sagte Randy, aber sie schüttelte den Kopf. Wie oft hatte ich diese abweisende Bewegung gesehen, die sie nur dann benutzte, wenn sie wußte, daß sie recht hatte, es absolut wußte, und jetzt hatte ich Angst.

Angst davor, wie sie mich weiterhin ansahen. Angst, weil ich mich nicht mehr daran erinnern konnte, was genau ich getan hatte.

»Es stimmt, was du über ihn gesagt hast«, meinte Randy zu ihr. Er trank sein Bier aus, zerdrückte abwesend die Dose. »Muß mal aufs Klo«, verkündete er mit zerstreuter Höflichkeit, schüttelte verwirrt den Kopf, ging aber schnurstracks zum Badezimmer, wahrscheinlich wußte seine Blase instinktiv, wo es lang ging. Kaum hatte er die Tür geschlossen, hörte man den vollen, kräftigen Strahl, und ich sagte leise zu Nakota, deren Kopf noch immer wie ein Wasserspeier über mir hing: »Was soll diese ganze Scheiße, die du ihm eingetrichtert hast, daß man mich für das Geisterloch braucht?«

»Es ist wahr«, antwortete sie.

»Scheiße, es ist wahr. Du kommst doch selbst schon seit Wochen hierher, du weißt doch –«

»Ich kann so oft hierherkommen, wie ich will«, entgegnete sie, »aber nichts geschieht.«

»Was meinst du damit, nichts geschieht?«

»Ich meine«, sagte sie mit kalter Betonung, »nichts geschieht. Es ist nur einfach da. Es verströmt keinen Geruch, es – ohne dich ist es nicht aktiv, Nicholas. Du bist der Katalysator. Du bist –«

Schockiert versuchte ich mich aufzurichten, versuchte ihre Worte zu zerstreuen. Sie jagte mir eine Höllenangst ein, und sie hörte nicht auf damit. »Würdest du nicht mal gerne unser Video sehen, Nicholas? Das von Randy und mir? Wir haben es mit dem Camcorder eines Freundes aufgenommen. Fünfzig Minuten nichts als weißes Rauschen.«

»Hör doch auf.« Ich griff nach einem Strohhalm oder nach weniger. »Ich war nicht einmal dabei, als –«

»Du hast beim ersten Mal den Camcorder besorgt. Du hast es dir mit mir zusammen angesehen, du hast gesagt, daß es sich für dich niemals ändert, daß es immer die gleichen Bilder sind.«

Mein Herz schlug noch regelmäßig, aber ich fühlte, wie meine Hand unter der Bandage juckte, und zwar heftig. »Na und?«

»Für uns ist es anders. Für alle. Für mich, Randy, Vanese –«

»Wer ist Vanese?«

»Randys Freundin. Wir alle sehen etwas anderes, jedesmal. Aber du nicht.«

»Das glaube ich dir nicht.«

»Das ist mir egal.« Sie beugte sich so tief herunter, daß ihr Haar das meine berührte. »Ich wollte gar nicht, daß du es erfährst. Nie. Ich habe es selbst auch nicht geglaubt, bis ich es das erste Mal allein versucht habe.«

»Wann war das?«

»Vor ein paar Monaten.«

»Ein paar *Monaten?*«

»Nichts ist passiert. Mit Randy ist auch nichts passiert. Ich könnte eine ganze Armee mitbringen, und nichts würde geschehen. Darum geht es, Nicholas. Ohne dich passiert nichts.«

Randy kam zurück, ein Bier in jeder Hand. »Hier«, meinte er, und er machte es mir sogar auf, reichte es mir, aber ich wollte es nicht, wollte sie nicht bei mir haben, keinen von beiden, besonders nicht Nakota. Ich war müde, mir war beinahe schlecht, und ich wollte keine Scheiße mehr hören, wollte mich nur friedlich um meine Hand kümmern und in Ruhe gelassen werden.

»Geht nach Hause«, sagte ich und schloß die Augen. »Shrike. Geh nach Hause, Shrike.«

Ich hörte, wie Randy aufstand, hörte wie seine Stiefel leise knarrten. »Frag ihn, ob ich eins mitbringen kann«, sagte er zu Nakota, die sich wieder über mich beugte.

»Nicholas, Randy möchte eines von seinen Stücken mitbringen.«

Ich hielt meine Augen geschlossen. »Stücke, was für Stücke?

»Skulpturen, er ist Künstler, er arbeitet mit Metall. Du hast seine Sachen in der Incubus-Galerie gesehen, erinnerst du dich nicht? Er möchte eine neben dem Geisterloch aufstellen. Geht das in Ordnung?«

»Wieso fragt ihr mich?« Ich fuhr hoch, kippte die Dose um, und die kalte Flüssigkeit lief mir über die Rippen. »Wieso fragt ihr *mich?* Es gehört mir nicht, ich habe nicht die Verantwortung, für gar nichts. Macht, wozu ihr Lust habt. Macht einfach, was ihr wollt.«

»Hör zu«, sagte Nakota zu Randy und sah mich immer noch an. »Wir gehen besser.«

»Ich bring' das Stück vorbei, Mann«, sagte Randy, und endlich gingen sie, schlossen die Tür unerwartet sanft und ließen mich mit meinem neuen Schrecken allein. Den Rest der Nacht verbrachte ich damit, mir Nakotas Bemerkungen auszureden und zwar so gründlich, wie es eben nur ging.

Als ich aufwachte, war mein Arm taub, irgendwie klebrig, und als ich blinzelte, sah ich, daß er bis zum Ellbogen von Flüssigkeit umhüllt war, als trüge ich einen Handschuh. Ein zartes Rosa, auf dem sich ein paar Kleckser von dunklerer Farbe in einer Art Muster verteilten, das ich in meinem überwältigendem Ekel lieber nicht entschlüsseln wollte. Ich rannte buchstäblich ins Bad, als stünde mein Arm in Flammen, hielt ihn über das Becken und drehte das heiße Wasser voll auf. Dabei wandte ich den Kopf ab, wie ein überempfindlicher Autofahrer, der an einem qualmenden Wrack vorbeifährt, bis ich das Wasser auf meiner einfachen, nackten Haut spürte und mir die Hitze wehtat. Ich drehte den Hahn ab, rieb mir mit dem Handtuch über den Arm und spürte plötzlich, wie mir das Bier der letzten Nacht unkontrollierbar hochkam. Also mußte ich mich vorbeugen und mich auch darum kümmern.

Ich wischte auf, ging zum Schlafsofa und riß das Laken herunter ohne hinzusehen. Rosa war es und naß – soviel hatte ich doch erkannt – und ich knüllte es zusammen und schmiß es gleich in den Abfall, nein danke, ich hatte an diesem Morgen schon einmal gekotzt. Mit einem tiefen Gefühl der Dankbarkeit stellte ich fest, daß Mittwoch war, mein freier Tag. Der Inhalt meines Magens hatte sich auch verflüchtigt. Aber da klopfte es an die Tür, und ich hörte Randys zögerliche Herkulesstimme. »Nicholas? He, bist du wach, Mann?«

Scheiße. Wenn ich gekonnt hätte, hätte ich ihm das Kreuz gebrochen, nur um den Augenblick der Ruhe nach dem Knacken zu genießen. »Ja.« Ich rieb mir über mein verschlafenes Gesicht, dachte an meinen Kotzeatem und bot ihm noch weniger als ein halbes falsches Lächeln an. Er hatte irgend etwas Metallenes dabei, silber und schwarz und ungefähr achtzig Zentimeter groß. Das Ding sah aus wie eine Leiter, die zuviel Whiskey getrunken hatte und kurz vor dem Kollaps stand. Aber vielleicht schien mir das auch nur so aus meiner verdrehten Perspektive. Mann soll sagen, was man sieht.

»*Sackgasse*«, meinte Randy und deutet auf das Metallding, und ich erinnerte mich verschwommen an das Gespräch gestern nacht, daß er ein Kunstobjekt vorbeibringen wollte. Offensichtlich war es das. Eigentlich war es sogar ganz interessant, eine Leiter schon, aber verbogen und verzerrt, die Sprossen weniger Gehhilfen als schmutzige Tricks. Hinaufklettern auf eigenes Risiko war der erste Eindruck, aber ich war wirklich nicht in der Stimmung zu kritisieren, gar nichts, also begnügte ich mich mit dem, was ich für ein harmloses Lächeln hielt. Großzügig wie ich war, wiederholte ich es sogar. Randy sagte nichts, sondern stand nur da. Also sagte ich mit einem weiteren Nicken. »Es gefällt mir, wirklich.«

»Kann ich es einfach nur reinstellen?«

»Ja, mach nur.«

Während er weg war, hatte ich Zeit, mir das Gesicht zu waschen und etwas zu trinken. Als er wiederkam, blieb er in der Tür stehen und lehnte meine Einladung zu einem Kaffee ab. »Ich muß wieder zur Arbeit.« Er trug das ›Randy‹-Hemd und schwarze Jeans, schwarz von Schmiere, wie ich beim zweiten Hinsehen bemerkte. »Draußen steht mein Wagen.« Ich bedachte ihn mit meinem Allzweck-Na-und?-Blick. »Mein Abschleppwagen, Mann. Der Drei-Sterne-Abschleppdienst. Mein Tagesjob.« Er lächelte und zuckte mit den Schultern. »Man muß schließlich essen, stimmt's?«

»Ja, ich auch. Jeden Tag.«

»Also, wir sehen uns, Mann. Vielleicht heute abend? Shrike hat irgend so was gesagt.«

Hat sie? Verabredet euch doch in der Hölle, Randy, du und Shrike.«

»Sicher.«

Als er fort war, saß ich am Küchentisch, trank Kaffee und

versuchte erneut, mich davon zu überzeugen, daß alles, was Nakota gesagt hatte, der größte Quatsch war, einfach nur ihre verrückte Art, mich in den Wahnsinn zu treiben, und Randy, nun, Randy war einfach leicht beeinflußbar. Als ich meinen Kaffee ausgetrunken hatte, fühlte ich mich schon viel besser und nach einer Dusche sogar fast gut. Raus, sagte ich zu mir. Klettere raus aus diesem Rattennest und mach etwas.

Es war sehr kalt, aber windstill, die Art von winterlicher Ruhe, die jeden Schritt bedeutsam macht. Meine Freunde die Krähen hockten in düsteren Formationen beieinander, während ich knirschend über die bittere Eiskruste lief. Es war gut, so zu gehen, die Hände in den Taschen, den Kopf gebeugt. Mein Atem zog in weißen Wolken aus meiner sich rötenden Nase. Ich ging in einem Winterwunderland spazieren. Außer mir waren nur ganz wenige Leute unterwegs. Ich kaufte mir eine Zeitung und ging in einen Burger King, wo ich bei einer großen Tasse Kaffee las. Ich verspürte einen besonderen traurigen Ernst, der nur durch ständige Mißgeschicke hervorgerufen wird, die zu ungreifbar sind, um sich anders zu fühlen als nur beschissen. All meine dummen kleinen Sorgen trug ich zu Grabe. Nein, ich bin kein Geisterloch-Messias, ich kenne nur zu viele verrückte Leute.

Und dann ging ich natürlich los und besuchte Nakota.

Sie lächelte nicht, als ich die künstliche Finsternis des Clubs 22 betrat. In der Jukebox lief irgendein weinerlicher, nachgeäffter Country-Song. Aber sie nickte, eine ernste, beinahe formale Geste und hielt mit einem weiteren Nicken ein leeres Bierglas hoch.

»Danke nein. Ich will nur 'ne Coke.« Auch die bekam ich umsonst.

»War Randy schon bei dir?«

»Ganz früh morgens schon.«

Sie lächelte, verzog amüsiert die Lippen. »Er war ganz heiß drauf, dir das Ding vorbeizubringen. *Sackgasse*, stimmt's?« Ich nickte. »Du hast ihn gestern abend schwer beeindruckt. Hat er dich gebeten, die Hand aufzulegen?«

»Nein.« Es war albern, und ich mußte lächeln, und ihr Lächeln, ihr wahres, gesellte sich zu meinem, Nakota-Shrike, kannst du denn nichts tun, das ich dir nicht verzeihen würde? Hör doch auf, es ständig zu versuchen. »Ich weiß wirklich nicht, was ich von dir halten soll«, sagte ich. »Ich weiß es einfach nicht.«

»Inwiefern?« In der Coke war zuviel Sirup, genauso wie plötzlich in ihrem Lächeln.

»Wie kommst du dazu, Randy diesen ganzen Quatsch zu erzählen? Und dann noch diese Levitationsgeschichte, also wirklich.« Jetzt lächelte ich nicht mehr, und auch sie hatte aufgehört zu lächeln und schaute mich so vorsichtig an, daß ich wieder die Furcht spürte, heiß wie Erbrochenes. Das Flakkern in ihren Augen glich auf einmal dem ersten Aufflackern der Gestalt, des Video-Dings. Ich schob meine Coke beiseite. »Was ist mit dir los?« fragte ich, lehnte mich dabei aber nicht vor, sondern zurück. Es war das gleiche unangenehme Gefühl, mit dem ich mein Gesicht auch vom Video abgewandt hatte. »Warum sollen eigentlich alle so verrückt sein wie du?«

»Ich bin es nicht, die verrückt ist, Nicholas. Oder wäre dir das Wort ›besessen‹ lieber?« Ich antwortete nicht. Sie neigte den Kopf und lächelte, so wie sie immer lächelte, wenn sie sich besonders freute, daß etwas vollkommen daneben gegangen war. »Du hast es getan, wirklich, ob du es glaubst oder nicht.«

»Du«, flüsterte ich zitternd, »bist nicht ganz richtig im Kopf. Laß mich in Ruhe, okay? Laß mich einfach nur in Ruhe.« Ich glitt vom Barhocker und stolperte in die Kälte und den Glanz des Nachmittags, ich schlidderte über den Gehweg, aber ich fiel nicht, nein, vielleicht sollte ich einfach nach Hause schweben. Aber bist du etwa zu ihr gegangen, um etwas Vernünftiges zu hören? Sie ist verrückt wie eine Scheißhausratte, ist es schon immer gewesen. Also hör auf damit. Ich lehnte mich gegen einen Zeitungsstand, ich spürte Schmerzen in der Brust, und die kalte Luft drang stechend in meine Lungen. Ich war schon drei Straßen in Richtung Osten gegangen, bevor mir einfiel, daß mein Wagen noch vor dem Club stand.

Ich konnte kaum den Schlüssel drehen, siebenmal flüsterte der Motor nur, bevor er endlich ansprang, vielleicht sollte mein guter Kumpel Randy mich abholen. Meine rechte

Hand, die ›böse‹, lag in meinem Schoß wie ein sterbendes Hündchen, und plötzlich durchschoß mich ein unerträglicher Schmerz, wie Feuer, wie helles, verzehrendes Feuer, und ich riß den Verband ab, um, ja um was zu tun, ich weiß es nicht: Ich saß da und sah zu, wie eine kristalline Struktur, fein wie Sandkörner aus der Wunde wuchs, ein winziger Stufenturm, der sich wie ein Kelch mit Blut füllte, meinem Blut. Ich begann zu schreien, ein lautloses unendliches Heulen, und ich hämmerte meine rechte Hand immer wieder auf das Lenkrad, bis sich die Muskeln in meinem Arm vor Anstrengung verkrampften und meine Hand lahm auf den Beifahrersitz fiel. Ich spürte nichts mehr, auch nicht in der Wunde, ich war glücklich. Einhändig fuhr ich nach Hause, ging nach oben, umwickelte das ganze Ding mit einem Handtuch, sah mir die Nachrichten an und trank Leitungswasser aus einem verkrusteten Glas. Als die Wetterkarte erschien, hatte ich aufgehört zu weinen.

Aber warum tat es nicht weh?

Ich hatte so hart gegen das Lenkrad geschlagen, ich hätte mir alle Knochen der Hand brechen können, zumindest hatte ich mir alle Mühe gegeben. Aber ich spürte keinen Schmerz.

Sieh es dir an.

Nein.

Mach schon. Sieh es dir an.

Nein.

Mein Gewissen, war es dafür oder dagegen? Neugier ist etwas Schreckliches. Ich riß das Handtuch mit einem Ruck herunter, ein ängstlicher Schwung, wie ein Zauberer, und hier meine Damen und Herren, ist das Kaninchen aus dem Hut, hier ist – eine Hand, völlig normal und unverletzt, aber mit einem Loch in der Handfläche, von der Größe einer Viertel-Dollar-Münze und schwarz wie sein großer Daddy, sein Namensvetter. Um Gottes willen, sag es doch einfach laut, du hast ein eigenes, gottverdammtes Geisterloch, das dir aus dem Körper wächst, o ja, o ja.

Und deshalb fühlst du dich so.

In meiner Panik lief ich durch die Wohnung, hielt meinen Arm in einem lächerlichen geraden Winkel, hielt das Ding so weit von mir weg wie möglich. Ich muß eine ganze Weile so herumgelaufen sein, denn die Nachrichten waren lange vorbei, und es lief eine Komödie im Fernsehen. Gelächter. Ein Werbespot für eine Fluglinie. Hundefutter. Mach dir wenigstens einen Verband um das beschissene Ding, dann brauchst du es wenigstens nicht sehen. Wenn ich dich nicht sehen kann, Mr. Loch, dann bist du auch nicht da.

Aber zumindest war es eine konstruktive Handlung, zumindest geriet ich nicht in Panik wie eine psychotische Ratte. Es war nicht einfach. Ich zitterte am ganzen Körper, und als ich ein Klopfen hörte, dachte ich einen Moment lang: Auditive Halluzinationen, aber dann: nein, du Idiot, das ist nur dein neuer Schüler. Und dieser Gedanke ließ mich lachen und brachte mich zur Tür.

Er hatte Bier mitgebracht, gutes Bier, zur Abwechslung, und er kam allein. Keine grinsende Hexe im Schlepptau, die sich über meine voranschreitende Auflösung lustig machte und deren verschlagenes Lächeln mich an alles erinnerte, das ich vergessen wollte. Das allein war schon den Eintrittspreis wert. Außerdem brauchte ich jetzt nicht einsam rumzusitzen und mir verrücktes Zeug auszudenken.

»Setz dich«, sagte ich.«

»Verdammt kalt draußen«, sagte er.

Das Wetter. Wir unterhielten uns über das Wetter. Er erzählte mir, was er für einen lausigen Tag hinter sich hatte, sämtliche Autobatterien in der Stadt mußten in der Nacht ihren Geist aufgegeben haben, ein Anruf nach dem anderen. Er war nicht gerade Aristoteles, aber er war ein lebendiges menschliches Wesen, er konnte ganz gut erzählen, und bald lief die Stereoanlage und er sprach von seiner Kunst.

»Eigentlich komisch, aber in der Schule habe ich den Kunstunterricht gehaßt, schien mir alles ein Haufen Scheiße. Aber ich arbeite wirklich gern an meinen Skulpturen. Einige davon habe ich schon ausgestellt, im Incubus. Du warst auch da, stimmt's?«

Killer-Clowns und eine Tasche voller Insekten, das waren noch Zeiten. »Ein paar Mal.«

»Na ja, so toll ist es nicht, aber immerhin ein Anfang.

Geld verdiene ich damit allerdings noch nicht.« Er lächelte, ein erstaunlich schüchternes Lächeln. »Sonst würde ich schließlich keinen Abschleppwagen fahren.«

»Na ja, ich arbeite auch nicht wegen der intellektuellen Herausforderung bei *Video Hut*.«

Sackgasse, so berichtete er, war Teil einer Serie. Bei einigen der Stücke hatte er nicht nur Metall verarbeitet. »Einen Schädel zum Beispiel.« *Festgefahren*, mit Lockenwicklern auf dem haarlosen Haupt – und *Blindflug*, ein Augapfel aus Metall, der an einem Teleskop befestigt war. Ich hatte nicht die Nerven oder den Mut, ihn darüber aufzuklären, daß man unter einem Blindflug eben gerade die Navigation ohne ein Teleskop oder ein ähnliches Hilfsmittel versteht. Das war wohl künstlerische Freiheit.

»*End-Färben*, das ist ein Säurebehälter, mehr eine Art Prozeß, und dieses neue, *Sackgasse*, es ist wie eine Leiter, die geradewegs in den Abgrund führt.«

»So kam es mir auch vor.« Randys Bier hatte dazu geführt, daß meine Stimme ziemlich undeutlich war. Ich mochte Randy, und ich mochte sein gutes Bier. Es gefiel mir, wie beide mich von den Dingen ablenkte, über die ich lieber nicht nachdenken wollte. Mir gefiel, wie ich mit meinem leeren Magen langsam sturzbetrunken wurde. Was mich betraf, konnte er die ganze Nacht lang über seine Kunst reden, wenn ihm danach war, aber auch wenn nicht.

Die Komödien waren zu Ende, die Nachrichten auch, genau wie alles andere, im Fernsehen summte ein Art Cut-Up-Film. Randys Bier war alle, und er stand auf, eigentlich standen zwei Randys auf, und er sagte etwas davon, neues Bier zu holen. Ich stimmte ihm zu, eine prima Idee, und dann waren wir im Treppenhaus.

Und dann gingen wir in die falsche Richtung, wir gingen den Flur entlang statt die Treppen hinunter. Ein winziger Teil von mir schlug frustriert und erschrocken seinen Kopf gegen die nachgiebigen Wände meines großen, perfekten Rausches, und wir schubsten einander wie kichernde Idioten, die wir ja auch tatsächlich waren, und war es nicht prima, machte es nicht Spaß? Und meine nicht entzündete Hand, meine böse gute Hand lag auf dem Türgriff, und drinnen: der süßeste Duft der Welt, ein Sirenengeruch wie Himmel und Bier und weit offene Mösen, als wäre es immer Sommer, und Randy neben mir, roch er es auch, er sagte etwas und ich nickte ihm zu, ja, ja. Ich bearbeitete meinen Verband, konnte ihn nicht runterkriegen, das Klebeband hatte sich mit der Mullbinde verwickelt, und das machte mich rasend. Ich riß daran, bearbeitete es mit meinen Zähnen, spuckte den Mist aus, und oh, welche Erleichterung, und ich steckte meine Hand in das Geisterloch, so tief, wie es nur ging, hinein in jenes süßriechende, freundliche Loch, und fühlte es sich gut an? O Gott, gewiß doch, keine Frage. Ich fuhr mit der Hand herum, und ich fühlte nichts, denn es fühlte mich und es war wunderbar, ich wußte gar nicht mehr, warum ich solche Angst gehabt hatte, es war genau das, was passieren mußte, was sein sollte.

»– bitte –«

Das war nicht meine Stimme, nein. War noch jemand bei mir?

»– Mann, hör mir zu, du –«

Ach ja, Randy, mein guter Freund Randy. Wegen ihm waren wir ja schließlich hier, oder? Ja, ja, sei nicht so egoistisch, hör dir zumindest an, was der arme Kerl zu sagen hat. Mein Gott, wie er schwitzt. Ist es etwa heiß hier drinnen?

»– *Sackgasse!*« Und wie er schwitzte. »Sieh doch nur, Mann.«

Er sagt wahrhaftig gerne ›Mann‹ zu mir, nicht wahr, und ich mußte bei dem Gedanken lächeln. Ich wandte den Kopf nach hinten, aber ich konnte kaum etwas erkennen, also drehte ich meinen ganzen Körper herum, eine langsame eins zu achtzig Rotation, mein Arm bildete die Achse, das liebe Loch den Fixpunkt, um den ich kreiste, die Füße in der Luft, elegant wie ein Schwimmer, und tatsächlich, mit Randys Skulptur ging etwas *sehr Seltsames* vor. Kein Wunder, daß er so erschrocken aussah.

»Schmilzt sie?« fragte ich.

»Faß sie bitte nicht mehr an, okay, Nicholas?«

»Tut mir leid«, sagte ich, und das tat es auch. »Hab' ich irgendwas kaputtgemacht oder so?«

»Nein.« Er zitterte am ganzen Körper, selbst seine Stimme

zitterte. »Aber jedesmal, wenn du sie berührst, dann schmilzt ein Teil, wirklich. Also faß sie nicht mehr an, okay?«

Er hatte recht. Ich sah, daß er recht hatte. Dort, wo meine Hand wahrscheinlich das Ding berührt hatte, auf den trügerischen Metallsprossen, sah man Einbuchtungen, wo das Eisen geschmolzen war, die den Fußspuren von etwas ähnelten, das in der Tat höchst seltsam sein mußte. Und an der Seite, auch er mußte es sehen, dieses schmierige, perlmuttartige Leuchten, das Erkennungssignal des Videos. Was kam als nächstes, die Gestalt selbst? Wie sie die Leiter hinaufstieg?

»Nicholas?«

»Alles in Ordnung«, sagte ich. Ich war in versöhnlicher Stimmung, aber mit einem Mal fühlte ich mich äußerst merkwürdig, und dann wurde mir klar, das ist das Bier, ich war so betrunken, daß ich mich übergeben mußte, und aus irgendeinem Grund kam mir das fantastisch vor. Ins Geisterloch kotzen. Da konnte selbst Nakota nicht mithalten. Aber ich würde mir dabei nur auf den eigenen Arm kotzen, und das wollte ich wirklich nicht, also streckte ich meine freie Hand zu Randy hin und fragte ihn in einem ganz vernünftigen Tonfall: »Könntest du mich bitte hier rausziehen? Ich glaube nämlich, daß ich gleich furchtbar kotzen muß.«

Und das tat ich auch. Es war *erstaunlich.*

Allein.

Kalt.

Ich lag auf dem Badezimmerboden, mein Kopf direkt neben dem Klo, und das verkrustete, schmierige Porzellan drückte mir einen zarten Kuß auf das linke Ohr. Mir tat alles weh, besonders mein linker Arm, meine Nase war voller Rotz, und irgendwas stimmte nicht mit dem Licht, es war viel zu hell und bleich.

Warum lag ich auf dem Badezimmerboden?

Die Erinnerung kam nicht bruchstückweise zurück, sondern mit einem Mal, und als sie da war, mußte ich würgen, ein armseliges kleines Geräusch, denn in mir gab es nichts mehr zu entleeren. Am meisten scheute ich mich davor, mir meine Hand anzusehen, nein, das bringe ich nicht fertig. Nein.

»Nicholas?«

Sie erschreckte mich dermaßen, daß ich mit dem Kopf gegen das Klo stieß, sie war wirklich der letzte Mensch, den ich sehen wollte, aber ich war so froh, daß sie da war. Sie kniete sich nieder, neigte den Kopf und drehte sanft mein Gesicht zu ihr hin.

»Das war ja eine große Nacht gestern«, meinte sie.

Tränen. Was erwartet man auch von einem beschissenen, selbstzerstörerischem Penner voller Selbstmitleid, und sie bekam sie. Ich weinte, als ich mich vom Boden erhob und eine kümmerliche, gebeugte Haltung einnahm. Sie wollte mich ins Wohnzimmer bringen, aber ich wehrte ab. Ich brauchte heißes Wasser, ich hätte gerne ein ganzes Stück Seife verbraucht, aber ich würde es nur mit der linken Hand erfassen, wenn es recht ist.

»Randy hat mich angerufen. Er war bis sechs, halb sieben hier, er wäre noch geblieben, aber er mußte zur Arbeit. Er hat gesagt –«

Ich hob die linke Hand, und meine Geste besagte: Spar's dir. Sie ließ mich allein, damit ich mich waschen konnte. Ich schrubbte an meinem Gesicht herum, o Gott, wie sehr ich mich doch haßte. Sieh in den Spiegel, du Trottel.

Ich sah auf meine Hand.

Das Loch war groß wie ein Halb-Dollar-Stück. Mindestens.

Es gibt keine Worte, mit denen ich meine Gefühle in jenem Augenblick beschreiben kann. Ich verbrauchte den Rest der Mullbinde, eilig und nachlässig. Nakota machte gerade Instant-Kaffee. Sie sah mir zu, während ich mich anzog, ich hatte eine Gänsehaut, und meine kalten Beine führten einen nervösen Tanz auf, und dann war sie bei mir. Sie zog mir die Sachen wieder aus und knöpfte mit geschickten Fingern ihr weites Kleid auf.

Warme Haut unter der Decke und die erhitzten Bewegungen ihres Körpers, ihre Lippen an meiner Kehle, ihre Zähne zogen an den Haaren auf meiner Brust, ihre Zunge fuhr meinen Bauch hinab, und dann nahm sie meinen Schwanz, der erst halb steif war, in das Oval ihres Mundes. Mit einer sanften Fingerspitze fuhr ich ihr um den Mund, meine Augen schlossen sich vor Vergnügen und einer dumpfen, tierischen

Erleichterung, und ich hielt zärtlich ihren Kopf, bis ich kam. Schweigend lag ich neben ihr, während sie sich mit meiner linken Hand, meinem Daumen, selbst befriedigte. Dann schwieg auch sie und legte beinahe ihren Kopf an meine Schulter. Kurz bevor ich in einen friedlichen Schlummer versank, hörte ich ihre Stimme, die mich an ein Insekt erinnerte. »Randy sagt, daß du eine seiner Skulpturen geschmolzen hast.«

Ich antwortete nicht.

»Es ist Stahl, Nicholas? Weißt du, wie hoch der Schmelzpunkt von Stahl ist?«

Ich wußte, was kam und antwortete ausgelaugt: »Nein, Frau Dr. Allwissend, aber ich wette, du.«

»Ziemlich genau eintausendfünfhundertunddreißig Grad Celsius.«

Tja.

»Er sagte auch, daß du wieder geschwebt bist. Und dein Arm steckte dabei im Geisterloch.«

Ich schwieg. Ich hatte nichts zu sagen. »Nicholas«, bedrängte sie mich, und ich sah, wie die Kälte einen Tupfeneffekt auf ihre Haut zauberte. Sie bemerkte es nicht. »Mit dir geschieht etwas so *Großes!* Warum mußt du erst voll sein, bevor du es zuläßt. Wenn es doch mir passiert wäre.« Und das war natürlich der Kummer mit meiner Gefolgschaft. Es machte alles, was sie sagte, verdächtig, nicht, daß es auch so nicht schon verdächtig genug war, aber andererseits lief sie auch nicht schreiend vor dem Ungeheuer davon, in das ich mich langsam verwandelte. Immerhin blies sie mir ab und zu einen, um der alten Zeilen willen oder wer weiß warum. Aus Liebe jedenfalls nicht. Wahrscheinlich wollte sie dem Loch in meiner Hand einen blasen und traute sich nur nicht zu fragen.

»Ich wüßte schon etwas damit anzufangen.«

O Gott. Und ich wäre fast kopfüber hineingefallen, um sie zu retten. Ich griff ihr mit der rechten Hand ins Gesicht und drückte mit schmerzenden Fingerkuppen ihre knochige Katzenhaut zusammen.

»Ich will überhaupt nicht, daß irgend etwas geschieht«, sagte ich.

»Dafür ist es ein bißchen spät.«

»Ich will«, sagte ich störrisch, »daß es aufhört.«

»Das Geisterloch wird weiter existieren«, entgegnete sie, und die Art, wie sie es sagte, dieses ruhige Leuchten in ihrem Gesicht, ließen in mir den plötzlichen Wunsch aufsteigen, ihr dieses Gesicht einzuschlagen, durch den ganzen Schädel hindurch. Voller Entsetzen fuhr ich hoch, ich spüre beinahe, wie er auseinandersplitterte, wie ihre gebogene Nase und ihre Lippen von der Wucht meines Faustschlages zerschmettert wurden, von meiner rechten Hand.

»Laß es in Ruhe«, sagte ich. Meine Stimme zitterte.

»Du kannst –«

»Ich sagte, laß es in Ruhe!« Ohne daß ich es wollte oder beabsichtigte, packte ich sie plötzlich an den Haaren und zog sie ganz nah an mein Gesicht heran, wie die Karikatur eines brutalen Machos. »Laß es in Ruhe!« Ich sah, wie ihre Miene nachdenklich und leer wurde, und ich schluchzte auf, umschlang sie mit beiden Armen und hielt sie fest, ganz fest. Immer wieder flüsterte ich in ihr Haar: »Ich will nicht wahnsinnig werden, Nakota, ich will es nicht, ich will es nicht.«

»Das wirst du auch nicht«, sagte sie. »Dies ist die Wirklichkeit.«

Randy hatte natürlich seine eigene Interpretation von dem ganzen Zirkus, die mich aber nicht im geringsten interessierte, aber da stand er nun, kurz vor Ladenschluß. Sein Abschleppwagen hatte Feierabend. Ich rechnete gerade die Kasse ab, und sein ganzes Benehmen war so irritierend respektvoll, daß ich mich fast nach Nakota und ihren herzlosen Analysen sehnte. Eine Hand hatte er auf die Theke gestützt, in der anderen baumelten seine Autoschlüssel. Er blinzelte mit seinen hellgrauen Augen.

»Tut mir leid, daß ich letztes Mal so früh weg mußte, Mann.«

»Kein Problem.«

»Ich mußte dringend zur Arbeit. Sonst –«

»Randy, ehrlich, das ist wirklich kein Problem.« Ich hatte mich verzählt und mußte von vorne anfangen. Ich zählte laut, erspar mir deine Konversation. Ich mußte Geduld mit meiner Ungeduld haben und abwarten, bis sie verflog.

»He, hast du für heute abend schon irgendwas geplant?« fragte er unterwürfig.

»Nein, und mir ist auch nicht danach, irgendwas zu planen, Randy, verstehst du?« Plötzlich war ich zornig und wütend genug, es auch zu zeigen. Tut mir leid, heute abend geschlossen, kein Abnormitätenkabinett. »Ich fühle mich beschissen und meine verdammte Hand tut weh. Ich will nur nach Hause, ordentlich scheißen und ins Bett gehen, okay? Du hast doch nichts dagegen, oder?«

In dem Schweigen, das folgte, verflüchtigte sich mein Zorn. Ich blickte beiseite, durch das Fenster hinaus in die Dunkelheit. Es war zehn Uhr, und der Wind war wechselhaft, aber ich hatte schon schwärzere Nächte erlebt. Er hat dich schließlich aus dem Geisterloch gezogen, du undankbares, blödes Arschloch, hast du das schon vergessen? Ist bei dir geblieben und hat dir beim Kotzen zugesehen. Wie eine Mutter.

»He.« Ich drehte mich um und wollte meinen Arm ausstrecken, aber dann wurde mir peinlich bewußt, daß mir nicht klar war, welche – das ist sicher ein einzigartiges Problem – und entschied mich letzten Endes für ein dümmliches Schulterzucken. »Ich bin einfach nur – verwirrt. Wenn du später vorbeikommen willst, dann tu das ruhig.«

»Schon in Ordnung.« Er lächelte nicht, schien aber auch nicht sauer. »Ich wollte eigentlich nur der *Sackgasse* einen Besuch abstatten.«

Ach ja, stimmt, das Kunstwerk, das angeblich geschmolzen sein soll. Durch meinen feurigen Griff. Scheiße. »Aber klar.« Plötzlich fühlte ich mich unglaublich erschöpft. »Hör zu, ich möchte nicht als Arschloch dastehen, ich kann nur –«

»Das ist vollkommen okay«, entgegnete er unerwartet ernst. »Wenn diese ganze Scheiße mir passieren würde, würde ich mir auch eine ganze Menge Sorgen machen.«

Was er sonst noch sagte, kam bei mir nicht mehr an, aber jene Worte hinterließen einen tiefen Eindruck. Als ich in der Wohnung war, saß ich im Dunkeln und dachte nach. Sorgen machen, ja. Eine einfache Vorstellung, aber eine gute. Ich dachte daran, wie ich vor Nakota geheult hatte, haltlos, schlapp und geschwätzig, und mich überkam eine Welle des Selbst-Ekels, die so intensiv war, daß ich aus meinem Sessel aufstehen mußte und durch das Zimmer lief, um das Gefühl loszuwerden.

Aber es verschwand nicht.

Also mußte ich verschwinden.

4

Sie schuldete mir noch einen Gefallen, diese Frau, an deren Namen ich mich kaum erinnern konnte. Aber ihre Telefonnummer hatte ich noch. Wir hatten vor Jahren im gleichen Haus gewohnt. Ein Liebespaar waren wir nie geworden, aber ganz gute Freunde. Sie ging gerne ins Kino und trank gerne Bier, und in jenen Tagen mochte ich das erstere auch noch, und so kamen wir ganz gut miteinander aus. Einmal hatte ich ihr Geld geliehen, damit sie ihr Auto bei der Polizei abholen konnte. Ob sie es mir zurückgezahlt hatte oder nicht, war strittig. Ihre Stimme am Telefon klang freundlich, aber nicht zu freundlich. Genau das, was ich wollte.

»Kann ich für eine Weile bei dir wohnen?« fragte ich. Ich hielt die Unterseite des Telefons gegen die Hüfte. Neben mir stand eine verschlissene Sporttasche mit ein paar Sachen drin. So sicher war ich mir.

»Wie lange?« fragte Nora. Nora, so hieß sie. »Wie lange willst du bleiben?«

»Nicht lange, eine Woche vielleicht.«

»Kennst du noch den Weg?«

»Beschreib's mir lieber.«

Mein Wagen gab einige verdächtige Huster von sich, und da ich von Autos absolut nichts verstehe, hatte jedes unbekannte Geräusch die Macht, mich in Schrecken zu versetzen. Aber die Nacht war klar, extrem kalt, und ich kam sehr schnell aus der Stadt raus. Vielleicht konnte ich noch vor dem Morgengrauen bei Nora sein.

Sie wohnte in einer der Vorstädte, noch nicht auf dem Land oder ›rustikel‹, wie Nakota es immer abschätzig nannte, aber es war immerhin so weit draußen, daß es Platz gab zwischen den Dingen. Danach suchte ich. Wenn ich erst weit weg von allem anderen war, konnte ich vielleicht auch zu mir selbst eine Distanz aufbauen. Vielleicht. Denn wenn nicht, würde es eine andere Art des Davonlaufens bedeuten; aber daran wollte ich jetzt nicht denken. Die Scheibenwischer bewegten sich in ihrem monotonen Rhythmus, das Autoradio erzeugte nichts als Rauschen. Ich fuhr durch eine gigantische Stille. Jetzt bloß nicht daran denken.

Ich hatte Randy eine Nachricht in den Türrahmen gesteckt. Er konnte sich von Nakota, nein Shrike, den Schlüssel besorgen. Die andere Tür war jedenfalls immer auf, und auch das Geisterloch hatte vierundzwanzig Stunden am Tag geöffnet. »Viel Glück mit deiner Kunst«, hatte ich noch hinzugefügt. Ich kam mir albern vor, aber ich hatte keine Zeit mehr, es noch mal neu zu schreiben, also ließ ich es, wie es war. Keine Nachricht für Nakota.

Die Fahrt dauerte etwas über zwei Stunden, wobei mich die letzten zehn Minuten ziemlich vom Weg abbrachten. Noras Angaben waren lückenhaft, genau wie mein Gedächtnis, aber dann sah ich etwas, woran ich mich erinnerte, eine Art improvisierter Schießanlage. Die hellen Kreise der Ziele leuchteten in meinen Scheinwerfern auf, während ich abbog. Ja, hier ist es. Riesige Schneeberge, eine schmale, lange Auffahrt, durch die nur ein Wagen paßte. Ihr Haus hatte noch immer die gelbliche Farbe von Babyscheiße. Die Hauslampe brannte; auch ihr Licht war gelb.

Nora öffnete mir die Tür, noch bevor ich angeklopft hatte. Sie war ein wenig, ja was, nicht dicker, sondern runder geworden, sie hatte einen kleinen, weichen Bauch, und ihr Haar trug sie jetzt kurz, einen blonden Ponyschnitt um ihr rundliches Gesicht. Wir umarmten uns nicht zur Begrüßung, aber sie umschloß meine Hand mit beiden Händen, warme Hände. Meine waren kalt.

»Nicholas, wie geht es dir?« Sie trat einen Schritt zurück, während ich meinen Mantel ablegte, nachdem ich mir höflich den nicht vorhandenen Schnee von den Schuhen abgestreift hatte. »Möchtest du was trinken? Einen Kaffee?«

Ihr Kaffee war viel zu stark. Das Licht in der Küche war viel zu hell. Offenbar würde ich es hier mit Extremen zu tun haben; bei diesem Gedanken mußte ich lächeln. »So ist es schon besser«, meinte Nora. »Jetzt siehst du schon fast lebendig aus.«

Ihre überraschende Bemerkung brachte mich zum Lachen, und auch sie lachte, wenn auch etwas gekünstelt. Natürlich wollte sie wissen, was, zum Teufel, ich bei ihr zu suchen hatte, und erst wenn sie wußte, warum ich gekommen war, würde auch sie lachen können. Ich hatte allerdings nicht die Absicht, ihr die Wahrheit oder auch nur einen größeren Teil davon mitzuteilen. Aber irgend etwas mußte ich ihr erzählen.

»Ich hatte einen schlimmen Krach mit Nakota«, sagte ich.

Die Zauberworte. Ihr Mund verzog sich zu einer schmalen Linie, flach wie ihre Stimme. »Aha.« Sie kannte Nakota so lange wie ich, und sie haßte sie, ich wußte nicht genau warum, aber was Nakota anbetraf, herrschte kein Mangel an Motiven. Nakota selbst war sich der Existenz Noras kaum bewußt, wenn ich die Sache richtig in Erinnerung hatte.

»Tja.«

»Genau, tja.«

»Du bist also noch immer mit ihr zusammen.«

»Heute nicht.«

Jetzt endlich: ein echtes Lachen. Sie lachte auf eine seltsame, fast unhörbare Weise, die sie wieder konkret für mich machte, die sie wieder lebendig werden ließ. Sie rutschte mit ihrem Küchenstuhl fast lautlos über den alten roten Linoleumfußboden und schenkte uns noch Kaffee ein. »Sie ist wirklich eine Hexe«, meinte sie zufrieden. »In Wirklichkeit heißt sie Jane, aber das wußtest du sicher, nicht wahr?«

Unbeholfen umklammerte ich meine Tasse und sagte kaum etwas, während sie auf mich einredete und mir erzählte, wie es ihr ergangen war. Sie hatte ihren Job im Krankenhaus gekündigt und arbeitete in einem Altenheim auf der »Friedhofsstation«. Der Name des Heimes war *Sonnentage.* »Kannst du dir das vorstellen? Ausgerechnet.« Sie arbeitete viel am Haus, wenn sie Zeit hatte, im Frühling wollte sie einen Gemüsegarten anlegen, einen großen, und sie fuhr Ski, Langlauf, wann immer sie die Gelegenheit hatte. »Also gehst du nicht mehr so oft ins Kino?«

»Nein, so gut wie gar nicht mehr.« Ich hatte ihre Blicke bemerkt, und nun fragte sie. »Was ist mit deiner Hand?«

»Ein Unfall«, antwortete ich und sah traurig beiseite, was mir nicht schwerfiel. Sie faßte es genauso auf, wie ich es haben wollte, nämlich falsch, und fragte nicht mehr weiter.

Ich war schon immer vom Taktgefühl anderer Leute abhängig, schluchz.

Es stellte sich heraus, daß sie am Morgen wegfahren würde, um mit ein paar Freunden Ski zu laufen. Ich stellte mir ihre Freunde vor: blond, freundlich, Jeans und Anoraks in den üblichen Farben, einander im weißen Schnee über Hügel und Pässe zurufend. Es war, als träume eine Kakerlake vom Kammerjäger. Sie redete weiter, und als nächstes schreckte ich hoch. Ich war wohl eingenickt. Sie nahm mir die Tasse aus der Hand. »Nicholas, he, du bist ja eingeschlafen.« Bevor ich antworten konnte, fuhr sie fort. »Kann ja passieren, ein langer Tag, eine lange Fahrt. Ich bin schuld, weil ich so viel geredet habe. Ein richtiges Bett habe ich leider nicht für dich, aber das Schlafsofa ist ganz bequem.« Sie schlug die Decke zurück, und trotz der seltsamen Farbe sah es warm und gemütlich aus. »Wahrscheinlich wirst du noch schlafen, wenn ich fahre, also nimm dir, was du brauchst, Essen, was immer. In der Tiefkühltruhe ist auch noch was. An der Vordertür hängt ein Ersatzschlüssel für hinten, also kannst du jederzeit rein und raus.« Vielleicht teilte sie mir noch mehr mit, aber ich hörte es nicht mehr; statt dessen versank ich in einen Traumreigen, und nicht einer war friedlich, nicht einer sanft.

Die Stille des Morgens weckte mich auf. Zu Hause hörte man immer den Verkehr im Hintergrund, Tag und Nacht. Es schneite nicht, aber der Himmel war verhangen und würde es wahrscheinlich den ganzen Tag über bleiben, bis das mürrische Grau in die Schwärze der Nacht überging. Ich schlurfte in die Küche, den wärmsten Raum im Haus. Es mußte ein Vermögen kosten, ein so großes Haus zu heizen, kein Wunder, wenn sie es nicht tat. Meine Hand pochte, als ich Wasser für den Kaffee eingoß, meine Bewegungen waren langsam. Ich schälte eine Orange, und die Fruchtsäure fand eine entzündete Stelle auf meiner Zunge.

Während ich aß, langsam wie ein Rekonvaleszent, wie einer von Noras Patienten in *Sonnentage*, dachte ich an all die Dinge, denen ich in meinen Dichterjahren an der Schule aus dem Weg gegangen war. Ich war spät aufgestanden und hatte früh angefangen zu trinken, ich stolperte mit nur einer verläßlichen Geste durchs Leben: einem Schulterzucken. Normale Jobs, normale Leute, normale Arbeitszeiten, all die gewöhnlichen Schrecken und Schmerzen, die ich durch meine Flucht auf irgendeine Weise mit dieser ganzen grotesken Show ersetzt hatte; ich konnte es hier ja laut sagen, hier hörte mich ja keiner: diese Show brachte mich um den Verstand, trieb mich in den Wahnsinn, denn ich wußte nicht, wie ich damit umgehen sollte, wußte nicht, wie das, was als oberflächlicher Unsinn begonnen hatte, sich so entwickeln konnte.

Was hatte ich falsch gemacht?

Welcher meiner Wünsche hatte all dies ausgelöst?

Nakotas Sticheleien und Randys stumme, hündische Unterwürfigkeit, die Insekten im Glas mit ihren Runen auf den Flügeln, das Video und der flüchtige Anblick der Gestalt, das Loch in meiner Hand und die Leere in meinem Kopf, die mich hierher gebracht hatte; das war ein wirkliches Geisterloch, dort strömte die Finsternis hinein. War die Finsternis allgegenwärtig? Reichte schon ein Mangel an Willen, um sie am Eindringen zu hindern? Und hatte ich dies alles wirklich mir selbst zuzuschreiben, nur weil ich so wenig wert war?

Ich war es leid, mich selbst zu hassen. Aber ich war auch so gut darin, es war eine so bequeme Form des Daseins, ich war ein verdammtes, beschissenes Stück Treibholz auf dem Meer, nicht die Flut, sondern die Ebbe, ein kleines Stückchen Nichts, das mit den Schultern zuckte und sagte, he, tut mir leid, das wollte ich nicht, ich wußte nicht, daß es geladen war, ich hätte nicht gedacht, daß es so weit kommt. Es ist so leicht ein Nichts zu sein. Es verlangt so wenig Überlegung und Reflexion, man findet immer Leute, die mit einem trinken und mit einem herumhängen, jeder braucht ein kleines Nichts in seinem Leben, stimmt's? Wenden Sie sich an einen Spezialisten, wenn's bei Ihnen soweit ist. Sie brauchen nicht mal anrufen, die Chancen stehen nicht schlecht, daß ich schon da bin. Sie haben mich höchstens übersehen, weil ich in der Ecke hocke, zusammengekauert wie eine Staubflocke, versteckt wie ein Spinnennetz, mit meinem hektischen, weggetretenen Grinsen, und hoppla, scheint, als sei ich auf eine Art exaltiertes Höllenloch gestoßen, das Geisterloch. Entschuldigen Sie mich, ich muß es mal eben rauslassen, muß es in meinen Körper lassen, es kann ruhig mein Leben beherrschen, denn irgend jemand, muß es ja schließlich tun, nicht wahr? Irgend jemand muß diesen beschissenen Angriff ja ertragen, auch wenn es nur eine große Leere ist.

Auch wenn es mich gewählt hat.

Denn wie böse kann es schon sein, ehrlich, wenn es *mich* will, wie gefährlich? WIE BÖSE KANN ES SEIN, wenn es sich mit einem solch armseligen Werkzeug zufrieden gibt?

»Gott«, murmelte ich mit belegter Stimme. Die Tränen rannen mir übers Gesicht. »O Gott«. Ich weinte in ein Küchentuch, schluchzte bitterlich, dort in der warmen Küche, mein Oberkörper lag auf dem Tisch, scharfe Tränen wie Erbrochenes. Ich weinte lange, schon hinaus über den Schmerz, bis ich mich so leer fühlte, daß nichts mehr weh tat, absolut nichts, auch tot hätte ich mich nicht viel schlechter fühlen können. Ein wandelnder Bankrott. »Du bist doch der Dichter«, sagte ich laut, aber die Stille machte es zu einem Flüstern. Ich wischte mir die Augen, und mußte fast lächeln, etwas mühsam, als es weh tat. Der Saft der Orange brannte wie Benzin. Du Idiot.

Nach dem Frühstück krabbelte ich wieder auf das Schlafsofa, es war größer und bequemer als meins zu Hause, und die Decken waren auf alle Fälle sauberer. Ich verkroch mich, die rechte Hand auf der Brust, und der pochende Schmerz durchzuckte sie so regelmäßig wie der Schlag eines Metronoms. Manchmal spürte ich diesen Schmerz gar nicht, nur das Gefühl einer riesigen Leere, die auf ihre Art so angenehm war wie das bloße Nachlassen des Schmerzes nach einer langen Krankheit. Ich schlief wieder ein und wachte erst auf, als es mir zu warm wurde, der kräftige Strahl der Nachmittagssonne schien mir genau ins Gesicht. Als die Sonne unterging, stand ich kurz auf, ging pinkeln, trank ein Glas Wasser und kroch wieder in mein Nest. Mir kam es vor, als könne ich den Rest meines Lebens hier verbringen, oder auch gleich hier sterben, es war mir egal. Typisch für dich, sagte ich zu mir, aber selbst der Haß war verschwunden, vielleicht von der Kraft seiner eigenen Korrosion davongespült. Übrig blieb nur noch ein großes Nichts, eine

Leere, die viel tiefer war, als irgendein Geisterloch es jemals sein konnte.

So lag ich drei Tage.

Ab und zu stand ich auf, um zu pinkeln, während die Stunden vergingen, wurden die Abstände länger, im Flur wurde es hell und dunkel, und ich krabbelte wieder in mein Nest, meinen Kokon. Das Gefühl der Leere umhüllte mich, ganz langsam, und erzeugte in mir eine Vorstellung von der Erfüllung meiner Wünsche, von dem, was ich wirklich wollte. Was brauchst du, was wirst du tun? Ich fragte mich selbst, und die Antwort kam, sie wurde durch meine Schwäche gefiltert, vielleicht sogar von ihr verstärkt. Was willst du?

Träume. Verwischte Träume, fast surreal in ihrer Kraft, ein starker Kontrast zum Tag, an dem ich auf die Decke starrte, auf meine tropfende Hand, auf die hellen Wasserflecken und auf die winzigen Staubhäufchen in den Ecken des Zimmers. Ein Traum war es im besonderen, seine Kanten war grell und verschmiert, ein längliches Gesicht, das sich wie ein Rahmen um meine Angst legte, wie ein Bild aus dem Video. Mir war, als läge ich direkt hinter den Augen dieses belebten Nichts, und ich erwachte weinend und so in Schweiß gebadet, daß ich einen unbewußten Moment lang glaubte, daß ich entweder ins Bett gepinkelt hatte oder verblutete. Nachtschweiß nannte man das. Zeichen für extreme Schwäche; als ob ich noch welche gebraucht hätte.

Als ich am Morgen aufwachte, zuckte meine rechte Hand langsam, aber heftig, wie ein großes, sterbendes Insekt schlug sie hart gegen das flache Kopfkissen, ohne daß ich irgend etwas spürte. Es war, als würde man sich im Traum eines anderen sehen, so unglaublich bizarr, daß es schon fast unterhaltsam war. Ich war schon soweit, daß es mich einen Scheißdreck kümmerte, ich betrachtete es nur und überlegte mir, ob hier eine Art merkwürdiger Knochenfraß stattfand, ob meine Hand sich von ihrem Erzeuger, dem Geisterloch, sozusagen, loslöste und starb. »Meine Hand und meine tote Hand«, sagte ich laut, und während sie zuckte und hin und her schlug, sah ich zu. Mein Lächeln wurde zu einem Grinsen, ich bemerkte, daß ich sogar einen Streifen hatte, und mußte auch darüber grinsen.

Plötzlich lag die Hand ganz ruhig da, und ich lachte, ein leises, langsam verebbendes Lachen, wie nach einem verdammt guten Witz. Mit dieser Hand wählte ich auch die Nummer vom Videoladen. Ich ignorierte den plötzlichen, heftigen Schmerz, den ich dabei verspürte, als ich den Finger in die Löcher der Wählscheibe zwängte. Ich sagte der Geschäftsführerin, daß ich nicht mehr zur Arbeit kommen würde. Ein Geheimnis war es nicht mehr; sie hätte es mir gerne selber mitgeteilt. Der letzte Scheck sei in der Post, teilte sie mir erfreut mit.

Ich legte auf, ging in die Küche und setzte mich in meiner Unterwäsche an den Tisch und aß ein paar Kekse aus einer Schachtel. Sie schmeckten abgestanden, fast wie Schaumstoff oder Reiskuchen. Offenbar mochte Nora diese Kekse nicht besonders. Noch immer in Unterwäsche, den Mund voller halbzerkauter Kekse, begann ich im Haus nach der zweiundzwanziger zu suchen. Ich wußte, daß Nora früher eine fürs Zielschießen benutzt hatte, nun, ich wußte auch ein Ziel.

Sie war nicht schwer zu finden, genau dort, wo man sie vermutet hätte. Unter dem Bett, daneben eine Plastikschachtel mit Munition. Ein aufgeräumtes Schlafzimmer, ordentliche kleine Stapel von Taschenbüchern und Sweatshirts. Über ihrem Bett hing ein wirklich beschissenes Kissen mit einem Spruch drauf. Die eingestickten Worte waren wie geschaffen für meine Stimmung und mein Vorhaben. »Wenn das Leben dir Zitronen andreht, mach Limonade daraus.« Nun, das Leben hatte mir Scheiße angedreht, und jetzt baute ich einen Misthaufen. Oder genauer: Das Leben hatte mir ein Geisterloch angedreht, und nun schaufelt ich mir ein Grab.

Ich brauchte ein paar Minuten, bis ich kapiert hatte, wie man sie lud, ich hatte noch nie in meinem Leben eine Pistole geladen. Ein paar weitere Minuten dauerte es, bis ich mich auf das Ende ihres Bettes gesetzt hatte. Die Augen offen oder geschlossen? Die Benimmregeln des Todes. Versuchen wir wenigstens, nicht auch noch das hier zu versauen. Ich fühlte mich weder glücklich noch traurig, aber zumindest nicht schlecht, und das war sicherlich mehr als genug und weit mehr als ich verdiente.

Mund auf, befahl ich mir.

Die Spitze des Laufs lag auf meiner Zunge, das heilige Metall. Das Licht im Zimmer kam mir ungewöhnlich hell vor, selbst mit geschlossenen Augen. Vielleicht, dachte ich, ist es das, was die Leute immer von Autounfällen berichten. Ich mußte schlucken, und es schien eine Ewigkeit zu dauern. Mein Mund war voller Speichel, und mein Herz schlug plötzlich schnell und leicht.

Ich erinnere mich, daß ich dachte, nun, ich habe mich entschieden. Ich will kein Teil mehr all dem sein, ich verabschiede mich. Man stelle sich das vor. Ich hatte tatsächlich eine Entscheidung getroffen, und ich genoß meine neugewonnene Entschlußfreudigkeit und stellte mir selbstverliebt vor, wie die Kugel den Lauf hinauffliegen würde, als etwas Neues von mir Besitz ergriff: Scham.

Nicht Ekel, damit war ich nur allzu vertraut. Kein Selbsthaß, denn obwohl er ständig vorhanden war, so war ich doch so besessen davon, daß ich ihn gar nicht mehr spürte, so wie ein perfekter Schwimmer das Wasser nicht mehr bewußt als fremdes Element wahrnimmt. Statt dessen: eine tiefe, einfache Scham, ein Gefühl, so plötzlich und unwiederlegbar wie Schmerz oder Hitze. In meinem großen, meinem einzigartigen Moment der Entscheidung verhielt ich mich so achtlos, so dumm, so *typisch* wie immer. Meine Tat würde Ärger für Nora bedeuten, großen Ärger, einem Menschen, der tatsächlich versucht hatte mir zu helfen, der mir gab, worum ich ihn gebeten hatte.

Typisch.

Ich senkte die Pistole.

Das sieht dir ähnlich, du billiges Stück Scheiße.

Aber die Scham nicht.

Und auch nicht die Tat, die der Scham folgte.

Ich legte die Pistole wieder weg. Ich ging nach unten, räumte die Küche auf, kümmerte mich um die Kekse, die vertrockneten Orangenschalen vom Vortag und die etwas komisch riechende Kaffeemaschine. Dabei dachte ich nach. Noch etwas Neues. Ich lief nicht mehr vor dem Schuldgefühl davon, ich wollte diese neue Scham nicht ignorieren. Ich spürte sie so intensiv, wie den erneuten Schmerz in meiner

Hand, diese siegreiche Qual. Im Glanz dieser Scham erkannte ich: wenn ich ich selbst sein mußte, wenn es keine Möglichkeit gab, dieses ziellose Durcheinander, das ich war, zu ändern, wenn ich am Ende das Opfer sein mußte: Ja, dann sollte es so sein.

Aber nicht so. Nicht auf Kosten anderer, oder zumindest nicht auf Kosten Unschuldiger. Das war feige.

Aber warum dann nicht von einer Brücke springen? Einer leeren Brücke, kein Mensch weit und breit. Ich konnte mir doch einen abgebrochenen Flaschenhals und eine kleine Seitenstraße suchen, mir mit dem ersten die Pulsadern aufschneiden und in der zweiten verbluten. So einfach war es nicht, all diese selbstlose Scheiße glaubte ich ja selber nicht, gib's schon zu, hier ist keiner außer dir und deiner neuen Einsicht. Ich lehnte mich gegen die Küchentheke, mir wurde beinahe schlecht von dieser neuen häßlichen Wahrheit, diesem neuen Schwall von Eiter und Verlogenheit, nichts mehr von dieser Scheiße, daß es was mit Nora zu tun hätte, diesen Mist kannst du jemand anderem erzählen.

Was will ich, dachte ich. Eine Transformation? Will ich das wirklich?

Aber mein größter Wunsch war, die Wahrheit nicht erfahren zu müssen. Statt dessen wollte ich in den Strudeln meiner Hilflosigkeit umhertreiben, nicht stumpfsinnig, sondern gelassen. In Hilflosigkeit liegt soviel Frieden, sie ist allemal besser als der Tod, man kann die Fahrt noch immer genießen. Das hatte nichts mit den anderen zu tun, selbst nicht mit Nakota, wahrscheinlich, aber selbst wenn ich so ein kleines Etwas war, wußte ich doch, daß ich sie liebte, und darüber verspürte ich keine Scham. Aber. Sie sagte, daß es ohne mich nicht funktioniert, und ohne es zu wollen, glaubte ihr ihr nun endlich doch, ohne auch nur ansatzweise zu begreifen, warum das so war. Aber wenn ich sie wirklich liebte, wenn das Geisterloch ohne mich wirklich ruhig war, war es dann nicht besser, sich für alle Zeiten fernzuhalten und es erblühen oder schrumpfen lassen, egal ob ich da war oder nicht?

Aber, dachte ich, die Antwort auf diese Frage ist bekannt.

Denn letzten Endes sind wir, was wir sind, wir wollen, was wir wollen, ob uns das klar ist oder nicht. Ob wir uns dagegen wehren oder nicht, oder ob es am Ende den Widerstand wert war.

Die Luft in der Küche glänzte und tanzte, als ob ich gleich ohnmächtig werden würde, und warum nicht? Dann schnitt mir ein mächtiger Schmerz den Arm auf, schoß durch meine Kehle in meinen dummen Schädel, ein fordernder Schmerz, der sagte, quäl dich nicht, du hast die richtige Wahl getroffen, du hast dich richtig entschieden. O Gott, dachte ich und stieß mich mit aller Kraft von der Theke ab. Es schmerzte, mein Magen schmerzte, mit Druckerlaubnis des Geisterlochs, abgesegnet vom verrücktesten Ding der Welt. Ich bin St. Nicholas, aber erwartet keine Geschenke von mir.

Nach der Küche räumte ich das Wohnzimmer auf, sparsame Bewegungen, und mein Nest verwandelte sich in eine Couch mit einer grünen Flickendecke und gefalteten Laken. Ich rasierte mich, ganz langsam, meine Hände zitterten so. Unter die Dusche, ich benutzte Noras klebriges Shampoo. Anziehen. All meine Sache stopfte ich wieder in die Sporttasche. Dann schrieb ich Nora eine Nachricht, bedankte mich bei ihr und entschuldigte mich dafür, daß ich nicht mehr da sein würde, wenn sie zurückkam. Ich würde sie bald anrufen. Ich wußte, daß der letzte Teil nicht stimmte, aber es war eine freundliche Geste, also ließ ich es so. Sie sollte nicht das Gefühl haben, ich hätte ihr Haus nur als Schlupfloch benutzt, auch wenn es so war. Ich hatte den letzten Tropfen Saft aus dem Gefallen gepreßt, den sie mir noch schuldete. Dabei hatte sie damals bezahlt. Natürlich.

Draußen war es extrem kalt, viel kälter als es schien, die Umrisse waren nicht scharf, sondern verschwommen, die Hügel und Senken mit glattem gefrorenem Schnee bedeckt. Ich brauchte lange, um die Scheiben meines Wagens freizukratzen. Frost und Eis pellten sich in ordentlichen Kringeln von meinem eingerissenen, gelben Kratzer ab, während ich mit langsamen gleichmäßigen Bewegungen von oben nach unten arbeitete. Ich hielt an, um zu tanken, und stellte fest, daß mein Geld so gerade noch reichte. Eine Handvoll Wechselgeld zum Telefonieren blieb übrig. Ich krümmte den Rükken zum Schutz gegen die Kälte, während mein Atem den Hörer einfror. Es klingelte fünfmal. Ich zählte mit.

»Hmm, hallo?«
»He.«
»Wer ist da? Bist du's Nicholas?«

Nakota wurde mit jeder Sekunde wacher, ihre Stimme klang schärfer, und ich hörte förmlich, wie sie ihre Stirn in Falten zog. »Wo bist du?« fragte sie, und ich antwortete: »Sei in drei Stunden in meiner Wohnung.«

Dann legte ich auf.

Ich brauchte nur zwei.

Mein alter Parkplatz war unbesetzt. Ich fühlte mich zwar nicht schwindelig, aber so ähnlich, und als ich die Treppe hinaufging und die kleinen Atemwolken vor mir aufstiegen, dachte ich daran, daß meine Wohnung einer Tiefkühltruhe ähneln mußte. Und so war es auch. Einer schmutzigen Tiefkühltruhe. Ich warf eine Menge Zeug einfach weg, fuhr auf eine Weise mit dem Arm über Oberflächen, die zu einem anderen Zeitpunkt peinlich theatralisch gewirkt hätten, aber nicht jetzt, nach einer zweistündigen Fahrt in Kälte und völliger Stille. Ich hatte die ganze Zeit nachgedacht, und nun waren alle Gedanken fort, aufgebraucht, von der Kälte verbrannt. Ich wußte, was ich tat, o ja, oder benahm mich zumindest so. Endlich einmal.

Ich spürte das Geisterloch, kaum daß ich das Gebäude betreten hatte. Während ich durch die Wohnung lief, fühlte ich, wie es sich in mir bewegte, so wie vielleicht eine Schlange spürt, wie sie sich windet. Aber es störte mich nicht länger, nein. Nein. Ich hatte eine eindeutige Entscheidung getroffen, war bewußt zu jenem Punkt zurückgegangen, und nun war die zweite Entscheidung, die ich im Schatten des Irrtums der ersten – diesem dummen Zen-Gedanken über Handeln/Nicht-Handeln – gemacht hatte, so stark in mir, daß ich nicht mehr darüber nachdenken mußte, kaum noch. Vielleicht paßte das zu meinem eigentlichen Wesen, das sich mit einer Pflanze vergleichen ließ, oder einem belebten Wischtuch, ja. Ich konnte mich nicht einmal mehr selbst beleidigen, es war egal, es spielte keine Rolle. Mir war, als atmete ich Methan, als ob die Kälte wie ein lebendiges Feuer in meinen Augen brannte. Auf dem ganzen Heimweg hatte ich meine Hand beobachtet, meine nackte, unbandagierte Hand. Wenn ich hinsah, zuckte und zitterte sie auf dem kalten Beifahrersitz, und mein dunkles Stigmata war im hellen, hellen Licht deutlich sichtbar. Zu jeder anderen Zeit hätte es mir Angst eingejagt, viel Angst. Aber nicht heute.

Sie kam pünktlich. Ich hörte, wie sie vorsichtig den Flur entlangging. Wen hast du erwartet, meine Liebe, Jekyll oder Hyde? Aber dieses Mal bist du die Dumme, und zwar deshalb, weil es keiner von beiden ist. Es ist jemand anderes, jemand, den du nicht einmal kennst. Ich öffnete die Tür so wie Nora, noch bevor sie überhaupt angeklopft hatte.

»Nicholas.« Sie steckte in weitgeschnittenem Schwarz, auch für ihre Verhältnisse sah es wirklich extrem nach Kleidersammlung aus. Selbst bei diese Kälte trug sie ihre Windjacke. Sie lächelte, und es war ein echtes Lächeln. Natürlich. Ich war mit dem Schlüssel zur Spielzeugkiste verschwunden, und jetzt war ich wieder da.

»Ich habe etwas vor«, sagte ich. »Und ich brauche deine Hilfe.«

»Was für Hilfe?« fragte sie eifrig. Eifrig, man stelle sich das einmal vor. War ich wütend auf sie? Nein. Doch. Soll ich dein Hofnarr sein, die Leitung zum Geisterloch, dein Clown-Prinz? Ich kann nur noch eins sein, und wenn du nur noch eine Minute wartest, dann zeige ich dir, wer ich bin.

»Ich will, daß du hier einziehst«, sagte ich. Sie öffnete den Mund, um etwas zu sagen, aber ich schnitt ihr das Wort ab. »Es ist mir egal, wo du schläfst.« In diesem Moment stimmte das auch, vielleicht würde es mich nie mehr kümmern, ich wußte es nicht. Alles, was ich wußte, war jetzt. »Mir ist alles egal, bis auf eines: Jemand muß die Miete bezahlen, weil ich meinen Job verloren habe.«

»Du –«

»Ich will, daß du so schnell wie möglich einziehst. Wenn du es dir nicht leisten kannst, dann bring Randy mit.«

»Randy wohnt bei Vanese!«

Vanese. Ach ja, die Freundin. »Schön. Soll sie auch kommen. Im Dutzend ist es billiger.«

»Nicholas, was ist los, bist du krank? Hast –«

»Sei spätestens bis Ende der Woche hier. Welchen Tag

haben wir heute, Dienstag? Dann hast du noch drei Tage Zeit. Du hast nicht soviel Zeug, das kannst du schaffen.«

»Nicholas.« Ihre Stimme klang eindringlich, und sie legte zögernd ihre Hand auf meinen Arm. »Ist was nicht in Ordnung?«

»Ich habe versucht, mich umzubringen«, antwortete ich und entzog mich ihrem Griff. Aber ich zitterte. »Es hat geklappt.«

Das Geisterloch. Es tauchte auf, und für einen kurzen Moment erschien hinter meinem Auge ein fremdes Lächeln in meiner persönlichen Dunkelheit, eine Gestalt. Willkommen daheim.

Sie brauchte weniger als zwei Tage, um ihr Zeug rüber zu schaffen, und ich hatte recht, es war nicht viel. Hauptsächlich Kartons mit Büchern, ein paar verschrumpelte Kleider, eine Plastiktüte mit Toilettenartikeln. Ein Doppelbett mit einer Matratze, die so verdreckt und zerschlissen war, daß ich nur einen Blick darauf warf und mich weigerte, sie damit in meine Wohnung zu lassen.

»Und worauf soll ich schlafen?«

»Von mir aus auf dem Bettgestell. Oder auf dem Boden. Wenn du willst auch draußen auf dem Flur.« Ich stand mit verschränkten Armen vor ihr und sah sie an. Sie warf mir einen vorsichtigen Blick zu. Nakota war nicht der Typ, der unter harter Behandlung aufblüht, unter anderen Umständen hätte sie mir sicher ohne Umschweife mitgeteilt, daß ich mich mal selber könnte, aber hier war etwas Besonderes im Gange, und sie wollte um jeden Preis dabeisein. Mir war klar, sie dachte, daß der plötzliche Wandel in meinem Verhalten bedeutete, daß ich nun endgültig den Verstand verloren hatte; ob sie mir die Sache mit dem Selbstmordversuch glaubte, wußte ich nicht. Ich wußte, was ich wußte, ich war über das Rätselstadium hinaus. Ich war über eine ganze Menge Dinge hinaus.

Ein unbeweglicher Tag, dieser lange, kalte Freitag. Ich aß nichts, mir war nicht nach Essen, als ob mein Daseinszweck nur durch physische Leere genährt und erhalten werden konnte. Ich saß in meinem Stuhl am Fenster, meine Linke wiegte die Rechte und beobachtete, was draußen vor sich ging, Autofahrer und Fußgänger im Wetter, das immer schlechter wurde, im Schneetreiben, der erste Atemzug eines wirklich üblen Sturms. Es würde schlimm werden, im Radio sprachen sie von nichts anderem. Zehn bis fünfzehn Zentimeter, sagten sie. Vielleicht mehr.

Nakota ließ das Radio an und lief durch die Wohnung. Worauf wartete sie? Auf Anweisungen? Eine Predigt? Einen Quickie? Seit ich zurück war, hatte ich sie nicht berührt, mir war nicht danach, obwohl ein Teil von mir sich sehr darüber gefreut hätte, diesen schmalen Körper im Arm zu halten, ihren Kolibri-Herzschlag an meiner Brust zu spüren, ihren leichten Zigarettenatem vor meinem Gesicht. Aber ich näherte mich ihr nicht. Auch dieser Hunger war gestillt. Ich redete auch nicht viel. Ab und an sah ich auf und bemerkte, daß sie mich beobachtete, den Kopf leicht geneigt, völlig verwirrt. Sie hatte keine Ahnung davon, was in mir vorging.

»Starr mich nicht so an«, sagte ich.

Sie ignorierte mich, aber auf einmal lag etwas in ihrem Blick, das mir nicht gefiel. Wenn sie vorhatte, mir Ärger zu machen, dann würde sie ihr blaues Wunder erleben. Die Vorstellung schien fast lustig, aber mir war nicht nach Lachen zumute.

Es war gegen halb sieben, die Wohnung war dunkel, nur das grüne Licht des Radios schimmerte. »Kommt Randy noch?« fragte ich sie. Draußen fiel der Schnee vom weißen Himmel. Als sie antwortete, schreckte ihre Stimme mich auf. Sie saß viel näher bei mir, als ich gedacht hatte, ich hätte sie berühren können.

»Er und Vanese«, sagte sie.

»Je mehr, desto besser.« Ich verspürte den ungewöhnlichen Wunsch zu rauchen. »Hast du eine Zigarette für mich?« Sie zündete sie für mich an und reichte sie mir, wobei sie darauf achtete, daß ihre Finger die meinen nicht berührten. Ich hatte schon so lange nicht mehr geraucht, daß die Zigarette wie ein Joint auf mich wirkte. Ein schreckliches Gefühl, diese trockene Hitze in meiner Brust. Das Nikotin machte mich schwindelig. Ich blies den Rauch in die Luft, konnte ihn aber nicht sehen, weil es so dunkel war, versuchte, ihn mit den

Fingern zu ertasten. Ich blies Rauch auf das Loch in meiner Hand und spürte nichts.

»Nicholas?«

»Was?«

»Was wird passieren? Ich meine, was hast du vor?«

»Ich werde dich mit dem Kopf zuerst in das verdammte Geisterloch werfen. Halt den Mund, Nakota.«

Ich war nicht einmal besonders wütend, als ich das sagte.

Es war beinahe halb acht, als sie klopften. Ich hörte Randys Stimme und ein helleres Murmeln hinter ihm. Nakota sprang auf, als stünde das Zimmer in Flammen. Sie hatte immer ungeduldiger auf sie gewartet – sie ertrug es nicht, auf irgend etwas zu warten – überzeugt davon, daß ihr Erscheinen den Hauptkampf ankündigte. Was auch ganz richtig war. Sie riß die Tür förmlich ab, als sie öffnete. »Hast dir ganz schön Zeit gelassen, Arschloch«, sagte sie, wirklich häßlich, sie hatte es sich seit Tagen aufgespart. Bei irgend jemanden mußte sie sich abreagieren, da ich zeitweilig außer Reichweite war.

»He, da draußen tobt ein verdammter Blizzard, okay?« Randy stand zögernd in der Tür, »Kannst du nicht mal eine Lampe oder so was anmachen, Mann. Hier ist es so dunkel wie in einem Arschloch.« Hinter ihm stand schweigend die Besitzerin jener helleren Stimme, und ihre Silhouette war so dünn und insubstantiell wie Papier. Eine Puppe zum Ausschneiden.

»Macht, was ihr wollt«, antwortete ich.

Sie kamen herein, die Augen unter den Kapuzen blinzelten in das veränderte Licht. Nakota wollte für die Frau nicht Platz machen, sie stießen mit den Schultern aneinander, die Art von pubertärer Revierkampf-Scheiße, von der ich gedacht hatte, daß nur Männer darauf reinfallen. Offenbar nicht.

»Bist du der Guru?« fragte Vanese. Sie näherte sich mit vorsichtigen, hohen Schritten, die Bewegungen eines Menschen, der sich schnell aus dem Staub machen kann. Ihre Hände steckten in den Taschen einer billigen, geschlitzten Lederjacke. Hohe modellierte Wangenknochen, große, rote Plastikohrringe. Das größte an ihr waren ihre Augen, von einem noch dunkleren Braun als ihre Haut, und daß sie auf der Hut war, konnte man auch in diesen Augen deutlich erkennen. »Wenn das hier wirklich so irre ist, wie Randy sagt, dann weiß ich nicht so recht...«

»Ist es«, sagte ich. »Und ich weiß auch nicht so recht. Bleibt ihr?«

»Ja«, meinte Randy. Sie zuckte mit den Schultern. »Ich denke schon.«

»Ich hab' deine Nachricht gefunden«, meinte Randy. »Shrike hat erzählt, daß du deinen Job gekündigt hast?«

»Ja.« Ich sah ihn an, auch Vanese, deren Hand sich in der Jackentasche bewegte, sie rieb an etwas, vielleicht an einem Hautfetzen oder einer entzündeten Stelle. Am längsten ruhte mein Blick auf Nakota, der Vogelscheuche, noch immer die Liebe meines Lebens. Von der Kraft der vergangenen und der kommenden Tage ausgelaugt, an den Pranger und an die Wand gestellt, aber noch immer da: die Liebe. Wer kann das begreifen, es ist tiefer als der Wechsel, vielleicht noch tiefer als das Geisterloch. »Also kommt«, sagte ich, und sah nur sie an. »Ihr wollt etwas sehen, nun, ihr werdet es sehen.«

Unsere kleine Pilgergruppe bewegte sich den Flur entlang. Wir waren etwas voreilige Flüchtlinge. Vanese wollte mich etwas fragen, aber Nakota bedeutete ihr derartig heftig zu schweigen, daß sie klein beigab, wenn auch nicht ohne einen giftigen Blick. Ich spürte etwas in meiner Hand, keinen Schmerz, ein Gefühl, wie von tausend Nadeln gepiekt zu werden, aber nur ganz leicht, ein Summen im Fleisch. Diese Hand streckte ich vor der Tür aus, und als ich vorsichtig den Griff berührte, da spürte ich keinen Schlag, wie ich es halbwegs erwartet hatte – zu viele Horrorfilme. Aber aus dem Summen wurde ein Flackern, wie Feuer unter meiner Haut, als ob man brennen könnte, ohne Schmerzen zu verspüren, als ob das Fleisch an den Knochen schmelzen könnte. Wie Wachs. Wie Metall.

Der Raum war kalt. Warum nicht; alles andere war auch kalt, auf dem Flur war es geradezu absurd. Trotzdem war es eine Überraschung. Seit der Nacht mit Randy war ich nicht mehr hier gewesen. Seit Tagen. Randys Skulptur, auf die er zueilte, sobald ich ihm Platz gemacht hatte, war unverändert, zumindest konnte ich keine Veränderungen erkennen.

Vanese stellte sich neben die Tür; sie war noch immer vorsichtig, aber ihr Blick wanderte hin und her, vom Geisterloch zu mir, von Randy zu Nakota und wieder zum Geisterloch. Nakota ignorierte alles, sie kniete neben mir, dort wo ich stand, an den Lippen der Leere. Ihre Hände lagen mit den Innenseiten nach oben auf ihren Hüften. Vielleicht wollte auch sie ein Loch, so eines wie ich es hatte.

Ich fühlte mich so gut.

Es war kein Gefühl, das ich mit dem Punkt in Verbindung brachte, an dem ich stand. Alles in mir war leer, selbst mein Atem, und so ließ ich ihn herauströpfeln, während ich mich neben Nakota kniete, eine ehrfurchtsvolle Haltung, auch wenn ich mich nicht ehrfurchtsvoll fühlte, nein, darum ging es überhaupt nicht. Noch nie. Es ging um Leere, denn das war es schließlich, was das Geisterloch ausmachte, das war der Schlüssel und der Clou: Das Loch war etwas Negatives, die Abwesenheit von etwas, ein *Mangel.* Eine Depression, das war das Loch, ganz egal wie dunkel und lebendig, wie letzten Endes angefüllt es war. Auch eine verlassene Straße führt irgendwo hin, stimmt's?

Aber dieses Mal wollte ich es spüren.

»Seht her«, sagte ich laut, aber in Wirklichkeit nur zu Nakota, und mit einer Bewegung, die für mich die gleiche Intensität hatte wie ein Autounfall in Zeitlupe, stieß ich meinen Arm bis zur Schulter hinein.

Spür es.

Ich spürte es.

Nicht, was man annehmen würde, kein Sog, nicht einmal ein richtiges Gefühl, aber wenn man etwas Insubstantielles berühren könnte, einen Fiebertraum, Phantomschmerzen, wenn man im Traum den eigenen Geist wiegen könnte, die Hügel und Senken der Gehirnlandschaft erforschen könnte – es gab einfach keinen richtigen Vergleich, tut mir leid, aber so ist es. Auch die, die bei mir waren, selbst Nakota, die mir mit allen Sinnen am nächsten war, auch sie begriffen es nicht ganz. Ich bekam es auch nicht mit, aber was ich mitbekam, als ich mit weitgeöffneten, leeren Augen und einer bereiten, leeren Hand hineintauchte, war erschreckend intensiv, nicht so sehr überwältigend, sondern ein pures Gefühl. Ich hörte, wie meine Stimme aufheulte, aber nicht aus Schmerz, ich fühlte mich gut, selbst als ich nach unten blickte, zwischen meinen in der Luft kreisenden Beinen hindurch und sah, wie der Stahl von Randys Skulptur über meine Handknöchel lief, wie er hinabtropfte, aber nicht ins Geisterloch, wie man denken sollte (und es gab einem zu denken), sondern wieder in einem seltsamen Bogen nach oben floß, wie abgestoßen, und dann irgendwo rechts auf den Boden sickerte, aber soweit konnte ich nicht sehen. Nakota versuchte mich zu berühren, das konnte ich erkennen, aber entweder gelang es ihr nicht oder ich nahm es nicht wahr. Meine andere Hand, die rechte Hand, war mittlerweile aus dem Loch heraus, ein anderer Teil drin, oder vielleicht auch nicht, denn ich fiel, ich verlor an Höhe, wie man sagt. Verdammt noch mal, manchmal war es richtig witzig. Manchmal war *ich* witzig. Aber im Moment wohl eher nicht, denn ich hörte Stimmen, sie klangen erschrocken, ich hörte Schreie oder so etwas, und ich versuchte, mir meine rechte Hand, meine Innenfläche, mein Loch in den Mund zu stecken, versuchte die Schwärze herauszusaugen, sie roch nach Schmiere, so übel wie das Geisterloch selbst, aber wie würde sie schmecken? Süß, so süß? Würde sie wie Honig über meine Zunge fließen, wie Blut von meinen Lippen tropfen?

»Warum seid ihr nicht mal alle still?« fragte ich, aber niemand hörte es. Vielleicht hatte ich es gar nicht gesagt.

Ich lag mit dem Rücken auf dem Boden und spürte den Eisengeschmack von Blut, ich konnte kaum richtig sehen. »Oh, oh«, murmelte ich. »Randy, hast du mich zusammengeschlagen?«

Ich stellte zu meiner großen Überraschung fest, daß sie mich jetzt hören konnten, und ich erkannte Randys Gesicht, ungewöhnlich gerötet für seine weiße Haut. Ich hatte nicht gewußt, daß Albinos so rot werden können. »Tut mir leid, Nicholas«, sagte er. »Tut mir leid, Mann, aber –«

»Er dachte, du würdest hineinspringen«, sagte Nakota, ohne Randy dabei anzusehen. Ich sah, wußte sofort, daß sie das für die größte Idee aller Zeiten hielt, auf alle Fälle für meinen größten Hit, und daß sie nun unweigerlich wütend auf Randy war, der meinen Abstieg aufgehalten hatte. Vielleicht war sie aber auch ein bißchen froh. Oh, meine Liebe, ich wußte gar nicht, daß ich dir so viel bedeute. Aber das tat ich natürlich nicht. Nur eines bedeutete ihr viel: selber in das Loch hinabzusteigen.

»Tatsächlich?« Mein Mund fühlte sich irgendwie wackelig an, ein unangenehmes Gefühl. Ich wollte Spucken und verschluckte mich an meinem Blut. »Helft mir hoch«, sagte ich. Auch mein Hinterkopf tat weh.

»Nicholas, ich –«

»Halt den Mund«, zischte Nakota dermaßen bösartig, daß selbst ich zusammenfuhr, aber dann rühre sie keinen Finger, um mich zu stützen, während Randy und Vanese mir auf die Beine halfen, mich den Flur entlang und die Treppe hinauf in die Wohnung führten. Randy begann einen schleppenden Monolog, der erst aufhörte, als ich auf dem Bettsofa saß. Ich preßte eine nasses, schmutziges Küchenhandtuch wie eine Membrane gegen meinen Mund, der nicht aufhören wollte zu bluten. Randy sagte immer nur das eine: daß er mir nicht hatte wehtun wollen, daß die Dinge so schnell außer Kontrolle gerieten, daß mein Versuch, meine eigene Hand zu essen, eine Sache gewesen sei, aber als es so aussah, als würde ich mich kopfüber in das Geisterloch stürzen, nun...

»Es tut mir leid, Mann.« Er sah auch so aus.

»Das braucht es nicht.« Ich schüttelte den Kopf, wünschte mir nur, er würde damit aufhören. Sich selbst zu wiederholen, darin war Randy ziemlich gut. Ich lehnte mich auf dem Bettsofa zurück und schloß für einen Moment die Augen, während Vanese mit einer Nagelschere versuchte, das Klebeband für meine zerlumpte neue Bandage zurechtzuschneiden. Das Heftpflaster war mir ausgegangen, und sie mußte mit Isolierband vorlieb nehmen, das so alt war, daß die Beschichtung sicherlich schon eingetrocknet war und das Band daher sicherlich unbrauchbar sein würde. Auf jeden Fall wollte ich mir meine Hand nicht ansehen. Bei der Vorstellung – nicht der Erinnerung, denn an jenen Augenblick konnte ich mich sowieso nur schemenhaft erinnern –, daß ich versucht hatte, an meiner Wunde zu saugen, wurde mir im nachhinein so schlecht, daß ich glaubte, mich übergeben zu müssen, wenn ich zu lange darüber nachdachte.

»Wieso wolltest du das tun?« fragte Vanese, in dem unbewußt tadelnden Ton einer älteren Schwester, während sie sich mit dem Band abmühte. »Wer weiß, *was* dort unten ist?«

Nakota hielt die Arme so fest über der Brust verschränkt, daß es schien, als sei das ihre einzige Möglichkeit, sich davor zurückzuhalten, jemanden zusammenzuschlagen. »Aber darum geht es ja wohl gerade, nicht wahr?«

Das Isolierband riß. »Dich sehe ich nicht als Freiwillige hinuntergehen.«

»Ich habe es *versucht.*«

»Aha.«

»Das hat sie.« Ich fühlte mich völlig beschissen. Mir war nach Weinen zumute. Ich wünschte mir nur, daß es mir bald wieder besser ging, damit ich wieder nach unten konnte, um es noch mal zu versuchen. Auf rationale Weise kann man das nicht erklären, denn es war kein rationaler Wunsch, aber so intensiv wie ein körperliches Bedürfnis, fordernd wie Hunger oder Sehnsucht. »Eine Erektion der Seele«, murmelte ich und lachte in mein Küchenhandtuch, das klebrig und feucht vor Blut war.

Randy saß betrübt in seiner neutralen Ecke. Er fühlte sich wahrscheinlich schlechter als ich, wozu es sicherlich einiger Mühe bedurfte, aber ihm machte nur Sorgen, was er getan hatte. Bei mir war es offenbar eine krudere Form der Melancholie, der Weltschmerz eines Mannes, der am Boden zerstört war. »Hey Randy«, sagte ich durch meine geschwollenen Lippen. »Hol uns ein bißchen Bier.«

Nakota lachte scheinbar grundlos, aber sie hatte stets ihre eigenen Gründe. Und wegen meiner Frage nach dem Bier lachte sie bestimmt nicht.

Randy fand noch vier Bier im Kühlschrank und machte alle auf. Nakota betrachtete ihres, als hätte man ihr gerade eine Flasche Speichel angeboten. Warmen Speichel. »Nein danke«, sagte sie. Vanese griff mit einem abwesenden Nikken nach ihrer Flasche. Sie mußte einfach eine ältere Schwester sein, vielleicht auch Mutter oder Krankenschwester, die Aufgabe, die sie gerade übernommen hatte, beanspruchte stets ihre ganze Aufmerksamkeit. Entweder das, oder sie war einfach nur gewissenhaft. Oder in der Analphase stekkengeblieben.

»Tut das weh?« fragte sie mich.

»Sehr«, antwortete ich, obwohl ich anderswo viel größere Schmerzen hatte. Sie schüttelte den Kopf, mehr zu sich selbst, legte die Nagelschere hin und trank einen großen Schluck Bier. Sie hatte einen hübschen Hals, Vanese.

Mir tat beim Trinken alles weh, aber das Bier schmeckte gut. Ich wischte mir ein letztes Mal über Mund und Gesicht und legte das Handtuch beiseite. »Schneit es noch?« fragte ich Randy.

Er sah aus dem Fenster. »Ja, sieht ziemlich übel aus. Es stürmt auch ganz schön.« Vanese stellte sich neben ihn ans Fenster und sagte etwas zu ihm, das ich nicht verstand. Er zuckte mit den Schultern.

»Wenn es euch zu gefährlich wird, nach Hause zu fahren«, sagte ich, »könnt ihr hierbleiben.«

Randy sah Vanese fragend an, die nun ebenfalls mit den Schultern zuckte und dann nickte. »Okay«, meinte er. »Danke, Mann. Geht's dir etwas besser?« fügte er unsicher hinzu.

»Mir geht's gut. Mir ist nach mehr Bier.« Nakota sah mich an und deutete verächtlich auf ihre unberührte Flasche, während Randy umgehend seinen Mantel anzog.

»Willst du gehen?« fragte ich verwirrt.

»Das mindeste, was ich für dich tun kann, ist Bier besorgen, Mann.«

»Du solltest bei dem Wetter nicht mehr fahren«, sagte Vanese, aber Randy schüttelte den Kopf. Ihr Einwand schien ihn zu verärgern. Sie setzte sich wieder neben mich auf das Bettsofa.

Aus einem Grund, den wiederum nur sie kannte und der mit Eifersucht nichts zu tun hatte, wurde Nakota sauer.

»Warum gehst du nicht mit?« fragte sie Vanese spitz.

»Warum gehst du nicht zum Teufel?«

»Meine Damen, bitte«, sagte ich. Plötzlich überkam mich eine seltsam gute Laune. »Also wirklich. Wenn ihr euch wirklich streiten wollt, dann benutzt wenigstens eure Fäuste.«

Randy lachte, ein lautes schallendes Pferdelachen, und ich

lächelte, nicht nur über meinen eigenen Witz, sondern auch über den Klang dieses Lachens, meine Stimmung, meine verzerrten Lippen. Vanese lächelte zurück, ein überraschend süßes Lächeln, bei dem alles Mißtrauen aus ihren großen Augen verschwand. Selbst Nakota lächelte. Und dann mußten wir alle lachen, das befreiende Lachen der Erleichterung, wenn sie dir die Röntgenaufnahmen zeigen, und es ist gutartig, zumindest im Moment, und dem Arzt hängt ein kleines, aber deutlich erkennbares Stück Rotz in der Nase, und sobald er aus dem Zimmer ist, lacht man sich scheckig. Genau so.

Es dauerte eine Weile, ehe Randy mit dem Bier zurückkam. Nakota stellte wieder die Musik an, Vanese saß immer noch neben mir und wippte im Takt mit den Knien. Ihre Nägel waren bis aufs Fleisch abgekaut. Ich trank mein Bier aus und danach Nakotas. Niemand sagte etwas, aber dennoch bestand zwischen uns eine zerbrechliche Kameradschaft, die wie Rauch in der Luft hing; Fuchsbau-Liebe, Geisterloch-Liebe.

Es gab nicht nur Bier, sondern auch noch zwei Beutel Chips und ein paar Schokoriegel. Randy stand in der Tür und schüttelte sich wie ein nasser Hund, während Vanese ihm die beinahe aufgeweichten Tüten abnahm. Ich wischte mir über den Mund; er blutete noch immer.

»Es ist völlig wahnsinnig da draußen«, sagte Randy. »Ich hab' den Wagen erst gar nicht gestartet, man kommt sowieso nicht durch.« Der geschmolzene Schnee hatte sein Haar dunkel gefärbt. Er riß einen Beutel mit Chips auf. Vanese nahm eine Flasche aus der kleineren Tüte und reichte sie schweigend Nakota: Mineralwasser.

Langsam betranken wir uns, bis auf Nakota. Es stellte sich heraus, daß Vanese ein parodistisches Talent besaß: Sie führte die Szenen aus dem Lagerraum vor, unsere Rollen – Randy, das verstörte Rauhbein, Nakota (Shrike), das Lästermaul, ich, der Wahnsinnige, und sie selbst, Vanese, der Angsthase – wurden zu Horror-Film-Spaß. Unser Lachen klang nun weniger hysterisch, echter, und wir erzählten einander, woran wir uns erinnerten, und lachten auch darüber. Vielleicht war es auch nur Galgenhumor. Ich fand es lustig.

Dann war es sehr spät, es war noch immer Bier da, aber

Vanese war eingeschlafen, ihr offener Mund formte ein kleines O, und Randy fielen auch langsam die Augen zu. Überraschenderweise bot Nakota ihnen ihr Bett an. Randy schüttelte Vanese, damit sie halbwegs wach wurde und bugsierte sie zum Bett, auf das sie sich mit Schuhen und allem anderen legten. Vaneses Mund blieb die ganze Zeit offen.

Nakota zog sich mitten im Zimmer aus, sie mußte furchtbar frieren, aber sie ließ sich nichts anmerken, ging zu meinem Bett und legte sich hin. Wenn ich auf eine Einladung von ihr gewartet hätte, würde ich wahrscheinlich noch heute warten, aber so war sie: nimm dir, was dir nicht gehört und teile bloß nicht. Besonders nicht mit dem Eigentümer. Ein wenig schwankend, ziemlich schwankend, ließ ich mich auf das Bett fallen und warf mir die Decke über. Trotz der Betäubung schmerzte mein ganzer Körper.

»Mit den Kleidern schlafen«, meinte Nakota. »Der typische Penner.«

»Natürlich bin ich ein Penner. Der gekrönte Penner des Geisterlochs. Vergiß das nicht.« In diesem Moment fanden ihre Hände mich und strichen kräftig über mein kleinen, schlappen Schwanz. »Und fick mich nicht, es tut zu weh.«

»Wenn es nicht weh tut«, sagte sie und schob ihren Totenkopf in der Dunkelheit über mein Gesicht, »dann macht man es nicht richtig.«

5

Als Nakota erfuhr, daß ich tatsächlich vorhatte, mich nun so oft wie möglich im Lagerraum aufzuhalten, sah ich zur Abwechslung einmal vollständige und enthusiastische Zustimmung in ihrem Blick. Es war irritierend. Vanese hielt es für eine schreckliche Idee, das Schicksal, wie sie meinte, täglich herauszufordern. Randy war entsetzt.

»Das ist Selbstmord, Mann.«

»Halt den Mund«, sagte Nakota. Sie lächelte. »Er weiß, was er tut.«

Nun, ganz so war es nicht, aber ich wußte, was ich tun mußte, und nur das zählte. Ich hielt es auch gar nicht für so gefährlich, gar für ein Selbstmordunternehmen, auch wenn ich zugeben mußte, daß diese Einstellung angesichts der vergangenen Ereignisse ziemlich idiotisch war. Ich wußte nur, daß ich es tun würde.

Im Wohnzimmer. Randy und Vanese mit diesen Der-Morgen-danach-Gesichtern; Nakota schaute wie immer drein, wie die Katze, die gerade Scheiße gefressen hat. Besonders Randy wirkte völlig ausgebleicht, wie ein ausgetrockneter Hühnerknochen. Vanese hatte im Dunkel der letzten Nacht besser ausgesehen als jetzt, aber sie war noch immer ziemlich hübsch. Sie schien noch immer ängstlich, aber auch ungehalten. »Warum hörst du nicht auf, ihm dauernd zuzusetzen, und steckst deinen eigenen Kopf da rein?« wandte sie sich an Nakota.

»Warum kümmerst du dich eigentlich um Sachen, die dich nichts angehen?« antwortete sie schnippisch, eine verwöhnte Königin, die sich zu fein ist, mit dem Pöbel zu streiten.

»Er kümmert dich doch auch nicht. Dich kümmert niemand, du denkst doch immer nur an deinen eigenen Arsch. Daran, was du willst.« Vanese war wirklich sauer. Ich dachte schon, daß sie gleich ausholen würde.

»Es geht keinen etwas an«, sagte ich ruhig, das Sprechen

fiel mir an diesem Morgen schwer. Mein Instantkaffee schmeckte wie das Arschloch des Teufels. Ich trank ihn trotzdem. All das Blut und das Bier und dazu eine Tüte Rosinen, kleine Kotklümpchen, die jetzt in meinem Bauch tanzten, als seien sie lebendig geworden. »Niemand muß auf mich aufpassen.«

»Nun, sie bestimmt nicht.«

»Schwester Vanese.« Nakota grinste. »Wie aus dem Bilderbuch. Vanese, hast du nicht etwas vor?«

»Ich muß zur Arbeit.« Randy schüttelte den Kopf, er sah schon wieder so elend aus wie letzte Nacht. Auf dem Weg ins Badezimmer warf er mir einen prüfenden Blick zu. »Du siehst wirklich nicht gut aus, Mann«, sagte er traurig. Dann pißte er ausgiebig, ohne die Tür zu schließen, selbst das klang traurig. Vanese stand auf, ging zu ihm ins Bad und schloß die Tür.

»Was für ein unangenehmes Weib.«

»Ach, hör auf.« Plötzlich ärgerte ich mich über sie. »Du weißt, daß sie recht hat. Warum bist du so sauer auf sie?«

»Ich bin nicht sauer«, sagte sie ablehnend und machte sich auf die Suche nach Streichhölzern. Sie blies mir Rauch ins Gesicht und lächelte mich mit ihren bläulich-weißen Zähnen an. »Ich würde gerne wieder den Camcorder dabeihaben«, sagte sie. »Was hier passiert, muß festgehalten werden. Ich –«

»Was glaubst du, was das hier ist, *Ein Platz für Tiere?*« Das war wieder Vanese. Randy strich sich mit nervösen Bewegungen sein nasses Haar zurück. Er stieß sie an, und sie sagte nichts mehr.

»Paß auf dich auf, Mann«, meinte er zu mir, fügte im Vorbeigehen hinzu: »Kann ich noch eine Skulptur mitbringen?«

Vanese blieb stehen, als habe sie mit aller Kraft auf eine Bremse getreten. »Du auch«, fuhr sie ihn an, mit einer Verachtung, die so spürbar war, daß ich mich auf eine seltsame Weise geschmeichelt fühlte. »Was für Freunde.« Sie ging hinaus, ohne auf ihn zu warten.

»Bring eine mit, wenn du willst«, sagte ich.

Jetzt schien es ihm ein wenig peinlich zu sein. »Vielleicht morgen.«

Als er Vanese gefolgt war, grinste Nakota hämisch. »An der kurzen Leine«, meinte sie und steckte sich wieder eine ihrer beschissenen Zigaretten an.

»Halt doch bitte einmal deinen Mund«, sagte ich. Alles an mir schmerzte, ein langsames, reibendes Pochen, und nicht nur da, wo Randy mich getroffen hatte. Vanese hatte den Verband zu dick und zu eng gemacht, ziemlich unbeholfen, und er scheuerte mir das Handgelenk auf, also wikkelte ich ihn ab, legte meine Hand mit der Innenseite nach oben auf den Tisch. Ruhig atmend und mit geschlossenen Augen saß ich da, bis Nakota sagte: »Sieh nur.«

Ich sah hin. Flüssigkeit sickerte aus meiner Hand und verteilte sich auf dem Tisch. Es sah aus wie tanzendes Sperma.

»Scheiße«, sagte Nakota bewundernd.

Ich schloß meine Augen wieder.

Meine Vorbereitungen für die Pilgerfahrt, die mich ein Stockwerk tiefer führte, waren eher nachlässig, aber das war natürlich typisch für mich, aber, und das war untypisch, ich *wußte*, daß ich nicht viel brauchen würde. Ein Pißpott, in den ich hinein oder hinaufpinkeln konnte, je nach meinem Ziel, ein Kissen und eine Decke, Stift und Papier, unliniertes Zeichenpapier, ich hatte einen großen Block im Supermarkt gekauft. Eigentlich war es mehr etwas für Kinder, auf dem Umschlag war ein Bär abgebildet. Nakota machte sich darüber lustig, und ich sagte ihr, daß sie sich verpissen sollte, laut, mitten im Laden, ich sagte, selbst wenn sie tausend Jahre alt würde, würde sie niemals auch nur andeutungsweise die unbewußte Reinheit dieses Bären erlangen.

»Stimmt, das ist ja dein Spezialfach.« Es dauerte eine Weile, bis mir klar wurde, daß sie das Unbewußte meinte, nicht die Reinheit, aber ich hätte gleich darauf kommen müssen.

Sie zog sich für ihren Job um, ganz in Schwarz, kämmte sich die Haare und fragte mich, was ich eigentlich mit dem Papier anfangen wollte. Keine Ahnung, meinte ich. Ich hatte nur das Gefühl, es gebrauchen zu können. Sie zog ihre Sneakers an, die an den Seiten völlig ausgetreten waren. »Du hast bestimmt einen komischen Gang damit«, meinte ich zu ihr.

»Komisch, in der Tat.« Sie arbeitete jetzt mehr, mußte mehr arbeiten, um die Miete für die Wohnung zu bezahlen, und beklagte sich dauernd darüber, wie schäbig der Club 22 sei und daß dort nur Berufstrinker rumhängen würden. Ich hielt ihr entgegen, daß es überall so wäre und daß sie viel zu launisch sei, um jemals in einem vernünftigen Lokal arbeiten zu können. Meine Argumente beeindruckten sie nicht. Wie üblich.

»Gehst du heute hinein?« wollte sie wissen. Sie zog sich ihren schmierigen Sportmantel an, ein abgelegtes Stück von Randy, wie ich später erfuhr, und strich sich die Haare aus den Augen. Ihr Haar wurde länger; das gefiel mir, aber ich erwähnte es nicht. Wahrscheinlich würde sie es sich sofort abschneiden. »Wirst du dort sein, wenn ich nach Hause komme?« Sie wollte keine einzige Minute verpassen.

»Nein, ich werde heute nur die Tür beobachten, sehen, wer so vorbeigeht oder was sonst passiert.« Wir hatten schon einige Male darüber diskutiert. Da die Reinigungsmittel so dreckig, so unberührt herumstanden, waren wir davon überzeugt, daß niemand mehr den Raum benutzte. Zumindest nicht als Lagerraum. Wenn es noch andere Jünger gab, nun ja. Ich stelle sozusagen einen Untersuchungsausschuß dar, hatte ich ihr halb im Spaß, halb ernst erzählt. Wenn es Kulte gibt, die dort am Werke sind, dann sollte ich darüber Bescheid wissen. Vielleicht werden sie dich als ihren Gott verehren, meinte sie mit einer ihrer hämischen Gesten. Vielleicht, sagte ich; es sollte ein Witz sein, aber ich lachte nicht.

Nachdem sie gegangen war, brachte ich mein Zeug herunter und legte es in den Raum. Ich war darauf bedacht, nicht zu lange in die dunkle Erhabenheit zu starren, nicht zu lange zu bleiben. Andererseits: Wovor hatte ich Angst? Warum so vorsichtig, wenn es doch genau das ist, was du in den nächsten Wochen tun willst, oder wer weiß wie lange. So lange, bis es vollbracht war. Was immer auch.

Trotzdem beeilte ich mich. Ich schloß die Tür und setzte mich auf den tiefgekühlten Treppenabsatz. Unter meinen

Arsch, der sicher bald einfrieren würde, hatte ich diskret ein zerknittertes Handtuch gelegt. Ich saß mit halb geschlossenen Augen da, der typische heruntergekommene Verlierer, von denen es in diesem Haus eine ganze Menge gab.

Ich glaubte nicht, daß jemand Notiz von mir nehmen würde, und ich hatte recht. Ich blieb den größten Teil des Tages dort sitzen, ging ein- oder zweimal pinkeln, trank eine Tasse Kaffee in meiner Wohnung und ließ mir heißes Wasser über meine Hände laufen, nur um den angenehmen Schmerz zu spüren, sie wenigstens für ein oder zwei Minuten strecken zu können. Dann ging es wieder zurück zu meinem Posten. Ich beobachtete die Leute, die an mir vorbei oder um mich herum gingen, als sei ich eine achtlos beiseite gestellte Mülltüte, die zum Glück nicht stank. Mir war es nur recht. Ich blickte zu Boden und machte mir über die Leute Gedanken. Wußten sie davon? Hatten sie je diese Tür geöffnet, hatten sie jemals auch nur bemerkt, daß sie existiert? Das dünne Mädchen in dem zu großen Kleid, der alte Mann mit den Koteletten aus Schauerwolle? Oder der Typ mit der Feuerwehrjacke und den schwarzen Lederhosen, der so aussieht, als würde er mir gerne auf die Hand treten, die seinem Stiefelabsatz so nahe ist. Wirst du es tun? Der Geruch würde dir nicht gefallen, glaub's mir.

Gegen zehn war ich überzeugt, daß unsere ursprünglichen Annahmen richtig gewesen waren, aber ich hatte noch einen Text vor mir, den ich aber nicht vor dem Morgen machen konnte. Also lockerte ich meine Glieder und meine Gelenke, die so steif waren wie verrostete Kleiderbügel, und kroch langsam nach oben, wo ich's mir auf dem Schlafsofa gemütlich machte, mir die tauben Füße massierte und mir den letzten Teil einer Dokumentation über Wespen ansah. Es war wirklich ganz interessant. Ich mochte die männlichen Wespen, die sich wie Deckhengste auf den Blättern der Platanen sonnten und dann wie winzige Terroristen die Luft eroberten. Aber am besten gefiel mir der Wespenkäfer, dessen schwarz-gelbe Färbung die der Wespen nachahmt, weniger ein echter Terrorist als ein Teilnehmer eines Maskenballs. Die Verwandtschaft der Bilder brachte mich zum Lächeln. Sie erinnerte mich an meine eigene Person.

Nakota kam mit einer hochkarätigen Haßtirade von der Arbeit zurück, alle waren Arschlöcher, ihr Boß war ein Arschloch, die Gäste waren die größten Arschlöcher der Welt. Es stellte sich heraus, daß ein Gast auf die Theke gekotzt hatte und sie es aufwischen mußte. Das war alles. Ich mußte lachen, was die Sache noch schlimmer machte, aber das war mir ziemlich egal.

»Lach nur, du blöder Idiot«, fuhr sie mich an und blies mir Rauch ins Gesicht. »Das Zeug war ganz *grün*«, fügte sie verbittert hinzu.

»Hör zu«, sagte ich und stieß sie mit dem Ellbogen an. »Weißt du was? Ich habe den ganzen Tag auf der Treppe gesessen, aber niemand hat die Tür auch nur im geringsten beachtet.«

»Gut.« Sie war noch immer sauer und brauchte etwas, worüber sie sich beklagen konnte. Noch war sie nicht bereit, sich über irgend etwas zu freuen. »Wann ziehst du ein?«

»Ich muß morgen früh noch einen Versuch starten. Mal sehen, was dabei herauskommt.« Eigentlich war es nichts besonders, aber eine gute Idee, etwas, das einem der gesunde Menschenverstand rät, der Gedanke gefiel mir. Am nächsten Morgen rief ich den Hausverwalter an, den ich bisher genau einmal gesehen hatte, und teilte ihm mit, daß ich Ärger mit den Leitungen in meiner Küche hätte, ob er nicht jemanden vorbeischicken könne. Ich gab die Nummer des Apartments neben dem Lagerraum an. Es war der einzige im ganzen Gebäude, das hatten wir schon vor langer Zeit nachgeprüft. Eigentlich war es vertane Mühe. In diesem Haus war seit Menschengedenken nichts repariert oder ausgewechselt worden, und so wie die Mieterschaft beschaffen war, würde sich auch niemand zu sehr darüber beklagen, wenn man im Gegenzug sicher sein konnte, daß niemand etwas von einem wollte.

Ich saß auf meinem Posten und beobachtete, ob jemand vorbeikam, ob jemand im Lagerraum nach Werkzeug suchte, was immer. Bald kam mir der Gedanke, daß ich hier einen Metzgersgang machte, aber wahrscheinlich war ich auch genau der richtige Mann dafür. Und was hätte ich sonst tun sollen? Mir das Video ansehen?

Den ganzen Tag über tat sich nichts. Lediglich Nakotas Ungeduld wuchs, es war, als säße man direkt neben einem wackelnden Säurefaß. Unstabil. Als sie zur Arbeit ging, redeten wir kein Wort miteinander. Das war tröstlich, obwohl wir sowieso kaum miteinander gesprochen hatten, da ich ja die meiste Zeit auf dem Treppenabsatz verbrachte. Als der Abend kam, verließ ich meinen Platz, nicht gerade zufrieden, aber beruhigt. Bei meinem geplanten Wachdienst hatte ich nichts zu fürchten außer dem Geisterloch selbst.

Ich trank viel heißen Kaffee, eine Tasse nach der anderen, hätte ihn mir am liebsten direkt über meinen eiskalten Hintern geschüttet, um das Auftauen zu beschleunigen. Ich wußte, daß ich stundenlang nicht würde schlafen können, vielleicht die ganze Nacht nicht, aber das war in Ordnung so, denn zwei Tage auf der Treppe herumzusitzen ist nicht gerade anstrengend. Ich sah mir die Nachrichten mit abgeschaltetem Ton an. Auf diese Weise waren sie beunruhigender, aber auch komischer: Bedrückte diesen plattnasigen weißen Mann, der in seinem Anzug schwitzte, ein großes Problem oder ein kleines, ging es um Zeit oder Geld, um Leben oder Tod? Runzelte die Moderatorin mit dem strammen Arsch die Stirn als Reaktion auf ein Footballergebnis oder eine Naturkatastrophe, war es das Dahinscheiden eines Diktators oder ein Nierenstein, der ihr jetzt ein Lächeln entlockte.

Mitten in die Sendung klingelte das Telefon. Ich hatte Randy erwartet, aber es war Vanese. Sie zögerte lange zwischen ihren Sätzen, sie war unsicher, fragte mich, wie es mir ging. Ich mußte lächeln, ich hatte meine blauen Flecke schon fast vergessen. Es war nichts besonderes, wenn einem wehgetan wurde, und das wollte ich ihr sagen, aber dann klang es so macho-mäßig, daß ich es nicht herausbekam. Statt dessen erzählte ich ihr von meiner neuen Art, die Nachrichten zu sehen. Sie mußte lachen, ein bißchen zumindest, aber sie hatte nicht angerufen, um zu plaudern.

Schließlich fragte sie nach einer längeren Pause. »Du hast es noch nicht getan, nicht wahr?«

»Nein.« Ich kam mir vor wie ein Arzt, der die Nachricht von einem entstandenen Malignom so schonend wie möglich übermitteln muß. »Vielleicht morgen.«

»Du solltest dir die Sache noch einmal überlegen, Nicholas. Ich weiß, daß es mich nichts angeht, aber ich habe gesehen... nun, du weißt, was ich gesehen habe.«

Was du gesehen hast und was dir Angst macht, das war ich, ich war das Ding, dessen Namen du nicht erwähnen willst. »Vanese«, sagte ich so freundlich wie möglich. »Mach dir keine Sorgen. Wirklich nicht. Mir wird nichts passieren, okay?« Eine dumme Lüge, und wir beide wußten es, und das würgte unser Gespräch ab. Nachdem ich aufgelegt hatte, saß ich im Dunkeln und fragte mich, wieso sich jemand Sorgen um mich machte, warum sie sich die Mühe gemacht hatte, anzurufen. Das Ältere-Schwester-Syndrom, klar. Sie machte sich wahrscheinlich auch Sorgen über streunende Hunde auf der Autobahn. Aber dann schämte ich mich für meinen Zynismus, warum wies ich ihre Freundlichkeit so zurück, war ich solch ein großes Arschloch, daß ich nicht einmal mehr simple, menschliche Anteilnahme zu schätzen wußte?

Vielleicht wäre es einfacher, sagte ich mir, wenn man selber ein Mensch wäre, und in diesem Moment kam natürlich Nakota herein und bot mir einen weiteren Beweis meiner mangelnden Menschlichkeit. »Und?« fragte sie. »Nichts?« entgegnete ich. »Morgen fange ich an.«

Es hörte sich an, als hätte ich einen neuen Job.

Gib mir 'nen Kuß, Liebling, ab geht's zum Geisterloch.

Sie lächelte mir zu, mit bläulichen Zähnen und strahlenden Augen. Wie wär's mit einem kleinen Blowjob zur Feier des Tages, oder vielleicht ein bißchen weniger Häme, okay? Ja. Und nein, aber als ich dort lag, ihr Mund über mir, ich mit geschlossenen Augen und kurz vor der Schwelle stehend, da dachte ich daran, wie ich mich wohl morgen um diese Zeit fühlen würde, oder nächste Woche oder in dem Moment, wo mich die Erscheinung, nach der ich suchte, heimsuchen würde. Zu meinem Bedauern löste diese Idee, dieses Auseinanderfallen, meinen Orgasmus aus. Ich schrie auf, als ich kam und schloß dann fest meine Augen, ganz fest, wenn ich das Monster nicht sehen kann, dann kann es auch mich nicht sehen. Aber schließlich war ich doch mein eigenes Monster, nicht wahr?

»Halt den Mund«, sagte ich laut zu mir selbst. Nakota schwieg und ignorierte mich, sie war mit ihrem eigenen Orgasmus beschäftigt. Sie hätte mir wahrscheinlich sowieso nicht geantwortet. Ich spüre den verzweifelten Wunsch zu weinen, harte Tränen, die wie Splitter schmerzten, sollten herabperlen. Ich weinte nicht. Aber der Wunsch war noch Stunden später da, als Nakota schlafend neben mir lag. Ihre dünne, zusammengekrümmte Gestalt lag ohne Decke in der Kälte, und ich spürte dieses Brennen, dieses Brennen in meinem Hals.

Als ich in der Nacht erwachte, fand ich mich vor dem Fernseher wieder, mit offenem Mund wie ein unschuldiger Säugling. Ich preßte mein Gesicht gegen das kühle Glas des Bildschirms, genau wie Nakota vor mir. Aber – und das spürte ich mit instinktiver Sicherheit – in einer viel intimeren Gemeinschaft. Und die Gestalt hinter dem Schirm löste sich auf, verwandelte sich und säuselte in stummem Entzücken, während sie sich vorbeugte, um, vielleicht, ihre leere Wange gegen die meine zu drücken.

»Oh.« Es war kein richtiges Wort, kaum ein Geräusch, nur der verpuffende Seufzer eines schweren Schocks. Es war, als wache man auf und sehe sich, wie man sich gerade nachdenklich einen Behälter mit Säure über den Kopf gießen oder ein Röhrchen mit Bakterien trinken will. Ich zuckte zurück, eine unbeholfene Bewegung, eine Art Stottern, und hart landete ich auf dem Hintern. Auf meiner Haut schimmerte feucht übelriechender Schweiß, und hinter mir fiel etwas, eine Bierdose. Ich hörte den weichen, metallischen Klang. Nakota hörte nichts, schlief weiter, Haut und Knochen in tiefem Schlummer.

Und das glitzernde Bild, die reine Bösartigkeit seiner Finsternis, flackerte plötzlich wie in einem Slapstick auf, als wolle es sagen, bleibt hier, Leute, das war noch nicht alles. Aber ich schaltete den Fernseher aus und kroch wieder ins Bett, wo ich hilflos und hellwach liegenblieb. Mit einem Auge beobachtete ich den Bildschirm, so wie ein Hund den

Fuß beobachtet, der ihn jeden Moment treten kann, so wie ein Insekt die riesige, rächende Hand im Auge behält.

Meine Vorräte, mein Topf, die Decke, der Zeichenblock, damit schlich ich mich in die Dunkelheit hinaus. Ich hatte nicht einschlafen können und hatte schließlich auch keine Lust mehr, und konnte man dem Geisterloch besser entgegentreten als mit schmerzenden Augen und durch Schlafentzug hervorgerufene extreme Nervosität? In meine Decke eingehüllt, den Zeichenblock an die Brust gedrückt (Bärenseite nach innen) hockte ich vor der Tür und dachte – ohne es laut auszusprechen, es war mir zu peinlich: Also, hier bin ich.

Hier bin ich.

Der staubige Boden. Randys Skulptur. Ein Geruch nach, Himmel steh mir bei, frisch gebackenem Brot, ein starker Hefegestank, fast konnte man seine Zähne hineinschlagen. Eine sehr dünne Wanze, winzige federleichte Beinchen, lief in einem weiten Bogen um das Geisterloch. Ich sah ihr nach und fragte mich plötzlich, warum ich hier so selten Insekten gesehen hatte, Mäusekot, irgendein Zeichen von Leben, das sich in einem so ungestörten Umfeld doch hätte entwickeln müssen. Warum hing hier nicht alles voller Spinnweben? Natürlich kannte ich die Antwort, das waren alles nur blöde Fragen, mit denen ich die Zeit totschlagen wollte, bis ... ja, bis was geschah? Bis ich die Gestalt einer Rauchsäule annahm, bis das Blut in meinen Adern sich in Gold verwandelte, bis mich meine eigene dumme Einsamkeit in den Wahnsinn trieb und ich mich in einer großen finalen Geste – nicht in das Loch –, sondern aus dem Fenster stürzte?

Was war ich doch für ein melodramatisches Arschloch.

Ich nahm den Bärenblock hervor und fing an herumzukritzeln, und das nächste, woran ich mich erinnerte, war, daß Nakota neben mir kniete und mit glänzenden Augen an meinen Schultern rüttelte. Ohne Zweifel suchte sie schon nach irgendwelchen Anzeichen für eine Transformation. »Und?« sagte sie immer wieder. »Und?«

»Und nichts.« Ich war erschöpft und betrunken, ich wollte nur eins: schlafen. »Laß mich schlafen«, sagte ich und stieß sie fort, es war, als würde man einen neugierigen, beharrlichen Hund zur Seite schubsen. »Scher dich zum Teufel.« Ich schob sie erneut beiseite, härter diesmal, und sie rollte nach vorne und machte keine Anstalten ihre Bewegung zu bremsen, bis sie mit einem bösen Lächeln auf den Lippen direkt vor dem Geisterloch liegenblieb.

»Gut gemacht«, sagte sie. »Das war ziemlich knapp, nicht wahr?«

»Das kümmert mich einen Scheißdreck«, sagte ich und meinte es so, und ich meinte es auch so, als ich ihr mit bewußter Grausamkeit sagte: »Es will dich sowieso nicht, Nakota. Shrike. Jane. Es will mich.«

Und so war es auch. Ich sagte das, um ihr wehzutun. Was mir gelang.

Ich fühlte mich nicht mal schlecht. Das erschreckte mich, genau wie das plötzliche, intensive Pochen in meiner Hand, ein zustimmendes Zucken, reich ihr dir Hand, schien es zu sagen, und ich streckte sie nach ihr aus und sagte etwas, an das ich mich nicht erinnern kann. Sie ergriff die ihr dargebotene Rechte und drückte zu, hart und bösartig, sie schlug ihre Finger in die empfindlichste Stelle meines Körpers, sie drückte zu, bis ich buchstäblich nach Luft schnappte und blind nach ihr ausholte. Ich traf sie im Gesicht, betrachtete meine Hand und sah entsetzt, daß meine Finger mit ihrem Blut besprenkelt waren.

»Herzlichen Glückwunsch«, sagte Nakota. Sie lachte.

»Bitte«, sagte ich. »Geh bitte einfach nur weg.«

Sie ging, aber erst nach Minuten, langen Minuten, in denen sie mich mit leuchtenden Augen ansah, während ich mich wieder in meine traurige Hocke begab. Ich wandte meinen Kopf ab, damit ich sie nicht sehen mußte. Als sie gegangen war, überprüfte ich die Tür, konnte man sie von innen abschließen? Nein, und von außen auch nicht. Ich mußte mich darum kümmern.

Als ich wieder schlief, waren meine Träume schmerzlos, seltsam trocken für meine ungewöhnliche Lage, dort an den Lippen, dem Rand des bodenlosen Bechers der Träume. Es war blödes Zeug: ich träumte von meinem Auto, von einem Film, den ich mal mit Nora gesehen hatte, von einem Strand, an dem ich geschlafen hatte, eingehüllt in den abgetragenen

Poncho irgendeiner Frau. Dieser letzte Traum war plastischer, als ich aufwachte, konnte ich den Kunststoffponcho riechen, spürte das kalte, rauhe Reiben des Sandes auf meiner Hand, in die ich meinen Kopf gebettet hatte. Wie kalt es an jenem Morgen gewesen war, eine graue, unspektakuläre Dämmerung, und ich stand schwankend da, immer noch leicht high, und pinkelte in das ruhige Wasser des Sees. Dann ging ich den Hügel hinauf, zu dieser Vierundzwanzig-Stunden-Party, die zu dieser Zeit noch aus drei betrunkenen Frauen, die sich über Fernsehshows unterhielten, und einem weggetretenen Mann bestand, der auf der Veranda lag. Ich fand ein Bett, legte mich hin und wachte nach vier Stunden auf, so wie ich mich jetzt auf dem Boden vor dem Geisterloch fühlte, verkrampft und erschöpfter als vor dem Schlaf. Ich preßte den Bärenblock gegen meine Wange und tätschelte ihn wie ein Spielzeug, während ich wieder einschlief.

Der Hunger war es, der mich zum dritten Mal aufweckte, meine innere Uhr sagte mir, daß es wahrscheinlich Nachmittag war. Nakota war schon zur Arbeit gegangen. Ich bereitete mir eine beschissene Mahlzeit aus verbrannten Eiern und einer halben Schüssel Gemüsesuppe zu, ich hatte kaum noch etwas zu essen, aber ich konnte mich nicht beklagen, wie lange war es her, seit ich das letzte Mal eingekauft hatte, Tage? Wahrscheinlich länger. Keine Ahnung, was Nakota aß. Das Fleisch der anderen. Nach so langer Zeit in der Dunkelheit, konnte ich mir nur schwer vorstellen rauszugehen, mich in diesen kalten Tag zu wagen. Vielleicht morgen.

Neugierig, wer weiß, was ich erwartete, schaltete ich den Fernseher ein. Nichts besonderes. Wenn ich im Lagerraum blieb, brauchte ich zumindest nie mehr das Video sehen, es sei denn, es begann sich selbst auf die Wände zu projezieren, mein persönliches Drive-in-Kino, aufhören, hör bloß auf. In den Nachrichten berichteten sie von einem Mann, der am Steuer seines Wagens eines Schlaganfall erlitten hatte und daraufhin zwei radfahrende Kinder umnietete. Drei Tote und niemand war schuld.

Ich lag auf dem Schlafsofa, eine Hand hinter dem Kopf verschränkt. Ich fühlte mich schmutzig und zu lustlos, irgend etwas zu tun. Es kam mir vor, als hörte ich Musik, irgendwo mußte ein Radio laufen, ein Stück mit einem Baß, der so sublim war, daß ich ihn nicht hören konnte, sondern nur als ein entferntes Flüstern in meinen Knochen spürte. Es war wahnsinnig schön, so leise wie ein Insektenchor, es war so, als stünde man im Dunkeln und erhasche einen Blick – gerade so eben, ein Bild hinter den Augenlidern – auf die eigene Sehnsucht, die an einem vorüberging, nahe genug, sie zu liebkosen, wenn man sie nur festhalten könnte, sie deutlich sehen würde.

Weiter entfernt. Aber es war kein Radio.

Geisterloch-Musik.

Ich höre dich.

Wieder zurück in die Dunkelheit, ich sackte müde vor dem Loch nieder, dem Glorienloch, lag daneben wie ein schüchterner Liebhaber, der sich nicht traut, das Angebotene zu berühren. Graues Licht kroch unter der Tür hindurch. Und jene Klänge, trotz der Nähe kaum hörbar, das gleiche, süße Geisterheulen, nicht so sehr ein Sirengesang, sondern ein Gesang, der Sirenen bezirzt. Erneut umschlang ich meinen Bärenblock, mein ganzer Körper tat immer noch weh. In meiner Hand ein Schmerz wie ein Herzschlag.

Wenn ich schlief, dann war es ein Schlaf wie eine Fuge, und in jenem Schlaf begann Randys Skulptur sich zu bewegen, vollführte vor meinen Augen elegante Tanzschritte, ich berührte sie nicht, aber sie bewegte sich. Nicht direkt im Takt der Musik, aber dennoch damit verbunden, es war, als tanzten Knochen vor mir. Ein schwaches Licht schien auf ihrer eleganten Form entlang zu leuchten. Und ich war mit geschlossenen Augen Zeuge, ich konnte meinen verträumten Blick nicht abwenden, und dann wachte ich abrupt von einem Schmerz auf, der so heftig war, daß mir die Tränen die Wangen herabliefen. Ich versuchte mich aufzurichten und stellte fest, daß ich meinen Arm nicht mehr bewegen konnte, meine Hand, es war, als sei ich festgenagelt, auf den Boden gekreuzigt. Eine wasserklare Flüssigkeit schlängelte sich auf einer lebendigen Bahn aus meiner Hand zum Geisterloch, aber anstatt dort in die Tiefe zu tropfen, formte sie einen transparenten schwarzen Regenbogen über der Öffnung. Je mehr Flüssigkeit aus meiner Hand lief, desto heller erstrahlte er. Die Schmerzen wurden heftiger. Ich zerrte an dem, was mich hielt, ich bewegte meinen Kopf hin und her, als ob das irgendwie helfen würde, ich sah den Regenbogen, die Wand und wieder den Regenbogen. Da riß es Andys Skulptur geradewegs und erschreckend in die Luft, und es schien, als würde sie auf mich herabfallen und mich aufspießen. Ein röchelnder Schrei, nein, ich sehe nicht hin, aber dann hörte ich ein leises, hallendes Geräusch und sah doch hin. Die Skulptur stand irgendwie kumpelhaft neben mir. Das Metall tropfte ganz leicht herab und vereinigte sich mit dem Ausfluß meiner Hand zu einem silbrigen Gemisch, das die Farbe des Regenbogens nicht veränderte, sondern ihm eine muntere Biegsamkeit verlieh, die er dadurch demonstrierte, daß er sich exakt zur Musik bewegte, die nicht anschwoll, sondern immer leiser wurde. So wie das wissende Leuchten der Skulptur trieb mich auch diese Musik in den Wahnsinn.

Ich schrie, vor Schmerz, aus Erleichterung darüber, daß mir nichts passiert war oder nichts Unerträgliches, und die Flüssigkeit aus meiner Hand wurde so schwarz wie der Regenbogen. Schwarze Tränen liefen mir übers Gesicht, und ich schrie lauter, voller Angst, aber noch immer konnte ich meine Hand nicht bewegen.

Und dann ertönte Randys Stimme, undeutlich, aber ich konnte sie hören. »Nicholas? Bist du da drin, Mann?«

»Ja«, antwortete ich schwach und versuchte, meine Stimme wiederzufinden. »Ja.«

Er kam herein, ganz langsam, und brachte den unverkennbaren Geruch der Kälte von draußen mit herein, ein anderer Geruch, saftig und fordernd, aus einer besseren Welt. Er hatte eine neue Skulptur dabei, ein stählernes Baby in Zeitungspapier gewickelt. »Nicholas?« fragte er zögernd. Ich erkannte mit dumpfer Verwunderung, daß er entweder das Licht nicht eingeschaltet hatte oder daß die Glühbirne durchgebrannt war. Ich hatte mich schon längst an die Dunkelheit gewöhnt.

»Hier«, antwortete ich. »Ich bin hier drüben. Ich kann nicht aufstehen.«

»Fehlt dir was?«

»Ich kann nicht aufstehen.«

Sein erster Blick galt, verständlicherweise, seiner Skulptur. Natürlich fiel ihm ihr neuer Standort auf, es war schwer zu übersehen, genauso wie die neue Konfiguration; er schüttelte den Kopf. Er beugte sich über mich. Er roch nach Bier, leicht auch nach Schmieröl und Benzin. »Shrike hat gesagt, du würdest es tun«, sagte er mit einem nervösen, unterwürfigen Lächeln. »Wie läuft's denn so?«

»Verdammt schlecht.« Ich schaute zu meiner Hand hin und wollte ihm zeigen, daß ich sie nicht bewegen konnte, aber zu meiner Überraschung schien der Druck dahinzuschmelzen, als ich sie bewegte, um dann gänzlich zu verschwinden. Ich konnte mich aufrichten. Meine Muskeln brannten, und ich wischte mir schwarze Tränen aus dem Gesicht, deren Spur so deutlich war wie Schweiß oder Blut. »Ich fühle mich ziemlich beschissen, um dir die Wahrheit zu sagen.«

»Das glaub' ich dir, Mann.« Er wickelte seine neue Skulptur aus, und auch wenn es ihm ein wenig peinlich war, so schien er doch ganz wild darauf zu sein, ja, eindeutig. Er zeigte mir die scharfen diagonalen Formen und den hohlwangigen, aus mattem Silber geformten Schädel. Wunderbar. Genau das, was ich mir als Gesellschaft wünschte, ein Totenkopf. Das war fast so schlimm, wie Nakota um mich zu haben, und erst an seinem Lachen bemerkte ich, daß ich letzteres laut gesagt hatte.

»Ja, sicher. Sie ist völlig aufgedreht wegen der ganzen Sache, nicht wahr?«

»Ich weiß.«

»Vanese ist sauer.«

Ich nickte, mein Kopf war auf einmal so schwer, als hätte sich mein eigener Schädel in Stahl verwandelt, ein drohendes Rollen unter der dünnen Hülle meiner Haut.

»Soll ich ein bißchen hierbleiben?« Er zog den Kragen seiner Jacke hoch. »Hier drinnen ist es ziemlich kalt, weißt du?«

Wenn man sich einmal auf die Kälte eingelassen hat, hört man auf, sie zu spüren. Wenn man von etwas besessen ist, kann man gut damit leben. Ich zuckte mit den Schultern. »Komm doch wenigstens auf einen Drink mit raus«, schlug

Randy unsicher vor. Das Geisterloch war mein Vorarbeiter, soviel verstand auch er, aber ob es regelmäßige Arbeitszeiten verlangte, wußte er nicht.

Schweigen. Dann zog er die Augenbrauen hoch, ein Einfall, aber er klang noch immer zögerlich. »Wir könnten in die Incubus-Galerie gehen, nur damit du für eine Weile rauskommst. Heute abend ist eine Eröffnung, Freibier, verstehst du? Vielleicht auch was zu essen. Hast du Lust?«

O Randy, das kommt so plötzlich. Als ich lächelte, merkte ich, wie er sich zurückzog, nicht gänzlich, aber er wich zurück. Es erinnerte mich daran, wie man eine Schranktür im Dunkeln öffnet: was ist wirklich dahinter? Und ich erkannte, mit einem breiten, ungläubigen Lächeln, daß er Angst vor mir hatte.

»Sicher«, sagte ich. »Sicher. Gehen wir.«

Ich folgte Randy in die dichtbevölkerte Hitze der Galerie. Mein Haar war naß wie nach einer Dusche und hing mir eiskalt in den unbedeckten Nacken. Meine Schritte waren nicht unsicher, nur fragil, als wären sie schon immer so gewesen. Obwohl man die Beleuchtung beim besten Willen nur als spärlich bezeichnen konnte und Zigarettenqualm alles noch verdüsterte, kam es mir unglaublich hell vor. Ich mußte dauernd blinzeln, wenn auch nicht so oft wie Randy: Die Maulwurfmänner schnappten ein bißchen frische Luft.

Er griff sich zwei Becher mit pißwarmem Bier und dirigierte mich mit dem Ellbogen zu den Hors d'œuvres: zerfallene Tortillachips, in der Mitte eine Schüssel mit einer gefährlich aussehenden Salsa. Ich versuchte mein Glück. Die Salsa schmeckte wie klumpiges Kerosin.

»Fast so schlecht wie die Kunst«, meinte Randy. Er hatte sein Bier schon heruntergestürzt. »Man kann kaum glauben, daß jemand die Nerven hat, diese Scheiße auszustellen.«

Es war ziemlich übel. Ich meine, ich bin kein Kunstexperte usw., usw., doch dieses oben riesige, schräge Gemälde von Frauen, deren Titten voluminös genug für Scotch-Anzeigen waren und die große Zigaretten wie Gewehre in den Händen hielten und denen Qualm aus der

Muschi kam, mit Titeln wie *Die Tabakindustrie braucht dich* oder – mein Favorit – *Fett bringt dich um* – ich meine, also wirklich.

»Warum machst du nicht so ein Zeug?« fragte ich Randy.

»Ich wußte nicht, daß es so schlecht ist.« Als ich lachte, lachte er auch. »Komm, wir trinken noch ein Bier.«

In unserem Arbeiter-Outfit, Randy in seiner Tankstellenjacke und ich in meinen üblichen Lumpen, fielen wir aus dem Rahmen. Der Rest trug Mäntel aus Kunstleder und weite, weiße Hosen, schweren roten Lippenstift und Kampfstiefel, verteilt auf eine Gruppe, die immer wieder die gleichen Partysprüche drauf hatte und wo das Gelächter einstudiert und dünn klang. »Kunst ist Scheiße«, meinte Randy angeekelt.

Wir nahmen uns zwei Klappstühle, setzten uns neben das Faß und verbrachten eine vergnügliche Stunde damit, uns über alles lustig zu machen, was wir sahen. Der Qualm trocknete mir die Augen aus. Das Bier schmeckte so gut, daß ich geradezu dankbar war. Randy lachte viel, meistens über das, was ich sagte, aber manchmal erwischte ich ihn dabei, wie er mich besorgt von der Seite ansah.

»Diese Leute, Mann«, sagte er und beschrieb mit seinem Becher einen betrunkenen Kreis, wobei etwas Bier überschwappte, »diese Leute haben keine gottverdammte Ahnung, was du machst, weißt du das?« Mein Schulterzucken stachelte ihn noch mehr an. »Nein, Mann, im Ernst. Ich meine, sie würden es einfach nicht verstehen.«

»Wieso?« fragte eine Stimme hinter uns. »Was macht er denn?«

Der Besitzer der Stimme war groß, das war mein erster, verwaschener Eindruck, groß, dürr und wie ein Sandwich in einen dieser blöden Mäntel eingewickelt. Sein Mund sah aus aus, als würde er ihn ständig hämisch verziehen, aber das war nur der subtile Effekt eines besonders seltsamen Überbisses. Er ging um die Stühle herum und stellte sich vor uns, vor mich.

»Was machst du?« fragte er.

»Geht dich nichts an«, meinte Randy.

»Wer bist du, Randy, sein Agent? Ich meine, der Mann kann doch sicher für sich selber sprechen, oder?« Er streckte mir die Hand entgegen, ein wenig zu schnell, als daß die Geste freundlich gewirkt hätte. Seine Finger waren feucht. »Malcolm«, sagte er.

»Nicholas.« Ich widerstand dem Drang hinzuzufügen, König des Geisterlochs. Dennoch entfuhr mir ein idiotisches Kichern.

»Also«, meinte er, die Hände in die Hüfte gestützt, mit dem Anflug eines Lächelns, »was ist es, woran du arbeitest, Nick, und was wir nicht kapieren würden?«

Nick, aha. »Aktionskunst«, antwortete ich. Randy schüttelte den Kopf, zuerst dachte ich, daß es Malcolm galt, aber es galt mir. »Wildes Zeug.«

»Wildes Zeug, he?« wiederholte Malcolm mit einem solch ironischen Unterton, daß er mich an Randys Stahlschädel erinnerte. »Wo zeigst du deine Sachen. Wo trittst du auf, oder was auch immer?«

»Ich weiß nicht«, sagte ich mit einem langsamen, betrunkenen Grinsen, »ob du dafür bereit bist.«

»Ich bin immer bereit für eine neue Erfahrung.«

»Nicholas.« Randy sah mich ernst an und streckte eine Hand aus, als wolle er meine Worte unter Kontrolle halten. »Gib dich gar nicht erst mit diesem Typen ab, okay? Du willst doch nicht –«

»Okay«, sagte ich zu Malcolm. »Hast du was zu schreiben da?« Ich ignorierte Randy oder zumindest sein steigendes Mißbehagen. Mein Gekritzel war gerade noch lesbar, ich schmierte grüne Tinte auf einen schlecht gemachten Handzettel. »Komm einfach mal vorbei, und dann zeige ich dir etwas, das du noch nie gesehen hast.«

Neben Malcolm tauchte eine Frau auf, die auf den ersten Blick wie eine herabgesetzte Zwillingsausgabe von ihm wirkte. Auf den zweiten war es nur der gleiche Mantel, kein Überbiß, aber dafür das Lächeln eines Wachhundes. »Darauf würde ich nicht wetten«, meinte sie und lachte knirschend. »Ich meine, wir haben schon alles gesehen.«

»Oh, das bezweifle ich«, sagte ich mit einem geradezu glückseligen Lächeln, ich grinste über einen Witz, den weder sie noch Malcolm verstehen konnte. Randy auch nicht, was das betraf. Er saß düster und schlechtgelaunt neben mir und trank den letzten Rest seines Bieres aus. »Ich bezweifle das sehr, sehr stark.«

»Wenn Randy darauf steht«, höhnte plötzlich jemand, den ich nicht genau erkennen konnte, weil es mir plötzlich enorme Schwierigkeiten bereitete, meine Augen offenzuhalten, »wie abgefahren kann es dann schon sein?«

»Fick dich«, sagte Randy, aber ohne den gewohnten Schwung. Ich stieß eine Art Warnton aus, ein verstecktes Lachen, das ziemlich deutlich war. Ich mockierte mich über ihre schlitzäugige, allwissende Ignoranz, die Arroganz der beschränkten Erfahrung, die glaubt, alles gesehen zu haben, wenn man eins gesehen hatte.

Nun, dieses Lied kenne ich. »Macht euch euer eigenes Bild«, sagte ich. »Kommt nur, kommt alle.«

Betrunken auf nüchternen Magen, ja, und die Isolation, ja ja, aber das alles konnte keine Entschuldigung sein, ich hätte auf Randy hören sollen. Er fuhr uns jetzt nach Hause, verdrießlich steuerte er durch den spärlichen Verkehr, durch das Eis, ja, ich hätte selbst erkennen müssen, daß Malcolm genau der Scheißtyp war, der mich beim Wort nehmen würde. Ich hätte mir etwas ausdenken können, sagte ich mir, ich hätte sagen können, daß es lediglich ein Possenspiel wäre. Mein Bauch tat mir weh, weil ich zuviel Bier getrunken hatte, weil ich nervös und hungrig war.

»Das war dumm von mir«, wiederholte ich zum zehnten Mal. »Ich sage, es war gelogen. Ich sage, ich war betrunken. Ich bin betrunken.«

»Das funktioniert nicht, Mann.« Randy blinzelte so häufig, daß ich befürchtete, er könne gar nicht mehr sehen, wo er hinfuhr. »Dann werden er und seine superschlauen Kunsthochschulwichser einfach überall herumschnüffeln.« Wir schossen an einem großen, klapprigen Laster vorbei. Randy überholte jeden. »Gottverdammte Kleckser. Die glauben alles, was er ihnen erzählt. Wenn es sein muß, stecken wir den Ficker einfach ins Geisterloch.«

Ich schüttelte den Kopf und lächelte, um zu zeigen, daß ich es als Scherz aufgefaßt hatte, was es natürlich nicht war, aber selbst für mich gab es Dinge, die ich nicht tun konnte, selbst ich nicht.

»Er wird wahrscheinlich schon an der verdammten Türschwelle warten.« Tatsächlich, ein Auto, das ich nicht kannte, ein untersetzter, blauer Toyota stand dort, wo ich sonst immer meinen Dumpster parkte; aber es war Vanese, die mit zusammengekniffenen Mund zitternd hinter dem Lenkrad saß.

In zwei Sekunden war sie aus dem Wagen und in Randys Armen, und ich sah, an ihrer Haltung und an ihren Händen, die Art und Weise, wie sie sie ihm entgegenstreckte, obwohl sie offenbar über alle Maßen sauer war, daß sie Angst gehabt hatte. Sie hatte angenommen, daß er nur eben seine Skulptur bei mir abladen wollte, aber nachdem Stunden vergangen waren, hatte sie geglaubt, daß etwas Schlimmes passiert war, passiert sein mußte, wenn man bei einem Verrückten hockt. Also kam sie, um nachzusehen, aber alle Lichter waren aus und niemand, niemand war zu Hause.

»Was hast du gedacht«, schrie Randy in der Dunkelheit zurück. »Daß ich in das verdammte Loch gesprungen bin?«

Nun, genau das war es natürlich, was sie gedacht hatte, selbst ein betrunkenes Stück Scheiße wie ich konnte das erkennen, Randy aber offensichtlich nicht, er brüllte sie nur weiter an, obwohl ich versuchte, ihn zu beruhigen. Das machte die Sache natürlich nur noch schlimmer. »Hör auf, Mann, du hast für einen Abend schon genug Scheiße gebaut.« Sofort fragte Vanese besorgt: »Was soll das denn heißen?« aber Randy schrie nur, mit der Stimme eines Mannes, der über das Stadium der Frustration hinaus in einen unerträglichen neuen Zustand versetzt worden ist: »Ich scheiß auf den ganzen Mist, Mann!« Schmiß sich in seinen Wagen, die Tür knallte, und schlingernd brauste er davon. Wenn er gekonnt hätte, hätte er sicher noch die Reifen aufheulen lassen, aber er schien völlig außer sich.

Vanese weinte, aufrecht und vor Anspannung zitternd. Sie preßte eine Hand gegen ihr Gesicht, so als wolle sie die Tränen nicht verbergen, sondern auffangen, als ob jede auf bittere Weise wertvoll sei und als ob jede wie ein Hologramm den ganzen traurigen Moment in sich zeigte. Sie weinte fast stumm, tiefe Schluchzer, die manchmal in einem sanften Husten endeten.

»Vanese«, sagte ich, »es wird alles wieder gut.«

Sie schüttelte den Kopf, mit all dem Pessimismus einer Frau, die Bescheid weiß.

»Bestimmt. Er wird sich wieder beruhigen.« Ich wußte nicht, was ich tun sollte, ich konnte sie nicht allein lassen, aber es war eiskalt, und ich mußte so dringend pinkeln, daß mir die Nieren wehtaten. Ich lotste sie ins Haus, durch die Tür und die Stufen hinauf, aber sie wehrte sich nicht so stark, wie ich befürchtet hatte; sie war zu müde.

Zitternd saß sie auf dem Bettsofa. Sie fror, das konnte ich nun an dem Schütteln sehen, das in langen Stößen ihren Körper durchlief. Ich legte ihr die Decken um, alles, was da war, und wickelte sie mit der unbeholfenen Sorgfalt des Betrunkenen ein. »Ein Kaffee täte dir jetzt gut«, sagte ich.

»Oh, eine deiner üblichen guten Ideen«, meine sie, und als sie sprach, klapperten ihre Zähne, und auch das war schon komisch, aber sie lächelte, sie hatte es witzig gemeint. »Ich mach schon«, sagte sie und wollte aufstehen.

»Bleib sitzen«, sagte ich. Sehr gebieterisch. Was für ein Mann! Als der Kaffee fertig war, setzte ich mich neben sie und half ihr, die Tasse zu halten. »Ein paar Minuten länger und du hättest dir Frostbeulen geholt«, sagte ich. »Warum hast du nicht drinnen gewartet?«

»Das habe ich, ziemlich lange. Aber im Flur ist es so kalt«, sagte sie schaudernd. »Im Wagen hatte ich die Heizung.«

»Und warum hast du sie abgedreht?«

»Habe ich nicht. Mir ist das Benzin ausgegangen.«

Ich schüttelte den Kopf und hielt ihr einen Vortrag über ihre Dummheit, der irgendwie in meinem eigenen Geständnis endete. Ich und Randy in der Galerie, mein undurchsichtiges Prahlen über etwas, das noch keiner je gesehen hätte. »Vanese«, sagte ich mit hängenden Schultern. »Ich bin zu blöd.«

»Das bist du.« Verblüfft schüttelte sie den Kopf. »Malcol. Und dazu noch die Malcomettes. Scheiße.«

»Ich weiß.« Auch ich bemühte mich um ein Schulterzukken. »Ich weiß, ich weiß.«

In Wirklichkeit wußte ich nichts. Ich verbrachte die nächsten zwei Stunden damit, mir verschiedene Szenarios für Malcolm auszudenken, aber mit trauriger Überlegenheit schoß Vanese jedes einzelne ab. Malcolm war verschlagen, wiederholte sie immer wieder. Malcolm war smart. Malcolm würde meinen Quatsch durchschauen. Ich war sowieso kein guter Lügner, und wenn er aus irgendeinem Grund nichts merken würde, dann würde mich einer aus seinem Kader erwischen. Außerdem konnte ich nicht auf Dauer ausweichen. Es wäre vielleicht besser, sich zu stellen und die Sache auszutragen.

»Du meinst, es ihm einfach zeigen?«

»Warum nicht?«

»Warum *nicht?*« Weil es das echte schwarze Loch ist, Vanese, weil es unvorhersehbar und unkontrollierbar ist, weil alles mögliche passieren konnte. Weil es ein Pfad ist, den ich allein beschreiten sollte. Weil es mir gehörte. »Weil es keine gute Idee ist«, sagte ich, bestimmt, aber letzten Endes vergeblich. Darin pflichtete sie mir bei, und dann gab es eigentlich nichts mehr zu sagen.

Als Nakota davon hörte, nachdem sie mich am nächsten trüben Morgen beim Hereinkommen aufgeweckt hatte, lachte sie nur. Mit der einen Hand zog sie sich einen Schuh aus, mit der anderen stützte sie sich auf das Bettsofa, um die Balance zu halten. Ihre seltsamen Zähne glitzerten, während sie sich lange bemühte, nicht loszuprusten, aber schließlich mußte sie sich vor Lachen aufs Bett setzten. »O Nicholas.« Sie keuchte vor Schadenfreude und schlug mir auf den zugedeckten Rücken, als wolle sie mir gratulieren. »Es gibt wirklich niemanden, der so viel Scheiße bauen kann wie du. Malcolm ist –«

»Du kennst ihn?«

»Er war mal mein Liebhaber.« Ihre Wortwahl irritierte mich irgendwie, dieser Begriff war mir im Zusammenhang mit ihr noch nie in den Sinn gekommen. Sie trieb's mit anderen, sicher, je verrückter je besser. Aber ein Liebhaber? Nein.

»Er ist Künstler«, sagte sie. »Wenn er nicht gerade Klamotten verkauft. Er macht diese kitschigen Totenmasken aus Gips.« Sie zog auch den zweiten Schuh aus und ließ sich neben mir nieder. Ein spitzer Hüftknochen berührte mich. »Er hält sich für Gott, und all diese kleinen Arschlöcher, seine Groupies, sind nur ein Haufen gottverdammter Jasager, die ihm ständig hinterherlaufen. Wie Welpen hinter den Mutterzitzen.« Sie schniefte trocken und warf den zweiten Schuh achtlos beiseite. »In Wahrheit ist er ein ziemlich mieser Künstler, aber niemand hat sich getraut, es ihm zu sagen, bis vor kurzem jedenfalls. Aber jetzt hat ihm Richard – du kennst Richard, vom Incubus, nein? – jedenfalls hat er ihm gesagt, daß er dort nicht mehr ausstellen könnte, sein Zeug wäre zu süßlich. Malcolm war extrem sauer.« Sie lächelte, als wäre es eine drollige Anekdote. Wahrscheinlich hätte man dabeisein müssen.

»Und was hat das alles mit mir zu tun?« Eigentlich wollte ich es gar nicht wissen, ich hatte schon genug davon gehört, aber es ist eine von diesen Fragen, die man einfach stellen muß.

Sie wollte antworten, ihr Mund bewegte sich etwas, aber dann wurde es nur ein seltsames Lächeln. »Das wirst du schon sehen, nicht wahr?« Dann kam nichts mehr, sie schlief direkt neben mir ein, überlegen und knochig. Sie grub sogar ihr Kinn in meinen linken Unterarm. Die Vorstellung von meinem Unbehagen und dem folgenden selbstverschuldeten Untergang war für sie zweifellos ein süßes Wiegenlied. Sanft trieb sie in die schwarzen Exzesse, die bei ihr als Träume durchgingen.

Langsam hob ich meine Rechte, die Innenseite nach unten, und ließ die Flüssigkeit aus meiner Wunde auf ihre nackte Haut tropfen; was herausperlte, hatte die Konsistenz von Sirup und glänzte in der hereinbrechenden Dunkelheit, so wie die Gifttropfen, die für immer auf das Gesicht der angeketteten Göttin Loki fielen. Und was fiel, blieb haften. Mir wurde der Arm müde und vorsichtig ließ ich ihn herab. Während ich einschlief, beobachtete ich, wie der Sirup auf ihrer Haut geronn, nicht etwa eintrocknete. Wenn Flecken kollidieren. Wenn ich sie damit ummantele, von Kopf bis Fuß, würde er wie eine Insektenpuppe wirken, würde er eine neue Frau aus ihr machen? Es würde ihr nicht schlecht bekommen, eine neue Frau zu werden. Irgend etwas Neues zu werden. Aber vielleicht sollte ich es in der großen Tradition der verrückten Wissenschaftler zuerst an mir ausprobieren. Andererseits, vielleicht nicht.

Als ich aufwachte, war es Mittag. Sie schlief noch. Die Flüssigkeit lag unberührt auf ihrer Schulter, ein glänzender Klumpen, der viel schöner aussah als das, was aus mir herausgetropft war. Ich achtete darauf, sie nicht zu wecken, als ich aufstand, ging unter die Dusche, zog mich hastig an und eilte zum Geisterloch. Mir war vor Hunger schlecht, ich war barfuß, und die Kleider klebten an meinem hastig abgetrockneten Körper. Mit nassen Haaren und frierend, wirklich frierend, legte ich mich daneben, ich hatte noch immer nicht daran gedacht, ein Schloß für die verdammte Tür zu kaufen. Die Luft, die ureigene Atmosphäre des Geisterlochs, war fast porös, der Geruch war überwältigend und leicht unangenehm, als würde Essen verderben. Es produzierte seinen eigenen Weihrauch, den Rauch der ewigen Lobpreisung.

»Sag mir«, murmelte ich, und meine Lippen berührten fast den staubigen Boden. »Sag mir, wann er kommt.«

6

Malcolm war keiner, der viel Zeit verschwe... Ledermantel stand er auf dem salzverkrusteten G... dem Haus und grinste mich an. Er stank nach Rauch. ... zuversichtliche Leitwolf kam ohne sein Rudel. Tageslicht tat Malcolm nicht gut, die Finsternis war sein Milieu. Seine Sonnenbrille sah verlogen aus. »Wohin gehst du?« fragte er.

»Gerade jetzt gehe ich einkaufen.« Ich blieb nicht stehen, sondern verlangsamte lediglich meine Schritte. »Wenn du Lust hast, kannst du mitkommen.«

»Einkaufen«, meinte er in einem singenden Tonfall, wahrscheinlich um sein Amüsement auszudrücken. Vielleicht wollte er nur einfach ekelhaft sein. Er paßte sich meinen Schritten an oder verknüpfte vielmehr sein ironisches Schlendern mit meinem gewohnten Dahinschleichen. Er konnte sich bestimmt sogar ironisch rasieren. »Das macht normalerweise meine Freundin für mich.«

»Du hast doch gesagt, daß du für neue Erfahrungen stets bereit bist.« Ich stieg in meinen Wagen und ließ ihn eine Weile warten, bevor ich die Beifahrertür entriegelte. »Geht auf meine Rechnung.« Hoho, Ironie ist auch mir nicht fremd.

Das Schweigen zwischen uns machte mich nervös, so nervös wie die kalten Ebenen des Tages, der mich umgab. Über das Husten meiner Heizung hinweg sagte ich: »Hast du heute frei, oder was?«

»Ich bin Künstler«, meinte er, und jetzt klang er wirklich ekelhaft, wenn er auch nicht bereit war, mir ein neues Arschloch zu bohren, nur um sich über meine Ignoranz lustig zu machen. Unter anderen, weniger komplexen Umständen hätte ich meinen Spaß mit diesem Typ gehabt. »Ich arbeite immer.«

»Aha.« Ich bog auf den Parkplatz des Supermarktes ein, ein Morgen voller verschmutzter, abgestellter Einkaufswagen und Autos, die in merkwürdigen Winkeln geparkt worden waren. Drinnen war es noch heller als draußen. Der Ein-

…en, den ich erwischt hatte, besaß ein verbogenes …d; hilflos krachte ich gegen Verkaufstände und … Wagen, ein oder zweimal traf ich sogar Malcolm. …«, rief ich mir den geplanten Inhalt meines Wagens ins …dächtnis. »Mineralwasser. Kräcker. Eier.«

»Du bist wohl der häusliche Typ?«

»Erdnußbutter.«

»Wie kannst du dieses Zeug nur essen?« Er zeigte mit echtem Abscheu auf meine No-Name-Erdnußbutter. »Peter Pan ist die einzige gute Sorte.«

An der Kasse mußte ich mir zwei Dollar von ihm leihen. Er rauchte während der ganzen Rückfahrt, angeberische Gitanes, die er beim Sprechen zwischen den Zähnen behielt. Seine Sonnenbrille sah noch immer verlogen aus. Er machte jeden Song runter, der im Radio lief, bis ich in reiner Notwehr die Nachrichten einschaltete. Dann machte er die Nachrichten runter. Als ich einparkte, dachte ich an Randys Plan, Malcolm dem Geisterloch zum Fraß vorzuwerfen. »Randy hat recht«, sagte ich, eine Tüte in der rechten Hand – die frisch verbundene Hand pochte in einem dumpfen Rhythmus, Scheiße, ich hatte vergessen, Mullbinden zu kaufen – zwei in der linken. Malcolm bot mir keine Hilfe an.

»Inwiefern?« wollte er wissen, als er mir die Stufen hinauf folgte.

»Was dich betrifft.«

»Und was sagt Randy über mich?«

»Daß du einzigartig bist.«

Er lachte. »Das glaube ich. He, Nick, ich muß dir was erzählen Über Randy. Der ist nichts als ein Mechaniker, er arbeitet an einer gottverdammten Tankstelle –«

»Bei einem Abschleppdienst.«

»Was auch immer. Er und seine blöden, kleinen Stahlskulpturen, ich meine, also wirklich, die sehen doch aus wie Stoßstangen, er sollte seine Arbeit im Büro lassen.« Er lachte, ich nicht. »Er ist als Bildhauer ein Versager, er ist im Leben ein Versager. Er hat es bloß noch nicht gemerkt.«

»Wie läuft's denn so in der Boutique?« fragte ich, während ich nach dem Wohnungsschlüssel suchte.

Das gefiel ihm ganz und gar nicht. »Wer –«

»Nakota hat es mir erzählt. Sie sagt, du arbeitest in einem Kleiderladen, verkaufst T-Shirts oder so was. Aber das braucht dir nicht peinlich zu sein«, fuhr ich mit meinem freundlichsten Lächeln fort. »Wir müssen ja alle mal was essen, stimmt's?«

»Du kennst Nakota?« fragte er, so als ob er nur auf eine nichtsagende Erklärung wartete, die er niedermachen konnte. Ich sage ihm, daß wir zusammenlebten. »Sie hat mir nie von dir erzählt«, kommentierte er böse.

»So schüchtern«, sagte ich, und diejenige, um die es ging, starrte uns an, als ich die Tür aufstieß. Nackt und rauchend saß sie da. Eine Decke um die Hüften geschlungen und blätterte in alten *Art-Now*-Magazinen. Jeder von uns wurde mit einem hämischen Grinsen bedacht, proportional zu unserer jeweiligen Minderwertigkeit.

»Ach je«, meinte sie zu Malcol. »Mir war, als hätte ich was gerochen.«

»Hast du mich vermißt?« Er ging auf sie zu, beugte sich über sie und umschloß eine ihrer Brüste mit der Hand, als ob diese Geste mich impotent machen könnte. Ich räumte mittlerweile die Lebensmittel ein.

»Nimm deine Hände weg«, sagte Nakota. »Ich will nichts berühren, das mit deinem Schwanz Kontakt hatte.«

»Früher konntest du deine Hände gar nicht wegbekommen.«

»Erinnere mich nicht daran. Ich habe noch immer Alpträume.«

Das war Schulhofanmache, ziemlich blöd, aber eines war doch ganz offensichtlich: Nakota mochte Malcolm nicht, und es war nicht die übliche, halbgare Verachtung, die sie für jedermann empfand, sondern echter Haß. Das machte die ganze Sache noch gefährlicher. Ich hatte das Gefühl, als ginge ich nicht nur auf Eis, sondern auf etwas viel Flüchtigerem. Ich stolperte über die Rücken von Riesen, und Nakota lief hinter mir her. Mit hohen Absätzen.

»Also.« Sie grinste ihn an. »Willst du dir ein Video ansehen?«

O Mann. Sie vergeudete keine Minute. Ich machte mir ein Bier auf und dachte sehnsüchtig an die verrückte Stille des

Geisterlochs, wie ich dort in anbetender Trance lag. Und ich fragte mich, ob ich nicht langsam so wurde die Nakota. Heute also wieder Irrenhaus. Malcolms ironische Antwort: »Ich sehe mir keine Filme mehr an.«

»Filme«, wiederholte sie mit einem wirklich häßlichen Lächeln. »Ich zeige dir einen gottverdammten *Film*, du Wanze.« Diese freundliche Anrede sagte mir nichts, aber Malcolm schoß hoch, als hätte ihm jemand einen Eiszapfen in den Arsch geschoben. »Nicholas, leg das Video ein.«

»Herrlich«, meinte Malcolm. »Privatfilme.«

»Dieser hier wird dir gefallen«, meinte ich zu ihm. Jetzt, da es sich nicht mehr vermeiden ließ – und denkt daran, Kinder, wer dieses ganze düstere Szenario in Gang gebracht hat, sehe ich auch alle Hände? –, dann wollte ich wenigstens ein bißchen Spaß haben. »Eine Menge Action.«

Ich hatte es selbst lange nicht mehr gesehen, hatte mir auch so schon genug Unbill aufgeladen. Ich wußte nicht, ob Nakota es sich noch regelmäßig ansah, aber wenn, dann schien es für sie nicht mehr die gleiche Schlagkraft zu besitzen, es sei denn, sie war mittlerweile immun dagegen. Aber vielleicht war Schlagkraft nie der Punkt. Vielleicht ging es eher um Verführung, warum nicht.

Malcolms endlose hämische Kommentare – er war wirklich einer der zynischsten Typen, die ich je erlebt hatte – hörten nach der ersten Minute schlagartig auf. Er fühlte sich unbehaglich, wenn er schweigen mußte, aber er bemühte sich so sehr herauszufinden, wie wir das alles getürkt hatten, daß der wahre Stoff ihn ziemlich unvorbereitete traf. An der Stelle, wo es, wie Nakota behauptete, für jeden anders wurde, (außer für mich. Und ja, da war es wieder, jenes kühle Auftauchen der gleichen Gestalt, und es erzeugte das gleiche Gefühl in mir, ein innerliches Zusammenrollen, ein tödliches Schrumpfen. Aber was geschah jetzt? Etwas Schlimmeres, und ich schreckte davor zurück, es zu benennen, zuckte zurück, als handele es sich um eine unbegreifliche Vergiftung, die schon zu weit fortgeschritten war) auf dem Höhepunkt, sozusagen – da saß er bewegungslos da, mit dem sprichwörtlichen offenen Mund, und dieser Mund blieb offen, noch Sekunden, nachdem das

Band zu Ende war und nur noch graues Rauschen übrigblieb.

Ich rieb mir die Augen und trank einen Schluck Bier. Nakota lächelte überlegen. Malcolm sagte noch immer nichts.

Als er dann sprach, war jeder falsche Ton in seiner Stimme verschwunden, herabgebrannt bis auf einen Rest Gier, und er wandte sich nicht an Nakota, sondern an mich. »Ich muß es haben?«

»Was haben?«

»Dein Gesicht. Ich muß eine Maske von deinem Gesicht machen, so wie dort.« Er deutete auf den Fernseher. »So wie in dem Video. Ich weiß nicht, wie ihr es gemacht habt, aber ich will versuchen, ob ich es auch so hinkriege.«

Nakota nahm die Streichhölzer aus Malcolms Hemdtasche und lief nackt durch die Wohnung, um sich ein Glas Wasser zu holen. »Malcolms berühmte Totenmasken«, sagte sie. »In keinem Geschäft zu kaufen und in keiner Galerie zu besichtigen.«

»Wirst du es tun?«

Ich wußte nicht, was ich sagen sollte, und ließ mich unbeholfen auf die Wahrheit ein. »Ich weiß nicht. Ich weiß nicht, ob ich will.«

»Nicholas hat selbst genug zu tun«, sagte Nakota. »Er hat keine Zeit für dich.«

»Warum nimmt dir eigentlich alle Welt das Reden ab?« fragte Malcolm. »Erst Randy und jetzt sie, die Königin der Gehässigkeit. Wirst du es tun, ja oder nein?«

Nakota wollte offensichtlich, daß ich mich verweigerte, aber ich hatte keine Lust, ihren Zorn zu unterstützen. Wenn Randy mich gefragt hätte, wäre meine Antwort ja gewesen, aber Malcolm mochte ich nicht, traute ihm auch nicht, es war, als habe man halb eine Schlange in der Hosentasche, ein krankes, bösartiges Kuscheltier. Von Vaneses Rat einmal abgesehen, wahrscheinlich war es wirklich das beste, ihn mit so wenig Schaden wie möglich wieder loszuwerden. Schlimmer noch, die Zeit, die ich mit seiner blöden Maske verbrachte, fehlte mir für das Geisterloch, wo doch schon so viel davon für die unvermeidbaren Dinge abging, die ich erledigen mußte, um zu überleben. Ich hatte einfach auch keine Lust, ich meine, wer hat schon gerne eine Totenmaske von seinem Gesicht? Nein. Keine gute Idee, Malcolm.

»Wirst du es tun?«

Ich schüttelte meinen Kopf, ganz sicher, und sagte: »Also gut.«

Und dann – ich weiß nicht, welchen Eindruck ich machte, ich hätte nicht verblüffter dreinschauen können, wenn mir ein kleines Tier aus dem Mund gekrabbelt wäre, auf keinen Fall hatte ich das sagen wollen – saß ich einfach nur da, düster wie ein stummer Idiot, während Nakota und Malcolm mit dem Kopf zuerst aufeinander losstürzten.

Sie entwickelten einiges an Energie. Es war leicht zu erkennen, was sie ineinander sahen, wenn auch abgeschwächt und auch aus völlig unterschiedlichen Motiven. Ich fragte mich bei dem, was ich sah, was ich an Nakota eigentlich liebte. Aber das war eine Frage, auf die ich immer eine Antwort fand, auch wenn sie in diesem Moment schon absurd schwierig schien. Doch ich mußte mich anderen, einfacheren Problemen widmen, wenn ich sie auch nicht lösen konnte. So wie meine unerklärliche Reaktion auf Malcolms Bitte mit der Totenmaske. Irgendwie hatte ich damit die Rechnung beglichen, die ich durch meine gleichsam unerklärliche Prahlerei angefordert hatte und die den ganzen Zirkus zu seinem gespenstischen Leben erweckt hatte.

Ungefähr an der Stelle, wo Malcolm schrie: »Weil ich ein Künstler bin« und Nakota zurückschrie: »Ja, du bist ein Künstler, ein Künstler im Scheiße erzählen!«, verdrückte ich mich. Ich schloß die Tür hinter mir und gab mir nicht einmal Mühe, es besonders leise zu tun. Sie hätten nicht einmal für Geld aufgehört.

Auf dem Flur war es besonders kalt, aber der Duft des Lagerraums war schwer und hieß mich willkommen wie in einem Schoß. Mit einer Freude, die mir fast peinlich war, legte ich mich mit dem Gesicht nach unten neben das Loch. Meine rechte Hand ruhte leicht an seinem Rand. Aus der Tiefe glaubte ich dieses Mal nicht Musik, sondern das elegante Summen von Körperorganen zu hören. Ein Klang, der so unglaublich wohltuend war, daß ich mir vorstellen konnte, nicht nur einzuschlafen, sondern für immer zu schlafen, so lange, bis alles an mir eine Totenmaske war, ein menschlicher Katafalk, der zu einem glücklichen Häufchen Staub auf dem stummen Boden zusammengesunken war. Bevor ich einschlief, entfernte ich meinen Verband und ließ meine Hand baumeln, ein klebriges Zuckerstückchen für den lächelnden Mund.

Unglücklicherweise konnte man sich auf Malcolm verlassen. Schon am nächsten Morgen tauchte er in meiner Wohnung auf. Offenbar hatte er vor zu bleiben: Er schleppte sein Zeug herein, Gips, Seihtuch und Werkzeuge in einem Kunstlederkoffer. Er redete in einem fort, während ich am Bettsofa lehnte und wie das Echo eines Echos, wie das Dahinplätschern eines Traumes, die Geisterlochmusik hörte. Keine Befehle, nur Andeutungen. Es fiel mir schwer, mich auf irgend etwas anderes zu konzentrieren, besonders auf Malcolm.

»– länger als du glaubst.« Er hatte auch einen Zeichenblock dabei, teuer aussehende Zeichenkohle, und er begann sofort, mich rüde herumzukommandieren, ich mußte mich setzen, und ich bedauerte noch mehr, auf diese Sache eingegangen zu sein, wenn das überhaupt noch möglich war. Meine Motive waren schon immer schwer durchschaubar gewesen, aber diesmal ging es noch weit darüber hinaus, ich kam mir vor, als müßte ich die Handlungen eines völlig Fremden vorhersagen. Aber sollte ich das versuchen, würde es mich in noch größere Konfusion stürzen. Wer entschlüsselt schon die Gedanken, die der Wind aus anderen Köpfen herüberweht? Und wen kümmern sie, sobald aus Gedanken Handlungen geworden sind? Wir alle wissen, wer Schuld hat.

Und während all dem redete Malcolm weiter, schubste mich herum, verwarf meine Einwände, weiß Gott, er war ein geschwätziges Arschloch. Er machte sich über meine Drucke lustig. Bosch war in seinen Augen ein Pinselkleckser, Bacon ein Schwuler. Auch mein Foto von Nakota kam nicht gut weg. Er meinte, es sähe aus wie ein Outtake aus einem B-Movie. Dann erzählte er mir noch alles über sich selbst, offensichtlich weil ich nichts davon hören wollte. Nennen wir es Bestrafung.

Allerdings konnte er ziemlich gut zeichnen. Er erfaßte nicht nur meine Gesichtszüge, sondern auch das, was ich aus ihnen gemacht hatte, und ich erkannte in seinem Porträt eine Art vorzeitigen Alterns, den Zeigefinger einer Auflösung, die sich wie eine Krankheit näherte. Ich löse mich auf, dachte ich und sah nicht so sehr die Linien, die graduellen Begrenzungen des Lebens, sondern Überlagerungen einer Art Hyper-Leben, wie Zucker, der sich mit Blut vermischt. Sieh genau hin: was stimmt nicht mit diesem Bild?

Er sah es auch, aber er war zu dumm, in seinem Kopf wiederzuerkennen, was seine Augen schon wußten. »Schönheitswettbewerbe wirst du gerade nicht gewinnen« meinte er zu mir. »Das erklärt wahrscheinlich auch, warum du mit dieser Hexe zusammen bist.«

»Es gab eine Zeit, wo sie auch für dich gut genug war«, entgegnete ich, aber sehr, sehr sanft. Ich hatte kein Interesse daran, Nakotas Ehre zu verteidigen. Nicht, daß sie eine gehabt hätte.

Er ignorierte meine Worte, es war zu lange her. »Sitz still«, sagte er. Ich gehorchte und wunderte mich, warum, ich saß immer noch da, als Nakota nach Hause kam. Beiläufig knallte sie die Tür zu und grinste mich an.

»Er ist öde, nicht wahr?« meinte sie, während sie sich ein Glas Mineralwasser eingoß. »Malcolm, hast du vor, hier einzuziehen? Falls ja, möchte ich deinen Anteil an der Miete im voraus.«

»Ich würde nicht mal hier einziehen, wenn du mir etwas bezahlen würdest«, entgegnete er, aber er verspritzte nur abstraktes Gift, er ging wirklich ganz in seiner Arbeit auf. Kaum vorstellbar. Das wurmte Nakota natürlich noch mehr, als wenn er sich mit ihr angelegt hätte – ihre Bedürfnisse waren recht simpel –, und sie schmollte und sprach mit keinem von uns, natürlich, ich wurde in die Bestrafung miteinbezogen.

Was mir ganz recht war, denn ich hörte noch immer die Musik, und es war sehr anstregend, sie durch alles andere hindurch noch wahrzunehmen. Als sie endlich schwiegen, wurde sie wieder klarer, es war fast angenehm dort in der kühlen Ruhe zu sitzen, mit schmerzendem Rücken und offenem Mund und nur zu lauschen, zu lauschen –

Bis sich die Qualität der Ruhe änderte und ich irritiert meine Augen öffnete. Ich sah die beiden, sie saß auf dem Bettsofa, er ein Stück davor und beide starrten auf den Fernseher. Das Video lief. Natürlich.

Sie hatte es eingeschaltet, um ihn zu ärgern, ihn von seiner Arbeit abzulenken, aber auf der anderen Seite war es einfach ihre Lieblingsshow. Sie hatten wirklich einiges gemeinsam, viel mehr als Nakota und ich. Kleine Gnaden. Ich wollte gewiß nicht hinsehen, aber es gab kein Entkommen, also sah ich hin, sah wieder diese Gestalt, fühlte erneut das überwältigende Gemurmel einer trockenen Unruhe, die jedoch anschwoll, anschwoll zu etwas, das ich nicht benennen konnte.

Das brauche ich nicht, dachte ich, nichts von alledem brauche ich, ich kann den echten Stoff bekommen, und ich stand auf und verschwand, ich brauchte mir keinen guten Abgang einfallen lassen, weil keiner der beiden überhaupt bemerkte, daß ich ging.

Im Lagerraum saß ich auf der Decke, den Bärenblock ganz nah bei mir wie ein Spielzeug, ich atmete den vollen, pulsierenden Gestank der Luft ein und aus und sah aus den Augenwinkeln, wie Randys Skulptur einen armgleichen Stiel vor- und zurückschwenkte, ein Wink oder eine Warnung? Aber für beides war es schon ein bißchen spät, nicht wahr, und außerdem war es mir egal. Ich legte mich auf die Seite, den Bärenblock unter meiner Wange und starrte in die Tiefen des Lochs und dachte durch die Musik hindurch über Prozesse nach, die zugleich unabwendbar und fern waren. Umgekehrte Entropie, vielleicht, oder der Kleine Urknall.

Ich weiß nicht, ob sie irgendwann zu mir runterkamen, aber als ich aufwachte, war ich allein, mir war so kalt, daß mir die Haut weh tat. Der Abfallgestank des Geisterlochs war in meinen Kleidern und in meinem Haar, in der Decke und dem Notizblock. Geruchsspuren. Ich war ein gezeichneter Mann. Oben runzelte Nakota im Schlaf protestierend die Stirn, als ich an ihr vorbei ins Bad ging. In der nahenden Dämmerung verblaßte das blaue Licht des Fernsehers.

Unter der Dusche ließ ich den Wasserstrahl hart über meinen Körper laufen, besonders über meine Hand, er zerteilte den Sirup und legte das immer größer werdende Loch frei. Wenn ich mir noch ein paar Gedanken gemacht hätte, hätte ich über das, was sich da mit meiner Hand tat, ziemlich entsetzt sein müssen, das verdammte Ding war bald nur noch Loch, und was passiert, wenn nur noch die Knochen übrig sind, he? Ich streckte sie, zwang mich, sie zu benutzen, die Seife zu halten, mich damit zu waschen. Daraufhin wälzte sich nur noch mehr Sirup heraus, ein blitzendes Grau, wie ein schlechter Special Effect, der sich den Anstrengungen des Wassers widersetzte und sich nicht abspülen ließ. Wer zuletzt lacht, wie üblich. Gar nicht so einfach, eine Art Leitungsrohr zu sein. Trotzdem, keine Blumen bitte.

Malcolm arbeitete hart, das mußte man ihm lassen. Leider war er zu der Auffassung gekommen, daß das permanente Abspielen des Videos dabei unerläßlich war. Als ich mich beschwerte, bezeichnete er mich als Angsthasen und belehrte mich, daß ich meine lächerlichen Ängste vergessen sollte. Das war so lachhaft, daß ich unter dem Seihtuch grinsen mußte. Wir waren schon beim zweiten Schritt, hatten die Vorstufen diesmal schneller als üblich durchlaufen. Malcolm behauptete, der Mega-Irrsinn (sein Wort) hätte ihn inspiriert.

»Ich hab' dich.« Er deutete mit flinken Gipsfingern auf mein Gesicht. »Da.«

Das Gefühl von Gips auf der Haut, auch wenn noch ein Seihtuch dazwischen ist, ähnelt dem, in billigem Zement lebendig begraben zu sein, egal ob man einen Strohhalm in der Nase hat oder nicht. Meine lächerliche Paranoia wurde noch dadurch verstärkt, daß dauernd das Video lief, es war als ließe man die ganze Nacht die Haustür auf und vertraute seiner eigenen Dummheit, daß nichts Unangenehmes hereingestolpert käme. Alles, was ich sah, waren die Innenseiten meiner Augenlider, alles, was ich höre, war Malcolms Stimme. Er murmelte mit sich selbst, während er Gips auftrug und auf den Fernseher starrte. Mir gefiel das nicht, in dieser blödsinnig hilflosen Position dazusitzen, während er an der Maske arbeitete, was, wenn ihm das Video plötzlich befahl, mich zu ersticken. Ein Strohhalm begann, bei jedem Atemzug zu kitzeln. Ich versuchte weniger zu atmen, aber das ist schwieriger, als es sich anhört, und ich mußte aufhören. Immer noch Malcolms atonales Gemurmel und die entfernten Geräusche vom Fernseher.

Aber dies war augenscheinlich sein Medium, und von Nakotas fehlgeleiteter Häme einmal abgesehen: Rodin würde er nicht vergessen machen, aber er wußte, was er tat, und unter seinen sicheren und formenden Händen wurde der Gips zumindest der Samen für eine einfache Veränderung, wenn auch nicht das Vehikel für die makabre Transformation, auf die er zu hoffen schien. Dieser Wechsel vollzog sich vielleicht nur durch eine subtile Form der Beobachtung, eine neue Art des Sehens, das bislang unbeachtet geblieben war und sich jederzeit zur Norm entwickeln konnte. Vielleicht inspirierte ihn dieser, wie war das noch? Mega-Irrsinn mehr, als er ahnte, vielleicht teilte ihm das fortwährende dunkle Gestammel des Videos mehr mit, als er hören konnte, mehr als meine geschwächte Aufnahmefähigkeit entschlüsseln konnte.

Und dann, als wir endlich fertig waren, für den Tag, für die Nacht, als ich mir mein rotes, juckendes Gesicht abschrubbte, wer tauchte da auf? Natürlich, die Malcolmettes. Drei davon, zumindest, Eenie, Meanie und Shitty, oder so ähnlich. Ich war immer schlecht mit Namen, und diese drei waren vollkommen austauschbar. Das einzige, woran ich sie unterscheiden konnte, war, daß einer einen rostroten Mantel trug und die anderen beiden Frauen waren. Als sie den Mund aufmachte, stellte sich eine der beiden als diejenige aus dem Incubus heraus, die sich über meine betrunkenen Versprechungen mokiert hatte.

Sie hielten sich nicht damit auf, hämische Bemerkungen über meine Wohnung zu machen, es war unter ihrer Würde, diese langweilige Verwahrlosung überhaupt zu bemerken. Aber über die Totenmaske konnten sie gar nicht genug von sich geben. Sie gruppierten sich um sie herum und nickten eifrig mit den Köpfen. Technik, sagten sie, es sei die reine Technik, und sie sprachen es aus, als sei das der Gral der Wörter.

»Läßt sich mit einem Caldwell vergleichen«, meinte der rote Mantel, ein Mann mit einem auffällig vorstehenden, knotigen Kinn, und bitte Gott, dachte ich, laß ihn sich auch noch wissend über dieses Kinn streichen. »Ohne Probleme.«

»Oder deVore«, sagte die andere Frau, nicht die aus dem Incubus, die so nah bei mir stand, daß ich ihren Atem riechen konnte, ohne mich auch nur im geringsten zu beachten. Es war mein Gipsgesicht, das sie so zärtlich begutachtete. Die anderen nickten, Malcolm hatte sich eine gewisse selbstgefällige Zurückhaltung auferlegt, eine Parodie des demütigen Hamlet.

»Mittlere Periode DeVore«, fügte die Frau hinzu. Eifriges Kopfnicken.

»Wer, zum Teufel«, sagte ich, auf angenehme Weise abwesend, »ist deVore?«

»Oh, das würdest du doch nicht verstehen«, sagte sie, sich gleichzeitig herumdrehend und einen Schritt nach hinten machend, damit sie mich nicht zufällig berührte, während sie mich zurechtwies. »Aber dies ist eine Ehre, eine von Malcolms Masken zu werden.«

»Deshalb arbeitet er wahrscheinlich in einer Boutique«, meinte ich, und in diesem Augenblick sah ich Miß Incubus vor dem Fernseher stehen, den Kopf zur Seite geneigt, genau wie früher mein Hund, wenn er etwas hörte, was außer ihm niemand mitbekam. Ich sah nur Schnee auf dem Bildschirm, aber ich schaltete trotzdem ab, ein harter Fingerdruck auf AUS, zu hart, weil ich Angst hatte. Vor dem, was sie gesehen hätte. Nicht wegen ihr oder nicht nur wegen ihr, war es nicht schon übel genug, daß Malcolm es gesehen hatte? Brauchte ich wirklich noch den Rest seiner Mannschaft in meiner Wohnung? Was für eine süße Hölle der Pandora würde das wohl sein?

Und dann, von der Prämisse ausgehend, das nichts so schlimm ist, daß es nicht noch schlimmer werden kann, tauchte Randy mit Vanese auf, die den Frohsinn des Abends mit einem trockenen »O je« fortführte. Randy stand neben ihr, die Hände in die Hüften gestützt, den Mund mißmutig verzogen.

»Erzähl mir bloß nicht, daß dich dieser Schwanzlutscher zu

irgendeinem Unsinn überredet hat.« Die anderen drei würdigte er keines Blickes, und sie zahlten mit gleicher Münze zurück und begannen wie gelangweilte Kinder, am Radio herumzuspielen. Sie versuchten etwas zu finden, das ihnen gefiel, zweifellos ein unmögliches Vorhaben.

»He, Nick.« Malcolm grinste mich theatralisch über die Schulter an, was glaubte er, wo er war, in einem Film? »Dein Wachhund ist da.«

Ich antwortete keinem. Was konnte ich schon sagen? Ich fühlte mich, als watete ich durch Wasser, eine ruhige und umfassende Beschäftigung, die mich auf ihre Weise abschirmte, mich vor den Emotionen der anderen, den Tatsachen und den Facetten des Lebens beschützte. So wie jetzt. Zur Hölle mit ihnen allen. Außer vielleicht Vanese. »Er fertigt eine Totenmaske von meinem Gesicht an.«

»Weiß Shrike davon?« Randys Gesicht rötete sich. Vanese blickte ihn mit einem gewissen femininen Zorn an und ging dann an uns allen vorbei, um sich einen Instantkaffee zu machen. Sie trug seltsam fragile Ohrringe, flache Silberschlingen, die sich in einem quälenden Tanz zu drehen und zu winden schienen. Ich ging zur ihr, berührte einen der beiden sacht.

»Die sind schön.«

»Randy hat sie gemacht.« Sie berührte den gleichen Ring noch einmal und versetzte ihn in Schwingungen. »Sie erinnern ihn an das Geisterloch«, sagte sie. Dann senkte sie ihre Stimme und fuhr leise aber bestimmt fort: »Nicholas, du hast dich doch nicht von Malcolm zu etwas überreden lassen? Ich meine, ich kenne Shrike, Nakota, wie auch immer, ich weiß, daß sie hier war, aber sie setzt ihre eigene Tagesordnung fest, du weißt, wovon ich spreche.«

Ich wußte ganz genau, wovon sie sprach.

»Also, was ist passiert, nachdem er hier ankam?«

»Wir haben ihm das Video gezeigt.«

Sie starrte mich an, mehr als verblüfft, und fast schien es, als würde sie lachen, aus purer Bewunderung unserer rasenden Dummheit. Dann schüttelte sie den Kopf, zuckte mit den Schultern und rührte ihren Kaffee um. »Du hast das Heft in der Hand«, meinte sie. »Halt es gut fest.«

Randy und Malcolm beäugten sich und tauschten Bonmots aus. Ich hörte etwas anderes, weniger über als durch den Lärm, hörte, was? Die Stimme des Geisterlochs, den Klang seines Arbeitens, seine Musik durchdrang den Raum, die Stimmen, wie Wasser, das einen Stoff durchtränkt, ohne das Material tatsächlich zu verändern. Ich stand mit leicht vorgebeugtem Kopf da, und wahrscheinlich schien es, als lauschte ich ihrem Streit, als interessierte ich mich dafür, wer was sagte, als hätte ich in dieser Angelegenheit auch etwas zu sagen. Jeder schien das zu denken. Was kam als nächstes? Die Leasing-Rechte? Geisterloch GmbH? Verstand denn niemand, was hier geschah?

Und natürlich dieser dumme Bastard Malcolm. »Ach ja?« meinte er zu Randy, dessen Gesicht immer roter wurde, und war im Begriff, das Video einzuschalten, um irgendeine zweifellos schwachsinnige These zu bestätigen. Aber als sei ich plötzlich abrupt erwacht, folgte ich ihm, noch bevor irgend jemand etwas sagen konnte, und schob seine Hand beiseite.

»Laß es bleiben«, sagte ich.

Meine Bewegung hatte sie alle so überrascht, daß sie für einen Augenblick stumm waren, wahrscheinlich hatten sie vergessen, daß ich noch da war, aber dann war es Miss Incubus, die sich als erste wehrte. Mit einem Blick, den sie zweifellos für besonders tough und für die Straße geeignet hielt, wandte sie sich mir zu. Nun ja, Hauptstraße vielleicht, USA schon, aber bestenfalls Provinz. »Wo liegt dein Problem?«

Malcolm lachte. »Glaub mir, dafür haben wir jetzt wirklich keine Zeit.«

»Paß auf«, sagte ich, und da war es wieder, dieses Gefühl, als sei man unter Wasser, aber wußtest du, dachte ich, daß ich schwimmen kann? »Paß auf, du hast nicht die geringste Ahnung, womit du hier herumspielst.« Ich sah sie an und ignorierte ihren vorfabrizierten Blick, sie alle hatten viel zu viele Filme gesehen. »Wirklich nicht.«

»Weißt du was?« Sie fuhr mir geradewegs ins Gesicht. »Ich glaube, du machst nur Sprüche, sonst nichts. Und ich denke, daß es nur aufgeblasene Sprüche sind.«

»Du und denken? Die Geschworenen beraten sich noch«,

kicherte Vanese, und als sich der mit dem roten Mantel zu ihr umdrehte, bedachte sie ihn mit der Originalausgabe des Blickes, an dem sich ihre Widersacherin, wie hieß sie doch gleich?, versucht hatte, genauso wirkungsvoll wie ein Tritt in die Eier, oder noch besser, denn dieser Blick stoppte ihn, noch bevor er den Mund aufbekam, und das ist für gewöhnlich der beste Zeitpunkt. Die ganze Zeit war dieser Klang in meinem Kopf, der mir Geheimnisse zuflüsterte, er durchströmte mich wie Wasser oder etwas anderes, in dem ich lange navigieren konnte, Schwimmer oder Nichtschwimmer.

»Hört zu«, sagte ich und faßte sie alle mit meinem Blick, selbst ich konnte die Verzweiflung in meinen Worten spüren. »Das hier wird wirklich –«

Die Tür ging auf, und in dem windigen Rechteck, durch das die Kälte vom Flur hineinwehte, stand Nakota, eine Hand in die Hüfte gestemmt. »So so.« Sie kam herein, bereit die Kontrolle zu übernehmen. »Sieht aus, als sei die ganze Bande versammelt.«

Oha. Ich wartete darauf, was sie tun würde, genau wie die anderen, und stand in diesem abzweigendem Wasserstrom. Die eine Hälfte von mir war sich der Stimmung in der Wohnung schmerzlich bewußt, die andere ließ sich träumerisch in der Flut, in den Wogen, treiben, letzten Ende war es eine Gnade, daß sie es nicht auch hören konnten. Nakota goß sich ein Glas Mineralwasser ein und schritt durch die schleppenden Gespräche hindurch, um – natürlich – das Video einzuschalten.

»Nakota«, sagte ich. »Tu's nicht.«

»Warum nicht?« fragte sie leicht überrascht und amüsiert.

»Du weißt verdammt gut, warum nicht«, mischte sich Vanese ein, mit jener tiefen und sofortigen Verärgerung, die niemand außer Nakota bei ihr auszulösen vermochte. »Du blödes Stück, du willst doch alle nur aufhetzen. Du denkst doch nur an dich.«

»Shrike.« Randy streckte ihr die Hände mit den Innenflächen nach oben entgegen, wie ein gequälter Märtyrer. »Wirklich, Nicholas hat recht. Du solltest –«

»Leckt mich doch am Arsch«, sagte sie nur und drückte den Videoschalter auf PLAY.

Nun, sie hatte es uns gezeigt, ihr bleiches Pokerface-Gesicht war ein einziges unterdrücktes hämisches Grinsen. Malcolm ließ sich verzückt schnell wie ein Idiot neben ihr auf das Sofa fallen. Sein Trio baute sich hinter ihnen auf. Randy schien ebenfalls verzaubert, nur Vanese schaute ablehnend, aber wer war schon so standhaft und für wie lange in diesem Hexenlicht. Natürlich niemand. Natürlich nicht. Sie saßen wie die Kinder vor dem Fernseher, mit offenen Mündern, offenbar hatte auch Malcolms mehrmaliges Abspielen des Bandes auch bei ihm den kalten Unglaublich-Effekt des Videos nicht verringern können. Sie saßen da wie die Trottel vom Lande bei einer Seance, und als einer aus dem Trio »O mein Gott« hervorstieß, da war das für mich wie ein Stichwort. Ich stand auf, erfüllte mir zur Abwechslung auch selbst einmal einen Wunsch und ging hinaus. Die Stimme des Stromes lag wie ein Teppich unter mir. Ich hörte, wie Malcolm hinter mir herrief, mit seiner trägen, abwesenden Verdrießlichkeit. »He, Nick, wo gehst du hin?« Randys bissige Antwort ging schon halb unter, denn da kamen sie schon hinter mir her, und zwar alle. Ich kam mir vor wie der Rattenfänger von Hameln.

Ich ignorierte ihre Gespräche, nichts Mystisches, ich hatte einfach keine Lust ihnen zu antworten. Als wir die Tür erreicht hatten, waren ihre Gespräche sowieso verstummt, alles was man hörte, war das ehrfürchtige Schaben ihrer Füße, die Geisterloch-Basilika. So standen wir auf dem Flur, ein fröhliches Oktett. Drei starrten Malcolm an, der zusammen mit den übrigen drei wiederum mich anstarrte.

Ich weiß, was ihr wollt, dachte ich. Aber ihr werdet es nicht bekommen.

»Ihr drei«, sagte ich zu den Malcomettes. »Schert euch zum Teufel.« Sie starrten mich an, als sei ich durch ein Wunder noch blöder geworden, als ich in ihren Augen sowieso schon war, was zugegebenermaßen eine ziemliche Leistung gewesen wäre, aber ich war immerhin noch smarter als sie, stimmt's? Ich wußte genau, was hinter Tür Nr. 1 lag. »Das ist mein Ernst.« Es war noch nicht einmal eine Warnung, meine

Stimme war so undramatisch wie meine Entscheidung. Sie durften es nicht sehen, durften eigentlich nicht einmal in seine Nähe kommen. Schließlich war ich kein gottverdammter Zirkusdirektor. Das Video war schon schlimm genug, nicht wahr?

»Geht wieder nach oben«, sagte ich, »und schaut euch euren Film an. Verschwindet.« Nun drehte sich zu meiner Überraschung auch Nakota um und meinte: »Seid ihr taub?« mit all der Bösartigkeit, die mir abging, und sie wichen ein oder zwei Schritte zurück, aber das war auch schon alles. Zu mehr hätte man sie mit einer Waffe zwingen müssen. Ich sah zu Randy hinüber, dessen Blick so leer war wie meine Stimme, dann zu Vanese. Ein Schulterzucken.

»Es ist ihr Begräbnis«, sagte sie.

Nakota lachte. »Haltet die Kränze bereit«, meinte sie und schlüpfte an mir vorbei in den Lagerraum. Die drei hinter mir verrenkten sich sofort die Hälse, was früher einmal ein viereckiger Raum voll von Nichts gewesen war, schien nun der einzig bedeutsame Ort zu sein. Die Wirkung einer Verweigerung ist seltsam, man kann sie in jeder Clique auf dem Schulhof beobachten. Daran erinnerte mich diese lächerliche Szene hier. Malcolm ging als nächster, ohne auch nur einen Blick nach hinten zu werfen, der furchtlose Führer, dann Randy und Vanese, und zuletzt ich. Ich schloß die Tür mit meiner verschwitzten Hand.

Die andere Seite. »Paß auf die Tür auf«, sagte ich zu Randy, und Vanese nickte.

Ich kniete nieder, plötzlich war ich mir wieder dessen bewußt, was ich tat, riß mir vor der Öffnung den schlampigen Verband mit den Zähnen ab. Ich hörte Malcolms Bühnenanweisungen und Vaneses Reaktion, scharf wie ein Peitschenknall. Randys undeutliches Gemurmel. Und neben mir, am stärksten von allen, den zusammenziehenden Geruch von Nakotas Hingabe, die kalte Hitze ihrer Ungeduld, sie trieb mich zu ihrer Art von Action, laß die Spiele beginnen.

»Also gut«, sagte ich und hörte das Spinnweb-Echo meiner Stimme, dort im Loch. Es war ganz anders als ein natürliches Echo, mehr ein verzaubernder Klang, auch beängstigend, denn ich wußte ja verdammt gut, daß es eine Art von – fast hätte ich Nebeneffekt gesagt, aber vielleicht ist das wirklich das richtige Wort. Ich versuchte es noch einmal, andere Wörter, ich hielt meinen Mund ganz nahe an die Öffnung, damit die anderen mich nicht hören konnten.

»Kennst du mich?« fragte ich.

Kennst du mich?

Ich will dich.

Der Tonfall war so schockierend intim, daß ich am ganzen Körper errötete, ich fühlte, wie die Wärme mich wie ein Fieber durchströmte, wie ein Schmerz, es war, als ob dein eigener Geist in einer Sprache zu dir sprechen würde, von der du nicht wußtest, daß es sie gab, aber die du sofort erkennst. Als sei man im Ausland geboren und der erste Kontakt mit der Muttersprache würde aus den Worten »Ich liebe dich« bestehen. Außerdem hatte ich die Hosen gestrichen voll, wer bekommt schon gerne eine Postkarte vom Teufel. Aber vielleicht war es ja auch ein R-Gespräch von Gott, übernehmen Sie die Kosten?

Ich konnte mich nicht bewegen, es gab nichts mehr in mir, das wußte, wie man sich bewegt. Es gelang mir trotzdem, mich noch näher heranzuschieben, ich umschloß den Mund des Geisterlochs mit meinem Körper, mein Gesicht und meine Hände tauchten in die Dunkelheit. Meine rechte Hand zitterte so schrecklich, daß Tropfen aus der Wunde sprühten und die Schwerkraft überwindend in dem neuen blutigen Licht tanzten, das mich zitternd umhüllte. Die Tropfen formten sich zu einem seltsamen, deformierten Heiligenschein um meinen bedauernswerten Kopf, und ich glaube, ich weinte oder ich schrie auf, denn das Wundmal in meiner Hand schmerzte unerträglich. Ich brüllte »Verschwindet!«, nicht, weil ihre Sicherheit gefährdet war (oder weil ich mir in diesem Moment noch Sorgen um ihre Sicherheit machte), sondern weil ich die Einsamkeit brauchte, ich mußte allein sein. Ich hörte Stimmen, die wie Schatten klangen, Vanese, das tiefere undeutliche Gemurmel von Randy und Malcolm, nichts von Nakota. Ich selbst schleuderte ihnen Flüche entgegen, abgehackte Sätze, von denen jeder mit »Verschwindet!« endete.

Vanese schob die beiden hinaus – unmöglich natürlich, Nakota aus dem Raum zu bekommen – ich wußte, daß sie es war, und ich wollte ihr danken, wollte es wirklich, aber es ging nicht, denn ich brauchte all meine Konzentration, jede ausgefranste Faser, denn etwas nagte an mir, streichelte um meine Knochen, und es gab keine Heilung, außer nachzugeben, aufzugeben, mit dem Kopf voran hineinzukriechen. Töte mich, fick mich, mir ist es egal. Warum benimmst du dich plötzlich wie ein Wahnsinniger, fragte ich mich, ein winziger Teil von mir war noch wie gelähmt vor Angst und lehnte dies alles ab. Ich dachte, daß du mit dieser Situation fertig wirst, ich dachte, dies wäre lediglich ein philosophischer Untersuchungsausschuß, aber der andere Teil von mir brachte nur noch eine Antwort hervor: Schmerz.

Und Sehnsucht.

Denn die Stimme hörte nicht auf mit mir zu reden, sprach von Dingen, von denen ich nichts hören durfte. Nackt lag ich in der Dunkelheit und lauschte, eine Hand im Loch, die andere um meinen Schwanz. Ich schwitzte, an meinen Mundwinkeln klebte etwas Blut, meine Augen waren ein einziges hungriges Zentrum, ein Brennpunkt meiner Wünsche. Und die Stimme, o mein Gott, sie benutzte keine Worte, aber was sie sagte, was sie sagte. Es war, als ob es Dinge vor mir ausbreitete, die mein vertrocknetes Alltagshirn niemals erfassen könnte, Dinge, die ich aus Unglauben oder Angst abgetan hätte. Oder aus schlimmeren Gründen.

Nakota war neben mir, so insubstantiell wie die morgendliche Erinnerung an einen Traum, eine vertraute Chimäre, das war sie. Sie stand über mich gebeugt und sagte etwas über die Tür und das Video, vielleicht sagte sie, daß unser Video eine Tür sei, ihr hypnotisches Geschwätz floß auf mich herab wie schmutziges Wasser. »Ich sehe es mir immer wieder an«, sagte sie. »Es spricht zu mir. Ich komme auch hierher.« Sie beugte sich näher, vielleicht um meinen neuen, flüssigen Schmuck zu betrachten, der um meinen Kopf schwebte. »Es erzählt mir eine Menge.«

»Bist du eine Halluzination?« fragte ich sie.

»Ich möchte du sein«, sagte sie und zeigte mir ihre Zähne. In der Dunkelheit schienen ihre Augen riesengroß, ich sah, wie sie zitterte, als sie sich auszog, die nassen Schuhe, die zerknitterte Uniformjacke, die kleinen Häufchen Unterwäsche, und sie sagte zu mir genau das, was ich zu dem Geisterloch gesagt hatte, zu jener kalten, klaren Stimme: »Fick mich.«

Bei den Haaren, ich packte sie bei den Haaren und zog sie hinab. Es war mir egal, ob wir beide ins Geisterloch fielen, ob wir starben, o Gott, ich war schlimmer als verrückt, und sie stachelte mich noch auf, sie krallte ihre Hände in mich, als seien es Widerhaken, sie kletterte auf mich drauf, kroch auf mich wie ein Insekt, ein Blutsauger, ganz Haut und Knochen, ja, der gottverdammte Tod selber, ihr Mund stand offen, sie schrie, und meine Hüften krachten nieder, als wolle ich ihr die Knochen brechen, ihr aus purem Vergnügen das Becken zertrümmern. Uns umgab ein Geruch, der so urtümlich war wie Sex, aber er stammte nicht von uns, o nein. Und über allem ihre Hexenstimme, sie heulte irgend etwas in die Luft, und ich kam, und mir war es egal, es war mir egal. Ich konnte nicht aufhören, etwas in mir pochte weiter, trotz des nachlassenden Stroms meines sich verflüchtigenden Orgasmus. Und noch immer war die Stimme eigentlich gar keine Stimme. Ich neigte den Kopf. Alles war schwarz, wir kreisten langsam über dem Geisterloch, und wie in einem Spiegel sah ich, daß Nakotas Augen aus den Höhlen gerollt waren, daß mein Mund blutverschmiert war, so wie ihr ganzes Gesicht, und der Ausdruck in meinem Gesicht erschreckte mich derart, daß ich uns fallen sah, als wäre die Illusion alles, was uns noch hielt. Ich schrie wie Jonas auf dem Meer, Nakota lag bewußtlos in meinen Armen, keine Hilfe, eine große Last, vielleicht wäre es besser, leichter, für uns alle, wenn ich sie hinab warf? Gut, und ich hielt sie fester, fester, mit der Absicht, unseren Fall mit meinem Körper aufzuhalten, streckte meine Beine aus – es dauerte nur Sekunden, aber alles geschah in Zeitlupe, Autounfall – Sekunden –, und anstatt in die Dunkelheit zu stürzen, schlugen wir auf dem Boden hinter dem Geisterloch auf. Es schien, als habe das Geisterloch uns abgestoßen, vielleicht weil meine Schwäche und meine Kleinmütigkeit es anwiderten.

Unglaublicherweise war ich noch immer in ihr. Ich konnte kaum etwas sehen, ich weinte, ich versuchte loszukommen, aber ich war so geschwächt, daß es mir nur zur Hälfte gelang, und dann hörte ich sie. Es klopfte, rauhe, fordernde Schläge, Vanese, und hinter ihr hörte ich Randy in dieser Bald-kann-ich-nicht-mehr-Stimme sagen: »Weil sie nicht aufgeht, deshalb.« Malcolm antwortete, ich verstand ihn nicht, hörte nur so etwas wie Aufregung und Enttäuschung in seiner Stimme, die von seinen drei Deppen, seinem blechernen griechischen Chor, ergänzt und verstärkt wurde.

»Helft uns«, brachte ich so laut ich konnte hervor. »Wir sind verletzt.«

»Nicholas.« Vaneses Stimme klang, als würde sie zu jemanden sprechen, der in einem brennenden Auto eingeklemmt ist. »Wir kriegen die Tür nicht auf. Hast du sie abgeschlossen?«

»Nein«, sagte ich. »Man kann sie nicht abschließen, sie –«

»Wir kriegen sie nicht auf«, wiederholte Vanese, und ich hörte, daß sie weinte. »Seid ihr schwer verletzt? Sollen wir einen –« – »Halt's Maul!« Ein plötzlicher, hysterischer Aufschrei, ein nervöses Husten, Malcolms Fluch.

Mit lautem Dröhnen krachte Randys Schulter gegen die Tür, bumm, bumm, und es gelang mir, aus Nakota rauszukommen, ich brachte es nicht fertig sie anzusehen, kroch zur Tür und drehte mit einer Hand den Griff herum. Randy stolperte über mich hinweg – es sah lachhaft aus – und landete mit einem Knie in dem Sirup, der einen Teil des Bodens bedeckte.

»O Gott«, sagte Vanese leise, mehr brachte sie nicht über die Lippen, nur immer wieder das. Malcolms Gesicht tauchte hinter ihrer Schulter auf, ein neugieriger Gaffer bei einer öffentlichen Pfählung. Die drei hinter ihm waren menschliche Echos mit weit aufgerissenen Augen. Randy beugte sich über Nakota und fragte mit der sanften Stimme, die ein Schock verursacht: »Nicholas, ist sie tot?«

»Ich weiß es nicht.«

Nach einer Weile sagte Randy, daß ihr Herz noch schlüge, ja, sie atmete. »Leg ihr etwas über«, sagte ich, als wollte ich sie nicht den Blicken der anderen aussetzen, diesen gierigen

Augen, die nicht blinkten. Meine eigene feuchte Nacktheit störte mich weniger als nichts, aber aus irgendeinem Grund sollten sie die Nakotas nicht begaffen.

Randy hüllte sie in seine Jacke und richtete sie auf, während mir Malcolm und Vanese in meine Hose halfen, mich auf dem endlosen Weg bis zur Wohnung stützten. Schweigend gingen wir hinauf, unser ganz persönlicher kleiner Totenmarsch, am Ende säuselten die drei Statisten, da öffnete Nakota plötzlich die Augen und sagte durch ein blutiges, aber erkennbares Grinsen mit schleppender Stimme: »Hätten 'n Camcorder haben solln.«

Vanese blieb wie eingefroren stehen. »Du bist *wahnsinnig*.« Sie wich zurück, auch vor mir. »Ihr seid alle *wahnsinnig*!« schrie sie und rannte, fast wäre sie gestolpert, die Treppe hinunter, auf die Straße hinaus, ohne Mantel. Ich spürte, wie die neue Kälte der Nacht sich auf meiner nackten Haut sammelte, und dann standen wir vor meiner Wohnung. Das Trio öffnete gemeinsam die Tür und stand uns dann im Weg. Malcolm half mir auf einen Stuhl, und Randy legte Nakota auf das Schlafsofa.

»Was ist passiert?« fragte er. »Was zum Teufel ist da unten passiert?«

Es war Nakota, die antwortete, wahrscheinlich konnte sie wirklich nur der Tod zum Schweigen bringen. »Nicholas... hat es verloren.«

Es klang bewundernd.

Schließlich gingen sie doch, Malcolm flankiert von den fassungslosen Malcolmettes – offenbar hieß sehen doch glauben – und Randy mit Vaneses Mantel über dem Arm. »Kommt ihr zurecht, Mann?« fragte er uns, die Überlebenden. Vielleicht war er es leid, uns zusammenzuflicken oder uns dabei zuzusehen, wie wir uns zusammenflickten. Vielleicht war er auch nur müde.

»Wir sind okay«, sagte Nakota bestimmt. »Bald geht's uns wieder gut. Randy – hast du es gesehen?« fügte sie hinzu.

Ich dachte, sie sprach von dem ganzen Spektakel, und dachte, wie zum Teufel kann sie so brutal sein. Aber Randy nickte langsam.

»Es ist Schlacke«, sagte er. »Gottverdammte Schlacke.« Dann war er verschwunden.

Mit wild leuchtenden Augen stieß sie mir den Ellbogen in die Rippen. »Wir haben Stahl zum Schmelzen gebracht«, sagte sie. »Wir beide. Wir haben Stahl geschmolzen.«

Ich hatte noch nie einen so selbstzufriedenen Ausdruck bei jemandem gesehen. Aufgerissene Lippen – das war zum Glück der Hauptgrund für das viele Blut gewesen, obwohl ihr Mund von jetzt an schon etwas komisch aussehen würde – und ein paar lockere Zähne, blaue Flecke um die Augen, die ihr etwas von einem Waschbären gaben, aber diese Augen strahlten, denn unsere Nakota, unsere verrückte Shrike war ein glückliches Mädchen, vielleicht war Shrike wirklich ein besserer Name für sie.

»Ich glaube, wir sollten es nur noch da unten treiben«, sagte sie.

»Ich glaube, du bist vollkommen übergeschnappt.« Ich rieb mir mit den aufgeschürften Fingern der linken Hand über die Augen. Die rechte – in das letzte saubere Handtuch in der Wohnung gewickelt – hatte ich mir noch nicht angesehen, und ich wollte auch nicht. »Nakota, ich habe dich verletzt. Ich hätte dich noch schwerer verletzen können, mein Gott, ich mag nicht einmal daran denken, okay? Ich will noch nicht einmal – «

Plötzlich war sie wütend. »Sei doch nicht immer so ein Arschloch. Verstehst du nicht, was hier geschieht, das soll so geschehen. Verstehst du denn gar nichts?«

»Nein«, antwortete ich. Die reine Wahrheit. »Nein, ich verstehe nichts.«

»Dann halt den Mund.«

Sie schlief ein. Mir tat zu viel weh, auch innerlich, um mich neben ihr hinzulegen, also blieb ich in der Dunkelheit sitzen. Tiefe Stille um mich herum, kein Video, keine Stimmen, nur ab und zu drangen ein paar Verkehrsgeräusche hinauf. Nakota schnarchte, ein weiches, rasselndes Pfeifen kam aus ihrem lädierten Mund. Es war so hell, daß ich sie erkennen konnte, sie sah aus, als hätte jemand sie mit einem Stahlrohr bearbeitet, und ich begann zu weinen, wegen ihr, weil sie verletzt war, weil ich sie verletzt hatte.

Weil es ihr nichts ausmachte. Weil es bestimmt wieder geschehen würde.

»O Gott«, krächzte ich, ganz leise, aber sie hörte es und öffnete die Augen einen Spalt. Und dort, am Rand des Schlafs, sah ich eine Würde, die leiseste Andeutung eines echten Liebreizes, das sah ich in dem langsamen, müden Blinzeln ihrer Augen, in dem zerschundenen Lächeln, das sie mir schenkte.

»Halt den Mund«, sagte sie und berührte meinen Ellbogen, obwohl es sicher als Kneifen geplant war. »Geh schlafen.«

Und ich weinte noch mehr, so heftig und so lang, daß ich mich schließlich wie ein Kind in den Schlaf weinte. Ich träumte endlich einmal von einem Paradies, das auch ich erreichen konnte, ein Ort hinter der Dunkelheit, an dem mein Herz nichts mehr mit sich herumschleppen mußte. In diesem Paradies legte ich mich zur Ruhe, und als ich aufschaute, sah ich hoch über mir einen schwarzen Kreis und dahinter, wie eine lebende Wolke, die ruhige Dunkelheit des leeren Lagerraums.

7

Nun, man stelle sie sich einmal vor, diese Aufregung, diese Spekulationen, die atemlosen Telefonanrufe, die so seltsam nach ehrfürchtigem Respekt rochen und stets zu Besuchs-Marathons zu werden drohten, selbst Quiz-Festivals: sie waren wirklich ein komischer Haufen, das Trio, das Nakota mit leuchtenden Augen und verzogenem Mund böserweise die drei Dingsda getauft hatte. Die einzige Möglichkeit, sie von mir fernzuhalten, war ihnen damit zu drohen, daß sie nicht mehr in die Nähe des Geisterlochs dürften. So nutzte ich zwar schamlos ein Privileg aus, das ich im Grunde gar nicht besaß, aber das brauchten sie ja nicht zu wissen. Für mich war das gut genug; früher oder später würde auch das ohnehin nicht mehr klappen.

Mit Malcolm war es schon schwieriger. Ich hatte ihm versprochen, die Maske zu machen, und nun war es sicherlich Zeit, die Arbeit fortzusetzen, denn ich hatte wohl noch nie totenähnlicher ausgesehen. Ich schaffte es sogar, ihm das Video zu verbieten, wenn auch nur mit Mühe. Aber danach war es fast noch schlimmer, denn er bestand darauf, immer wieder die Szene im Lagerraum durchzugehen, Blut, Sex und die Verkündigung, in der Tat, eine Pfütze geschmolzenen Stahls. Seine kalten Finger betasteten durch den kreideweißen Gips meine schmerzende Haut, er schuf die Maske noch einmal neu, er hatte neue Ideen, und er war bereit, sie mit mir zu teilen, ob ich wollte oder nicht. Nakota konnte wenigstens zeitweilig in die muffige Leichenstarre des Club 22 entkommen, aber für mich gab es nichts als Malcolm und seine Theorien, und das nervöse Schrillen des Telefons, das immer die gleichen Fragen brachte, die Endlosschleife von Spekulationen, die zum Schreien komisch gewesen wären. Auf eine erbärmliche Art. Leider waren sie ernst gemeint.

»Es sind deine Freunde«, sagte ich zu Malcolm. »Sprich du mit ihnen.«

Er zuckte mit den Schultern. »Sie wollen mit dir reden,

Nick.« Er bedachte mich aus dem Stegreif mit einem maliziösem Lächeln, eines seiner Kratzwerkzeuge schlug leicht gegen den verbogenen Tischrand, verbogen wie sein Mund, verzerrt wie seine Freunde an der ganzen Szene: seine Schoßhündchen kuschelten sich an jemanden, der keine Hunde mochte.

Ihre Dummheit ermüdete mich, ebenso wie ihre endlosen, stupiden Anrufe. Unsere fröhliche kleine Gruppe war heimlich größer geworden und beschleunigte den langsamen Prozeß, dessen Ende ich weder vorhersagen noch verstehen wollte. Also wählte ich den offensichtlichen Ausweg. Ich sagte ihnen, daß sie vorbeischauen konnten, aber das war auch alles. Wenn sie auch nur einen Schritt zum Lagerraum hin taten, das war es dann, dann mußten sie gehen, für immer. Sie stimmten mir so hastig zu, daß selbst ich Verdacht schöpfte, und mich kann man leicht reinlegen.

Während der täglichen Arbeit wartete ich ständig auf diesen Anruf.

»Ach, scheißegal«, meinte ich zu Malcolm.

»Halt die Lippen still! Verdammt nochmal, wie oft muß ich dir eigentlich sagen, daß du dich nicht bewegen darfst, wenn der Gips trocknet.« Er machte ein Theater wie eine Krankenschwester auf der Station für gewalttätige Patienten und kam mir bei seiner Inspektion so nahe, daß ich gar nicht anders konnte, als die winzigen Äderchen in seinen Augen zu erkennen, rot wie der Mantel des Dingsda. Als er mich erneut bewegungsunfähig glaubte, schlurfte er durch das Zimmer, setzte sich hin und rauchte ohne Unterlaß seine furchtbaren Zigaretten, während ich mit geradem Rücken wie eine Mumie dasaß. Langsam stellte sich das bekannte, unerträgliche Jucken im Kreuz ein. Ich wartete darauf, daß der Gips trocknete.

»Die ganze Sache hat sie einfach umgehauen«, sagte er.

Zu schade, daß das nicht wörtlich zu nehmen war, was? Obwohl es so nicht stimmte, jedenfalls nicht ganz. Ich hatte nichts gegen die Dingsda persönlich, ich wollte nur, daß sie verschwanden. Und Malcolm mitnahmen. Aber nichts davon war auch nur im entferntesten wahrscheinlich.

»Ich meine, es hat sie wirklich umgehauen.« Er nahm

einen tiefen Zug. Wie, dachte ich, kann er diese Dinger nur rauchen ohne zu kotzen? Selbst Nakota konnte diesen Geruch nicht aushalten, der mittlerweile wie ein Krebsgeschwür über der ganzen Wohnung lag. »Sie reden von nichts anderem mehr.«

Ja, das hatte ich bemerkt, aber das zu erwähnen hätte wieder sein unvermeidliches Klagen über den Gips ausgelöst. Also ließ ich es. Meine Hand pochte wieder, heftiger als sonst, und langsam rieb ich sie an meiner Hüfte, auf der vergeblichen Suche nach Erleichterung. Ich wünschte mir, es wäre wärmer in der Wohnung, daß Nakota da wäre, daß ich allein wäre. Als Malcolm mich endlich vom Gips befreite, war ich vor Ärger so nervös, daß es schon ausreichte, daß er mich mit seinen Haaren streifte und in mir den Wunsch auslöste, ihn kopfüber ins Geisterloch zu stecken ohne Aufwiedersehen zu sagen. In diesem Augenblick mußte natürlich die Tür aufgehen, und wer konnte es anderes sein als das grinsende Triumvirat der Dingsda. Alle drei trugen, um Gottes willen, Sonnenbrillen. Draußen schneite es!

Zuerst wollten sie das Video, und als ich ihnen aus dem Badezimmer, wo ich mir genüßlich das Gesicht abschrubbte (das einzige Vergnügen, das ich an diesem Tag wohl noch haben würde), ein »Nein« hinüberrief, da wollten sie ein »Interview« mit mir machen, um mehr von meinen »Gefühlen« zu erfahren.

Sicher doch. Das war selbst für sie zu viel, was kam dann, ein Dokumentarfilm? »Von den einzigen Gefühlen, die ich im Moment habe, wollt ihr sowieso nichts wissen«, sagte ich. Ich hatte die Badezimmertür zugeschlagen. Mein steifes Kinn war noch immer von einem klebrigen Band aus Vaseline und Gipsresten umrahmt. »Und was zum Teufel soll das heißen, ein Interview? Wozu wollt ihr mich interviewen. Für eure Privatarchive? Eure Tagebücher? Für was?« Niemand antwortete. Ich spürte das angenehme Kribbeln des Zorns in mir, das sich mit Selbstmitleid vermischte und mit dem alles übertreffenden Bedauern, daß Nakota nicht hier war. Sie würde ihnen das neue Arschloch bohren, das sie verdienten. Andererseits war es auch nicht auszuschließen, daß sie die drei gegen mich aufstacheln würde.

»Entweder habt ihr gestern nicht aufgepaßt«, sagte ich, »oder ihr seid blöd, und ich kann mir nicht vorstellen, wie jemand so blöd sein kann. Auch wenn es Freunde von dir sind.« Die letzten Worte waren an Malcolm gerichtet, der vergaß, sich eine neue Zigarette anzuzünden. Er sah mich eher verblüfft als wütend an, als hätte eines der getrockneten Gipsstückchen auf dem Fußboden ihn plötzlich in den Zeh gebissen, ihn, ihren gütigen Erschaffer; man stelle sich diese unbegreifliche Undankbarkeit vor.

»Das hier ist kein Spiel«, sagte ich. Meine Hand lag auf der Kühlschranktür, ich war so wütend, daß ich nicht mehr wußte, was ich hier wollte. Im Zweifelsfall: ein Bier. Helfen wird es mir auch nicht, aber was kann mir schon helfen? »Das hier ist keine beschissene Exkursion von der Kunstakademie, das hier ist der irrste gottverdammte Trip, den ihr jemals mitmachen werdet, und wenn ihr auch nur einem Menschen davon erzählt und wenn ihr jemandem erzählen solltet, wo dieses Haus liegt, dann...« Meine Stimme dröhnte, aber ich hatte keine Ahnung, wie ich meine Drohung beenden sollte, ich hatte keine Erfahrung darin, wie man wirklich ernst wirkt. Also schlug ich die Kühlschranktür zu, so fest ich konnte, und fegte dabei einen leeren und angeschlagenen Saftkrug und einen Schauer von abgelaufenen Gutscheinen auf den staubverklebten Boden.

Schweigen. »Ich möchte das nicht noch einmal sagen müssen.« Ich marschierte wieder ins Bad, bevor mein verräterisches Gesicht den wahnsinnigen Lachanfall preisgeben konnte, der im Begriff war sich freizukämpfen. Als ich die Tür zugeschlagen und beide Hähne aufgedreht hatte, herrschte draußen noch immer Stille. Also rennen sie jetzt sofort nach unten, oder? Bei dem Gedanken hätte ich noch mehr lachen können.

Aber als ich wieder auftauchte, waren sie noch immer da und unterhielten sich leise miteinander. Nur Malcolm saß abseits im Schneidersitz auf dem Boden und versuchte, den Gipsstaub unter seinen Nägeln zu entfernen, die aussahen wie Ziegenhufe. Niemand schien mich wahrzunehmen. Angesichts solch übertriebener Lässigkeit wurde ich, das war klar, ziemlich nervös, stolperte auf dem Weg zur Stereoanlage und hätte beinahe Malcolms schwarz bestiefelten Fuß zerquetscht.

»Vorsicht.« Ich zuckte nur mit den Schultern und stellte etwas Lautes ein. Das Bier war fast alle. Nicht zu glauben. Um irgend etwas zu sagen, fragte ich die Frau aus dem Incubus über Musik, was sie gerne hörte. Die Antwort ging, wie ich erwartet hatte, beinahe in einem Crash-Kurs in moderner Musiktheorie, also Blödsinn, unter. Immerhin fand ich ihren Namen heraus. Doris. Sie hieß Doris, die andere war Ashlee, der Typ hieß Dave.

Keiner von ihnen trank Bier, was schon genug sagte, aber zumindest waren sie bereit, mir beim Biertrinken zuzusehen. Als ich immer weiter abstürzte, leuchteten Doris' Augen auf, die Gesten ihrer rissigen Hände wurden ausladender – sie war jemand, der nur allzugern hörte, daß sie ohne ihre Hände nicht reden konnte – und Ashlee lachte, und selbst Dave machte einen Witz, irgendwas über die Superrealisten, die zu Stein erstarrten, als sie zum Drive-in-Kino kamen und das Schild sahen IM WINTER GESCHLOSSEN. Kaum vorstellbar. Diese Leichtigkeit! Malcolm stummes Schmollen verwandelte sich immerhin in unverhohlenen Abscheu, während die Stunden verstrichen und ihn niemand nach seiner Meinung fragte, niemand bewunderte die Maske, niemand kommentierte die neue Richtung, in die sie sich bewegte, eine Spirale, die scharf nach unten führte, wenn man mich fragte, aber das wollte offenbar niemand. Es sei denn, ich wollte über das Geisterloch sprechen.

Aber das wollte ich nicht. Ich wollte auch nicht, daß sie darüber sprachen, und ich ließ sie gegen eine Wand reden, als sie es versuchten (und sie versuchten es, besonders Doris; wenn es darum ging, ein nein nicht als Antwort zu akzeptieren, wurde sie zu einer zweiten Nakota). Ich beobachtete, wie sie heimlich und verstohlen Blicke auf meine bandagierte Hand warfen, und ich fragte mich, ob sie ahnten, welch schmerzhafter, leuchtender Abfall darunter verborgen lag, ob auch sie den breiigen Geruch wahrnahmen, der in der staubtrockenen Luft lag, und wenn, ahnten sie, welche Bilder er erzeugte? Und wußte ich, welchen dunkeln, romantischen Mist sie aus dem verdorrten Acker ihrer Vorstellungskraft zogen? Denn was immer sie auch glaubten zu wissen, ich wußte, daß sie so etwas noch nie gesehen hatten. Und auch nie sehen würden, wenn ich es verhindern konnte.

Vom Boden zum Stuhl, von dort zum Bad und zum Kühlschrank. Dort knallte er die Tür zu. Sein Gesicht verzerrte sich vor kaltem Abscheu; Malcolms Wut hatte sich durchgesetzt. »Ich verschwinde«, sagte er und bedachte uns mit einem kurzen Blick, der besagen sollte, daß es seine wachsende Unzufriedenheit mit uns war, die seinen vorzeitigen Aufbruch verursacht hatte. Er schloß die Tür leise, mit Absicht. Er hatte seine Zigaretten vergessen, sie lagen dort auf dem Fußboden, wo er zuerst gesessen hatte, und es dauerte keine Minute, bevor ich sie schadenfroh in den Mülleimer befördert hatte.

»Ich hoffe, sie waren teuer«, meinte ich. Ich wollte mir ein neues Bier holen, blieb aber stehen und dachte darüber nach, wie übel meine Hand heute roch, wurde es schlimmer oder wurde ich nur empfindlicher? Ashlee sagte etwas zu Doris, die den Kopf schüttelte, eine eindeutige Geste, das strubbelige Haar wirbelte herum.

Ich setzte mich wieder und betrachtete sie mit einem unruhigen Blick. »Wie kommt's, daß ihr nicht mitgegangen seid?«

Dave zuckte mit den Schultern.

Ashlee folgte seinem Beispiel und sah auf den Boden. Doris, die ewige Sprecherin hatte auf einmal nichts zu sagen. In diesem Moment siegte meine betrunkene Langeweile, selbst in seinen ruhigsten Phasen war das Geisterloch unterhaltsamer als das hier. Ich sprang auf und teilte ihnen mit, daß es Zeit war nach Hause zu gehen. Zuerst wollten sie es nicht glauben, aber es war mein Ernst.

»Wenn ihr euch beeilt«, sagte ich, »könnt ihr Malcolm noch einholen.« Sie waren wirklich eine wehleidige Bande von Arschlöchern, dachte ich, als ich sie rausschmiß. Leider war ich etwas zu betrunken, um es wirklich witzig zu finden. Als Nakota nach Hause kam, fand sie es auch nicht witzig, überhaupt nicht.

»Fantastisch.« Schnell und fast bösartig zog sie sich aus, riß am Kragen und an den Ärmeln ihrer Uniform und warf die Kleider in meine Richtung. Ein Knopf streifte mich sanft am

Auge. »Das ist genau das, was wir brauchen: ein Haufen Tölpel, der sich zu deinen Füßen versammelt. Reicht dir denn Malcolm noch nicht?«

»Laß mich in Ruhe«, meinte ich begütigend, ich war vom Bier noch leicht betäubt und wollte, daß es so blieb. Der Gestank meiner Hand hatte sich in einen warmen, schmerzenden Geruch verwandelt, der mich unerklärlicherweise an Erde erinnerte, an Ackerland, an die Felder, ein unerwartet hausgemachter Geruch, der zu meinem idiotischen Wohlbehagen beitrug, der mir vielleicht sogar zu meiner kleinen, aber stolzen Erektion verhalf, mit der ich jetzt in Richtung Nakota wedelte, um ihre Aufmerksamkeit abzulenken.

»Steck das blöde Ding weg«, meinte sie und zündete sich eine Zigarette an. Nackt und böse hockte sie auf dem Rand des Sofas. Wie kam es, daß sie, egal wie kalt es in der Wohnung war, niemals zitterte, daß sie nie ein sichtbares Zeichen von Unbehaglichkeit erkennen ließ? »Was man jetzt tun müßte«, sagte sie und ignorierte sowohl meine Worte als auch ihren Zorn, »wäre, sich wieder einen Camcorder zu besorgen und ein neues Video zu machen, damit –«

»Ich mache kein neues Video«, antwortete ich entsetzt. »Ich würde am liebsten das alte vernichten.«

»Das laß lieber«, sagte sie, und ihre Augen leuchteten warnend, wie schön, zwei Bedeutungen zum Preis von einer. »Wenn du nicht so ein Angsthase wärst«, meinte sie und blies Rauch in die Luft, »und nicht dauernd betrunken, dann würdest du erkennen –«

»Betrunkensein hat nichts damit zu tun«, sagte ich und schob mich auf den Ellbogen hoch. Als meine kranke Hand das Bett berührte, wimmerte ich ganz leise. »Du –«

»Ein zweites, damit wir sie vergleichen können.« Sie sagte es lauter als nötig, meine untypischen Einwände hatten sie verärgert, ich verließ schon wieder den mir zugedachten Platz, der Clown-Prinz des Geisterlochs, ich vergaß, daß ich meine eigene Tagesordnung hatte, daß ich, nach ihrer eigenen Theorie, eine fehlerhafte Maschine war, die aber dennoch alles am Laufen hielt. Ich war gleichzeitig der Köder, der Katalysator und der Vernünftige, der falls nötig, die ehrfürchtigen, herumstreunenden Verrückten hinauswirft und danach noch die Aschenbecher leert.

Sie redete immer noch. »Wenn sich irgendwelche Änderungen ergeben haben, hätten wir sie dokumentiert.« Sie drückte ihre Zigarette aus und nahm einen kleinen Schluck Mineralwasser, das so schal und unappetitlich wie ihr Körper roch, während sie sich über mich beugte, um das Glas abzustellen. »Selbst du solltest erkennen, wie wichtig das ist.«

»Du klingst genau wie sie.« Ich lehnte mich zurück, um die Hand an meiner Seite zu wiegen, langsam tropfte eine trübe Flüssigkeit auf das bereits durchnäßte Laken, was sollte es. »Sie wollten heute ein Interview mit mir machen.«

»Ein Interview mit dir?« Sie griff nach der Decke, um sich darin einzuwickeln, ein kalter Kokon für die Insektenkönigin, der Deuterin meiner Insektenrunen. Was hatte sie mit ihnen gemacht, diesen zerfetzten kleinen Körpern? Und die Maus, was war wohl aus ihr geworden? »Was haben sie vor, wollen sie einen Fan-Club gründen?«

»Geisterloch Fan-Club«, murmelte ich. Mir wurde von dem Geruch aus meiner Hand langsam schlecht, von der Farbe des Lakens, wo die Flüssigkeit einen kleinen Teich gebildet hatte. Ich rutschte etwas zur Seite, ein winziges Stück nur. Der Verkehr draußen kam mir ungewöhnlich laut vor. Ich lauschte, während Nakota in ihre ganz persönliche Art von Schlaf fiel, Träume, die von übelriechenden Wundern zerschnitten waren, bevölkert von den Stärken ihr Täuschungen. Wohin würden uns ihre neuesten führen? Wieder der Camcorder, ach du Scheiße, aber ich wußte, daß ich letzten Endes wenig dagegen tun konnte, bis jetzt jedenfalls nichts. Ich glaube nicht, daß jemand schon so tief in der Scheiße gesteckt hat wie ich und gleichzeitig so wenig Chancen hatte, an die Spülung zu kommen. Wenn ich nur glauben könnte, daß mich all das nichts anging. Oder daß ich nichts dafür konnte.

Doris besaß einen Camcorder.

Natürlich. Und natürlich fand Nakota das am nächsten Tag heraus, dem zweiten Tag, als mein fröhliches Trio mit McDonald's Kaffee und trockenen Teilchen bei mir erschien. Sofort setzten sich die beiden auf die Couch, die Knie aneinander wie alte Freundinnen, während Dave und Ashlee mit Malcolms teurer Zeichenkohle auf Servietten herumkritzelten, Bilder vom Geisterloch, wie es ihrer Meinung nach aussah. Dabei *kicherten* sie. O Gott. *Sesamstraße* für Dämonen. Ich hatte keinen Verband mehr, also versuchte ich, mir in dumpfer Verzweiflung ein halbes T-Shirt um die Hand zu wickeln, nachdem ich mir schon Toilettenpapier in das Loch selbst gestopft hatte, ein Versuch, der so hoffnungslos chaotisch war wie das ganze Loch, wenn man ein wenig darüber philosophieren wollte, wenn man überhaupt nachdenken wollte.

»Ich helfe dir«, sagte Ashlee.

»Auf keinen Fall«, knurrte ich durch die Zähne, während ich versuchte mitzubekommen, was Nakota zu Doris sagte, warum sie so freundlich lächelte.

»– gegen Mittag wieder zurück«, sagte Doris. »Er meinte, er müsse noch ein paar Sachen abholen.« Sie formte mit den Händen ein Gesicht in die Luft. »Für die Maske.«

»Wir könnten jetzt gleich hinfahren.« Mit einer eleganten, energischen Bewegung sprang Nakota auf und schnappte sich meine Autoschlüssel. Ihr eigener Wagen war kaputt. »Zumindest könnten wir heute schon anfangen, bevor ich zur Arbeit muß.«

»Womit anfangen?« fragte ich, aber ich wußte es genau, es war das gottverdammte Video, sie konnte es kaum erwarten, das Gebräu zu mischen, das sie sich letzte Nacht ausgedacht hatte, ihre Dokumentation, ein Reisetagebuch des Unbeschreiblichen, vielleicht auch nur das beschissenste Durcheinander für uns alle und besonders für mich, warum hatte ich den Lagerraum je verlassen, warum hatte ich mir die Mühe gemacht herauszukommen? Mein wohlüberlegter Plan war nichts als eine weitere Selbsttäuschung gewesen.

»Womit anfangen?« fragte ich und stand zitternd vor ihr, blockierte die Tür. Ein unerhörter Akt des Widerstandes, so überraschend, daß sie lachte, während die anderen aufmerksam zusahen, begierig wie Vögel. Doris stand unbeweglich da, ein Denkmal der Unentschlossenheit.

»Geh mir aus dem Weg, Nicholas«, sagte Nakota, nicht böser als sonst, aber als ich mich weigerte, schlug sie mir mit einem wildem Lächeln gegen die Schulter, hart genug um zu zeigen, daß sie es ernst meinte, aber ich schlug zurück, auch ich meinte es ernst. Sie starrte mich an wie man Fido anstarrt, wenn er einen wegen ein paar Tischabfällen anknurrt. Und dann schlug sie mich richtig, ein rüder und schmerzhafter Schlag ohne Vorwarnung. Ich duckte mich hinein, packte sie am Haar und an den Schultern und schob sie gegen die Tür, hielt sie fest und sagte, so daß nur sie es hören konnte. »Nicht mit mir, verstehst du mich? Nicht mit mir.«

»Du bist so –« setzte sie an und schüttelte den Kopf, schüttelte die Vorstellung ab, mir tatsächlich meine eigene Dummheit zu erklären, ihre Geste verdeutlichte die Zeitverschwendung, die ein solcher Versuch bedeutete. »Du hast vor, wirklich so weiterzumachen, nicht wahr? Du willst immer nur hingehen und nehmen, was du kriegen kannst, mit flehenden Händen, bitte, bitte, bitte, wie ein beschissener kleiner Bettler. Das ist alles, was du kannst.« Sie warf einen Blick durch das Zimmer, als könne sie mich durch meine eigene verkommene Hilflosigkeit anklagen, die durch meine mitleiderregenden Lebensumstände so deutlich sichtbar wurde. »So bist du. Aber ich bin anders, und ich werde meine Zeit nicht damit verschwenden, dich davon zu überzeugen, was für ein Arschloch du bist, was für ein feiges Stück Scheiße. Du hast ja Angst davor anzunehmen, was dir geboten wird, was dir praktisch vor die Füße geworfen wird. Wenn du mich also wirklich aufhalten willst«, zischte sie mit ihrem unglaublichen, bläulich-weißen Lächeln, sie forderte mich heraus, sie tat es, »dann schlage ich vor, daß du mich fertigmachst. Wenn nicht, dann geh' mir verdammt noch mal aus dem Weg.«

Wer blinzelte? Wer schon. Mit gesenktem Kopf trat ich beiseite, ließ meine Hände zögerlich von ihren Schultern gleiten, meine Arme zitterten von oben bis unten vor aufgespartem Zorn, der Adrenalinstoß verebbte nutzlos in meinem Blut. »Also komm«, sagte sie ungeduldig zu Doris, und die sprang auf und ging achtlos an mir vorbei, vielleicht wurde jetzt Nakota ihr neuer Mentor. Sie ließen die Tür offenstehen, also schloß ich sie, es war mir nicht peinlich, nein, aber ich schämte mich, für meine Schwäche, für mein Talent, Niederlagen einzustecken und für meine endlose Vielseitigkeit beides vorzuführen. Als ich mich umdrehte, sahen Ashlee und Dave bewußt zur Seite. Das war wahrscheinlich eines der wenigen Dinge, für die sie gut waren, aber im Moment wußte ich das nicht zu schätzen.

»Macht schon«, sagte ich. »Warum geht ihr nicht mit ihnen?« Ohne weitere Aufforderung erhoben sie sich, ließen Plastikbecher, eine zerknitterte Tüte und ihre albernen Kritzeleien zurück. Ich hörte Malcolms Stimme, als er Nakota und Doris im Flur begegnete, und als Dave und Ashlee mit einem künstlichen Lächeln an ihm vorbeieilten, schien er tatsächlich überrascht. »Was zum Teufel...« meinte er zu mir und sah ihnen hinterher. Er trug seine Tasche und hatte das Haar in irgendeinem neuen komplizierten Stil geflochten. »Was war hier los?«

Ich schüttelte den Kopf und zuckte mit den Schultern, meine beiden überzeugendsten Gesten. Heute sah ich dem Gipsritual einmal freudig entgegen, dem kalten Versiegeln meines Mundes. Malcolm war ausgesprochen grob, besonders als er das verschwendete Zeichenmaterial entdeckte, aber selbst das war mir recht, ein verdienter Nachtisch, der strafende Zorn, den ein Schwächling wie ich verdiente; in dieser Beziehung hatte Nakota im Grunde recht, aber alles andere verstand sie nicht und zwar auf eine profunde und offensichtliche Weise, die, so schien es, nur ich deuten konnte. Vielleicht konnte nur ein Feigling die wahren Gefahren erkennen.

Als sie wieder zurückkamen, hatte sich Malcolms Ärger vervielfacht. Das lag zum Teil an seinem Material und an einem unglücklichen Zwischenfall mit einer halben Tasse Kaffee. Ich machte in meiner zitternden Furcht die Sache noch schlimmer, da ich jedes Mal zusammenzuckte, wenn ich ein Geräusch auf dem Flur hörte. Die vier kamen gemeinsam herein, Nakota natürlich als erste, fröhlich trug sie die Tasche mit dem Camcorder. Sie hatte es mir gezeigt und schenkte mir ein hämisches Grinsen, als sie an Malcolm vorbeischwebte und sich eine seiner Zigaretten ansteckte.

»Du siehst aus wie die Katze, die gerade Scheiße gefressen hat«, sagte er, und sie lachte.

»Siehst aus, als würdest du Mist bauen«, entgegnete sie und warf einen Blick auf das Durcheinander, die Gipskrusten, die zerbrochenen Formen der beiden weggeworfenen Masken. »Ich drehe einen Film. Hast du Lust zuzusehen?«

»Wovon zum Teufel spricht sie?« Er sah nicht mich an, natürlich nicht, sondern Doris, und fuhr im gleichen Tonfall fort: »Und wo zum Teufel warst du? Ich hätte hier etwas Hilfe gebrauchen können.«

Doris zuckte mit den Schultern. »Wir mußten den Camcorder holen. Nakota will –«

»Wer bist du, ihr Dienstmädchen?«

»Besser als deins zu sein«, meinte Nakota und zwinkerte Doris zu.

»Der Camcorder war bei mir zu Hause«, sagte Doris. Sein Ton schien sie etwas zu ärgern, aber sie war zu aufgeregt, um sich viel daraus zu machen. Ihre Augen leuchteten wie die eines Welpen, und sie fuchtelte mit den Armen. »Außerdem mußten wir noch Videobänder besorgen, wir haben gleich ein Dreierpack gekauft, denn wir wollen –«

Abrupt schob Malcolm den Küchenstuhl, an dem er lehnte, beiseite, so heftig, daß er durch das Zimmer schlidderte, eine Bewegung, die (wie wir alle aus dem Kino wissen) zeigt, daß ein Mann mit seiner Geduld am Ende ist. »Ich weiß nicht, was für bescheuerte Spiele ihr treibt, was für eine Scheiße hier abläuft.« Er widmete Nakota, die ungerührt seine Zigarette weiterrauchte, einen mißtrauischen Blick. »Sie hat dich dazu überredet, aber ich arbeite hier an einem wichtigen Stück, ich versuche etwas zu erschaffen, etwas, das ein wenig tiefer geht als irgendein verdammter, zweitklassiger Amateurfilm, und ich –«

»Du Wanze«, sagte Nakota. »Halt den Mund.«

Das war ihr großes Talent, den falschen Schalter genau zur falschen Zeit zu betätigen. Malcolms Gesicht färbte sich rot, sein Überbiß zitterte vor Wut, während die anderen, Doris als erste, mutig nach vorne traten, um wenigstens am Rande der Action dabeizusein. Nakota stand wie üblich mit ihrem hämischen Grinsen da, schlug mit einem dünngriffigen Bildhauerwerkzeug gegen ihre knochige Hüfte, während Malcolm tobte.

Immer noch mit Gips beschmiert, erhob ich mich, in der allgemeinen Spannung unbeobachtet, ging langsam um den Küchentisch herum und leise zur Tür hinaus, drückte sie mit einem leisen Klicken zu und rannte wie ein Idiot, schnell, schnell, schnell die Treppe hinunter zum Lagerraum. Ich warf die Tür zu, lehnte mich mit dem Rücken dagegen und sagte mir, denk nach, denk nach, sie kann jede Minute hier sein, was kannst du tun, was?

Aber schon klopfte sie insistierend gegen die Tür, poch, poch, o Gott, gibt es nicht eine Sekunde eine Gnadenfrist? Nein, nein. »Nein«, rief ich und stemmte mich so fest wie möglich gegen die Tür, warum gab es hier kein beschissenes Schloß? »Verschwinde!«

Selbst ich hörte, wie lahm ich klang. Sie lachte nicht einmal, ließ einfach nur Dave die Tür aufstemmen, ich stolperte hilflos durch den Raum, eine unbeholfene Polka, die ich auf einem Knie beendete, als die vier hereinstürmten. Malcolm war offensichtlich zu stolz, um bei dem Spaß mitzumischen. Nakota grinste, sie hielt den Camcorder wie ihr ein und alles, und die anderen Kopf an Kopf, die staubige Normalität schien sie mit Ehrfurcht zu erfüllen, es war auch normal, bis man zu dem Loch im Boden kam, ihr seid nicht von hier, nicht wahr?

»Verschwindet«, wiederholte ich, meine Hand begann drohend zu pochen, das Geisterloch hinter mir war rätselhaft still, wie die ruhige Oberfläche eines mitternächtlichen Sees, kurz bevor das herannahende Monster die Wellen in Bewegung setzt. »Das ist ein Fehler, schlimmer als das, es ist dumm, du weißt doch, wieviel Ärger wir beim letzten Mal hatten –«

Und dann traf mich der Gedanke wie ein Vorschlaghammer. Du hättest oben bleiben sollen, Arschloch, sie hat doch gesagt, daß es ohne dich nicht funktioniert, warum zum Teufel hast du dir den Arsch aufgerissen um hierherzukommen, du dummes Arschloch?

»Geh mir aus dem Weg«, knurrte Nakota, und das Aufnahmelicht ging an, das idiotische rote Leuchten der LED-Anzeige. Sie marschierte auf mich zu wie eine ganze Armee, ihre kleine Privattruppe war zu aufgeregt. Kurz vor dem

Loch blieb sie stehen. Ein fast unhörbares tiefes Brummen setzte ein, das den Boden unter mir erzittern ließ. Oh, Nakota, werde ich dir wieder weh tun müssen? Schon wieder? Ich kann nicht.

Ohne nachzudenken packte ich sie, griff mit der Linken in ihr Haar, hielt die Rechte vor das Kameraobjektiv. Du willst das Loch aufnehmen, nun, hier ist ein Loch, das du filmen kannst, ich bedeckte die Linsen mit meinem glänzenden Schleim, dem saftstrotzenden Auswurf, der unerklärlicherweise zu arbeiten begann, als er mit der Oberfläche des Objektivs in Kontakt kam. Er fraß sich in Windeseile durch die Hülle, ein bewegliches Krebsgeschwür. Meine Hand hielt sie noch immer bei den Haaren, ich zog, ich zerrte, es mußte weh tun, aber jetzt war es mir scheißegal, es war ihr eigener gottverdammter Fehler, nicht meiner. Meiner nicht. Die Flüssigkeit brannte weiter, fraß sich durch den Camcorder, fraß sich durch bis auf die Leitungen, die nutzlose Hülle fiel zu Boden, es gab ein hohles Geräusch, als sie aufprallte, und mit einer schnellen, gedankenlosen Bewegung trat ich sie in das Geisterloch, und erst dann stieß ich Nakota beiseite, fort von mir.

»Da habt ihr's«, sagte ich. Mein ganzer Körper war naß. Schweiß, vielleicht auch Pisse, konnte gut sein. Ich zitterte im kühlen Nachhauch des Zorns, und Nakota baute sich wutentbrannt vor mir auf, eine tödliche Fee, die eine unbeschreibliche Lampe gerufen hatte, eine Schlange aus dem Korb. »Du verdammtes, verkommenes Stück Scheiße –«

Und sie schlug mich, schlug mich hart, ich hatte nichts anderes erwartet, und es tat, wirklich, nicht besonders weh, obwohl die Wucht des Schlages meinen Kopf nach hinten zucken ließ, ein albernes, betrunkenes Zittern im Genick, und die Flüssigkeit aus meiner Hand, die nun kein Napalm mehr war, tropfte spärlich. Sie holte erneut aus, wahrscheinlich um nochmals zuzuschlagen, aber unbegreiflicherweise fiel ihr Doris in den Arm. »Nicht. Nicht, Nakota.«

Dabei sah sie mich mit dem gleichen Blick an wie Ashlee und Dave, ein Blick, der schlimmer war als jeder Angriff von Nakota. Sprudelnd vor Ehrfurcht, Nervosität: es war Angst. Ich wandte mich ab, und Nakota sagte drohend. »Ich besorge mir einen neuen, Nicholas.« Doris murmelte etwas, das den gleichen Effekt hatte wie ein Tropfen Wasser auf einer Pfanne mit brennendem Öl, nichts als Zischen und Knallen. Ich spürte unter meinen Füßen noch immer dieses Erdbeben, etwas, das von weit, weit her kam.

»Verschwindet einfach nur, okay?« sagte ich über meine Schulter hinweg und drehte mich gerade so weit um, daß ich sah, wie sie mich anstarrten, wie Doris und Dave Nakota am Arm nahmen und sie aus dem Raum führten. Ashlee ging als letzte, ihre weitaufgerissenen Augen leuchteten wie die eines Verkehrsopfers, kurz bevor der Wagen es überrollt. Die unterirdischen Wellen schwangen mit, als die Tür langsam zuging. Ich legte mich neben das Geisterloch und spürte das Gemurmel in den Tiefen des Fußbodens, fühlte das schattenlose Gewicht von Randys Leiter, die dicht neben mir lag, als wollte sie ihr Beileid ausdrücken, unausweichlich wie meine Gedanken. Ich machte alles nur noch schlimmer, selbst durch meine simpelsten Strategien oder meine verworrendsten Handlungen, letzten Endes wurde alles nur schlimmer.

Warum nur?

Warum können Vögel fliegen?

Warum leitet Metall Elektrizität?

Warum läuft mir feuchte, stinkende Scheiße aus der Hand?

Nun, so ist nun einmal das Leben, nicht wahr? So ist es nun mal.

Ich blieb einen ganzen Tag im Lagerraum, fast zwei, lag schuldbewußt herum, brachliegend sozusagen. Als ich wieder herauskam, war der Flur leer, die feuchte Kälte ließ die Haut an den Knochen kleben. Ich ging nach oben, wobei ich mich am Geländer festhielt wie ein Neunzigjähriger mit Arthritis, schlich mich wie ein Einbrecher in meine Wohnung. Die Tür war zu, aber unverschlossen, wie gut, daß ich nichts besaß, was irgend jemand haben wollte. Obwohl, ganz so war es nicht. An meinem Küchentisch hockte Randy, trank ein Bier und aß ein Stück Brot mit einer ziemlich alt aussehenden Salsa. Als er mich sah, lächelte er kurz und winkte mir mit dem Brot zu.

»Tut mir leid, Mann, wenn ich mich hier selbst bediene, aber ich warte schon so lange.«

»Das ist schon in Ordnung.« Ich nahm eine kalte Dose Bier in die Hand, die Kälte verstärkte mein Zittern, aber ich trank, zwei Schlucke, vier, ich schüttete die halbe Dose in meinen leeren Magen und konnte mir den angenehmen, kleinen Luxus eines lauten Rülpsers leisten. Als ich mich umsah, fiel mein Blick auf volle Aschenbecher, einen Haufen Zeitungen und Malcolms gesäuberte Werkzeuge. Die Maske selbst war nirgendwo zu sehen. »Wo sind sie alle?« fragte ich mit gespielter Lässigkeit. Meine Finger waren so kalt wie die Dose, die sie umklammerten.

»Tja. Das ist nicht so einfach zu erklären.« Aber dabei lächelte Randy, und ich entspannte mich ein wenig. »Beim ersten Teil war ich nicht dabei, aber ich kann mir vorstellen, daß Shrike ein ziemliches Theater gemacht hat, nachdem du ihr das Video versaut hattest –«

»Doris müßte sauer sein«, sagte ich und holte mir noch ein Bier. »Es war ihr Camcorder.«

»Ja. Also. Shrike tobte hier rum, als ich ankam, und Doris sagte – Doris ist die, die aussieht wie Malcolm, nicht? –, also Doris sagte, beruhige dich, Nicholas macht hier etwas wirklich Wichtiges, und es kann ihm nur schaden, wenn man ihn verärgert, er ist der einzige, der Bescheid weiß, er kennt alle Antworten, bla bla bla, weißt du, diese ganze Scheiße, als wärst du so eine Art Guru, verstehst du?«

Ihre Blicke. »Ich verstehe.«

»Und Shrike sagte, verpißt euch alle, dann mache ich es eben allein. Und Doris und die beiden anderen Arschlöcher –«

»Dingsda.«

»Dingsda, genau.« Er nickte zustimmend. »Sie fingen an sich zu streiten, und Malcolm kriegte auf einmal zuviel und schrie, ihr seid alle verrückt, ich verschwinde hier. Und dann nahm er seine Maske und ging. Wohin auch immer. Aber keiner ging mit ihm mit, sie hockten alle nur rum und warteten auf deine Rückkehr –«

»Nakota auch?«

Kopfschütteln. »Nein. Aber sie hat das Video mitgenommen.«

O Gott. Das Scheiß-Video, ich hatte es ganz vergessen.

Meine Nachlässigkeit, wie schwer würde sie eines Tages auf mich zurückfallen? Hör auf, dachte ich. Hör auf, die Dinge schlimmer zu machen als sie sind. »Und die anderen?«

»Weg. Weggetreten, würde ich sagen.« Er schüttelte den Kopf. »Ich glaube, sie sind essen. Ist noch Bier da?«

Wir tranken alles aus, aber auch betrunken machte ich mir noch Sorgen. Was würde Nakota mit dem Video anstellen, *Das Geisterloch* Erster Teil, wie skrupellos würde sie damit umgehen? Und ich war wieder nicht in der Lage, auch nur zu ahnen, was sie fertigbringen könnte, geschweige denn, sie aufzuhalten. Randy drehte Thrash-Metal an, extrem laut. Und das Bier floß. Dann kamen die Dingsda zurück, sie johlten auf dem Flur, hatten einen komischen chilenischen Wein dabei, zwei Flaschen für jeden. Offenbar fand bei mir eine Party statt.

Die Musik gefiel ihnen, Randy schien ihnen heute auch zu gefallen, aber er gab die Komplimente nicht zurück, er reagierte nicht einmal auf Bemerkungen, die direkt an ihn gerichtet waren. Während sie miteinander schwätzten und Theorien von sich gaben, die so dümmlich waren, daß man sie nach einer Sekunde vergessen hatte, sagte er leise zu mir: »Schätze, du bist ihr neuer Malcolm.«

Müde schüttelte ich den Kopf, aber wir beide wußten, daß er recht hatte. Man merkte es an ihrem eifrigen Lob: Meine Musik, meine Stühle, meine Meinung, die sich im Moment allerdings auf ein paar uninspirierte Laute beschränkte. Selbst ihr Angebot, mir Bier zu holen, wurde ehrfürchtig vorgetragen. Es war weniger lächerlich als erschreckend, nach einer Weile wurde es mir schon zuviel. Randy ging es ebenso. Er ging und ließ mich zurück, gestrandet auf meiner größer werdenden Insel aus Alkohol, schmerzlich betrunken. Ich trug eine Rüstung aus Bierdosen und spürte dennoch dieses Nagen in mir. Nakota, wo bist du? Eine zerstörerische Kraft, die immer provoziert. Du hast ihr auch vorher das Video überlassen, nichts ist passiert, argumentierte ich, also wird auch jetzt nichts passieren. Nichts wird –

Wann die Tür aufgegangen war, hatte ich im allgemeinen Lärm nicht gehört, und nun stand sie da, in nachtfeuchter Club-22-Kleidung, aber meine Erleichterung über ihr Auftauchen verschwand sofort, als ich den Blick in ihren Augen sah. Wie Medusa brachte sie die anderen zum Schweigen. Sie ignorierte sie, sah nur mich an, schloß mit einer Hand die Tür. In der anderen hielt sie die schwarze Plastikhülle des Videos.

»Du gewinnst schon wieder, Arschgesicht.« Mit diesen Worten schleuderte sie das Video in meine Richtung, ein harter rechteckiger Frisbee, und sie warf erstaunlich hart. Es traf mich direkt über dem Auge, meine schützende Hand kam zu spät, und ich spürte, daß etwas Flüssigkeit auf meine Haut spritzte, kreisförmig und sirupartig, zusammen mit der dunklen Farbe des Blutes. Jemand drehte die Musik leiser. Ashlee fragte leise, ob sie mir etwas zum Abwischen holen sollte.

»Verschwinde!« herrschte Nakota sie an, meinte auch die anderen, würdigte sie aber keines Blickes, während sie sich eine Zigarette anzündete und dann auch mit dem Feuerzeug nach mir warf. Diesmal traf sie nicht. Sie standen da und starrten mich an, und ich sagte müde: »Macht schon, geht nach Hause«, wie ein Cop am Tatort eines besonders scheußlichen Verbrechens, es gibt nichts mehr zu sehen, Leute, geht weiter. »Macht schon«, wiederholte ich lauter, und als seien sie nach einem Schock kräftig gerüttelt worden, setzten sie sich in Bewegung, trabten zur Tür hinaus, wobei sie darauf achteten, Nakota nicht zu nahe zu kommen, als gelte es, ein lebendes Feuer zu umgehen.

»Du hast wirklich ein paar treue Fans«, sagte sie und ging auf mich zu. Daß mein Vorschlag gewirkt hatte, wo ihr Befehl nicht befolgt worden war, erzürnte sie erneut. »Richtige kleine Groupies. *Wußtest* du, daß man es nicht überspielen kann?«

Ihre Wut hatte mich schon ausgelaugt, das Bier rollte flach in meinem aufgeblähten Magen. »Was nicht überspielen kann?«

»Das Video, du Arschloch. Wußtest du, daß man es nicht überspielen kann? Du weißt noch nicht mal, wovon ich rede, stimmt's? Ich habe versucht es zu kopieren.« Sie lachte zischend, der Ausdruck auf meinem Gesicht mußte zu komisch sein. Sicherlich war er einzigartig.

»Ich weiß nicht«, sagte sie und blies Rauch auf das Blut auf meiner Haut, »warum ich nicht vorher daran gedacht habe. Was wäre, wenn man es zehnmal gleichzeitig abspielen würde, zehn Kopien? Würde es dann deutlicher? Die Pfade, ich meine die Muster –« Plötzlich stoppte sie ihren Gedankenfluß, ihr fiel ein, mit wem sie sprach. »Aber es hat nicht funktioniert.«

Reflexartig, dümmlich, versuchte ich zu helfen. »Vielleicht war das Band nicht in Ordnung, vielleicht –«

»Vielleicht klappt es auch nicht, wenn ich tausend Bänder ausprobiere, vielleicht klappt es überhaupt nicht.« Die Zigarette zitterte in ihrem Mund, ein kleiner Pfeil, der auf Augen deutete, die vor Frustration so giftig funkelten, daß ich meinen Blick abwenden mußte. »Ich glaube, irgend etwas auf dem Video wehrt sich dagegen, kopiert zu werden. Und wenn ich wirklich glauben würde, daß du weißt, was es ist, dann würde ich das hier« – sie deutete auf die Zigarette – »da ausdrücken.« Sie wies auf meine rechte Hand, die immer noch ihre eigene Plasmamarke verströmte, der Schleim tropfte auf den Teppich. »Und zwar solange, bis du es mir verraten würdest.«

»Ich habe keine Ahnung davon, was funktioniert und was nicht, und es ist mir auch scheißegal.« Das war die Wahrheit. Ich war einfach müde. Morgen würde ich wieder in den Lagerraum gehen, ob es ihr paßte oder nicht, ich mußte einfach. Was ihre Pfade anbetraf: ich war nicht so sehr desinteressiert als vielmehr ahnungslos, und diesen Zustand wollte ich nicht ändern. Ich wollte nicht, daß ihre Theorien mich bedrückten, während ich zitternd auf dem Bauch lag und in eine negative Finsternis starrte, die für nichts stand, nichts, das wir kannten. Ihre schlaueste Spekulation war nichts als Geschwätz, so zwingend wie die von Malcolm und ebenso bedeutungslos. Ich wußte, daß es so war, so wie ich wußte, daß das Geisterloch ein Prozeß war, so wie ich wußte, daß mein Herz schlug und mein Körper Luft verbrauchte. Ich hatte keine Erklärung für die Vorgänge, ich wußte nur, daß etwas vor sich ging, und konnte nichts sagen als, so sind die Dinge nun eben. Deshalb haßte mich Nakota wahrscheinlich. Weil meine Hingabe so vollkommen war, weil ich mich in ihren Augen willenlos Prozessen unterwarf, die sie unbedingt beeinflussen wollte. Es war, als riebe eine prähistorische Nakota feuchte Stöcke aneinander und schimpfte mit mir, dem Neandertaler, weil ich ihr nicht erklären konnte, wie man Feuer macht.

»Ich glaube, ich gehe einfach ins Bett«, sagte ich langsam. Mein Mund war wie aus Gummi, so wie der Rest meines Körpers. Ich hatte zuviel Bier getrunken, zwei Tage nichts gegessen, und die Sorgen brannten wie Salz in meinem Magen.

Sie sagte nichts, ein Umstand, der so ungewöhnlich war, daß ich ihn fast kommentiert hätte. Wortlos beobachtete sie, wie ich ins Badezimmer schlurfte und wieder zurückkam. Ich setzte mich auf die Sofakante, schälte mir die Socken ab und zog meine schmuddeligen Jeans aus. Sie saß wie eine Statue daneben, und erst als sie sich abwandte, sagte sie: »Ich habe von dir sowieso niemals Hilfe erwartet. Du bist unfähig. Halt mir nur deine kleinen Groupies vom Leib.«

»Es sind nicht meine Groupies«, murmelte ich und fiel in einen Schlaf, der so unruhig und unrein war wie fast nie zuvor. Immer wieder wachte ich auf und sah ihren undurchdringlichen Rücken, den Rücken einer Priesterin, im Schein des Fernsehers. Im Schein des unkopierten Videos. Ich wandte mich ab, drückte den Kopf in das Kissen und versuchte an nichts zu denken.

8

Ich spielte nicht mit ihnen, warf ihnen nichts vor die Füße, aber dennoch ließen sie nicht von mir ab, meine kleinen Groupies, eine Quelle ständiger Irritation. Auch Nakota war sauer auf sie, denn ihre lächerlichen Versuche, mich zu verteidigen oder sogar für mich einzustehen, waren für sie ein fast schon blasphemischer Widerstand. Und wenn Nakota sie überhaupt wahrnahm, dann erzielten sie eine hohe Punktzahl auf ihrer Negativliste. Malcolm betrachtete sie mittlerweile als Verräter, und dadurch betonte er natürlich seine Verbindung mit Nakota. Selbst Randy fand ihren schlappen Stil überhaupt nicht witzig und beharrte darauf, daß ich sie loswerden sollte (»Wie?« fragte ich, und da er einem Schwächling wie mir seine übliche Methode nicht klarmachen konnte – einfach rausschmeißen –, ärgerte er sich letzten Endes auch über mich). Nur Vanese fand sie erträglich, und auch nur zeitweise, sie waren einfach ein Symbol für unsere kleine Gruppe, ihre Gegenwart bedeutete für jeden eine Rechtfertigung seiner eigenen Theorien, nur eine pro Kunde, bitte nicht drängeln. Nakota hielt sie für den lebenden Beweis meines halbherzigen Umgangs mit dem Geisterloch, und sie war der Meinung, daß jeder, der meine Theorien schluckte, die natürlich völlig wertlos waren, eine Mundspülung mit einem Sanitärreiniger verdient hatte. Malcolm verdammte sie nun als billige Mitläufer, die auf Kicks aus waren, obwohl er ihnen eine etwas gehobenere Stellung als Kunstidioten in seinen Diensten zugedacht hatte. Randy hielt sie für prätentiöse Arschlöcher, was sie auch waren, die man niemals in solch ein Geheimnis wie das Geisterloch hätte einweihen sollen. Vanese hielt sie ebenfalls für Arschlöcher, im Prinzip harmlos. Aber sie waren die Vorboten schlimmerer Zeiten, die vordere Reihe einer Menge, die nicht mehr zu kontrollieren sein würde.

Das erzählte mir Vanese an dem Nachmittag, der Nakotas Video-›Auf‹tritt folgte. Bis auf uns war die Wohnung angenehm leer. Vanese bestand darauf, daß ich einen mit Eiswürfeln gefüllten Sandwichbeutel auf den geschwollenen Schnitt über meinem zuckenden Auge preßte.

»Nakota steht wirklich etwas neben sich«, sagte sie ohne Bewunderung. »Sie bräuchte jemanden, der sie ein bißchen zurechtstutzt. Oder mehr.«

»Tut mir leid, falsche Adresse.«

»Was wirst du tun, Nicholas?«

»Was meinst du?«

Sie seufzte. Ein trauriges, leises Geräusch, das die Melancholie des trüben Nachmittags noch verstärkte. Staubige Schatten zogen sich in länglichen Bahnen dahin und verwandelten den Raum in eine Konstruktion aus Erschöpfung und Sehnsucht. Es deprimierte selbst mich, und ich war daran gewöhnt. »O Nicholas«, meinte sie mit dem Blick der älteren Schwester, »du solltest doch eigentlich alles im Griff haben.«

Überrascht lachte ich auf. »Bestimmt nicht. Wenn hier jemand etwas im Griff hat, dann ist es das Geisterloch.«

»Das meine ich ja gerade. Das Geisterloch, so eine Scheiße, es ist kein Mensch, es ist noch nicht mal ein Ding.« Sie rührte heftig in der trüben Brühe ihres billigen Kaffees. »Jemand muß alles im Griff haben, deshalb hat es sich dich ausgesucht, nicht wahr?«

»Bestimmt nicht«, wiederholte ich. Der Gedanke machte mir Sorgen, um so mehr als sie auf meine von ihr selbst frisch verbundene Hand deutete, als wolle sie damit sagen, nun, das ist doch der Beweis, oder? Oder? »Nein,« sagte ich. »Ich war nur das erste Arschloch, das seine Hand da reingesteckt hat, das ist alles.«

»Glaubst du wirklich?« Sie überlegte, was war so wichtig, daß man es sich überlegen mußte? »Shrike, Nakota sagt, daß du derjenige bist, der alles geschehen läßt. Glaubst du, sie hätte die Kamera zerschmelzen können? Glaubst du einer von uns –«

»Ich will nicht darüber reden«, unterbrach ich sie, griff nach hinten zur Kühlschranktür und wäre beinahe mit meinem Stuhl umgekippt. Konnte ein solcher Clown wie ich irgend etwas im Griff haben, konnte er wirklich der seltsame Hausmeister für die Pfade und Tore sein, von denen Nakota immer wieder sprach? Konnte ich etwas beherrschen, das ich kaum begriff, geschweige denn verstand? Die Sonne rutschte etwas tiefer, die häßlichen Schatten gewannen an Länge. »Das Bier ist alle«, meinte ich düster.

»Das ist alles, was du brauchst. Tu sofort wieder das Eis auf dein Auge.«

»Willst du meine Mutter sein, Vanese?«

Sie lächelte, ein wenig. »Paß besser auf dich auf, Nicholas, hörst du? Besonders jetzt, wo du neue Freunde hast. Ich sage immer wieder zu Randy, und dir sage ich es auch, sie sind nur die Vorboten.«

»Dann muß das, was kommt, ein Fragezeichen sein.«

Ich wollte sie zum Lachen bringen, wollte es hören, aber sie lächelte nur schwach. Sie goß den schlammigen Kaffee aus und nahm ihren Schlüsselring. Ein schweres Herz aus Goldimitat, daneben baumelte ein kleines Medaillon. Bestimmt enthielt es ein Foto von Randy. »Kommt Randy heute abend auch?« Sie schüttelte den Kopf, er sei müde, sei in letzter Zeit ziemlich bissig gewesen und hätte seine eigene Arbeit vernachlässigt, nur um seine Zeit vor diesem düsteren Schrein zu vertrödeln. »Er braucht etwas Erholung«, sagte sie über die Schulter, als ich ihr den Flur entlang folgte. »Und wenn du mich fragst, dann könntest du auch etwas Ruhe vertragen. Vielleicht sieht dann alles ganz anders aus.«

»Bestimmt.«

Sie blieb einen Augenblick stehen, holte tief Luft und fragte dann vorsichtig: »Weißt du, was ›Transkursion‹ bedeutet?«

»Nie davon gehört.«

»Ich auch nicht.« Ohne es zu bemerken, kaute sie leicht auf ihren Lippen herum. »Aber sie haben darüber geredet. Ich habe gehört, daß Nakota, Shrike, das Wort ein- oder zweimal benutzt hat. Ich habe mich nur gefragt, ob du es kennst.«

»Nie davon gehört.«

Die berühmten letzten Worte.

Malcolms Werkzeug lag noch immer unbenutzt herum. Ich hörte kaum etwas von ihm, er war nicht einmal gekommen, um sich wieder das Video anzusehen. Ich selbst hatte es seit

Wochen nicht mehr gesehen, ja ich wußte nicht einmal, ob es überhaupt zu sehen war. Wahrscheinlich trug Nakota es mit sich herum und schlief nachts damit (anstatt mit mir). Auch wenn sie offiziell noch bei mir wohnte, machte sie sich ungewöhnlich rar, obwohl sie es immer fertigbrachte, dann zu erscheinen, wenn ich vor dem Geisterloch saß. Sie hungerte nach Enthüllungen, die sie deuten konnte, sie wollte zumindest geistig auf den Pfaden wandeln, die angeblich vor uns lagen wie ein dunkler Garten. Sie las Ben Hecht. Genau wie Malcolm, der das zumindest behauptete, auch wenn ich sicher war, das er lediglich das Feuilleton durchblätterte. Aber vielleicht war er ja ein verkapter Literaturfreund, so wie Nakota eine verkappte Nonne war.

Vielleicht sahen sie sich das Video auch gemeinsam an. Das hatten sie schließlich schon einmal gemacht, nicht wahr? Vielleicht war das Video ein Werkzeug für sie, der dritte Bestandteil einer menage à trois. Sie und Malcolm, wie sie sich schwitzend im lüsternen Schein der Video-Bilder wälzten. Das würde mir schon etwas ausmachen, wenn auch nicht aus den Gründen, die man vermuten würde. Nakotas Vorstellung von Treue bestand darin, sich an meine Telefonnummer zu erinnern. Außerdem hatte sie keinen Grund, treu zu sein: ich war derjenige, der liebte, nicht sie. Nein, was mir Sorgen machte, war der Gedanke an ihre Pläne. Es hatte keinen Sinn, sie oder Malcolm zu fragen; selbst wenn meine Wohnung in Flammen stünde, würden sie mir nicht antworten.

Ich folgte der Theorie, daß selbst eine kaputte Uhr zweimal am Tag die richtige Zeit anzeigt, und fragte Doris und Freunde, ob sie wußten, was Malcolm vorhatte. Würde er zurückkommen, um die Maske zu beenden oder um wenigstens seine blöden Werkzeuge abzuholen?

»Arbeitet er an etwas Neuem?« fragte ich. Ich saß vor ihnen, die Hände im Schoß, während aus der Wohnung über mir die Geräusche eines Streits zu hören waren, die schleppenden und ausgelaugten Wiederholungen von Flüchen und Schimpfwörtern. »Irgendein neues Projekt oder so was?«

Schulterzucken, leere Blicke, ihre vertraute Gestik. Ashlee

kümmerte sich mit der Präzision eines Chirurgen um einen ihrer Fingernägel. »Ich weiß nicht«, meinte Dave. »Als ich das letzte Mal von ihm gehört habe, arbeitete er noch immer an deiner Maske.«

»Wir sehen Malcolm nicht mehr so oft«, sagte Doris.

»Wieso nicht?«

Keiner antwortete. Ich wiederholte meine Frage, heftiger, mein Gott, auch sie mußten doch irgendwelche Motive für ihre Handlungen haben. »Wieso nicht?«

Sie glotzten einander an wie tote Fische, sag du es ihm, nein du. Schließlich antwortete Doris.

»Wir teilen seine Theorien nicht mehr.«

Theorien. Genausogut hätte ich das Geisterloch fragen können. Ich wollte gerade fragen, wovon zum Teufel sie eigentlich redeten, als Ashlee das Wort ergriff. Sie sprach leise, mit zerfurchter Stirn. »Es sind diese Leute, weißt du? Nakotas Freunde. Ich mag sie nicht.«

Nakotas Freunde. Gibt es ein besseres Wort für den Schauder, der mir über den Rücken lief? »Was für Freunde?«

»Du weißt schon«, meinte sie zuversichtlich, aber ihr wurde schnell unbehaglich, vielleicht wußte ich gar nichts, vielleicht mußte man mir alles erzählen. Hilfesuchend blickte sie Doris und Dave an. Mir platzte langsam der Kragen. »*Was* für Freunde, verdammt noch mal? Wovon redet ihr?

Dieses Mal antwortete Doris, aber auch sie blickte nervös nach rechts und links. »Nun, es sind so ein paar Leute, die in der Incubus-Galerie rumhängen. Aber sie interessieren sich nicht für *Kunst.*« Ich hielt meine kranke Hand mit meiner gesunden fest, ich ahnte nichts Gutes. Ashlee fummelte wieder an ihrem Nagel herum. »Sie wollen nur –«

»Sie wollen einfach dabeisein«, sagte Dave und beendete seine vergebliche Suche nach einer Flasche Wein vor dem Kühlschrank. »Sie wollen Zeug, das, na ja, das echt ist.«

»Und Nakota hat ihnen vom Geisterloch erzählt?« Normalerweise hätte mich meine gepreßte Stimme amüsiert, eine Zeichentrickfigur, die kurz davor ist, gegen die Betonwand zu rennen, eine Schlucht hinabzustürzen, zu erleben, daß jemand den Fernseher abschaltet. »Sie hat ihnen davon erzählt?«

»Ich glaube«, meinte Ashlee und schaute sich hilfesuchend um, »daß sie ihnen das Video gezeigt hat.«

»Es enthält eine überwältigende Aussage«, sagte Doris, so ernsthaft, daß ich den Versuch verspürte, sie auf der Stelle zu erwürgen, dazu noch Nakota, alle, mich selbst. Das Loch in meiner Hand kitzelte ölig, und ich schlug sie hart auf mein Knie, immer wieder. Ich überlegte und starrte in Nichts. Als ich nach einer Weile aufschaute, blickte ich in ihre entsetzten Gesichter, die eine Art kindlicher Furcht zeigten, die mich wütend machte, aber auch müde und – ? Sie waren schließlich nur die Dingsda, zweitklassige Ausgaben ihrer Vorbilder. Alles, was sie wollten, waren billige Abenteuer, hübsch verpackter Nervenkitzel. Ein Geisterloch-Geschenkset, soll ich es einpacken?

»Geht nach Hause«, sagte ich. »Verschwindet für eine Weile, okay? Ich möchte nur mal ein bißchen für mich allein sein.«

Sie nickten eifrig, im Moment waren sie ganz froh, gehen zu dürfen, sie zogen sich die Jacken an, lächelten, ja, sie würden anrufen, vielleicht könnten sie später wiederkommen? Vielleicht könnten wir alle darüber reden? Ja, ja, ich nickte, paßt auf, daß euch die Tür nicht ins Kreuz schlägt. Ich sprintete fast zum Telefon.

Randy war nicht zu Hause, aber Vanese. In der Stille, die nach meinen besorgten Fragen entstand, spürte ich, daß sie wußte, wovon Doris und die anderen sprachen. Ich lehnte meine Stirn gegen die Wand, schloß die Augen und wartete auf ihre Antwort.

»Das sind ein paar Arschlöcher von der Galerie«, sagte sie. »Immer auf etwas Abseitiges aus, je irrer, desto besser. Das Video werden sie geradezu verschlungen haben.« Ich konnte den angeekelten Ausdruck in ihrem Gesicht praktisch vor mir sehen, keine Beruhigung, es war so schlimm, wie ich befürchtet hatte. Der Boden gab unter mir nach. Nichts ist so schlimm, daß es nicht noch schlimmer werden kann. Besonders, wenn Nakota in der Nähe ist, besonders, wenn sie durchdreht.

»Dieses Miststück«, sagte sie. »Der ist alles egal.«

»Ja«, entgegnete ich. »Das stimmt.«

Nachdem ich aufgelegt hatte, blieb ich stehen und versuchte einen Entschluß zu fassen, aber immer wieder erfaßte mich ein düsterer Fatalismus. Es gab keinen Ausweg. Ich wußte nun, was sie vorhatte, und Malcolm war ohne Zweifel daran beteiligt. Meine Groupies, wie sie die drei nannte, hatten sie so aufgebracht, die Tatsache, daß es sie gab und daß sie, wie hatte Doris noch gesagt?, Theorien mit mir teilten. Sie behandelten mich nicht nur als notwendiges Werkzeug, die Kurbel, welche die Zauberkiste antreibt. Kein Camcorder, das hatte ich Nakota verdorben, kein neues Video. Keine Kopie vom alten, vielleicht gab sie mir auch dafür die Schuld. Malcolm nährte ihre Wut mit seinen eigenen bitteren Ergüssen, er hielt mir und seinen verräterischen Schülern die Maske vor. Warum hatte ich nichts von all dem kommen sehen? War ich schon dazu verdammt, den lächerlichen Narren abzugeben, der nicht mitbekommt, was geschieht? Ich stolperte durch die Gegend und wartete darauf, daß mir der Hammer auf den Kopf fiel. Kein Wunder, daß ich schon ein Loch in der Hand hatte.

Der Streit in der Wohnung über mir ging noch immer weiter, gegenseitige Beschimpfungen, die ein gewisses Level erreichen und dann in kreisenden Bewegungen weitergehen, immer langsamer. Ich ließ das Licht aus, holte mir im Dunkeln ein Bier und kroch ins Bett. Dort lag ich wie ein besorgter Fötus in dem schmutzigen Haufen aus Laken und Decke. Heute gab es für mich kein Geisterloch. Als ich das entschied, begann meine Hand fordernd zu pochen, und meine eigene Wut schlug in einen kurzen, aber heftigen Impuls um, das Scheißding einfach abzuhacken. Keine schlechte Art, eine Lebenslinie abzuschneiden, Ende der Kommunikation, sozusagen. Nenn mich Lefty. Vielleicht könnte ich –

Stimmen. Nicht über mir, auf dem Flur.

Eine Frage, irgendein Typ, dann Nakotas unverkennbare Stimme. »Er ist nicht hier.« Eine andere Stimme und ihre zornige Antwort. »Weil es ohne ihn nicht funktioniert, Idiot.« Es wurde lauter auf dem Flur. Ich atmete heftig. Ganz langsam setzte ich mein Bier ab, ganz vorsichtig, ich zog das Laken hoch, so daß nur noch ein dunkler Halbkreis zu sehen war,

Atemraum. Ich versuchte auszusehen wie ein ungemachtes Bett. Sie redeten noch immer, aber unter der Decke konnte ich sie nicht mehr verstehen. Wenn ich wie eine Schildkröte den Kopf herausstecken würde –

Nun, das tat ich, aber im gleichen Moment ging das Licht an, und Nakota erkannte sofort triumphierend, daß ich unter diesem Haufen Decken lag. »Da ist er.« Ich hob langsam den Kopf und blinzelte halb blind *ihre* Groupies an.

Ich erkannte sofort, daß hier mehr Ärger auf mich wartete, als ich bewältigen konnte. Sechs oder sieben Typen, breite Schultern, schwere Lederjacken, die Daumen ungeduldig in den Taschen. Ihre Augen wanderten wie Suchscheinwerfer durch den Raum. Sie waren primitiver, bösartiger und wilder, näher an jener besonderen Art der Dummheit, die oft in einem Unglück endet, in Blutvergießen. Richtig, sie rochen Blut, oder was noch schlimmer war, die etwas esoterischere Flüssigkeit, die wieder aus meiner Wunde tropfte. Ein heller, rachsüchtiger Strom durchnäßte das Kopfkissen und färbte das Laken mit einem klumpigen Silber. Eine Partyfarbe, nicht wahr? Dann laßt uns doch gleich mit der Party beginnen. Im Zweifelsfall angreifen, oder? Ich zweifelte ständig an irgend etwas.

Nicht so Nakota. Es war deutlich zu sehen, wie sie sich in ihrer Rolle als Feldmarschall gefiel. Dies war genau die Situation, die sie nicht nur kosten, sondern die sie auskosten würde, bis sie so leer war wie ein Schädel in der Wüste. Mit hocherhobenem Kopf und den Händen auf den Hüften kam sie auf mich zu, setzte sich mit einem trockenen, kumpelhaften Grinsen neben mich, stieß mich mit dem Ellbogen an und fragte: »Was ist mit deinen kleinen Freunden?«

»Die haben ihr eigenes Leben«, entgegnete ich so rotzig, wie ich konnte, was nicht viel war, aber vielleicht konnte ich damit ihre neuen Gefährten täuschen, die nun wie halbdomestizierte Sklaven im Zimmer herumstanden und darauf warteten, daß sie ihnen neue Anweisungen gab. »Wer sind die?« fragte ich und gestikulierte offen mit meiner tropfenden Hand. »Malcolms Freunde?«

Sie reagierte nicht sauer, wie ich im stillen gehofft hatte, und sie ließ sich auch keine Sekunde täuschen. Wir wußten beide, zu wem sie gehörten, abgesehen davon daß Malcolms Charisma nie dazu gereicht hätte, auf die Schnelle eine kleine Armee zusammenzubekommen. Er wäre sicher mehr als glücklich gewesen, wenn er diese Truppe hier um sich hätte sammeln können. Es waren frustrierte Freaks, die sich als billige Mystiker ausgaben, Spaß-Junkies, die sich aufgemacht hatten, um beim größten Spaß aller Zeiten dabeizusein. Malcolm würde jede noch so primitive Waffe einsetzen, wenn es darum ging, jedes noch so banale und schreckliche Konzept in die Tat umzusetzen, das er – oder noch schlimmer, sie – für das ›beste‹ hielten. Und wir wissen natürlich, zu wessem ›Bestem‹ das alles geschah.

»Wir wollen uns das Video ansehen«, sagte Nakota. »Du auch?«

»Ich habe schon geschlafen.«

»Das hast du nicht, du verdammter Lügner. Wenn du es dir nicht ansehen willst, dann scher dich raus.«

Das versteckte Glimmern in ihren Augen traf mich wie eine Axt. Ich weiß, was ich tun soll. Aber das werde ich nicht. Bestimmt nicht.

Und ich tat es nicht. Ich lag angespannt da, benahm mich lässig und beobachtete Nakotas bemitleidenswerte Idioten, die mit offenen Mündern vor dem Fernseher herumlungerten und sich das Video ansahen, das Video, solange, bis ich schreiend aus der Wohnung laufen sollte, aber das war ja ein Teil des Ziels, nicht wahr? Vielleicht auch das ganze Ziel, auch wenn ich nicht eitel genug war, das zu glauben. Außerdem war Nakota für ihre verworrenen Pläne bekannt, die manchmal derartig absurde Ausmaße annahmen, daß selbst sie die wahren Motive nicht mehr erkennen konnte.

Sie hatte das Haar zu einem neuen, komischen Knoten gebunden, trug einen großen, dicken Mantel, den sie zweifellos von einem ihrer neuen Jünger übernommen hatte. Sie hockte mit ihren schmutzigen Schuhen auf dem Rand des Sofas. Ich sah ihr verschlagenes Lächeln, so als kenne sie schon die Auflösung, sah das Leuchten in ihren Augen bei einer Szene, die sie schon tausendmal gesehen hatte. Ihr ist es egal, denn es ging nicht darum, was sie sah. In der kalten Zone zwischen dem Objekt der Wahrnehmung und der inneren Sicht lief ein ganz anderer Film ab. Ich war so in ihren Anblick vertieft, daß ich kaum merkte, daß plötzlich ein grinsendes Gesicht neben mir auftauchte. Der Mann hatte die Figur eines kränkelnden Athleten und trug Lidschatten so dick wie die Cleopatras. Seine breite Jacke roch nach Zigaretten und einem süßlichen After-Shave. Vertraulich lehnte er sich zu mir, so als ob wir Freunde seien.

»Sie sagt«, er deutete auf Nakota, »daß du das Loch in Gang bringst.«

Das Loch. »Glaubst du alles, was sie dir erzählt?«

»Nur wenn es stimmt.« Sein Grinsen wurde breiter. Irgendwie wirkten seine Mundwinkel gummiartig. »Bis jetzt hat alles gestimmt.«

»Bis jetzt.«

»Ja, genau.«

Plötzlich ertönte wieder ein lauter Schrei von oben, der Streit wurde offenbar wieder heftiger und übertönte den Fernseher, oder besser gesagt, die dumpfen Laute der Zuschauer, einen richtigen Soundtrack gab es ja nicht. Die meisten wandten sich fragend an Nakota. »Es sind die Leute von oben«, sagte sie, als wären sie zu blöd, um das selbst herauszufinden, aber das waren sie wohl, wenn sie jemanden brauchten, der ihnen erklärte, was es bedeutete, wenn sich zwei Leute »Du kannst mich mal!« entgegenschrien.

»Du kennst Malcolm?« fragte mein neuer Freund. Er griff in seine Jacke und zog ein Päckchen Kools heraus. Ich nickte, und er tat es mir nach. Er schien diese Antwort erwartet zu haben. »Ich habe die Maske gesehen«, meinte er und grinste erneut und wollte weiter ausholen, als ein wirklich gruseliger Schrei aus der Wohnung über mir ertönte. Nakota sah mich an und sagte »Kümmere dich darum.«

Ich wollte gerade einen alternativen Vorschlag machen, der unter anderem einen schmerzhaften neuen Sexualakt enthielt, den sie entweder allein oder mit ihren Jüngern vollziehen konnte, als plötzlich einer von ihnen seine gemütliche Position auf dem Boden aufgab, zur Tür ging und gewichtig auf den Flur hinaustrat. Oh, dachte ich, und auch ohne Nakotas seltsames Lächeln erkannte ich: sie wollte angeben. Mich fröstelte, als liefe ein Strom kalten Blutes durch meinen

Körper. Eine Gänsehaut. Ich zog die schmutzigen Laken näher an mich heran und der Typ neben mir fragte: »Ist dir kalt oder was?«

»Nur Lepra«, entgegnete ich und machte den Fehler, die Decken mit meiner rechten Hand zu ordnen. Das flüssige Silber lief mir über das Handgelenk, über die Laken. Mein Bravado war dahin, ich versuchte, die Schweinerei zu verbergen, aber er starrte mich ehrlich verblüfft an, so als hätte ich gerade Hundert-Dollar-Scheine ausgekotzt.

Ich zog mit meiner anderen Hand die Decke hoch, gerade war es noch da, schon ist es verschwunden, als man siegreiche Schritte hörte und Nakotas Botenjunge wieder erschien. Er lächelte stolz. »Ich habe ihnen gesagt, sie sollen still sein, sonst setzt es was.« Die anderen grinsten zustimmend, nur Nakota nicht. Sie gestattete sich nur die Andeutung eines Lächelns und deutete wie mit der Spitze eines Degens auf mich. Ich nickte und hoffte, daß ihr diese Vorführung genügt hatte. Dann brauchte ich wenigstens keinen neuen Beweis dafür, das sie alles taten, was sie wollte.

Als ich einschlief, waren sie noch immer da. Bei dem Gedanken, mitten unter ihnen zu schlafen, wurde mir unbehaglich, aber schließlich konnte ich einfach nicht mehr warten, bis sie gingen. Das letzte, woran ich mich erinnere, war, daß Nakota ihnen von dem Glas mit den Insekten berichtete, lange war es her, die seltsame Räubermutter und ihre teuflischen Pfadfinder im flackernden Schein der Kathode.

Selbst im Schlaf verfolgte mich die Kälte, meine Lippen und Finger fühlten sich blutleer an, als sei ich ausgetrocknet, ein Vampir-Snack oder ein vergessener Selbstmörder. Im Traum wurde meine Hand zu einem Schlüssel für die Lagerraumtür, und auf meiner Brust saß der Typ, mit dem ich mich unterhalten hatte, wie ein lebendiger Wasserspieler und fuhr mit einer körnigen Säge über mein steifes Handgelenk. Hinter ihm lächelte Nakota schadenfroh. Sie hielt ein leeres Einmachglas in der Hand, um das spritzende Blut aufzufangen.

»So ist's recht«, sagte sie. »So ist's recht«, und ich erwachte mit einem Schrei. In der Wohnung war es schon hell, es war Morgen, vielleicht auch schon Nachmittag. Die Decken waren verdreht und unbequem, sie hatten sich um meine

Hüften gewickelt. Meine nasse rechte Hand lag zusammengeballt auf meinem verschwitzten Gesicht, während zwei von Nakotas Truppe, einer davon mein Freund, am Küchentisch saßen. Sie warteten auf mich.

Ich versuchte sie zu ignorieren und stolperte ins Badezimmer, wusch mich und lauschte. Was taten sie? Als ich herauskam, holte ich mir als erstes ein Bier, es war so ein Tag, und begab mich wieder in meinen Kokon. Plötzlich meinte mein Freund: »Diese Leute von oben sind echte Arschlöcher.«

Ich antwortete nicht. Es war zwar keine Aussage, über die ich mich mit Recht streiten konnte, andererseits war auch er nicht berechtigt, sie zu beschimpfen. Ich schwieg, und sie starrten mich an und versuchten es noch einmal.

»Nakota sagt, daß du irgendwas mit dem Video gemacht hast, damit man es nicht kopieren kann.«

Ich zuckte mit den Schultern. Ein Augenlid begann plötzlich idiotisch zu flattern, eine schnelle Polka, und ich rieb an meinem Auge, preßte die kalte Bierdose dagegen, damit das Zwinkern aufhörte. Die ganze Wohnung stank wie eine Bar, der stechende Geruch von Alkohol und Tabak. Vielleicht hatten sie noch eine Party gefeiert, während ich meine Alpträume hatte. Vielleicht hatte Nakota sie unterhalten. Vielleicht auch ich, wer weiß.

»Sie sagt, daß du nichts von den Pfaden verstehst.«

»Ist mir egal.« Das Bier schmeckte scheußlich.

»Sie sagt, daß du nicht an die Pfade *glaubst*«, meinte der andere. Seine Stimme hatte einen nasalen Klang, so als ob er zuviel Schleim in der Kehle hätte.

O Gott. »Ich werde euch sagen, woran ich glaube.« Die ruhelose Nacht hatte mich aggressiv gemacht, ich hatte Kopfschmerzen, noch stärkere Schmerzen in meiner Wunde, die auch jetzt wieder zu tropfen begann. Langsam perlten fette Silberblasen aus ihr heraus. »Ich werde euch sagen, woran ich glaube«, wiederholte ich. »Ich glaube, daß niemand über etwas Bescheid weiß, das komplizierter ist als Ein- und Ausatmen, und schon gar nicht über das gottverdammte Geisterloch dort unten, und das gilt auch für Nakota, das erklärt praktisch ihr Wesen, bin ich zu schnell für euch, oder was?« Achtlos warf ich die Dose fort, die nur knapp den Fernseher verpaßte, aber das machte mich wirklich krank, nach einer solchen Nacht aufzuwachen und eine Palastwache vorzufinden, die mit dummen Fragen bewaffnet war. Das war schlimmer als Malcolm. Ich wollte in dieser Stimmung weitermachen, als es plötzlich klopfte. Zuerst dachte ich besorgt, die wütenden Nachbarn von oben könnten vor der Tür stehen, aber nein, wenn auch nicht viel besser: es waren die Dingsda, alle drei, und ihr Lächeln erstarb, als sie die anderen beiden sahen, den frischen Bierfleck an der Wand. Sie rochen die Spannung, die in der Luft lag, und richteten sich darauf ein, ihre Wirkung auf uns so genau zu sondieren, daß sie im Zweifelsfalle stets umschwenken konnten.

Alles in allem waren sie zutiefst verwirrt, und man sah es ihnen an, so deutlich, daß mich eine riesige Welle des Mitleids überkam. Ich schlug die Decken zurück, sagte: »Wartet eine Minute«, und zog mich an. Ein kurzer Blick in den Spiegel, ich zog meine Jacke über und schob sie zur Tür hinaus. Draußen stand ich im kalten Schneematsch, schlug mir den Kragen hoch und verkündete, daß ich frühstücken wollte. Mein Augenlid flatterte noch immer.

»Es ist fast schon Zeit fürs Dinner«, wandte Ashlee zaghaft ein.

»Nicht für mich.« Doris fuhr, und wir drängten uns zu viert in ihren gedrungenen, kleinen Honda. Ihr Umgang mit der Gangschaltung war ausgesprochen grob und unangenehm, mit jedem Ruck vom ersten in den zweiten und vom zweiten in den dritten wurden meine Kopfschmerzen schlimmer. Sie drehte die Heizung auf, bis die Fenster beschlugen, bis ich riechen konnte, was die einzelnen Fahrgäste von Körperpflege hielten. Leider roch ich mich auch selbst. Im Restaurant landeten wir ausgerechnet in einer Nische, und wieder saß ich neben Doris. Dabei kannte ich ihre verklebten Wimpern und den bonbonartigen Geruch ihres Parfüms schon allzu gut.

Sie pustete in ihren Tee, der die Farbe eines alten Wischlappens hatte, etwas schwappte über und lief mir über die Hand. Dann schwafelte sie los, ein endloser Vortrag darüber, wie man das Geisterloch akkurat dokumentieren könnte. Immerhin war es ein paranormaler Ort, es gab Möglichkeiten. Temperaturmessungen zum Beispiel, im Lagerraum und dem Raum darunter, vielleicht ein gemeinsames Interview (mir wurde schmerzhaft klar, daß sie eigentlich mich meinten), in dem unsere Reaktionen und unsere Theorien über das Geheimnis festgehalten wurden. Möglicherweise eine genaue medizinische Untersuchung meiner Hand? Ich ignorierte diese Absurditäten und starrte haßerfüllt auf meinen Chili-Hot dog, zu dem Dave mich gegen meinen Willen und wider besseres Wissen überredet hatte. Dieses Mal hatte ich recht gehabt. Das Ding sah aus wie etwas, das das Geisterloch ausgespuckt hatte.

»Offensichtlich ist es kein Naturphänomen«, meinte Doris und räusperte sich. Ashlee folgte ihr wie ein nervöses Echo. »Ich meine, da ist ein Loch im Boden, aber darunter ist nichts, es geht nicht in die Tiefe. Ich meine, das würden die Forscher sagen. Aber wir könnten gewisse Dinge dokumentieren, wir könnten untersuchen –«

»Zum Beispiel mit Tonbändern?« warf Ashlee taktlos ein, und Doris seufzte mitleidig, nein, natürlich keine Tonbänder. »Man muß Video einsetzen, das ist völlig klar – Nicholas, was ist los?«

Ich schüttelte den Kopf. Dave sagte etwas davon, daß sich Wissenschaft und Mystizismus nicht vertrügen, Doris entgegnete etwas, und so ging es hin und her, ein von vornherein zum Scheitern verurteilter Versuch, das Unaussprechliche zu klassifizieren. Ich drehte meinen Hot dog in kleinen, boshaften Kreisen auf dem Tisch herum, um mich, vielleicht, über ihr Geschwätz lustig zu machen.

Nach einer Weile fiel ihnen meine Zurückhaltung auf, daß ich nichts gegessen hatte, und Doris fragte mich auf ihre tapsige, o so sensible Art, ob gestern nacht »irgend etwas« geschehen war. *Was Bin Ich* in der seltsamen Fassung, die drei drängten sich wie die Vögel auf der Stange aneinander, bis ich ihnen einen kurzen Abriß der vergangenen Nacht gab, zumindest andeutungsweise, damit sie endlich still waren. Wenn ich Glück hatte, kamen sie auf die Idee, daß meine Wohnung im Moment vielleicht nicht der ideale Aufenthaltsort war. Als ich fertig war, waren sie mit dem Essen fertig. Ich warf einen letzten bedauernden Blick auf meinen Teller und schob mich träge aus der Bank. Ich war jetzt nicht mehr nur hungrig, jetzt war mir vor Hunger schlecht.

Auf der Fahrt zurück lehnte ich mit dem Kopf gegen das klebrige Beifahrerfenster. Ich hatte die Augen geschlossen. Würden mein Freund und sein Freund noch da sein? Nakota? Zusammen mit ihrer Armee von bösartigen Idioten mit leerem Blick, in dicken, fetten Jacken und mit dicken, fetten Ideen, die ihnen die Königin des Irrtums eingetrichtert hatte? Benutzte sie alle, so wie sie die Insekten benutzt hatte, die hysterische Maus am Ende des Fadens? Sie würde sie alle genauso kaltblütig baumeln lassen, und ein Teil von mir sagte: So laß sie doch. Wen kümmert es?

Ich bat sie anzuhalten und Bier zu besorgen. Sie durften sogar für mich bezahlen. Zum Teufel noch mal, wenn ich schon den gottverdammten Guru spielen mußte, dann durfte ich doch wohl wenigstens ein paar Privilegien erwarten. Und selbst wenn nicht, wen kümmerte es? Wen kümmerte es?

Ich ging als erster die Treppe hinauf, langsam und tief Luft holend, ich war in keiner guten Verfassung. Als ich den ersten Stock erreicht hatte, leider noch immer mit meiner kleinen Gesellschaft im Schlepptau (ist dir wirklich gut gelungen, sie abzuschrecken, Nicholas, alter Junge), da verspürte ich plötzlich dieses Gefühl. War es Sehnsucht? Gott! Heimweh nach dem Geisterloch? Vielleicht verdiente ich alles, was mir zustieß, was immer das noch sein würde. Aber es war so, auch wenn ich mich scheinbar dagegen wehrte, es war mehr und weniger als nur eine Geste. Egal, was für ein Ort es war, dunkle Gerüche, tanzende Schlacke und eine Verlockung, die so unverhohlen und gewaltig war, daß es seine Versprechungen nur mit einem flüssigen Zwinkern andeuten brauchte – es war, ohne Frage, der richtige Ort für mich. O Gott.

In der Wohnung war es still, was mich für den Augenblick aufmunterte. Wenn ich die Dingsda schnell genug loswerden konnte, war noch Zeit, mich zu betrinken und zu schlafen. Der Tag war sowieso hinüber. Aber kaum hatte ich den Schlüssel umgedreht, als hinter den Schritten der drei die einer vierten Person zu hören waren. Eine unwillkommene

Person, wie ich dem Schweigen entnahm. Ich drehte mich um, wer konnte es schon sein. Er hatte die Haare erschrekkend kurz geschoren, und sein Lächeln schien fast noch häßlicher als früher, wenn auch auf andere Weise: Malcolm. Er trug eine Schachtel unter dem Arm.

»Sieh mal an«, sagte er, als wäre dies seine Wohnung und wir ein paar störende Bettler, die Süßwaren oder Zeitungsabos verkaufen wollten. »Ich dachte, du hättest schon den großen Kunstsprung gemacht.«

»Aus dem Fenster?« fragte ich und stieß die Tür auf. »Oder in das Loch?« Ich nahm Dave das Bier ab und machte gleich eine Dose auf. Malcolm stand vor mir und umklammerte seine verdammte Schachtel. Man brauchte kein Astro-Physiker zu sein, um zu erraten, was drin war. Er bemerkte meinen Blick und lächelte.

»Ich habe sie ohne dich zu Ende gebracht«, sagte er. »Ich brauchte dich gar nicht mehr.«

»Herzlichen Glückwunsch.«

»Ich werde sie heute abend aufstellen, wenn Nakota nach Hause kommt.«

»Und wenn schon.« Mein Trio zappelte nervös auf einer Stelle, Doris war die erste des Dreiecks, kurz dahinter die anderen beiden. Die Wohnung sah genauso aus, wie ich sie verlassen hatte, kalt, verwahrlost und unappetitlich. Die verblichenen Drucke und Magazin-Ausschnitte wirkten, als hätte ein Innenarchitekt eine schlechte Kopie einer Bohemien-Wohnung abgeliefert, mit dem Charme einer Absteige. Jetzt fehlte nur noch Nakota und ihr Haufen, und die Hölle war perfekt. »Ganz ehrlich, Malcolm, von mir aus kannst du sie dir um den Hals hängen.« Ich rülpste laut und vernehmlich, es tat gut. »Aber laß mich bitte aus dem Spiel.«

Und wie auf ein Stichwort klopfte es, und Nakota, mein Freund und drei andere erschienen. Alle außer ihr rochen heute stark nach Club 22, sie trug zwar ihr Bardamen-Schwarz, aber heute hatte sie frei, wenn ich mich recht erinnerte. Zumindest mußte sie heute nicht servieren. Sie warf einen Blick auf die Schachtel, die Malcolm stolz im Arm hielt und meinte nur: »Fertig, wie ich sehe«, äußerst gelangweilt, nicht einmal bösartig, eigentlich nicht, es war nur ein Ziel, und sie zog beinahe automatisch die Pistole.

»Warte, bis du sie siehst«, sagte er, aber sie hatte sich schon abgewandt und redete mit meinem Freund, in einem unverständlichen Privat-Slang, wieder hörte ich das Wort ›Transkursion‹ und überlegte, ob ich nachfragen sollte. Einer von Nakotas Clowns griff nach einer Dose Bier, meinem Bier, und ich packte ihn am Handgelenk, hart, obwohl er bestimmt zwanzig Kilo mehr wog als ich. »Stell's wieder hin, Arschgesicht.«

Nakota lachte. »Schlechte Laune?«

»Friß Scheiße.« Sofort baute sich ihr Trio vor mir auf, und mit einem traurigen und erstaunlichen Mut trat auch meines vor. »Ganz ruhig bleiben, okay?« sagte Dave nervös und etwas zu laut. Mein Freund lächelte ihn verächtlich an, während Malcolm für den ganzen Zirkus nur ein abschätziges Schnauben übrig hatte. Dieses Mal mußte ich ihm zustimmen, ein Ereignis, das mir so bizarr vorkam, daß ich schmerzlich verwirrt mein Bier abstellte und mich am Kopf kratzte. Dabei löste sich mein Verband, und nun konnten alle das silberne Leck bestaunen, das auf meiner Haut einen sanften Perlmutglanz hinterließ, derselbe Glanz wie auf der Haut Ertrunkener. »Was zum Teufel gibt's da zu glotzen?« knurrte ich, schnappte mir wieder mein Bier und kroch zurück ins Bett. Nakota nickte zustimmend. »Eben, was soll das ganze. Ihr habt doch schon alle Freaks gesehen.«

Die Dingsda starrten die Idioten an, die Idioten starrten zurück. Malcolm umklammerte seine Schachtel und Nakota bedachte mich mit dem Blick, den ich am meisten haßte. Das Telefon läutete, es war Vanese. Sie wollte wissen, ob Randy schon da war. Dieses Element fehlte noch, er war genau der Mann, den ich jetzt hierhaben wollte. Wieder kratzte ich mich am Kopf, mein Gehirn war vom vielen Nachdenken schon ganz angeschwollen, es war zu groß geworden. Was einstmals zwischen mir und Nakota begonnen hatte, und was damals eine Faszination mit einer schwarzen, lockenden Chimäre gewesen war, hatte sich ausgeweitet, es gab mehr Leute (die sich wiederum in Fraktionen aufspalteten, mit unterschiedlichen Theorien und Wünschen), es gab Masken, es gab Randys sich bewegende Skulptur. Mir war das alles zu viel geworden, denn ich war nur ein ganz gewöhnlicher Mann, der kleine Mann sozusagen, und ich paßte so gerade eben in das Geisterloch. Es gab kein anderes Versteck als den Lagerraum, und es gab keinen Weg nach oben. Oder nach unten. Sollten die Spiele beginnen? Es war nicht so, dachte ich, und gab mir keine Mühe mehr, meine tropfende und schäumende Wunde zu verbergen, daß ich keine Show abziehen wollte. Ich wollte es nur nicht für sie tun.

Mein Freund schien meine traurigen Gedanken lesen zu können, denn er drehte sich zu Nakota hin und fragte leise, indem er mit dem Kopf in meine Richtung deutete, wann die versprochene Action denn stattfinden sollte.

Plötzlich stand ausgerechnet Ashlee in der Mitte des Zimmers und verkündete laut, wenn auch mit zitternder Stimme: »Ohne Nicholas geschieht nichts. Nichts läuft ohne ihn, also haltet euch besser raus, okay?« Meine drei Dingsda – wann waren sie eigentlich meine Dingsda geworden?, fragte mich eine kalte, schneidende Stimme in meinem dreistöckigen Gehirn, und wann wurde ich dieser billige Ersatzgott, der ich heute bin? – sahen mich mit großen Augen an, alle mit demselben Ausdruck, und die nackte Hingabe, die ich dort sah, machte mich fast wahnsinnig. Ich wollte fliehen, aber was passierte, wenn man den Schlüssel herumdrehte, wenn man die Zauberschachtel öffnete? Und wer ist letzten Endes verantwortlich?

Ich verharrte in meinem privaten Schmerz und bemerkte kaum noch meine Wunde, aus der es fröhlich weiter tropfte und die Flüssigkeit eine leicht riechende Schneckenschleimspur hinterließ. Malcolms Gesicht zuckte, als er unnötig laut verkündete: »Ich jedenfalls werde jetzt das erledigen, was ich erledigen wollte. Ihr könnt mitkommen oder euch verpissen, oder was immer ihr wollt.«

Wie ein Soldat marschierte er aus der Wohnung. Nakotas Barbaren wollten ihm sofort nach, als hätten sie eine Art Radarsystem eingebaut, das ihnen befahl, jeder Bewegung zu folgen. Mein Trio sah mich an. Und ich erschrak plötzlich, denn Nakota stand neben mir, wie war sie nur so nahe herangekommen? In ihrer Stimme lag etwas Pochendes, war es wirklich ihre Stimme? Das Telefon klingelte erneut.

»Kommst du?« fragte sie und schob sich noch näher an mich heran. Ihre Lippen streiften meine Haut. Ein dankbarer Schauder durchlief mich, es war schon so lange her, daß sie mich so berührt hatte. Sie küßte mich auf die Wange, eine Tat, die so brutal kalkuliert war, daß mir von ihrer Verlogenheit schlecht hätte werden sollen. Aber das wurde es nicht, denn dies war doch die wahre Nakota.

»Es ist deine Show«, sagte sie leise, auch das war kalkuliert, und ich wußte es.

»Geh, wenn du willst«, sagte ich. »Laß mich einfach nur allein.«

Ein giftiges Lächeln. Schon wieder wehrte ich mich. »Es könnte eine Überraschung werden«, meinte sie noch leiser. »Es könnte dir auch leid tun.«

Ich schloß die Augen. »Es tut mir jetzt schon leid.«

»Davon mußt du mir mal erzählen«, und fort war sie, sie schloß nicht einmal die Tür hinter sich. Das Pochen, das ich gehört hatte und mit ihrer Stimme verbunden oder für einen Hörfehler gehalten hatte, war keines von beiden: es war natürlich Geisterloch-Musik. Natürlich. Lassie kehrt zurück. Ich hielt mir wie ein störrisches Kind die Ohren zu, bis ich Doris sah, die mich gestikulierend anstarrte. Ich nahm die Hände wieder nach unten, damit ich verstehen konnte, was ich nicht hören wollte.

»Wirst du das zulassen?«

»Ich lasse überhaupt nichts zu«, sagte ich, sehr, sehr müde. »Ich mische mich bloß nicht ein.« Dann fuhr ein kalter Lufthauch durch den Raum. Randy kam herein.

»Seltsame Kundschaft«, meinte er nur, holte sich gleich ein Bier und brachte mir eins mit, zumindest konnte man sich darauf verlassen, daß Randy immer das Richtige tat. Er ignorierte Doris, die wieder bei Dave und Ashlee stand, und setzte sich neben mich. »Seltsame Kundschaft« wiederholte er. »Shrikes Truppe, das sind wirklich absolut fertige Typen, ich weiß nicht, warum du sie auch nur in die Nähe des Lagerraums läßt.«

»Ich weiß nicht, wie ich sie aufhalten könnte.«

»Ich werde sehen, was sich tun läßt.« Er ging ihnen nach, meine vertrauenswürdige rechte Hand. Gut für ihn, daß er es nicht wirklich war. Ich legte meine rechte Hand an den Kopf und tatsächlich, ich konnte das Pochen hören wie aus einem Lautsprecher. Offenbar eine Live-Übertragung. So live wie's eben geht. Neben diesem Geräusch hörte ich aber noch andere Laute, von unten, aber auch von oben, die Nachbarn. Sie schimpften, aber nicht aufeinander. Jemand schrie »Punk-Arschlöcher« und ich dachte, oh oh.

»Sollen wir auch gehen?« fragte Doris. Keine Ahnung, ich zuckte mit den Schultern, wie immer. Sie beratschlagten und verließen dann ebenfalls die Wohnung. Als sie mir im Hinausgehen einen Blick über die Schulter zuwarfen, kamen sie mir vor wie Puppen mit drehbaren Hälsen. Sie ließen selbstverständlich die Tür auf.

Es zog kalt vom Flur herein, und ich zog die Decke hoch und versiegelte sie mit etwas Leim aus meiner Hand. Ich schloß die Augen, und eine Ruhe, wie ich sie seit Wochen nicht mehr verspürt hatte, durchflutete mich. Ich fühlte mich beinahe gut. Das mußte wohl die Einsamkeit sein, in diesen Tagen ein seltenes Privileg für mich. Das Pochen wurde zu einem Wiegenlied, ich brauchte wirklich Ruhe. Nicht nur Schlaf, sondern wirklich Ruhe, einen Platz zum Atmen, einen Ort, an dem ich vergessen konnte.

Von oben hörte ich einen Schrei, aber ich blieb ruhig, auch als von unten ein dumpfes Stöhnen ertönte. Sagten sie nicht, daß es ohne mich nicht funktioniert? Also gut, dann spielte ich meine gewohnte Rolle: ich tat nichts. Noch mehr Schreie, und während ihre Echos mich umkreisten, glitt ich langsam in den Schlaf, was für eine wunderbare Sache, was für eine gute Idee. Unter den Decken war es warm, und meine Hand roch so gut. Zum Hineinbeißen gut.

»Nicholas!«

Scheiße. »Was ist los?« Ich öffnete ein träges Auge, wie hatte ich in so kurzer Zeit so tief schlafen können? Erschöpfung, das war es, aber immer kam jemand und weckte mich, wenn ich es am wenigsten gebrauchen konnte. Jetzt war es Doris, wild gestikulierend, ein entsetzter Blick. »Beeil dich!«

»Was?«

»Sie drehen völlig durch, Randy und Malcolm schlagen sich gleich, Malcolm hat die Maske angenagelt, sie schreien einander an, sie –«

»Von mir aus können sie sich gegenseitig umbringen«, entgegnete ich und meinte es in diesem Moment auch so. Ich wollte nur schlafen, wollte gar nichts spüren. Es kam mir nicht in den Sinn, mich zu fragen, warum ich ausgerechnet jetzt so gut schlafen konnte, wo ich mir eigentlich vor Angst in die Hose machen sollte. Ja, ein winziger Teil meines Gehirns, der schlaue Professor mit dem Zeigestock in der Hand, fragte tatsächlich, warum ist das so? Und dann bekam ich doch noch Angst, das weckte mich endgültig auf, und Doris nutzte die neue Lage sofort aus und hievte mich aus dem Bett, wahrscheinlich mußte sie an mir ziehen wie an einem Toten, einem großen, wabbeligen Sack.

Ich trat auf den Flur und konnte sie schon auf dem Treppenabsatz hören. »Laß mich los, du Arschloch!« Das war Randy, und dann Malcolms Schrei: »Faß es ja nicht an! Faß es ja nicht an!« Verzweifelt versuchte Doris mich anzutreiben, sie schubste mich nach vorne, und fast wäre ich gestürzt.

Ich schwang mich um das Geländer wie ein spielendes Kind oder ein Schauspieler, und dann sah ich das Durcheinander, hörte ein sonores Geräusch, das aus der Nähe des Lagerraums zu kommen schien. Dort balgten sich gerade Randy und mein Freund, während ein anderer von Nakotas Schlägern Malcolm vor die Brust stieß, der quiekte wie ein Schwein. Über der Tür hing ein Kopf. He, dachte ich, das ist ja mein Kopf.

Gipsweiß und blind, ein eingefrorenes Gesicht, nicht friedvoll, sondern wie vereist, am kältesten aller Orte. Die Maske.

Und aus ihr kam das Geräusch. Der Zwilling der Töne aus meiner Hand. Der Zwilling der Laute aus dem Geisterloch, es dröhnte laut hinter der Tür hervor. Etwas zog mich an wie die Schwerkraft, und ich bahnte mir mühelos einen Weg durch die Menge. Malcolm schrie mir etwas ins Ohr, Nakota war neben mir, und die anderen verloren sich in einem kreisenden Chaos, einem hoffnungslos choreographierten Ballett, welches das Thema des Boxkampfes variierte. Weswegen schlugen sie sich überhaupt, verdammt noch mal? Ich sah jemanden, den ich nicht kannte, der Nachbar von oben wahrscheinlich, der mit weitaufgerissenen Augen »Was zum Teufel ist hier eigentlich los?« schrie und der so wütend und echt verwirrt dreinblickte, daß er mir zu einem anderem Zeitpunkt wirklich leid genug getan hätte, um ihm eine Erklärung anzubieten.

Aber nicht jetzt. Nakota hing an mir wie ein Blutegel, was sie ja auch war, und ich spürte ihren aufgeregten Atem. Auch sie schüttelte ich ab, ich stieß sie mühelos zur Seite und riß die Tür auf. Ein Schwall brüllender Hitze schlug mir entgegen, genausogut hätte ich die Tür eines Hochofens aufreißen können. Ich ging weiter, es machte mir nichts aus, durch Feuer zu gehen, im Gegenteil, wie Vulkan konnte ich auf der glühenden Asche tanzen. Ich konnte mit Randys Skulpturen tanzen, und da kam auch schon eine auf mich zu, ihre Metallglieder wirbelten grüßend durch die Luft, wo war ich so lange geblieben? Das Leck in meiner Hand leuchtete, jetzt verstand ich das Wesen von Silber. Ich preßte meine Hand gegen das schmelzende Metall, es zischte, als würde Dampf entweichen, aber dieser Dampf war geschmolzen, dieser Dampf war Eisen. Er verband mich mit dem Metall, zog mich wie ein Magnet zum Geisterloch, wo die Hitze so flimmernd brannte, daß ich glaubte, bei lebendigem Leibe eingeäschert zu werden. Die Sonnenglut umschloß mich wie eine Gußform, meine Arme streckten sich nach den Flammen aus, so wie nach dem lebendem Metall der Skulptur, und durch das Feuer klang ein Echo, das pochende Trommeln, dreifach: Die Maske. Meine Hand. Das Geisterloch.

Ich, ich und ich.

Ich mußte kichern, es war so warm, mein Schweiß strömte wie Metall, und plötzlich löste sich die Umklammerung der Skulptur. Schade. Ich drehte mich um und sah Gestalten, sie kamen auf mich zu, schwache Silhouetten vor dem Dämmerlicht des Flures. »Wer ist da?« rief ich und erkannte im gleichen Moment die unverkennbare Vogelscheuchenfigur: Nakota.

Drei, vier andere waren bei ihr, vielleicht auch Randy, ich konnte es nicht genau erkennen. Ich sagte so etwas wie »Verschwindet«, auch wenn ich nicht spürte, wie sich Laute in meiner Kehle formten. Aber es war so heiß, daß man sowieso nichts anderes spürte. Ich wartete, bis Nakota neben mir stand und durch die Hitze, durch den Schweiß, schob ich mein Gesicht ganz nah an ihres und schrie so laut ich konnte. »Verschwinde hier, und nimm sie alle mit!«

Natürlich hörte sie nicht zu, vielleicht verstand sie mich im Gebrüll der Flammen wirklich nicht, jedenfalls versuchte sie, mich nach vorne zu stoßen, stemmte sich ungeduldig und unbedacht gegen mich.

Und verbrannte sich zur Strafe. Zischend wie eine Katze zuckte sie zurück, hielt sich den Arm fest, und während zwei andere ebenfalls zurückwichen, kam ein dritter näher, o ein wirklich tapferer Idiot, jetzt gibt es was zu bestaunen. Er versuchte, wie ich verblüfft erkannte, um mich herum zu schleichen, er wollte tatsächlich direkt auf das Loch los. Ich sagte: »O nein, du nicht«, und packte ihn am Arm und verbrannte ihn, es war nicht meine Absicht, aber, um bei der Wahrheit zu bleiben, es war mir auch egal, und es war wirklich etwas ganz besonderes zu sehen, wie meine Hand in sein Fleisch eindrang, wie ein Brandzeichen, ein Mal fürs Leben. Er brüllte – ich hörte es deutlich, trotz des lauter werdenden Pochens, das klang, als liefe ein gigantischer Motor langsam heiß –, und diesen Moment benutzte Nakota, um es selbst zu versuchen. Hinterhältige Hexe, wolltest du mich wirklich austricksen? Die Menge vor der Tür wurde immer größer, meine Sicht wurde plötzlich wieder klar, der Hitzeschleier löste sich auf, ich sah sie alle. Es waren zu viele. Ich hörte Randy und schrie ihm zu: »Schaff' sie hier raus!« Der Nachbar und eine andere Gestalt, einer von meinen Dingsda, rannten davon. Im Raum waren jetzt nur noch der gezeichnete Mann, Mr. Barbecue, zwischen den beiden anderen, die mit Nakota hereingekommen waren, aber auch sie waren nun mehr als bereit, auch ohne sie zu gehen. Feiglinge. »Nehmt sie mit!« rief ich, und es war fast komisch mitanzusehen, wie sie ihren Kumpel sofort für sie fallenließen. Ich mußte lachen. Und dann waren sie fort und die Tür glücklicherweise zu. Ich war endlich allein.

Mit der Hitze. Und der Verbrennung.

9

Der kalte, unabänderliche Morgen danach.

Ich lag auf dem Rücken, die Stille atmete schwer. Cinderella nach dem Ball. Meine rechte Hand leuchtete rosa verbrannt, jeder einzelne Muskel in meinem Körper schien gezerrt. Ich hatte auch einiges geleistet in der letzten Nacht. Mit der Skulptur getanzt. Leute verbrannt. Leute verletzt. Bist du stolz auf dich?

Aber was hätte ich tun sollen? Stöhnend suchte ich meinen Topf, sah die Kohlespuren auf dem Fußboden. Der ganze Raum stank nach Verbranntem. Was hätte ich tun sollen? Ich mußte sie aufhalten. Ich konnte doch nicht zulassen, daß sie in das Geisterloch sprangen, egal wie. Was hätte ich denn tun sollen?

Nun, sagte mein Gehirn. Du hättest einfach oben bleiben können. Ohne dich geht es doch nicht.

Was für ein Trick. Und wie leicht ich darauf reingefallen war. Ich war wie ein Hanswurst in die Falle gestolpert. Bruder Geisterloch: kein Wunder, daß ich die Aufsicht über dich übernehmen sollte. Bitte kommen Sie doch nach vorne, Sie verpassen ja den ganzen Spaß, und außerdem sind *Sie* doch die Hauptattraktion! In Tiefschlaf versetzt und dann aufgeweckt. Doris brachte mir die Hinweise, die mich nach unten locken sollten, damit die Show auch richtig losgehen könne. Häng' die Maske auf, Malcolm, nagele sie an die Wand, mach eine Menge Wirbel und schaff noch die Nachbarn herbei. Und du, Nakota, rühr sie nur gut um, diese Suppe, mit all deinem Mystizismus und diesem besonderen Egoismus, der sich einen Teufel um die anderen schert, schon gar nicht um ihre Sicherheit. Rühr gut um und vergiß nicht, deine Schläger hinzuzufügen. Versuch zu helfen, Randy, so gut es geht. Und du, Doris, kannst eine Nebenrolle spielen, du kannst den menschlichen Leichnam wiederbeleben, du spielst den Boten des Geisterlochs.

Und dann wieder die gleiche Frage: Warum ich? Aber

warum überhaupt fragen? Es gab keine Antwort, und vielleicht hätte ich sie gar nicht verstanden, wenn ich eine erhalten hätte, vielleicht war ich zu dumm, vielleicht war der letzte Funken Verstand in der vergangenen Nacht erloschen? In jenem schrecklichen Licht wäre beinahe Entsetzliches geschehen. Es war auch so schlimm genug: Nakota war schon wieder verletzt, ihr dämlicher Mitläufer ebenfalls (aber wie schwer?), und der Nachbar, was hatte er gesehen, was würde er erzählen und wem? Eine einzige große Pfuscharbeit, selbst geplant hätte man es nicht schlechter machen können. Was kam als nächstes? Ein Reporterteam? Live vom Geisterloch? Ich konnte nur erahnen, wie schlimm die Dinge wirklich standen, oder wieviel schlimmer sie noch werden würden. Im Augenblick konnte ich, vielleicht, nur den Schaden reparieren, mit dem wenigen, was ich hatte. Oder war.

Was ich allerdings hatte, was ich verstand, war Verantwortung. Natürlich, letzten Endes war es das Geisterloch, aber wer war schuld: Pandora oder die Büchse?

Ich trat zur Tür, warf einen vorsichtigen Blick auf den Flur und trat erst hinaus, nachdem ich niemanden sehen konnte. Es war bitterkalt. Ich trug keine Schuhe, auch wenn ich mich nicht erinnern konnte, sie ausgezogen zu haben. Die Maske starrte mich bleich und gleichgültig an, und ich fühlte mich irgendwie beleidigt, als mache sich mein eigenes Gesicht über mich lustig. Ich wollte sie herunterreißen, aber ich reichte nicht heran. Die Maske war mir sehr ähnlich, und die geschlossenen Augen verliehen meinen Zügen eine Art von leerer Würde. Ich ruhte in einem traurigen Frieden, und so war es ja auch. Letzten Endes hatte er eine gute Arbeit abgeliefert. Malcolms größtes Werk: mein Gesicht. Das stank ihm bestimmt gewaltig.

In der leeren Wohnung wusch ich mich hastig, spritzte mir Wasser über meine schmerzenden Arme, wobei ich die häßlichen Brandwunden ignorierte. Wenn ich mich beeilte, wenn es nicht schneite, selbst dann, konnte ich als erster wieder zurück sein. Es war noch früh, vor zehn. Pandora konnte ihren Fehler nicht mehr gutmachen, aber ich wette, daß sie nicht mehr rumläuft und Büchsen aufmacht. Oder welche offenließ, damit neugierige Finger hineinlangen konnten.

Es war wirklich ein gutes Schloß. Teuer. Kein Kombinationsschloß, ich konnte mir gut vorstellen, wie ich davorstand und mir überlegte, welche drei Zahlen ich wohl genommen hatte. Nein, ein Vorhängeschloß, eines, auf das man mit einer Pistole schießen kann und das noch immer nicht aufgeht. Nakota hatte zwar keine Pistole, aber sie wußte bestimmt, wo man eine kriegen konnte. Ich mußte sicher sein.

Die Verkäuferin schien mich für ziemlich seltsam zu halten, so wie ich die Vierteldollars mit meiner bandagierten Hand abzählte, dazu noch mein billiges Gehumpel, aber da dies keine neue Erfahrung für mich war, bedachte ich sie mit meinem irrsten Grinsen.

»Für meinen Käfig«, meinte ich.

Sie lächelte bemüht und versuchte, mir nicht ins Gesicht zu sehen. »Hoffentlich hält es«, sagte sie.

Ich hielt die Tüte in der linken Hand, die rechte baumelte herab wie ein Stück Holz. Als ich über den Parkplatz ging, dachte ich: das wird schwierig, denn Vanese ist gleichzeitig die einzige, der ich traue und diejenige, die mir am meisten Widerstand leisten würde. Aber ich mußte es versuchen. Ich fuhr langsam durch den vielleicht letzten Schnee des Jahres, der die Straßen bedeckte und die zweifelhaften Fähigkeiten der Fahrer testete, die nach einer Woche ohne Schnee schon wieder alles vergessen hatten. Verrückt oder nicht, zumindest konnte ich immer gut Auto fahren.

Vanese öffnete die Tür, und was immer für ein Lächeln sie vorbereitet hatte, es erstarb. Aber richtig böse schien sie auch nicht zu sein. »Also gut, komm rein«, sagte sie. Jetzt mußte ich lächeln.

»Zumindest weiß ich nun, wo ich stehe.«

Das Apartment war größer als meins, was nicht schwer war, aber es machte einen gemütlichen Eindruck, etwas, das in meiner Wohnung unmöglich schien. Überall standen Randys Kunstwerke, ein paar ganz nette Stücke darunter, es gab Fotos von den beiden, von Freunden, in einer großen Keramikvase steckten getrocknete Halme. Alte gemütliche Möbel. Annehmlichkeiten, die es bei mir, in der Absteige der Verdammten, nicht gab.

»Ich brate gerade ein paar Würstchen«, sagte sie und deutete zur Küche. »Willst du welche?«

»Ja«, log ich und folgte ihr in eine kleine Schachtel mit nachgemachten roten Ziegelwänden und einer fettgebräunten Ansammlung von Kühlboxen, die merkwürdigerweise die Form von Früchten hatten. »Da im Schrank sind Tassen, der Kaffee steht hier. Milch ist im Kühlschrank, wenn du welche willst.«

Ich wollte nicht. Mit geschickten Händen schnitt sie Paprikaschoten. Sie trug ein hellgrünes Stirnband oder etwas ähnliches und ein T-Shirt der Cleveland Browns. Mit einem hellen Zischen landete die Paprika in der Pfanne. »Ich habe schon alles über letzte Nacht gehört«, meinte sie, »und ich bin froh, daß ich nicht da war.« Ernst rührte sie den Inhalt der Pfanne um. »Ich wünschte, Randy wäre auch nicht dagewesen«, fügte sie zornig hinzu.

»Was glaubst du, was ich mir gewünscht hätte?«

»Klar.«

»Also, zuerst einmal tut es mir leid –« Aber diesen Quatsch kaufte sie mir keine Sekunde lang ab.

»Ich weiß«, sagte sie, »daß es nicht deine Schuld war. Und genau das ist deine Schuld, Nicholas. Du solltest die Dinge unter Kontrolle haben.« Ich schwieg. »Du hast damit angefangen, oder vielleicht auch ihr beide, egal. Aber sie ist verrückter als eine Scheißhausratte, sogar verrückter als du. Randy hat mir erzählt, was sie gestern nacht getan hat. Es kümmert sie einen Dreck, ob Leute zu Schaden kommen, oder ob sie draufgehen. Der Arm von dem Typ ist hin, verstehst du?«

Ich sagte immer noch nichts, aber ich fühlte mich elend, ein Gefühl tiefster Scham kroch in mir hoch. Ich wollte fragen, wie schwer er verletzt war, aber ich traute mich nicht. Statt dessen blickte ich auf den Boden und setzte die Kaffeetasse an meine trockenen Lippen.

»Glaubst du, der Typ bedeutet ihr auch nur so viel? Oder irgend jemand? Scheiße. Man kann ihr einfach nicht trauen.«

»Ich weiß.« Ich tippte auf die Tüte. »Dafür ist das da.«

Sie tat die Würstchen und die Paprika auf Teller und riß

etwas Küchenpapier von einer Rolle ab. »Was ist das, ein Würgeeisen?«

»Fast.« Ich zeigte ihr das Schloß, und ihr erleichtertes Lächeln entmutigte mich etwas, denn es gab nichts zu lächeln und ihr die Wahrheit zu sagen, kostete mich vielleicht ihre Hilfe. »Es ist nicht, was du glaubst, Vanese. Ich will mich damit einsperren.«

»Großartig.« Sie warf tatsächlich ihre Gabel nach mir, verfehlte mich aber, und preßte beide Hände an die Schläfen, wie es entnervte Mütter tun. »Verdammt, Nicholas, wie kannst du so dumm sein? Dieses Ding wird dich töten, verstehst du das? Und du willst dich mit ihm einsperren lassen?

»Hör nur –«

»Nein, du hörst zu! Ich habe genug von dieser ganzen Scheiße, ich brauche diese Scheiße nicht, verstehst du?« Ihre Stimme wurde höher, während sie lauter wurde. Ich glaubte, daß sie anfangen würde zu weinen oder um sich zu schlagen, und saß wartend da. Aber sie setzte sich hin und rutschte auf ihrem Stuhl herum, als wolle sie nach ihrer Gabel suchen. Ich gab ihr meine.

Sie nahm sie seufzend und drückte meine Hand. Ihre Finger waren kalt. »Ich wollte nicht laut werden«, sagte sie. »Aber mich macht das alles ganz verrückt, und ich weiß nicht, wie es den anderen geht, aber mir macht es keinen Spaß.« Sie seufzte erneut. »Iß deine Würstchen, bevor sie kalt werden.«

Schließlich versprach sie es mir, erst am Ende des Essens, aber ich hatte ihr Versprechen. »Heute«, sagte ich, ungefähr zum zehnten Mal. »Okay?«

»Also, gut. Heute. Jetzt, wenn du willst.« Sie nahm unsere Teller vom Tisch und ließ in der Spüle heißes Wasser darüber laufen. »Ich muß dir eine Frage stellen. Nur eine.«

»Also?« Ich senkte schon den Blick, ich wußte, was kam.

»Warum gehst du nicht einfach fort?« Sie fuhr mit einem alten Schwamm in der Luft herum. »Gib es auf, soll sie doch mit dem Geisterloch ficken, wenn sie will.«

»Ich kann nicht, das ist alles.«

Sie sah mich an. »Warum nicht?«

Nun, warum nicht? Weil es mich nicht gehen läßt, weil ich

nicht gehen will. »Ich weiß nicht«, log ich, aber ich wurde knallrot wie ein Schuljunge, und sie schüttelte den Kopf in einer Mischung aus Mitleid und tiefem Abscheu.

»Es ist wegen ihr, nicht wahr? Damit sie nicht ohne dich hineingeht. Damit ihr nichts passiert?«, fügte sie hinzu, von meiner Dummheit gleichermaßen verblüfft und abgestoßen.

»Nun, nein, wirklich nicht.« Ich klammerte mich an die Lüge, fragte mich, warum, denn die Wahrheit war sicher nicht schlimmer und genauso unglaubhaft. »Ich will einfach nicht. Ich meine, es ist doch besser, wenn ich hier bin, falls –« Hör auf zu plappern, du Idiot, du wirst noch roter als du schon bist.

»O Gott«, sagte Vanese, trocknete sich die Hände ab, zog sich ihren Mantel an und sagte dann lange Zeit nichts mehr.

Auf dem Weg zu mir kaufte ich einige Vorräte ein, diesmal mehr, und plötzlich fragte Vanese: »Ich will nicht neugierig sein, Nicholas, aber was ist, wenn du aufs Klo mußt?«

»Dann scheiße ich in das Geisterloch«, antwortete ich.

Die Maske war ihr unheimlich. So hatte Vanese sie noch nicht gesehen, angenagelt, was sie noch bedrohlicher machte. Die bleiche Patina, die geschlossenen, geisterhaften Augen, damit ich besser sehen kann, was du denkst, meine Liebe. »Wird dir nicht angst und bange dabei?« fragte sie und mußte dann lachen, natürlich nicht, ich hatte wirklich schon Schlimmeres gesehen. Was das betraf, sie auch.

Als sie darunter herging, wanderte mein Blick hinauf: Ihr, die ihr eintretet, laßt alle Hoffnung fahren... Und plötzlich glaubte ich zu sehen, wie sich die Züge der Maske veränderten, wie Knochen und Muskeln eine neue unheilvolle Form annahmen, so gänzlich anders und doch so bekannt.

Das Gesicht aus dem Video. Das lächelnde Gesicht des Nichts.

Es lächelte *mich* an.

»Vanese«, hauchte ich. »Sieh dir das an.« Hast du die

Maske gesehen? Hast du es bemerkt? In diesem Moment begann eine erneute Verformung, dieses Mal rückwärts, zum Neutralen, wenn man so will. Mein eigenes Gesicht, weiß und stumm. Es verriet nichts.

»Ich will es mir nicht ansehen«, sagte sie aus dem Dunkeln. »Ich will nur hier weg. Es ist so kalt hier.«

Und es roch nach Äther.

»Wie kannst du das nur aushalten?« Unwillkürlich trat sie näher und rieb sich die Arme. »Ich meine, wie –«

Mein Blick fiel auf Randys zweite Skulptur, Totenkopf, oder wie hieß sie noch gleich, beugte sie sich leicht, hatte sie sich bewegt? Auf sie zubewegt? »Vanese«, sagte ich. »Du gehst jetzt besser.«

»Okay. Hast du alles, was du brauchst?«

»Ja, alles.«

Die Skulptur bewegte sich tatsächlich, ich sah es, und im Hintergrund hörte ich so etwas wie Gekicher, das vom Flur zu kommen schien. Aber dort draußen war niemand, der kichern konnte. Und was war so lustig? »Vanese«, wiederholte ich lauter, »du solltest jetzt sofort gehen. Und achte darauf, daß –«

Der Mund des Metallschädels öffnete sich, ein stählernes Grinsen, und dann sprang das halb geschmolzene Metallstück plötzlich nach vorne, stürzte sich praktisch auf sie. Es erwischte einen Zipfel ihres Mantels und brachte sie aus dem Gleichgewicht. Sie schrie auf, so wie man bei einem schlechten Scherz aufschreit, eine tote Maus im Schuh oder eine Schabe im Kaffee. Ich packte ihren rechten Arm mit meiner rechten Hand und riß sie von der Skulptur weg, die schon ein Loch in ihren Mantel gebrannt hatte. Eine schlanke Rauchsäule stieg auf, wie von Lötzinn, das Geisterloch spuckte Äther, und ich schob sie zur Tür hinaus. »Raus hier!« Nach Atem ringend stand ich da und hörte, wie sie das Vorhängeschloß einschnappen ließ.

Minutenlang versuchte ich, durch die Tür mit ihr zu sprechen, fragte, ob alles in Ordnung sei, aber alles, was ich hörte, war Gemurmel, tiefe leise Stimmen, bis ich schließlich voller Angst aufschrie. »Vanese, sag etwas!« Und dann hörte ich meine eigene Stimme, die meine eigenen Worte perfekt parodierte. »Vanese, sag etwas!« Wieder dieses Kichern, und mir wurde klar, daß Vanese schon lange fort war, daß sie die Tür abgeschlossen hatte und verschwunden war. Ich lehnte mich mit verschränkten Armen an die Tür, wie ein Kind, das einen Eingang bewacht.

»Du läßt keine Gelegenheit aus, du Arschloch, was?« sagte ich.

Der Mund des Schädels öffnete sich, vielleicht bewegten sich auch die Lippen der Maske, aber die Stimme kam aus dem Loch.

Ich liebe dich.

Ich war überzeugt, daß Nakota rasen würde, aber wie üblich, hatte ich sie unterschätzt.

Kein Geschrei, nein, damit vergeudete sie nur ihre Kraft, sie fing sofort an zu schlagen, und erst Randy *und* Malcolm schafften es, sie davonzuschleifen, während mir Dave als hilfloser Beobachter einen Kampfbericht durch die Tür lieferte. Später kam Vanese herunter und erstattete müde Bericht. »Dave sitzt jetzt auf ihr.«

»Gut.«

»Malcolm will das Video sehen.«

»Sag' Malcolm – nein, sag Randy, er soll ihm das Genick brechen, wenn er das Video oder auch nur den Fernseher berührt, okay, Vanese?« Der schwachsinnige, geistesabwesende General flüstert seine Befehle durch die Tür. Ich dachte an Nakota, die jetzt schäumend vor Wut auf dem Boden in meiner Wohnung lag, ihr Zorn brannte schließlich Löcher in den Boden. Dabei haben wir hier doch schon genug Löcher, haha. Ich dachte mir kleine Ansprachen aus, noble Erklärungen über meine guten Absichten. Dabei war es nur Egoismus, mit ein bißchen Sorge um sie verwässert, sicher, aber auch das war egoistisch. Was hatte sie gesagt? »Nicholas hat es verloren.« Ja, und ich würde es zweifellos wieder verlieren, aber das war nun egal. Jetzt war ich sicher. Vor Nakota, ihren Lakaien, vor den Dingsda, vor allen.

Ich lehnte mit dem Kopf an der Tür, ein schöner friedlicher Augenblick, ich ganz allein mit meinem leeren Hirn. Ich mußte gähnen und dachte daran, wann ich das letzte Mal richtig geschlafen hatte, war es nicht hier gewesen, hier, am Rande des Lochs? Ja, natürlich. Alles ist möglich, wenn man –

»Nicholas!«

Randy. Aufgeregt.

»Was?« Ich richtete mich auf, mit offenen Augen und wild schlagendem Herzen. »Was ist los?«

»Es ist Shrike, Mann, du weißt nicht, was mit ihr los ist. Vanese kann sie nicht mehr bändigen.«

»Scheiße, wieso Vanese, wo zum Teufel sind Malcolm und Dave?«

»Malcolm ist gegangen und Dave, ich weiß nicht, wo er ist. Ich kann sie nicht mitnehmen, ich muß zur Arbeit. Sie will sich eine Kettensäge besorgen, sie sagt, sie wird das Schloß aufschießen, sie –«

»Das kann sie nicht, es –«

Plötzlich hörte man Nakotas unverkennbares Geheul auf dem Flur. Randy ging, ohne weiter auf mich zu hören. Dann war es plötzlich still. Ich stützte meinen Kopf in die Hände.

Ein Rosenduft erfüllte den Raum, üppig und verführerisch.

»Das ist nicht witzig«, sagte ich laut.

Meine Hand juckte, hatte schon während des Gesprächs mit Randy gejuckt, ein schreckliches, perlendes Jucken. Ich rieb sie brutal über den Boden, und plötzlich spürte ich eine Art Klumpen, etwas, das ich bestimmt nicht sehen wollte. Ich sah trotzdem hin. Der Geruch, die Rose in meinem Fleisch. Und Blut. Auf meinem ganzen Arm.

»Ich sagte, das ist nicht witzig!« Ich schmetterte meine Hand, so hart ich konnte, gegen die Tür, so als hielte ich einen Knüppel. Es tat so derartig weh, daß ich lange, lange Zeit nur an den Schmerz denken konnte. Und das war gut so.

Es war nicht hell im Lagerraum, nur weniger dunkel. Ich hörte ein Kratzen, wie von einer Maus, nahe an meinem Ohr und öffnete meine Augen. Meine Hand schmerzte noch immer. Jemand rief meinen Namen.

»Was?« Meine Kehle war ausgetrocknet. Mit der linken Hand griff ich nach der Fahrradflasche mit Wasser und trank einen Schluck, dann mehrere. »Was ist? Wer ist da?«

»Ich bin's, Vanese.« Wenn es wirklich Vanese war, dann stand es schlecht. »Wie geht es dir?«

»Gut.« Ich betrachtete meine Hand. Einer der Finger war eindeutig gebrochen. Jedenfalls war er grotesk angeschwollen. Das Loch in meiner Hand leuchtete in einem fröhlichen Faschingsrot. »Mir geht es gut. Wo ist Nakota?«

»Ich weiß es nicht.«

»Was ist mit dir? Bist du okay?«

Schweigen.

»Vanese, antworte mir.«

Der Schädel äffte meine Worte nach, bewegte synchron seinen Mund. »Vanese!« Ich warf die Wasserflasche nach ihm... »Schluß damit! Vanese, bitte, antworte mir.«

»Nicholas?« Eine lange Pause. »Ich glaube, ich möchte nicht mehr hierherkommen.«

»Was ist passiert? Was –«

»Sie hat mein Auto zu Schrott gefahren, Nicholas. Sie hat es mitten in die Garage meiner Mutter gesetzt.« Ein langer Seufzer. »Meine Mutter hat einen Anfall gekriegt. Sie ist...« Nichts mehr. Der Schädel zwinkerte mir zu. Irgend etwas bewegte sich am anderen Ende des Raumes. »Randy mußte zur Arbeit. Ich sollte sie irgendwohin bringen. Also habe ich sie mit zu meiner Mutter genommen. Dort hat sie dann versucht, mein Auto zu stehlen. Ich bin reingesprungen, und dann hat sie es einfach gegen die Rückwand der Garage gefahren. Ich dachte schon, sie würde es durch die Mauer fahren. Sie ist verrückt, Nicholas, ich glaube, jetzt ist sie wirklich wahnsinnig, irgend etwas da oben ist kaputtgegangen.« Wieder ein Pause. »Sie hat sich den Kopf gestoßen. Ich übrigens auch.«

»Geht es ihr – geht es euch gut?«

»Ihr geht es gut«, antwortete sie ohne Bitterkeit, aber auch ohne Mitgefühl. Weder für Nakota, noch für mich. »Mir geht's auch gut. Die Ärzte haben mir zwei Spritzen gegeben, gegen die Schmerzen.« Deshalb klang sie so emotionslos, deshalb sprach sie in diesem leiernden Tonfall. Ein Schmerzmittel. »Ich muß wieder zu meiner Mutter zurück. Zumindest hat Nakota den Wagen dagelassen.« Sie lachte düster.

»Vanese?«

Nichts.

»Vanese, bist du noch da? Vanese!« Der Schädel drehte sich im Kreis, eine Bewegung, die etwas Obszönes an sich hatte, wie ein Striptease. »Vanese!«

Dann hörte ich ganz leise, durch die Türspalte: »Paß auf dich auf, Nicholas.«

Sonst nichts.

Ich wartete. Ich wartete lange, so lange, bis der Schädel mitsamt seinem Stahlsockel auf mich zugehumpelt kam und sich wie ein groteskes Schoßhündchen auf grauenhaft spielerische Weise vor mir auf dem Boden rollte. Er versuchte sogar, meine Füße zu lecken. Ich trat nach ihm, heftig, und er rollte weg, kam aber sogleich zurück und schnappte nach mir, nicht böse, aber immerhin. Ich ignorierte ihn, und er rollte auf seinen Rücken, oder was immer es war, und beobachtete mich. Ich mußte pissen und achtete darauf, daß ich den Topf dicht genug neben den Schädel stellte, um ihn zu treffen. Aber das war nur eine weitere Gelegenheit, sich erneut über mich lustig zu machen, er badete geradezu in dem Strahl, ein goldener Schauer für einen silbernen Schädel, selbst mir wurde schlecht, und ich hatte schon angefangen zu glauben, daß mich nichts mehr zum Kotzen bringen konnte. Offenbar gab es Stufen der Perversion, die selbst mir noch unbekannt waren.

Nakota. Wo war sie? Zu Schrott gefahrene Autos, eingeschlagene Schädel, und das war nur der Anfang, denn sie war fest entschlossen, sie war der entschlossenste Mensch, den ich kannte, und es war unglaublich dumm von mir zu glauben, daß ich sie auf Dauer draußen halten konnte, wenn sie herein wollte. Ich hatte bestenfalls eine Verzögerung erreicht, schlimmstenfalls hatte ich sie herausgefordert. Und sie hatte Malcolm und ihre Schläger.

Wie heißt es? Jede Minute werden solche Menschen geboren, ohne silbernen Löffel im Mund, aber hungrig, genährt von Langeweile und Haß. Natürlich. Und wer kannte die Landkarte, die zu ihrem Mekka führte?

Derjenige, der das Video besaß.

Davor hatte ich am meisten Angst. Daß sie es anderen Leuten zeigte und sie rekrutierte. Nakota brauchte eine Armee, um hier hereinzukommen? Also gut, sie würde eine aufstellen. Das brachte sie fertig.

Von draußen hörte ich in der Ferne ein Lied. »Armer Nicholas.« Die Maske sprach, süß wie Gift, ihr Kichern klang wie eine Säureblase, die bis zum Platzen gefüllt ist. Ich hatte genug Zeit, mir neue Schimpfnamen für mich auszudenken, mehr noch, als mir einfiel, daß Vanese den Schlüssel für das Vorhängeschloß hatte. Und wenn schon. Der Schädel zog langsame Kreise um das Geisterloch, wie ein Rennfahrer, der sporadisch ein paar Runden dreht. Es war doch alles egal. Sie kommen rein oder nicht, und nichts, was ich tue, spielt eine Rolle.

Denn sie sind draußen, und ich bin drin.

Die nächste Stimme, die ich hörte, war die Malcolms.

»He, Nick«, sagte er. »Wie gefällt dir die Maske?«

Ich antwortete nicht. Mir war heiß. Ich fragte mich, ob das Geisterloch diesen Effekt auslöste und ob ich Fieber hatte. Der Lagerraum roch frisch und rein, als hätte jemand gerade gründlich saubergemacht. Ich kroch winselnd zur Tür. Allein der Gedanke, meine Hand zu bewegen, verursachte Schmerzen. Ich betrachtete sie, und in der Mitte war noch mehr Fleisch verschwunden, wie abgenagt, und im Zentrum der Wunde lächelte mich eine perfekte, grausame Karikatur Malcolms an, ein Malcolm aus Ton, der genauso gestikulierte und redete wie der echte Malcolm hinter der Tür.

»Ich werde noch Kopfschmerzen bekommen«, meinte Malcolm. Der Ton-Malcolm kicherte in meiner Hand. »Nakota ist *wirklich* wütend auf dich.«

»Das wäre wirklich mal was Neues. Warum verschwindest du nicht und läßt mich in Ruhe? Du hast die Maske gemacht, das, was du wolltest, nicht wahr?«

»Alles, was ich zuerst wollte«, korrigierte er mich, und der kleine Kopf runzelte die Stirn und schürzte die Lippen wie ein Insektenexperte. »Aber hier gibt es ja noch viel mehr zu entdecken, nicht wahr, Nick? Viel mehr.«

»Du hast recht. Aber ich behalte alles für mich selbst.«

Das brachte ihn auf, er war wirklich leicht zu verärgern, und weil es irgendwie Spaß machte und es keinen Grund mehr gab, vorsichtig zu sein, machte ich weiter. »Jawohl«, fuhr ich hämisch fort, »eine ganze Welt voller Wunder, und du, Malcolm, du dumme Sau, du wirst nichts davon mitbekommen. Hier geht genug vor, um fünfzigtausend Masken herzustellen, aber nicht eine mehr für dich.« Ich trank einen Schluck Wasser, der schmeckte, als käme er direkt aus der Kloschüssel. Nur, daß es wärmer war.

»Warte nur, bis sie kommt«, zischte er, und das Gesicht des kleinen Malcolms verzerrte sich zu einer rosa Spirale, bis er fast so aussah wie das Phantom der Oper. Sehr beeindrukkend. »Droh mir nicht mit Nakota«, sagte ich. »Ich habe schon genug Angst vor ihr.« Plötzlich war ich des Spiels müde und klatschte in die Hände. Ich ignorierte den wirklich erstaunlichen Schmerz, den ich dabei empfand und sah erleichtert, wie das Gesicht des kleinen Malcolms plattgedrückt wurde und verschwand, zurück in mein Fleisch, nichts weiter als altes Narbengewebe.

Der echte Malcolm schwieg. Keine spöttische Retourkutsche, und ich fragte mich, ob das mit meinem Klatschen zusammenhing. Aber dann hörte ich ihn wieder. »Vergessen wir die ganze Sache, okay? Du gibst mir den Schlüssel, und dann können wir über alles reden, Nick.«

»Davon halte ich gar nichts.«

»Ich muß dir ein paar Dinge über die Maske erzählen« sagte er, als sei das der größte Anreiz überhaupt. »Sie –«

»Nein.«

»Ich wette, du hast den Schlüssel gar nicht, oder?« Er war schon wieder sauer. Schade. Hatte er wirklich geglaubt, daß sein leicht durchschaubarer Von-Mann-zu-Mann-Scheiß auf mich Eindruck machen würde? »Wahrscheinlich hast du ihn Randy gegeben, diesem dummen Bastard – «

»Ich habe ihn niemandem gegeben.«

»Wo ist er dann?«

»Ich habe ihn ins Geisterloch geworfen.«

Eine lange und komplizierte Pause.

»Du bist ein Lügner, Nicholas.«

Das war Nakotas Stimme und mir lief ein Schauder über den Rücken, nicht weil sie wütend klang oder wahnsinnig, gewalttätig oder einfach nur aufgebracht. Weil sie fröhlich klang. Warum war sie fröhlich?

»Du hast recht«, sagte ich. »Ich bin ein Lügner. Ich habe den Schlüssel nicht ins Geisterloch geworfen, ich habe ihn mir in den Arsch geschoben, ach nein, ich habe ihn in Randys Arsch geschoben, was hältst du davon, Malcolm? Was geht es dich überhaupt an? Du kommst nicht rein, und damit Schluß. Wenn es sicher ist, sicherer, dann –«

»Du bist nicht der Richter«, sagte Nakota ruhig und vernünftig. Was für eine furchtbare Scheiße hatte sie vor, dort draußen? »Du hast noch nicht einmal verdient, was dir dort drinnen passiert. Heilige und Verrückte, Engel und Kinder.«

»Was soll das?«

»Das ist ein Zitat, du Schwachkopf«, seufzte Malcolm entnervt.

»Es bedeutet«, begann Nakota, als plötzlich ein Gestank von Korrosion und Abfall aufkam, so wie auf der größten Müllkippe der Welt. »Es bedeutet, daß ich dort drinnen sein sollte und nicht du. Denn ich weiß, worum es geht. Du hast mich davon abgehalten, das Video zu kopieren, aber ich weiß jetzt, daß es sowieso nicht so funktioniert hätte, weil es das nicht braucht. Es spielt keine Rolle.«

Ich hielt mir die Hand vor Mund und Nase. Es half nichts.

Sie fuhr fort. »Ich weiß, was all das bedeutet. Ich kenne die Pfade und die Pforten. Das Geisterloch ist eine Straße zum Wechsel, zur Transkursion.«

Ich zog mir das Hemd aus und wickelte es um mein Gesicht wie eine improvisierte Räubermaske. Sie redete weiter über Transkursion, was im Lexikon darüber stand – eine Reise über die bekannten Grenzen hinaus, eine ungewöhnliche Abweichung – und trug dann ihre eigene, verdrehtere Interpretation vor. Der Wechsel sei so einschneidend, so fundamental, daß man am anderen Ende des Geisterlochs selbst in einem Zustand des Wechsels wäre, eine Zweigstelle der Kirche der Transkursion. (Sie schien nicht darüber nachdenken zu wollen, ob es wirklich ein anderes Ende gab; die Reise zählte). Und während ihre Erklärungen immer abstruser wurden, während aus dem Geisterloch ein Geistergott wurde, wühlte der Gestank immer wilder durch den Lagerraum, bis er sich wie ein alter Lumpen in meinen Hals bohrte. Ich mußte schreien. »Halt den Mund, halt den Mund! Ich ersticke hier drin.«

Sie hörte auf. Der Gestank verschwand nicht, aber es wurde etwas besser. Minutenlanges Schweigen, dann hörte man Malcolm. »Die Maske kann sprechen, Nick.«

»Er heißt Nicholas, du Arschloch«, unterbrach Nakota ihn verärgert.

»Ich weiß, daß sie sprechen kann, Malcolm«, antwortete ich. »Ich kann auch sprechen, selbst du kannst sprechen, also kann es nicht so eine große Sache sein, oder?«

»Sie sagt uns Dinge«, sagte Malcolm und Nakota lachte düster: »Sei still, Malcolm, Nicholas sollte nichts von diesen Dingen hören, es könnte ihn erschrecken. Aber er wird es schon herausfinden. Es wird sich nicht vermeiden lassen.« O Gott, dachte ich. Was für Dinge?

»Weißt du, was Transkursion wirklich bedeutet?« fragte sie lachend, sie schien gar nicht mehr aufhören zu können, und die Maske fiel in ihr Gelächter ein. Meine Stimme, mein Lachen. Dann hörte man nur noch zufriedenes Geflüster auf der anderen Seite, es schienen noch andere gekommen zu sein. Auch der Verbrannte? Wollte er noch mehr? Wen hatte sie noch für ihren dummen Feldzug begeistern können, für ihren blinden Opfermarsch, dessen Blut letzten Endes an meinen Händen kleben würde?

Ich wollte es nicht wissen. Ich wollte die Tür aufmachen und davonlaufen, war das ein letzter Rest von Selbsterhaltungstrieb oder ein Trick des Geisterlochs? Plötzlich war mir alles zuviel, ich konnte es nicht mehr ertragen. Ich kroch auf das Geisterloch zu, meine Hand hinterließ eine schleimige Spur des Schmerzes. Der Gestank wurde überwältigend. Es gab keinen Ausweg mehr, nur noch einen Abstieg, nicht raus, sondern rein.

Und ich stieß meine Hand so tief hinein wie es nur ging, hart, eine sexuelle Metapher, wenn man will, ein Fist Fuck für das schwärzeste aller Löcher. Ich zitterte, aber die Hitze um meinen Kopf war so intensiv, daß es weh tat. Mir war schlecht, der Gestank, mein Fieber, und draußen wurden die Stimmen lauter, entweder war es ein Aufruhr oder ich konnte nicht mehr richtig hören. Egal. Ich bin drin und –

Ich liebe dich.

Und meine Hand wurde zusammengepreßt, als sei sie in eine Maschine geraten. Ich schrie, ich brüllte, mein gebrochener Finger wurde geknickt und verdreht, meine Knochen schienen in meinem Körper herumzuwirbeln. So müssen sich die Insekten gefühlt haben, schoß es mir durch den Kopf, während es mich langsam hinabzog, etwas saugte an mir. Wollte es zurück haben, was es gegeben hatte, oder was *mir* gehörte, Schleim oder Blut? Es gab kein Zurück mehr, ich hätte mir den Arm abreißen müssen. Vielleicht würde mir das Loch den Gefallen tun.

Und als der Schmerz unerträglich wurde, da zog es mich plötzlich nach oben, eine Levitation, aber völlig senkrecht, wie ein Pfeil schwebte ich über dem Loch, und meine Tränen liefen mir nicht die Wangen hinab, sondern hinauf und tropften in mein Haar.

»– nicht –«

Mehr. Höher.

Und es ging weiter, o Gott ich hätte nicht gedacht, daß es solche Schmerzen gibt und ganz bestimmt nicht, daß sie sich alle in dem kleinen Gefäß meines Körpers vereinigen. Ich wunderte mich, daß ich noch lebte, und plötzlich konnte ich nichts mehr sehen, ich glaubte zu verschwinden, aber noch *fühlte* ich, o mein Gott, würde es nie mehr enden?

Es endete nicht.

Aber mein Leben endete.

Zumindest für eine kleine Weile.

Der Geruch von Pisse und Schmerzen im Kreuz.

Meine Lenden taten weh, zwischen meinen Beinen juckte es höllisch, aber verglichen mit dem, was vorher gewesen war, bevor ich ohnmächtig wurde oder was immer, war es kaum der Rede wert. Ich konnte auch schon wieder sehen. Ich konnte hören, auch wenn es nicht viel zu hören gab. Kein Geschrei mehr vor der Tür.

Keine Stimme mehr aus dem Geisterloch.

Ich lag dicht daneben, wie ein Liebhaber, und mein Arm steckte noch immer drin. Ich wollte nicht ausprobieren, ob ich mich bewegen konnte, genoß den Luxus, nicht mehr an ein Kreuz geschlagen zu sein. Ich brauche nicht viel. Irgendwann würde ich mich allerdings bewegen müssen, und sei es nur, um mich zwischen den Beinen zu kratzen. Ich mußte mir in die Hose gepinkelt haben, und jetzt waren meine Windeln naß. Ich mußte lachen, ein krächzendes, hartes Geräusch, das mit einem leichten Würgen endete, und plötzlich durchlief mich eine Welle der Übelkeit, und ich mußte mich aufsetzen, ich steckte den Kopf zwischen die Knie und würgte und hustete, aber es kam nichts hoch.

Als es vorbei war, blieb ich mit hängenden Schultern sitzen, stützte die Arme auf die zitternden Knien, bis ich bemerkte, daß ich mich bewegt hatte, daß mein Arm wieder frei war, ja daß er nicht einmal mehr schmerzte.

Nun, dachte ich, willst du dir das wirklich ansehen?

Nein.

Ein schneller Blick, und du hast es hinter dir.

Nein.

Ich fürchtete mich davor, meine Finger zu bewegen, vielleicht hatte ich ja keine mehr. Ich hatte Angst davor, wie ein Loch wohl aussah, nach solch einem intensiven Abendmahl, aber ich hatte auch Angst davor, nicht hinzuschauen. Nichts ist schlimmer als die Ungewißheit, stimmt's?

Und das Kichern von draußen hallte in meinen Ohren, als lecke eine Zunge daran.

Ich sah hin.

Und ich würgte erneut, vor Ekel wurde mir erneut übel, ich konnte nichts dagegen tun, der Speichel tropfte mir aus dem offenen Mund. Ich sah noch einmal hin, mußte wieder würgen und schaute doch ein drittes Mal.

Meine Handfläche war verschwunden. Alles war ein großes Loch, meine Finger sprangen hervor wie die Zacken eines Seesterns, mein Handgelenk ragte darunter hervor wie ein nutzloses Objekt, das man am falschen Platz angebracht hat. Ich zitterte, alles an mir zitterte. Ich drehte meine Hand um. Die Oberseite sah ganz normal aus, so wie immer. Ich drehte sie wieder um. Loch. Hand. Loch. Hand.

Das konnte man nicht mehr unter einem Verband verstekken. Das Beste war wahrscheinlich eine Amputation, die ich natürlich selbst vornehmen mußte. Genau, ich hacke das Mistding ab. Ich schmeiße sie ins Geisterloch oder binde einen Strick daran und gehe ein bißchen angeln, das wird der Fang des Tages. Plötzlich merkte ich, daß ich mit mir selbst sprach, sehr laut, lächelnd, und eine leise Stimme sagte, nun das war's, jetzt bist du endgültig übergeschnappt. Herzlichen Glückwunsch. Du bist an den Punkt gekommen, wo alles an dir nur noch Bewegung ist. Ständige Bewegung. Ich starrte meine Hand an, das Loch. Ich krümmte meine Finger, um zu sehen, wie sie sich bewegten. Es war erstaunlich, sie sahen aus wie Marionettenfinger, aber wo waren die Drähte, hm? Wo sind sie nur?

Bumm! Die Tür. Kein Klopfen, sondern ein Donnern, das Holz zitterte. Ich hörte meine Stimme, merkwürdig weit entfernt, völlig ausgetrocknet. »Macht das nicht.«

Die Stimme der Maske erklang. »Macht es.« Wie ein vorgetäuschtes Echo, bösartig und kühl. Ich hörte Stimmen, durcheinander. Die bestimmendste gehörte natürlich Nakota, aber auch Randy war dabei.

So viele Fragen und so wenig Zeit. Ich fuhr mir über den Mund und rief: »Wer ist da?« Diesmal schwieg mein Doppelgänger. Allein dafür war ich schon dankbar.

»Wir alle.«

Ich lehnte meine schmerzende Stirn gegen die Tür. Eine Frage nach der anderen, bitte. »Und wie viele sind alle?«

»Soll ich sie abzählen.«

Randys behutsame Stimme. »Hier draußen sind eine ganze Menge Leute, Nicholas.« Eine Pause. »Bist du okay? Brauchst du etwas?«

Zunächst einmal eine Handtransplantation. Besser noch einen neuen Kopf, wenn ihr einen übrig habt. Ihr bräuchtet eigentlich nur die Maske hereinzureichen, wir reden gleich, wir sehen gleich aus, manchmal – Randy stritt sich immer noch, es ging um die Maske. Malcolm widersprach ihm und plötzlich regte mich der Klang seiner dummen, pompösen Stimme ungeheuer auf, und ich rief: »Halt dein Maul, Malcolm, oder soll ich rauskommen und dir weh tun?«

Schweigen.

Waren sie dumm genug, um Angst vor mir zu haben? Hatten sie vergessen, daß ein dickes, fettes Schloß an der Tür hing? Oder glaubten sie, daß mich eine solche Kleinigkeit nicht irritieren konnte? Immerhin, ich hatte schon einen Camcorder schmelzen lassen, wer wußte schon, was ich noch für Asse im Ärmel hatte. Und dann war da natürlich noch meine immer schneller verrottende Hand. Mir kam noch ein Gedanke: glaubten sie vielleicht, daß ich die Maske zum Sprechen brachte? Mit meinen neuen, verbesserten Geisterloch-Superkräften? Verdammt noch mal, waren denn alle anderen noch verrückter als ich? Legt eure Liebesgaben vor die Tür, Leute, und dann verzieht euch.

Ich lachte lautlos in meine Hand, die linke, sicher, und merkte, daß ich mich setzen mußte. Ich fühlte mich schwach, so schwach, als könne ich jeden Moment umfallen. »Randy?«

»Ja?«

»Ist Vanese da?«

»Nein. Sie und ich, wir sind lange nicht mehr hiergewesen, Mann«, fügte er traurig hinzu.

»Wie lange?«

Nakota schaltete sich ein. »Du bist schon sehr lange da drin, Nicholas.«

Und wie lange war ich ohne Bewußtsein?

Wie lange hatte meine Hand im Geisterloch gesteckt, diesem Leitungsrohr? Nakota hatte noch mehr zu sagen, aber ich hörte nicht mehr zu. Kopfschüttelnd lehnte ich mit dem Rücken an der Wand, bis etwas, das sie sagte, mich aufhorchen ließ.

»Ich sagte, wir haben das Schloß gestern morgen aufgebrochen.« Unter ihrer flachen Stimme brodelte die Enttäuschung wie Lava. »Ich wollte –«

»Sie wollte die Tür mit einer Kettensäge bearbeiten«, unterbrach Randy sie trocken.

»Aber der Kopf sagte nein«, fügte Malcolm beklommen, aber mit einem gewissen Stolz hinzu.

»Welcher Kopf?«

»Er meint die Maske«, sagte Randy müde.

Die Maske sagte also nein. »Randy«, sagte ich und hörte, wie die Maske das gleiche Wort aussprach, ein gespenstischer Klang. Ich ignorierte ihn. »Randy, hol Vanese her. Du mußt sie herschaffen, egal wie.« Es war mehr eine Bitte als ein Befehl, ich meinte es nicht so. »Bitte«, sagte ich, und die Maske fügte deutlich hinzu: »Und ihr anderen verschwindet auf der Stelle.«

Ich hörte Schritte, die Leute gingen weg, aber wie viele es waren, konnte ich nicht sagen, ich konnte nicht mehr zählen, ich konnte gar nichts mehr. Randy versprach etwas durch die Tür, aber ich wollte es nicht mehr hören, alles, was ich noch hören wollte, war die Stimme von Vanese, ihren scheltenden Ton der älteren Schwester, der mich so beruhigte. Sie sollte mir alles erklären, mir auch Glauben schenken, und wenn ich sehr viel Glück hatte, würde sie vielleicht am Schluß sagen, alles wird gut, Nicholas, hörst du? Alles wird gut.

Schließlich wurde es still auf dem Flur, und ich begann zu weinen. Große, fette Schluchzer, die meine Brust beben ließen. Mir war kalt, nur mein Gesicht und die Tränen waren heiß, o Gott, ich will hier raus, aber dazu war es wohl zu spät. Viel zu spät. Ich wackelte mit meinen Marionettenfingern, starrte auf das kleine Geisterloch in meiner Hand und fragte mich, was wohl heraus kriechen würde, eines schönen Tages, in dem herrlichen, erschöpften Moment, wenn ich –

»Nicholas.«

Nakota.

»Nicholas, laß mich rein.«

»Geh weg«, sagte ich weinend. »Bitte, Nakota, bitte, geh weg.«

»Ich kann dir helfen«, sagte sie, und sie hatte wahrscheinlich recht, wenn ich unter Hilfe verstand, mich von ihr zertrampeln zu lassen. »Ich bin die einzige, die Bescheid weiß.«

Ich weinte mittlerweile so heftig, daß ich kaum sprechen konnte. »Geh bitte weg.«

Und dann knallte sie wieder gegen die Tür, ihre Enttäuschung brach auf, sie rüttelte am Türknauf und beschimpfte mich. Bastard, Schwanzlutscher, Hurensohn. Ich sank auf die Knie und rief hilflos: »Ich lasse dich nicht herein, niemals. Darum geht es doch, deshalb –«

Sie wurde wieder still. Schließlich ging sie.

Vanese. Bitte, Vanese.

Ich mußte tief geschlafen haben, denn als ich erwachte, fühlte ich mich zwar nicht besser, aber menschlicher, ich konnte mich wieder auf einfache Empfindungen konzentrieren. Ich habe Schmerzen im Schritt, ich bin durstig, ich habe Hunger, ich bin ganz wund.

Es war eine Erleichterung, sich wieder einmal um körperliche Dinge zu kümmern, auch wenn ich nicht besonders geschickt war. Ich zog mir die Hose aus und untersuchte die wunde Stelle. Wie es bei einem Säugling ist, hatte ich nie gesehen, aber bei mir sahen diese dunklen, wunden Stellen ziemlich böse aus. Ich goß etwas Wasser darüber, bis ich merkte, daß ich kurz vor dem Verdursten war. Dann trank ich das Wasser lieber, die ganze Flasche. Dann pinkeln, und es tat so gut, es war so einfach. Ich saß mit dem nackten Arsch auf dem Boden vor der Tür und aß etwas von meiner Notration. Es schmeckte gut. Nichts ist besser als die animalischen Freuden.

Und noch eine Freude. »Nicholas?« Es klang so nah, als würde sie in mein Ohr sprechen, mein freudiges Ohr. »Vanese!«

»Ja.« Sie klang erschöpft. »Was zum Teufel geht hier vor?«

»Ich dachte, du könntest es mir sagen«, antwortete ich und hatte Mühe, mein Essen herunterzuschlucken.

Schweigen. »Nun, das Schloß ist nicht mehr an der Tür.« Ich drehte mich um und schmiegte mich an die Tür, um näher bei ihr zu sein. Sie sprach wieder mit der zornigen Stimme der älteren Schwester: »Was geschieht mit dir, Nicholas, sie erzählen alles mögliche, schreckliches Zeug, sie –«

»Ich erzähle es dir«, sagte ich. »Und dann erzählst du mir alles.«

Es war zweifellos eine gute Story, und wenn ich meine Version auch etwas stockend vortrug, so kam sie doch gut zu ihr rüber, zumindest das Wesentliche, die Gefühle. Ich hörte es an ihren Reaktionen. Ihre Version war für mich noch interessanter als meine Mensch-gegen-Geisterloch-Szenerie, auch erschreckender, aber ich hatte schließlich eine einzigartige Perspektive, ich war ein echter Insider.

Sie war die meiste Zeit nicht dabei gewesen, und was sie von Randy hörte, klang nicht gut. Nakota und ihre rekrutierenden Idioten, plus Malcolm, ständig lief das Video –

»Ich wußte es«, seufzte ich, aber es hatte keinen Sinn, es war nicht mehr zu ändern, vergiß es. »Und wo warst du?«

»Ich war bei meiner Mutter und habe versucht jemanden aufzutreiben, der ihre Garage repariert. Deine Freundin hat sie ziemlich verwüstet.«

»Ich weiß, das hast du mir erzählt.«

»Ich kann mich nicht erinnern.«

»Du hattest viel um die Ohren.«

Dann waren sie nach unten gestürmt, aufgeputscht, wer weiß, was für Scheiße sie geschluckt hatten, nur eine Toilettenschüssel pro Kunde, bitte, immer hinter Nakota und dem kleineren Licht Malcolm her. Sie hatten versucht, das Schloß aufzubrechen, die Tür, bis schließlich Randy auftauchte – ich bedauerte wirklich, diese Szene verpaßt zu haben – und etwas von ›Hausverwalter‹ und ›Polizei‹ schrie.

»Hat es sie abgehalten?«

»Im Grunde nicht. Nicht genug. Die Nachbarn, ich meine, selbst hier erwarten die Leute ein bißchen Ruhe. Sie werden langsam unruhig.«

»Das glaube ich.« Ich hätte schon wieder weinen können und rieb mir die schmerzende Stirn, es tat weh, wenn ich zuviel dachte. Aus den Augenwinkeln warf ich einen Blick auf meine rechte Hand, mein Orden der Abnormität, der Beweis, daß mich die Dunkelheit zu stürmisch geküßt hatte. *Ich liebe dich.* Ja, ja.

»Jedenfalls beruhigten sie sich etwas und gingen dann wieder zu dir.« Vanese war diese Geschichte unendlich leid, aber sie wollte sie zu Ende erzählen.

»Zu mir? In meine Wohnung?«

»Mhm.« Das Volk der Barbaren. Sie tranken aus meinen Bechern. Sie blieben dort, sahen sich das Video an, lauschten der Bibel, so wie Nakota sie auslegte, bis sie genug aufgeputscht für einen erneuten Angriff waren, der darin endete, daß sie das Schloß aufbrachen. Auch Randys Widerstand ließ langsam nach, auch er konnte keinen Mob aufhalten. Ich hörte nachdenklich zu. Hier hätte etwas Gewalt nicht geschadet, aber nein, die höhere Gewalt stand waffenlos vor Nakotas Schlägern.

»Und dann?«

»Und dann ging die Tür nicht auf«, entgegnete sie trokken.

Ich warf einen langsamen Blick auf den Türknauf. »Nakota hat gesagt – aber auf dieser Seite ist kein Schloß, ich meine, man kann es nicht abschließen.«

»Du meinst, es ließ sich *vorher* nicht abschließen.«

Oh, Mann. Was jetzt. Wie gewöhnlich hatte ich keinen Schimmer, vielleicht war wieder die gute alte schwarze Magie am Werk, vielleicht etwas Komplexeres, jedenfalls zu komplex für mich. Tja, Nicholas, jetzt kämest du nicht einmal raus, wenn du wolltest. Ich spürte einen subtilen Schrecken, so als liefe ich über sehr dünnes, knisterndes Eis. Jeder Schritt bedeutete eine unglaubliche Reise, weiter weg vom Ufer und der Sicherheit.

Ich preßte meine zitternden Hände gegen den Körper. »Und was jetzt?«

»Das mußt du mir sagen.« Jetzt klang ihr scheltender Ton eher traurig. »Randy hat mir gesagt, daß du mich sprechen wolltest, und zuerst dachte ich, der Schlüssel, er will raus. Aber du brauchst den Schlüssel nicht mehr.« Eine Pause. »Was brauchst du, Nicholas?«

»Ich weiß es nicht.«

»Was willst du?«

Rauskommen, hätte ich fast gesagt, aber ich wußte genau, daß es nicht länger wirklich möglich war. Selbst, wenn ich diesen Raum verlassen würde, selbst wenn ich könnte, diese Sache würde mich nie mehr ganz loslassen.

»Aber ich hatte Angst.

»Ich kann sie nicht hier hereinlassen, Vanese. Es ist nur mit mir schon schlimm genug.«

»Schlimm genug stimmt«, sagte sie mit einer warmen Bitterkeit. Ich stellte mir vor, daß auch sie ihr Gesicht an die

Tür preßte. »Nicholas, ich kann das alles nicht glauben, es ist einfach zu dumm. Hörst du mir zu?«

Ich gab ihr keine Antwort, weil es keine gab, und wenn doch, dann kannte ich sie nicht. Wir schwiegen. Schließlich sagte ich: »Vanese?«

»Was?«

»Ich habe Angst.« Speichel tropfte von meinen trockenen Lippen, meine Nase war voller Rotz, wie ein dummer, lallender Säufer hockte ich mit dem nackten Hintern auf dem Boden, und ich weinte, so lange, bis ich nicht mehr wußte, ob sie noch da war. Ich rief nach ihr, aber meine Stimme schien mir nicht zu gehorchen, keine neuen Wunder, meine Kehle war rauh und schmerzte. Ich stand auf, und meine Kniegelenke knackten, ich holte mir Wasser, schlurfte zurück. Mein Schwanz baumelte sanft zwischen den Beinen, als ich mich wieder setzte.

Da erklang wieder ihre Stimme, immer noch zornig, aber hatte nicht auch sie geweint? Würde sie Tränen für mich vergeuden?« Ich glaube dir, daß du Angst hast. Ich habe auch Angst. Hör mir jetzt gut zu: kannst du diese Tür öffnen?«

»Ich –« Ich hustete, räusperte mich. »Ich weiß nicht.«

»Dann versuch es.«

Nervös zog ich mir die Hose an, rümpfte die Nase, als ich sie roch. Die wunden Stellen schmerzten, als ich mich erhob. Ich verlagerte mein Gewicht auf die Fußballen, bereit für einen großen Kampf. Ich legte meine Hand auf den Türgriff und zog kräftig.

Nichts. Ich wartete. Es kam mir sehr lang vor, und das war es wohl auch.

»Versuch es noch einmal.«

Es war ihre Stimme, und ich versuchte es erneut, unbewußt mit der rechten Hand, und die Tür gab so plötzlich nach, daß ich fast gestolpert wäre. »Schlechter Zug«, sagte die Maske. Sie klang gereizt. Vom Flur strömte kalte Luft herein, und ich schaute auf, mein erster Blick nach draußen, und sah plötzlich das Videogesicht vor mir, mit aufgerissenen Augen und grotesken, fetten Zähnen. Ich schrie auf und fiel nach hinten. Erschrocken trat Vanese ein.

Einen Moment lang war es still. Dann sagte sie: »Hier riecht es komisch«, und starrte mich an.

»Ich weiß«, entgegnete ich peinlich berührt. »Ich bin wahrscheinlich schon etwas verfault.«

Sie schüttelte den Kopf, die Ohrringe, die ich kannte, baumelten langsam hin und her. Immer noch starrte sie mich an. »Das meine ich nicht. Es riecht nur – merkwürdig. Nach Blut oder so.« Und dann trat sie vor und sagte langsam und traurig: »O Nicholas, sieh dich nur an«, mit einem tiefen Bedauern, daß ich nicht verdiente, ein Verlust, der durch die Qualität ihres Mitleids vergrößert und geadelt wurde. Sie streckte ihre Arme aus, und ich ging auf sie zu, in den Zauberkreis ihrer Berührung, und ich wußte, daß auch sie nichts mehr heilen konnte, aber für einen kurzen Moment fühlte ich mich wirklich geheilt. Aber der Schädel: er hüpfte herum wie ein wahnsinniger Ball und sprang ihr in den Rücken, auch ich spürte den Aufprall, sah sie stolpern, und als er wieder auf sie zukam, warf ich mich mit aller Kraft, aller Schwäche entgegen. Er traf mich voll, mein Wangenknochen brach nur gerade eben nicht, so als hätte er absichtlich nicht richtig zugeschlagen. Er prallte wütend zurück und verfolgte schnappend Vanese, die zur Tür flüchtete, und ich hinterdrein, mit nutzlosen, unbeholfenen Tritten, einmal hätte ich fast getroffen, aber ich verlor das Gleichgewicht und nur durch einen glücklichen Zufall landete ich genau auf ihm.

Vanese war im Flur und hatte die Tür zugeschlagen. Der Schädel biß mich in die Brust, zur Strafe, bevor er sich von meinem Gewicht befreite und in mürrischen Kreisen, immer schneller werdend, in eine dunkle Ecke rollte. Ich konnte ihn nicht sehen, aber ich wußte, daß er da war.

»Nicholas?« Vanese rang nach Atem, als wäre sie ein paar Meilen gelaufen und nicht nur ein paar Meter. »Bist du okay?«

»Alles in Ordnung«, sagte ich langsam und rieb mir die Brust. Dann senkte ich die Stimme. »Vanese, du darfst nicht mehr hierher kommen. Ich weiß, daß ich dich gebeten habe, aber du darfst nicht. Selbst wenn dir jemand mitteilt, daß ich nach dir gefragt hätte. Okay?«

Schweigen.

»Okay?«

»Ja, okay.«

»Es wird alles nur schlimmer.«

»Ja.« Auch sie hatte diese traurige Gewißheit.

»Versprichst du mir eins?«

»Ich versuch's.«

»Komm raus, wenn es wirklich zu schlimm wird.«

In der Dunkelheit hinter mir hörte ich ein metallisches Klappern, das klang, als hole man Messer aus der Schublade. »Nein«, sagte ich. »Du weißt, daß ich das nicht kann.«

»Was nicht kann?« Grausam überraschend ertönte plötzlich Nakotas Stimme. »Deinen wertlosen Arsch retten«, entgegnete Vanese in einem Ton, den ich noch nie an ihr gehört hatte. Dann ein Klatschen, etwas schlug heftig gegen die Tür, ich hörte Nakotas Knurren und Vaneses helle Flüche. In diesem Moment vernahm ich ein Geräusch neben mir und blickte ungeduldig herab, was war jetzt wieder? Der Schädel drehte sich in fröhlichen kleinen Kreisen. Ich trat nach ihm, natürlich traf ich nicht, dann das Echo von Nakotas krankem Geheul und Randys Stimme: »Was zum Teufel ist hier los?« Noch mehr Stimmen. Ich setzte mich und schloß die Augen.

Als ich sie wieder öffnete, lag der Schädel seelenruhig neben mir, starrte mich mit seinen blöden, leeren Augen an und zwinkerte mir plötzlich mit dem einen unglaublicherweise zu. Ohne zu schauen griff ich mit der rechten Hand nach hinten, erwischte eine Glasflasche und zerschmetterte sie mit all meinem Schmerz und meiner Schwäche, mit meiner erschöpften Wut auf dem Schädel, und – unglaublich – er zerbarst. Stahl- und Glassplitter flogen durch die Luft, ich bekam Orangensaft ins Gesicht, Splitter, ich schrie auf und schloß die Augen. Als ich sie blinzelnd wieder öffnete und mir durchs Gesicht fuhr, sah ich, wie die einzelnen Stücke des Schädels in die Dunkelheit strömten und sich auf dem Weg dorthin wieder zusammenfügten.

Ich saß im Finstern und dachte an Vanese, an ihre Arme, die das armselige Wrack, das ich war, gehalten hatten. Ich dachte an den Blick in ihren großen Augen. Ich sah sie nie wieder.

10

Später dann wieder die andere Stimme, sie durchdrang das Gemurmel ihrer Schläger, die wie Krebszellen auf dem Flur verstreut waren. »Das war nicht witzig, Nicholas.«

»Halt den Mund, Nakota, okay?« Manchmal, dachte ich, wäre es den Tod wert, nicht mehr diese Stimme hören zu müssen. Sie tat den Ohren weh, sie war wie ein schlechter Zahn, der hörbar verfault. Wie ein sprechendes Krebsgeschwür. Mein ein und alles.

Malcolm, mit einer billigen Entrüstung, die irgendwie gut zu ihm paßte: »Dieses Miststück hätte ihr beinahe den *Kiefer* gebrochen.«

Die Maske kam mir zuvor. »Du hältst auch den Mund. Es würde mir nichts ausmachen, dich zu *töten*.«

Nakota gackerte los, das war ihre Art von Humor, hauptsächlich weil es keiner war. Dann, jetzt aber ernsthaft, Leute, stimmte sie wieder ihr Lied an, das nur eine Note hatte. »Nicholas, sieh ein, daß wir reinkommen werden. Zumindest einer von uns.« Das war eine krude, durchsichtige Drohung. Ich bedeckte meine geschlossenen Augen mit den Fingerspitzen und tippte sanft auf die winzigen Schnitte, die umherfliegende Glassplitter verursacht hatten. Die Maske redete weiter, ihre Kommentare aber waren nicht an uns, ihre Herren, sondern an den offenbar größer werdenden Kreis der Freaks gerichtet. Sie benutzte meine Stimme, aber ich verstand nicht, was sie sagte. Und wenn schon. Schlimm genug, daß ich Nakota noch immer verstand. »Es wäre so viel einfacher, wenn du –«

»Früher warst du nie langweilig«, sagte ich.

»Wir nehmen die Tür ab«, sagte Malcolm. »Morgen.«

»Es ist mir scheißegal, was du tust.« Ich fühlte mich innerlich so müde, daß es beinahe der Wahrheit entsprach. »Von mir aus kannst du versuchen, dich durchzukauen, von mir aus können sie dich als Rammbock benutzen. Macht, was ihr wollt, ich helfe euch nicht.« Sie redeten weiter auf mich ein (wann hatte es je eine Rolle gespielt, ob ich zuhörte oder nicht?), auch aufeinander, und das Hin und Her ihrer Stimmen trieb wie trüber Schaum auf der hereinkommenden Flut.

Ich tat mein Bestes, sie zu ignorieren, und beendete meine Mahlzeit. Ein warmes Ginger Ale, ein paar alte, harte Kräcker und Rosinen in einer kleinen roten Schachtel. Meine Augen füllten sich schnell mit dummen Tränen. Ich erinnerte mich daran, wie ich sie als Kind in der Schule gegessen hatte, ich nahm die Schachtel und stellte sie auf meinem Tisch im Klassenzimmer auf. Dann stellte ich mir vor, daß die junge Frau auf der Packung mir zuzwinkerte. Während ich daran dachte, wurde das kleine Gesicht plötzlich wirklich lebendig, schmolz wie lebendes Wachs und wurde zu Nakotas, komplett mit dem üblichen hämischen Grinsen, ungeduldig, der Korb, den sie trug, enthielt keine Rosinen, sondern kleine Schädel. Diese billige, grausame Szene war so grotesk, daß mir übel wurde. Mußte wirklich alles in den Dreck gezerrt werden, mußte wirklich jedes Mal die gleiche, häßliche lachende Form entstehen? Ich nahm die Schachtel und warf sie in die Dunkelheit, hörte das weiche Geräusch, mit dem sie aufschlug, und schon war der Schädel da und brachte sie mir wieder zurück, das Bild nach vorne. Und wieder sah ich die junge Frau, dieses Mal mit vor Schrecken geweiteten Augen, während die spitzen Zähne des Schädels sie aufschlitzten.

»Du Miststück«, sagte ich. Und plötzlich wurde ich ruhig, das beruhigende Gefühl von absolutem Zorn umgab mich wie ein Mantel. Ich ergriff den Schädel, ignorierte, daß er nach mir zu schnappen versuchte, ging nicht zum Geisterloch – einen Moment lang hatte ich daran gedacht, aber ich war vorgewarnt, keine dummen Tricks mit mir – sondern zur Tür. Ich wollte sie öffnen, warum nicht, ich war so müde, ich war TODMÜDE, und ich rief etwas und stieß mit dem Schädel gegen die Tür.

Geradewegs hindurch, Hände, Schädel, alles.

Malcolm kreischte auf. Der Schädel fiel auf den Boden des Flurs, ich spürte etwas, wahrscheinlich Nakotas schlüpfrigen Griff und zog meine Hände wieder zurück. Ich starrte die Tür an und schwankte hin und her, ich kam mir vor wie ein Affe mit einem Atomsprengkopf. Besonders interessant war natürlich das Loch in meiner rechten Hand, und mit einer Art verträumten Abscheu sah ich, wie die Flüssigkeit nach oben kroch und mir schmerzlos das Fleisch meiner Finger zersetzte.

Sie fraß mich bei lebendigem Leib.

Und je mehr ich hinsah, desto weniger fürchtete ich. Denn verrückter konnte es jetzt kaum noch werden. Nur noch mehr von der gleichen Sorte, eine Welt ohne Ende. Geisterloch für immer.

Haut und Knochen lösten sich auf. Materie über Geist.

Nakota schlug gegen die Tür, Malcolm rief etwas wegen des Schädels. Andere Stimmen, ich hoffte, Randy wäre auch da, es würde ihn freuen, seinen Schädel so beweglich zu sehen, die ersten Schritte des Babys, und dann noch in Gesellschaft. Wieder meine eigene Stimme, dort draußen, die Maske verkündete etwas, hört zu Leute, hört zu, der Typ da drinnen verliert langsam den Kopf.

Was zur Abwechslung mal nicht ganz falsch war.

Ich lag neben dem Geisterloch, meine Augen brannten, und ich sah zu, wie die Flüssigkeit zügig über meinen Körper kroch, als würde sie jetzt erst richtig loslegen. Sie war schon über die Hügel meiner Knöchel hinweg und hinterließ einen durchsichtigen, rötlichen Guß, der mein Fleisch nicht auffraß, wie ich angenommen hatte, sondern es zu etwas anderem formte – etwas Neuem.

Es erinnerte mich an die Nacht, in der ich Saft aus der Wunde auf Nakotas Schulter tropfen ließ, in kindlichem Zorn, so wie man extra etwas Kaffee auf jemandes Teppich verschüttet, wenn man die betreffende Person nicht mag: nur eine kleine Gemeinheit. Vielleicht hatte ich größeres Unheil angerichtet, als mir damals bewußt gewesen war. Nicht aus ihrer Sicht – ihr hätte es gefallen, vielleicht hatte sie es sogar mitbekommen und mir nur nichts gesagt – aber aus meiner. Aber es war schon ein bißchen zu spät, um moralische Fragen zu diskutieren, besonders wenn es Nakota betraf: für sie war Fair Play ebenso albern wie die wahre Liebe.

Draußen salbaderte die Maske weiter, ihr Redeschwall war

unangenehmer als der eines Fernsehpredigers und doppelt so beleidigend, weil es meine Stimme war. Eine verdammte Maske mit Radioambitionen fiel mir in den Rücken und sonderte Unsinn ab so wie Abfall Gestank. Sie zog genau die Sorte von Idioten an, die zehnmal gefährlicher waren als ich. An einem guten Tag. Ich wollte sie alle nach Hause schicken, diese ungewaschene Bande der treuen Zuhörer in ihren Lederjacken, sie kauten grinsend an ihren Fingernägeln und hörten begeistert Radio Freies Geisterloch. Aber ich hatte meine eigenen Sorgen. Selbstsüchtig? Ja, aber andererseits war ich geraume Zeit gar nicht mehr ich selbst gewesen. Haha.

Hoch mit der Hand. Sie, wie es kriecht. Ich blinzelte mit meinen brennenden Augen und dachte, willst du das wirklich? Hast du überhaupt eine Wahl? Natürlich, jeder hat eine Wahl, die freie Willensentscheidung. Darum geht es doch in den Bierreklamen.

Die ganze Zeit stieg hinter mir der heilige Rauch auf, verführerisch und pralinensüß, Weihrauch als Belohnung, denn offenbar machte ich endlich alles richtig. Wie immer der Plan lautete, ich fügte mich ihm. Würde ich auch den letzten Schritt tun? Nein, dieser Sprung war zu groß, denn dazu hatte ich zu wenig Vertrauen, die einzige Sicherheit, die ich besaß, war die, daß alles so weitergehen würde.

Eigentlich müßte es weh tun, man müßte mehr spüren. Aber da war nur der Vormarsch der Flüssigkeit, der Rauch, die leiernde Stimme der Maske und das dumpfe Gemurmel der Gläubigen, größere Idioten hat man noch nicht gesehen, mich einmal ausgenommen. Ich lag wie ein Fötus neben der Mutter aller Löcher und sah zu, wie ich bei lebendigem Leib, aber ohne Schmerzen, aufgefressen wurde, ich wurde umsponnen wie ein Insekt. Das Lustigste dabei war, daß ich auch noch stolz darauf war. Vielleicht war es auch das Krankhafteste. Aber es ist so ein gutes Gefühl, wenn man gebraucht wird, nicht wahr?

Als ich aufwachte, hörte ich Randys Stimme. Ich hatte ein taubes Gefühl, es war, als hätte der Rauch einen Kater bei mir hinterlassen. Randy rief meinen Namen mit der Regelmäßigkeit eines klingenden Telefons. Ich hatte mein Zeitgefühl verloren, war es Tag oder Nacht? Es war nur manchmal heller und manchmal dunkler: jetzt war es eindeutig dunkler, und draußen schienen wieder viele Leute zu sein, einige lauter, die meisten um die Tür versammelt. Wie Scheiße am Arschloch, würde Nakota sagen. Sie sprachen mit mir, oder besser, mit der Maske, was für sie ja offenbar das gleiche war, ein endloses Schwadronieren, Gekicher, Malcolm und dazwischen Randy, lauter: »Nicholas? Alles in Ordnung?«

»Ja.« Meine Hand war jetzt bis zum Gelenk umhüllt, die geronnene Flüssigkeit war wunderbar lachsfarben, wenn man einmal davon absah, daß sie auf bewundernswerte Weise die Struktur von gefärbtem Hühnerfett angenommen hatte. Mich störte es an diesem Punkt nicht mehr so sehr, aus Nettigkeiten habe ich mir nie etwas gemacht.

Ich wußte nicht, ob er mich gehört hatte und wiederholte meine Antwort, lauter, aber draußen war plötzlich alles still, eine künstliche Stimme, war ich wieder einmal der Dumme? »Ich bin okay«, sagte ich peinlich berührt. »Was geht da draußen vor?«

Mit einem Mal entstand wieder Bewegung vor der Tür, ich hörte Stimmen, meinen Namen, jemand schrie auf, Randy hatte wohl zugeschlagen, auch seine Sicherung brannte dieser Tage schneller durch, genau wie meine. Bei mir äußerte es sich allerdings in extremer Passivität. Die Menschen sind eben verschieden.

»Verdammt noch mal, Ruhe!«

»Nicholas, sag du ihnen, daß sie still sein sollen!« Ich tat es, mit meiner eigenen Stimme.

Und sie gehorchten.

Aber ich fühlte nichts. Ich hätte wohl erschrocken sein müssen. Ich war es nicht. Daß ich Macht hatte, machte mich nicht nervös, ich fühlte keine Schuld, ich freute mich auch nicht. Die allgemeinen Regeln schienen außer Kraft gesetzt. Wenn man sich in die Arme einer Anomalie begibt, verlieren dann die Regeln ihre Gültigkeit? Nakota war davon überzeugt, deshalb war sie auch so scharf darauf, dort zu sein, wo ich jetzt war. Zumindest war das einer der Gründe. Außerdem hatte sie sich schon immer für die ungekrönte Königin des Bizarren gehalten.

Aber sie hatte nicht bedacht oder ignorierte den Gedanken, daß man mit den Regeln auch die Sicherheiten aufgibt, daß man in jenes kalte Land kommt, wo niemand die Verantwortung übernimmt. Und das betraf mich. Ihr war es wahrscheinlich egal. Mir nicht. Ich tat etwas. Ich handelte zwar nicht, aber ich dachte darüber nach, wie es wohl war, in einen Zustand überzuwechseln, in dem einem ständig der Teppich unter den Füßen weggezogen werden kann, wo der Stoß des Mörders jederzeit zu erwarten war. Wie würde das sein?

Draußen hörte man nur Randys müdes Atmen, auch Pferde werden müde. Ich wollte etwas sagen, als mir auffiel, daß ich zitterte. Kleine, fettige Tropfen fielen von meinem Arm auf meine stinkenden Jeans und blieben dort wie Ölflekken auf dem Wasser liegen. Hörten draußen Leute zu?

Randy erzählte irgend etwas davon, ob ich genug zu essen und zu trinken hätte, und was los sei. »Ich hab' ein paar komische Geräusche gehört, Mann.«

»Ich auch«, antwortete ich, obwohl ich keine Ahnung hatte, wovon er sprach. »Was geht bei euch vor?«

»Nun, hier hängt wieder die gleiche Meute rum wie sonst, Shrikes Freunde, und sie kleben an jedem Wort, das die beschissene Maske von sich gibt –«

»Es ist nicht die Maske, die redet«, widersprach eine entrüstete Frauenstimme, ein Chor stimmte ein, und noch einmal sagte ich: »Seid still.«

»Wie gesagt, ein richtig netter Haufen.« Bei jedem seiner Worte spürte ich, daß auch Randy langsam die Kontrolle verlor, und das war furchtbar, denn jetzt, da Vanese nicht mehr da war, blieb nur noch Randy, dem ich vertrauen und auf den ich mich verlassen konnte. »Und wenn sie nicht gerade der Scheiß-Maske lauschen, ziehen sie sich das Video rein.«

Das Video, herrlich. »Randy, wo ist der Schädel? Dein Stahlschädel?«

»Am Türknauf. Ich meine, irgendwie hat sich der Schädel am Türgriff festgebissen.« Ein gewisser Erschafferstolz war noch zu hören, ich sagte ihm nicht, wie froh ich war, das Ding los zu sein.

Randy sprach weiter, nur gut, daß er mein Gähnen nicht

sehen konnte. Ich war es leid zu reden, zuzuhören. Ich war diesen übelriechenden Raum leid, mich selbst, diesen Vater des Gestanks dort auf dem Boden. Nenn mich Nakota: wie würde es wohl sein, dort hinabzusteigen? Wie im Leichenhaus? Im Garten der Lüste? Warum findest du es nicht heraus. Angsthase? Aber auch das war ich leid. Pläne werden bedeutungslos, wenn sie nicht irgendwann reifen.

Was wird geschehen?

Alles konnte geschehen. Vielleicht wachte ich plötzlich auf, und meine Hände hatten sich in Alligatoren verwandelt, meine inneren Organe könnten eines Tages schrille, aufgerissene Münder werden, ich könnte mich in lebenden Abfall umformen, dem das Fleisch von den Knochen abfällt wie verfaulendes Obst, etwas, das man aus Vernunft, wenn schon nicht aus Güte, in einem Müllbeutel beerdigt. Oder Schlimmeres. Es war, als würde man in einen bodenlosen Schacht stürzen, eine ständige Auflösung und kein Ende in Sicht.

Während ich so dalag, änderte sich der Geruch des Geisterlochs. Er wurde wärmer, schroffer, Eisen, ein Gestank wie Schmerz, der einem erzählte, wie man dorthin kam. Ein heißer Geruch.

Und in der erhitzten Stille ein leises Kichern, glitzernd wie ein langsam heranzischendes Messer, ich lächelte, aus Angst, mit meinen aufgerissenen Lippen und preßte meine kalten Hände gegen die Augen, so fest, bis ich die vertraute Konstellation wahrnahm, und das verstärkte meine Angst, denn es bedeutete, daß einige meiner Reaktionen noch normal waren, daß selbst ich noch nicht fertig genug für das war, was geschehen könnte, das, was das bösartige Kichern andeutete. Was genau würde einem Prozeß schon Spaß machen? Und niemand konnte mir helfen. Und ich konnte nicht fort.

Ich liebe dich

Und das kalte Brennen meiner Erektion.

Und die aufsteigende Galle in meiner Kehle.

Es war schwer zu sagen, ob ich wach war oder schlief. Meistens wach, glaube ich, denn ich spürte Schmerzen, die Füße, der Rücken, die Beine, der Hals. Das Loch, das meine Hand war, pochte unablässig weiter, hämisch, denkst du noch manchmal an die guten alten Zeiten, damals glaubtest du, das die Dinge verdreht seien, was?

Im Flur war es still, kein Randy, kein Malcolm, keine Nakota, keiner von der Kirche der transkursierenden Arschlöcher, auch die Maske war still, und natürlich konnte ich es mir nicht gut leisten, jemanden Arschloch zu nennen. Ich war allein im Dunkeln. Geschah mir recht, wäre aber noch besser gewesen, wenn es einen Smarteren als mich erwischt hätte, oder ist das der wahre Preis, den man bezahlt, wenn man die Dinge nicht durchdenkt? Treibholz, das von einem Strudel bestraft wird.

Ich trieb in einer immerwährenden Nacht dahin, hörte Geräusche und wollte nicht wissen, woher sie kamen, es brannte und flatterte unter meinen Augenlidern, wo sich langsam eine Schleimkruste bildete.

Für alle Fälle.

»Polizei, Mann! Er könnte schon längst tot sein!«

»Er ist nicht tot«, entgegnete Nakota kühl und überlegt.

»Woher zum Teufel willst du das wissen?«

»Woher willst du wissen, daß er es ist?« Malcolm stand der Tür am nächsten. »So lange ist es –«

»Es sind schon drei –«

Eine betrunkene Stimme, die ich nicht kannte: »Der Typ ist seit drei Tagen da drin und zählt.«

»Wo kommst du her?« fragte Malcolm böse. »Von der Bodenstation?« Ich sagte etwas, nur damit er still war.

»Ich bin nicht tot.« Ich versuchte meine verklebten und verkrusteten Augen irgendwie auseinanderzukriegen. »Nur blind.«

Das stimmte nicht ganz. Mein Blick war scharf, aber noch immer verzerrt, so als schaue man durch flirrende Hitze oder leicht perlendes Wasser. Der Schmutz und die Winkel des Raumes hatten größere, bedrohlichere Dimensionen angenommen. Zögernd betrachtete ich mich selbst. Ich konnte durch die Oberfläche meiner umhüllten Haut sehen – und, o Gott, so viel war mittlerweile schon umhüllt, beide Arme, die Schultern, die Brust und der Rücken, soviel war geschehen während meiner Abwesenheit. Aber was ich darunter sah, war nicht das alltägliche Geflecht aus Knochen und Blut, sondern was daraus wurde.

Und an manchen Stellen schon geworden war.

Winzige Splitter schwärmten leuchtend durcheinander, große glitzernde Brandungstropfen wie elektrische Funken. Diese Wellen schlugen an keinem Strand auf, dort waren keine Knochen mehr, kein Blut, dort entstand ein riesiger, persönlicher Unterbau. Es war richtig, mit dem schlimmsten zu rechnen.

Ich verwandelte mich in einen Prozeß.

Jeder Körper ist in einem gewissen Sinne eine Maschine, die vom gesundheitlichen Zustand des Besitzers abhängig ist, ein Mantel aus Fleisch, die physikalische Summe seines Trägers. Aber zur Krankheit selbst zu werden? Sich selbst zu verzehren?

Jetzt bist du wirklich fertig, sagte ich mir, zu schockiert, um noch Angst zu empfinden (aber hatte ich wirklich jemals Angst gehabt? Sag doch einmal in deinem Leben die Wahrheit!) Siehst du diese ungesunden Flecken auf deinen Fingerspitzen. Und dort, in den Beugungen der Ellbogen – ich bewegte sie überrascht, ein paar brandneue Löcher, so sauber, wie der Gärtner sie gräbt. Sie sind fertig und wollen aufgefüllt werden. Mit was?

Was bin ich jetzt eigentlich?

»Nicholas!« Das war wieder Randy. Er klang erschöpft, vielleicht war es ihm mittlerweile lieber, ich wäre tot. So ging es sicher einer ganzen Reihe Leute, lauschen wir einmal ihrer Sprecherin. Gebieterisch forderte sie mich auf etwas zu sagen, sprich mit ihnen, Nicholas, rede mit diesen Leuten, so wie ich mit ihnen geredet habe, aber ich hielt meine Hand gegen das schwache, flackernde Licht und beobachtete, wie sich das Leben in mir bewegte, besonders dort, wo früher einmal die Innenfläche meiner rechten Hand gewesen war. Siehst du, was geschieht, wenn man den Teufel hereinläßt?

Ich begann zu weinen.

Wieder diese Schreie vor der Tür. Ich legte mich auf den Rücken, spürte die trockenen, kleinen Klumpen an meinen Augenlidern, und die Tränen liefen. Kleine leuchtende Bälle, die auf den Boden rollten, auf das Geisterloch zu und wie Zeichentrickfiguren hineinsprangen, als sei es ein Schwimmbecken im Himmel. Ich spürte eine kühle, ruckartige Bewegung im Darm, und ich mußte scheißen, es ging ganz schnell, es war, als prallten kleine harte Würfel gegen die Innenseite meiner Jeans. Als ich mich bewegte, rollten sie unten heraus, niedlich und ohne mir weh zu tun kamen sie aus den Hosenbeinen heraus, ein stumpfes Zirkonlicht auf dem staubigen Fußboden, kleine Nebenprodukte von dem, was einstmals menschlich war. Nakota.

»Nicholas? Willst du mit mir reden?«

Bestimmt nicht. Auch wenn du die einzige bist, die nicht schreiend weglaufen würde. Die einzige, der ich so besser gefallen würde.

Die Maske sprach.

Wie ein eingeschaltetes Tonband, ein lauter Vortrag über Veränderung, über WANDEL, wir müssen uns dem Wechsel hingeben, das hatte die gleiche Wirkung wie eine Aufforderung an Nazis, den Markt für sechszackige Sterne abzudekken. Sie sagte ihnen, so schien es mir jedenfalls, daß das, was sie sich noch am wenigsten vorstellen könnten, die entferntesten Punkte, daß sie all das erreichen würden. Nicht alle, natürlich, denn was ist eine Religion – und selbst eine vom Hinterhof – wert, wenn jeder in den Himmel kommt? Wozu ein Club, wenn man nicht ein paar Leute an der Tür abweisen kann? Aber die meisten von ihnen begrüßten die Botschaft mit Freudenschreien, hungrige Allesfresser und ihre tägliche Botschaft. Ich lag auf den Knien und verwünschte sie, aber niemand hörte mich, weil ich keinen Ton mehr herausbrachte, nur noch ein heiseres Krächzen, vielleicht hatten sich auch meine Stimmbänder schon verwandelt, in Gummischnüre oder zuckende Aale oder was weiß ich. Ich weinte weiter, und die Maske sprach weiter, bis wir beide von Nakota gestört wurden.

»Nicholas.« In ihrer Stimme lag eine sanfte Zärtlichkeit, die ich nicht glauben konnte, eine Tiefe der Gefühle, die sie nie besessen hatte, nie hatte haben wollen. Unterentwickelte Organe, die sie nicht brauchte und nicht vermißte, zu warm für die kalte Welt, in der sie sich bewegte. »Nicholas, laß mich rein. Bitte, Du brauchst mich jetzt.«

Ich wollte es.
Ich wollte es so sehr, daß ich es beinahe getan hätte. Denn ich war auch das Alleinseins müde, allein durch die Dunkelheit meines Wandels zu gleiten. Ich stand zwischen ihr und einer Erfüllung, für die sie vielleicht geboren war, eher als ich jedenfalls, ich war nur eine kleine Nummer, ein ganz gewöhnliches Arschloch, das in eine viel zu große Sache gestolpert war. Ich drehte mich in unbeholfenen Kreisen, und ich war so müde, daß ich die Tür fast geöffnet hätte, ich griff vielleicht sogar schon nach dem Knauf, aber wieder rutschte ich aus, fiel nach vorne und schlug mit der Stirn gegen die Tür, es tat weh, ganz so wie bei einem normalen Menschen. Plötzlich fiel mir jener Abend ein, der eisbedeckte Gehweg, wir kamen gerade von irgendeiner Party, und Nakota rutschte aus und knallte mit dem Hintern auf den Boden, ich hörte das trockene Geräusch, als sie aufschlug. Mit offenem Mund blieb sie sitzen, als wolle sie etwas sagen. Ich bewegte mich besorgt über sie, fragte, bist du okay? Und sie ergriff meine helfende Hand und zog mich zu ihr herab. Ich fiel auf die Knie, und dann erst sah ich, daß sie die ganze Zeit lautlos gelacht hatte.
Und so war es auch jetzt.
Aber die Dinge waren anders, es war nicht mehr so wie früher.
Niemals. Niemals.
Ich richtete mich zitternd auf, ich legte meinen Mund an die Tür, meine rauhen Lippen rieben über das Holz, und ich sagte mit der Deutlichkeit der Wahrheit: »Wenn ihr nicht alle verschwindet, dann komme ich heraus und tue etwas, und ich werde mit dir beginnen, Malcolm«, und ohne nachzudenken, streckte ich meinen Arm aus.
Durch die Tür.
Und ich erwischte jemanden. Ich hatte ein Büschel Haare in der Hand, und ich schlug diesen Kopf gegen die Tür, und noch einmal, ich wollte nicht knauserig sein, denn ich hatte schon gespürt, daß es wirklich Malcolm war, noch bevor er anfing zu kreischen und versuchte sich loszureißen. Ich ließ ihn grinsend los, ich war froh, daß ich ihm weh getan hatte. Nakota keuchte erregt, und schon spürte ich ihren Arm, die

feuchte Hitze ihrer Gier. »Ich breche dir deine gottverdammte Hand«, sagte ich und drückte, hart und brutal, ich ließ nicht los, verstärkte den Druck, bis sie zu schreien begann, bis ich spürte, daß sich ihr Körper von ihrem Willen losgesagt hatte und sich befreien wollte. Jetzt gab ich sie frei. Mit Bedauern. Denn egal was passiert war, es tat immer noch gut, sie zu berühren.

»Haut ab«, sagte ich. »Alle außer Randy.«

Nach einer Weile sagt eine ängstliche Stimme: »Randy ist nicht hier.«

»Dann hol ihn, du Arschloch.«

Unruhige Schritte, sie wollten bleiben, aber sie hatten Angst. Der Kopf räusperte sich, und ich reichte nach oben und schlug dort gegen die Mauer, wo ich ihn vermutete.

»Und du bist auch still«, befahl ich ihm, und er gehorchte.

»Nicholas?« Randy konnte nicht weit fort gewesen sein. Vielleicht hätte er gerne gesehen, wie ich Malcolm den Kopf abriß, nun ja, ein wenig mehr Energie ... Ich mußte mit meinen Kräften haushalten, denn noch war längst nicht alles vorbei. Bleiben Sie auf Empfang.

Ich glitt auf den Boden, als hätte ich keine Knochen mehr. Da ich schon mal dort unten war, warf ich gleich einen Blick unter der Türritze hindurch, aber ich sah nur ein paar ölige Motorradstiefel.

»Hier ist Randy, Shrike sagt, du hast ihr einen Finger gebrochen.«

»Gut. Nächstes Mal breche ich ihr den Hals. Sind all die Arschlöcher weg?«

»So gut wie«, antwortete er vorsichtig, so als spräche er mit einem Tiger. »Was ist passiert?«

»Ich bin müde«, sagte ich. »Ich habe die Beherrschung verloren.« Ich hatte meine Hände wie zum Gebet gefaltet, sie mit meinem müden Gesicht verzahnt und betrachtete sie. Der wimmelnde Tanz des Lichts unter der Hülle. Ekel überkam mich, und mit einem verächtlichen Zischen riß ich einen Finger der Rechten ab, es gab ein saugendes, klebriges Geräusch, und plötzlich schien dieser Finger an meiner linken Hand zu haften. Randy sagte etwas, aber ich verstand ihn nicht. Ich lachte aus der Tiefe meines Ekels, als sich die

Lichttropfen unter meine Haut formierten und eine lebende Tätowierung bildeten: NAKOTA.

»Friß Scheiße.«

»Was?«

»Nichts, Randy, meinst du, du kannst die Tür verriegeln?«

»Mann, ich bin schon froh, wenn ich die Cops noch hier raushalten kann. Du weißt nicht, was hier los ist, die Leute drehen einfach durch. Die Nachbarn, Shrikes beschissene Freunde. Ich kann nichts mehr machen. Ich kann nicht alle verprügeln.« Seine Stimme zitterte vor unterdrücktem Zorn, vor Müdigkeit, vielleicht sogar Tränen. Die Vorstellung, daß Randy weinte, war seltsam anrührend, vielleicht weil ich in Zusammenhang mit seinem Namen noch nie an Tränen gedacht hatte.

»Es ist dieser gottverdammte Malcolm«, sagte er. »Er ist schlimmer als sie, verstehst du? Shrike, sie ist einfach weit weg, so wie eine Katze oder sowas, du weißt, was eine Katze macht, wenn sie etwas haben will? Sie streift die ganze Zeit um die Tür herum, kratzt und miaut so lange, bis du das Theater nicht mehr ertragen kannst und sie rausläßt.« Oder rein.

»Aber er, er stachelt die anderen auf, er zeigt ihnen das Video und faselt die ganze Zeit davon, daß der Kopf eine Art Direktverbindung zum Geisterloch ist und daß er Bescheid weiß. Und dann fing er mit diesem Mist an, daß du tot seist, seit du im Video auftauchst –«

»Was?«

»Das Video. Ich habe es auch gesehen. Du bist jetzt drin.«

Eine dumpfe Angst, aber was hatte ich noch zu fürchten? »Und was tue ich?« fragte ich leicht beschämt.

»Du veränderst dich irgendwie. Du wirst – heller, so als könnte man durch dich hindurchsehen. Wie ist noch mal das Wort dafür? Ja, du bist transparent.«

»Sage ich irgend was?«

»Nein, ich meine, du kriegst ja nicht so viel von dir mit.» Ein Scherz? Eher nicht. »Man merkt gerade noch, daß du es bist. Nakota ist beim ersten Mal richtig ausgeflippt. Malcolm war neidisch, aber jetzt hat er alles verdreht und behauptet, er wüßte, wo es lang geht.« Er holte tief Atem, als wolle er ein inneres Feuer auspusten.

Ich wollte nicht mehr über das Video reden. »Was sagt Vanese zu all dem?« fragte ich statt dessen.

»Vanese.« Ein Seufzer. »Sie spricht nicht mit mir. Ich rufe an, und sie legt auf, oder ihre Mutter sagt, rufen Sie nicht mehr an, es regt sie zu sehr auf. Ich weiß, daß es sie aufregt, Mann. Das letzte Mal, als ich sie gesehen habe, hat sie mir gesagt: ›Komm nicht wieder zu mir, bevor diese ganze Scheiße vorbei ist, ich brauche das nicht‹.«

Ich lehnte mich zurück, wie üblich hatte ich nichts hinzuzufügen, ich, der ewige Versager, und alles war meine eigene Schuld, oder nicht? Selbstmitleid ist ein wirksamer Luxus, aber ich hatte keine Zeit, vielleicht hatte ich auch kein Selbst mehr, das ich bemitleiden konnte. Vielleicht hatte ich nie eins.

Ich sagte: »Das tut mir leid«, und ich meinte es auch so. Der egoistische Teil von mir murmelte, wenn die Positionen doch nur vertauscht wären, wenn es doch Nakota wäre, die mit all dem nichts zu tun haben wollte. Das war natürlich lächerlich, denn wenn sie so wäre, dann wäre sie nicht die Nakota, die ich kannte. Meine Liebe, mit ihrem unstillbaren Hunger für das Niedrigste, das Grausamste, das Verdrehteste. Wie ich.

Randy redete immer noch.

»– draußen, klar? Und Malcolm, ich habe gedacht, er würde mitmachen, nur um die Kontrolle zu haben, aber er glaubt mittlerweile, er wäre ein verdammter Priester oder so etwas.«

»Malcolm«, sagte ich, »führt mich in Versuchung.«

»Ja, den Schluß davon habe ich noch mitbekommen. Ich wünschte, du hättest ihn ganz reingezogen, Mann.« Und dann kam das, worauf ich gewartet hatte. »Ich weiß nicht, ob ich das alles noch lange aushalte. Es ist nicht, ich meine, ich brauche nur etwas – es ist *zu* verrückt, Nicholas. Ich meine, ich hab's gerne, wenn die Dinge ein bißchen verrückt sind, aber nicht so.« Ein müdes Lachen, eine Andeutung. »Ich meine, ich war schon seit drei Tagen nicht mehr bei der Arbeit. Man wird mich feuern, wenn man es nicht schon getan hat.«

»Und Vanese«, sagte ich.

»Ja. Vanese.«

Mit gebeugtem Kopf bewegte ich meine Hand ohne Handfläche und betrachtete sinnend mein zweitklassiges Wundmal. Mein wandernder Finger hatte sich unbemerkt wieder an seinen alten Platz begeben. Was Finger so alles anstellen.

»Randy, vielleicht –«

»Ich weiß«, unterbrach er mich, »ich weiß, was du sagen willst. Aber du verstehst es nicht, du weißt nicht, was hier los ist. Shrike ist ziemlich fertig, ich weiß nicht einmal, ob sie noch die Miete bezahlt. Vielleicht wird der Hausverwalter versuchen, sie rauszuschmeißen. Die Nachbarn werden langsam verdammt unruhig, es kann nicht mehr lange dauern, bis einer die Cops ruft. Ich glaube nicht, daß sie dich finden sollten. Nicholas, du weißt nicht, was sie mit dir machen würden. Ich meine, sie würden dich bestimmt *irgendwo* hinstecken.«

»In eine Krankenstation?«

»In etwas Schlimmeres vielleicht.«

Einen Zinksarg? Wenn noch genug von dir übrig war, haha, aber wen kümmert's, du sprichst wahrscheinlich mit dem letzten, der sich noch um dich kümmert. Außer Nakota, und die würde fröhlich und ohne zu zögern über meinen sich wehrenden Körper steigen, um zum Geisterloch zu kommen. Sollte sie es nicht schaffen, würde sie mich aufschlitzen, solange sie den ersten Schnitt machen durfte.

»Randy, wen kümmert dieser ganze Scheiß. Geh.«

»Mich kümmert es.«

Denk wie Malcolm, dachte ich, sei ein Schwein. Besser noch, denke wie Nakota. »Du kannst jetzt nichts mehr machen«, sagte ich in meinem kältesten Tonfall. »Ich übernehme jetzt.«

»Hübscher Versuch.« Ich konnte förmlich sehen, wie er den Kopf schüttelte. »Aber ich bin nicht blöd.«

»Dann sei auch nicht blöd. Geh nach Hause.«

»Wie soll ich noch wissen, ob du es bist, der da spricht. Ich weiß gar nichts mehr.«

Er weinte, ich hörte es an seiner Stimme, und etwas in mir zitterte und zerbrach, blutete wie aufgeschnittene Haut, meine eigenen Tränen fielen herab und formten kleine glänzende Kreise auf dem Boden. »Randy«, sagte ich, als ich wieder sprechen konnte. »Besorg mir einen Spiegel, einen kleinen Spiegel. Okay, Randy, okay?«

Keine Antwort, aber ich hörte, daß er wegging. Ich fragte mich, ob er wiederkommen würde. Das deprimierende Hin und Her meiner Reklamehaut buchstabierte Worte, die ich nicht lesen wollte, unsinnige Runen oder was immer für schmutzige Witze dort in diesen Glyphen hingekritzelt wurden. Wenn ich genau hinsah, wußte ich, was es hieß. Wenn ich hinsah.

Ich tat es nicht, schloß die Augen und wartete, bis ich wieder Randys Stimme hörte. Vielleicht war er gar nicht so lange weggewesen, wie es mir schien.

»Ich habe den Spiegel«, sagte er.

»Okay, schieb ihn unter der Tür durch, genau so, etwas mehr, gut.« Ich brachte mich in Position. »Jetzt schau her.«

Nach einer kurzen Pause sagte er: »Es ist zu dunkel, Mann, ich kann nichts erkennen. Mach das Licht an, wenn es noch geht.«

Es ging noch.

Randys Reaktion, und es tat weh, oh, es schmerzte, diese Töne zu hören und zu erkennen, wie ich wirklich aussah, so weit über das Bizarre hinaus, daß selbst Randy, der von Anfang an ganz tief in dieser Sache steckte, daß selbst er schlucken mußte, daß selbst er sich abwandte, wie der Gaffer, der plötzlich mehr sehen mußte, als ihm lieb war. Ich meine, nichts gegen einen guten Autounfall, aber hast du den Typ mit dem halben Kopf gesehen, Scheiße, Mann.

Hast du den Typ gesehen, der sich in ein wandelndes Loch verwandelt hat?

»Nicholas.« Seine Stimme klang dünner, etwas weiter entfernt, wahrscheinlich war er wirklich einen Schritt zurückgewichen, ganz instinktiv. »Bist du okay?«

»Nein.«

»Tut es weh?«

»Was?«

»Dieses Zeug – das auf dir drauf ist.«

»Nein.«

Er schwieg. Meine Haut prickelte, juckte, während noch mehr Flüssigkeit meine Beine hinuntersprudelte, ich spürte, wie lebhaft die Brühe war. Ich wartete, ertrug die Stille, die Pause vor dem Abschied. Ich hätte noch vieles sagen können.

»Also«, sagte ich schließlich. »Grüße Vanese von mir.«

»Das werde ich.«

»Sag den anderen nicht, daß du heute abhaust, okay.«

»Ganz bestimmt nicht.«

Und damit war der Abschied beendet. Was hast du denn noch erwartet, dachte ich und machte mich über meine eigene Enttäuschung lustig. Ein männlicher Austausch von Flüssigkeiten, eine Abschiedsrede an der Pforte zum Tod? »Ich werde dich nie vergessen, Nicholas?« Scheiße. Er war weg. Zurück zu Vanese und der Arbeit, seiner Kunst und seinem Bier. Er würde abends wieder fernsehen und mit seinem Abschleppwagen zu schnell fahren. Zurück in die wirkliche Welt, den einzigen Ort, den ich so schnell wie möglich verlassen wollte, so traurig es auch klang. Sicherheit und das Normale waren mir nicht vergönnt. Ich trauerte etwas, doch ein wenig neidisch, und war froh, daß er gegangen war. Bei jedem guten Unglück gibt es immer ein paar Überlebende, und nun konnten die beiden die Geschichte erzählen, vorwärts und rückwärts, in all ihrer pompösen Düsternis.

Ich war nun allein. Mit Nakota, ihrer skrupellosen Besessenheit, dem Idioten Malcolm und ihrem hochsensiblen Kader, das sie so verwirrt hatten. Und die sprechende Maske, das eine Gesicht für sie und das geheime für mich. Und der Schädel am Türknauf und die sprudelnde Flüssigkeit, die mich bei mehr als lebendigem Leibe auffraß. Sie verwandelte mich in die häßlichste bewegliche Puppe der Welt, weitaus weniger als ein Mensch, doch mit menschlichen Gefühlen.

Nicht zu vergessen, das Geisterloch, der Quell des Ganzen und das eigentliche Zentrum, um das sich dieser düstere Zirkus drehte, ein trunkener Orbit der Scheußlichkeiten, Furcht und Hunger, einfache Dummheit und Sehnsucht.

Aber ich bin so müde.

Dann wieder Geräusche auf dem Flur. Ich schloß meine

Augen und glaubte Fleisch zu riechen. Verbrennendes Fleisch.

Wie auf ein Stichwort ertönte Malcolms triumphierende Stimme, so laut, daß ich nervös zusammenzuckte. »Wir nehmen jetzt die Tür ab, Nick«, rief er aufgeregt, zweifellos mit jenem besonders feigen Malcolm-Grinsen. Er hielt sich wohl eher zurück, dieses Mal. Nakota dirigierte im Hintergrund ihre Truppe, sie war der Kopf hinter dieser Aktion. Kein Wunder, verrückt oder nicht, sie war trotz allem die einzige dort draußen, in deren Kopf noch ein Gehirn steckte.

Gemurmel. Nakotas Befehle, Malcolms dumme Einwände, tu dies nicht, tu das nicht, holt noch ein Brett, leg das weg, hört mir zu.

»Nakota«, sagte ich, zutiefst erschöpft. »Laß es bleiben, okay?«

Malcolm schrie zurück: »Halt den Mund, Arschloch. Wir kommen!«

Ich war Malcolm wirklich leid. Das ist keine Entschuldigung, zugegeben, aber ich konnte dieses ewige Gejammer, das sich Malcolm nannte, diese Stimme mit Beinen, nicht mehr ertragen. Ich streckte einen Arm aus, den rechten, mitten durch die Tür, und ich erwischte etwas, es zappelte und quietschte, und ich ließ wieder los und suchte weiter, so wie man in einer großen Tasche oder Schublade nach etwas sucht, das man an der Form erkennt.

Und ich fand es.

Ich drückte zu.

Schreie.

»Laß ihn los, Nicholas!« Nakotas Stimme übertönte das Geschrei und die allgemeine Verwirrung und auch das süße Etwas zwischen meinen Fingern. »Laß ihn los!«, aber ich tat es nicht. Malcolms Schreie erreichten Oktaven, die man der menschlichen Stimme gar nicht zugetraut hatte. Er zuckte und schlug gegen die Tür. Bald schrie er kaum noch, gab nur noch irgendwelche tiefen Würgegeräusche von sich, die gar nicht mehr aufhörten, störend wie eine Klospülung mitten in der Nacht, es gurgelte und sprudelte und hörte schließlich auf.

Stille. Mein Kopf tat weh, ich war plötzlich hellwach und

schämte mich, schon wieder ein dummer Wutanfall. Die wütende Nakota: »Wirklich gut gemacht, du Schwachkopf, ich glaube, dieses Mal hast du dem Arschloch tatsächlich das Genick gebrochen.«

O Gott.

Mir war furchtbar elend, ich zog meine Hand zurück, hörte durch die Tür den zischenden Hurrikan ihrer Flüche, hörte wie Malcolms Körper davongezogen wurde. Ich selber sank wie unter Schock zu Boden und hinter mir stieg aus dem Geisterloch ein zufriedener Geruch auf, das Äquivalent zu einem soliden Rülpser.

An der Wand über der Tür tanzten verwirrende Lichteffekte. Die Maske drehte sich nach innen, vielleicht hatte sie ihren Auftrag erfüllt und konnte sich nun neuen Problemen widmen. Sie blickte auf mich herab, mit dem Gesicht aus dem Video. Eine Nahaufnahme, das Absolute, alles Nichts, alles mein.

Nun, den Hals hatte ich ihm nicht gebrochen. Aber er war mächtig sauer, und er hatte Angst, was ihn noch saurer machte. Es half auch nicht. Was Nakota lachend durch die Tür sagte: »He, Nicholas, weißt du was? Er hat sich vor Angst in die Hose geschissen. In seine teure Lederhose.« Bei ihrem endlosen trockenen Kichern tat er sogar mir leid. Obwohl auch ich lachen mußte, und das half auch nicht.

Trotz allem, sauer oder ängstlich, er hatte noch immer seine Theorien, ihm blieben noch immer die Wörter. Selbst der Tod konnte Malcolm nicht zum Schweigen bringen, davon war ich überzeugt. Nicht, daß ich ein weiteres Zusammentreffen plante, o nein, ich hatte mir geschworen, ihn nie mehr zu berühren. Auch niemanden sonst, wenn es sich irgendwie vermeiden ließ. So wie ich mich fühlte, krank vor Scham, war abschreckend genug. So wollte ich mich nie mehr fühlen. Auch wenn es, wie Nakota später sagte, ›nur‹ Malcolm war.

Dieser Malcolm stellte, nachdem er sich einen Tag um seine gequetschte Luftröhre gekümmert hatte, eine neue Theorie über mich und mein Erscheinen im Video vor. »Es ist ein Omen«, teilte er mir durch die Tür mit. Während er sprach, hatte ich den Eindruck, daß er auf den Fußballen stand, fluchtbereit und nervös. Vielleicht war unser kurzes Würge-Festival genau das, was der Doktor verordnet hatte. Ich war allerdings nicht mehr in diesem Gewerbe. Sollte sich jemand anderes um seine Charakterbildung kümmern.

»Ein Omen«, wiederholte er gewichtig, damit ich es auch ja mitbekam. »Du schwindest dahin, Nick.«

»Ich möchte wirklich nicht darüber sprechen, Malcolm«, meinte ich auf meine neue, höfliche Art. Abwesend betrachtete ich das monochrome Feuerwerk, das sich in meinem Knie abspielte. Die Maske grinste mir wie ein äffender Spiegel zu. »Ich habe wirklich nichts zu sagen.«

»Ich wünschte, ihr würdet beide euren Mund halten«, fuhr Nakota dazwischen. »Besonders du, Malcolm. Nicholas, ich sage das jetzt nur einmal.« Die versammelten Idioten, die sie wie Abschaum umringten, schwiegen. »Wir wissen alle, wer dort drin sein sollte. Du sagst es sogar selbst in dem Video. Ich bin die perfekte Kandidatin für den Wandel. Ich bin die richtige.«

Plötzlich wurde ich mir meines Zorns bewußt, er glühte nicht, aber er war warm und nagte an mir, ein Jucken in meinem Kopf. »Das«, sagte ich, »ist wohl noch blöder als alles, was ich auf dem College in den Philosophieseminaren gelernt habe. Als nächstes wirst du behaupten, daß das Geisterloch eine große existentialistische Mülltonne ist.« Ich drehte der Tür und der Maske den Rücken zu. »Warum geht ihr nicht alle einfach nach Hause? Und wo wir gerade davon sprechen, Nakota, wann hast du eigentlich das letzte Mal die Miete bezahlt?«

»Die Miete?« Sie war ehrlich verblüfft. »Wen kümmert schon die Miete?«

»Mich.«

»Wenn es dich so sehr interessiert, warum kommst du dann nicht raus und kümmerst dich darum?«

Darauf fiel ich nun wirklich nicht rein, besonders smart war es nicht. »Du kannst von mir aus auf der Straße schlafen, aber würde das nicht deinen Zugang etwas erschweren und dich etwas einengen?«

Sie ignorierte das, ignorierte auch mich und begann wieder

zu reden, Effekthaschereien wie ein Maschinengewehr, Befehle an irgend jemanden, nicht Malcolm, tu dies oder jenes, eine nicht enden wollende Liste von Forderungen, und ich wandte mich ab und verbannte sie aus meinem Kopf. Ich erinnere mich lieber an dich, wie du früher warst, Nakota, als ich dich noch ertragen konnte.

Ich lehnte mich zurück, mein sich verändernder Körper war viel schwächer geworden, und stieß sanft an eine leere Schachtel mit Käsekräckern in Plastik verpackt. Hatte ich das gegessen? Wann? Aß ich eigentlich überhaupt noch?

Vielleicht fütterte mich das Geisterloch wie einen Raben in der Wüste, vielleicht aß ich mich selbst. Um den Wandel zu unterstützen? Das würde Sinn ergeben, nicht wahr?

So viel Sinn, daß ich bei der Vorstellung hätte kotzen können, ich wollte nicht mehr daran denken. Ich legte mich flach in den Schmutz und den Staub, mein Ohr stieß an etwas Spitzes. Der Bärenblock. Ich mußte lächeln.

Leere Blätter. So war es besser. Ich hatte ein paar Ideen gehabt, nicht wahr, neue Gedichte, ein guter Anstoß, um den Leichnam meines verblichenen Talents zu reanimieren. Hatte ich etwa geglaubt, ich hätte das Bizarre lediglich benutzen brauchen, wo doch angestrengte Arbeit zu nichts geführt hatte? Wem wollte ich etwas vormachen? Nicht mal mir selbst. Warum sollte ich also die Unschuld dieses Schreibblocks mit dem Bären drauf mit meiner Angst aus dem Sonderangebot verunzieren, warum sollte ich das Unbeschreibliche beschreiben, wenn ich schon völlig dabei versagt hatte, das Bekannte zu erklären. Das Bekannte? Mist, selbst das Alltägliche.

Ich griff nach dem Deckblatt, um es ordentlich und ein für alle mal zu schließen, aber meine rechte Hand klebte fest, ich zog daran und schon hatte ich das Blatt in der Hand, ein schöner, roter Rorschachtest war nun darauf zu sehen, und in einem Impuls (oh, wirklich) schob ich es unter der Tür durch.

»Hier«, sagte ich, »halte darüber eine Rede.«

Das Schweigen, das folgte, machte mir klar, das dies ein extrem unglücklicher Zug gewesen war. Nakota schien hocherfreut. Das war wirklich eine schlechte Idee, du Idiot, warum gibst du ihr eigentlich dauernd neue Munition, wenn sie deinen Arsch mit dem, was sie hat, schon in die Hölle pusten kann?

»He, seht euch das an.« Sie freuten sich mit ihr, wahrscheinlich war keiner schlau genug zu begreifen, was sie angeblich dort sah, von Symbolismus verstanden sie nicht sehr viel. Aber sie schwatzten munter durcheinander, auch wenn Nakota sie alle zu ignorieren schien. Zumindest sprach sie mit niemandem, nicht einmal mit Malcolm, der um Luftraum kämpfte: »Ich glaube, ich weiß, was es bedeutet, hört mir zu...«

Und dann spürte ich, wie Nakotas Sinne zu beben begannen, ich spürte es auf der Oberfläche meiner Haut, im Violinengezirpe meiner gelockerten Knochen. »Die Insekten, Nicholas! Das gleiche Zeug war auf ihren Flügeln. Die Runen, erinnerst du dich?«

Runen, ach du Scheiße, das hatte ich damals gesagt. Heute war ich noch weniger geneigt, daran zu glauben, auch wenn ich mehr Grund hatte, aber letzten Endes war es nur noch mehr Scheiße, von der ich nichts wissen wollte, denn – warum sollte es nicht die Wahrheit sein? Ein genaues, verkleinertes Replikat, von meiner verfaulenden Hand übermittelt, das Phantomgekritzel auf dem Flügel zerstörter Insekten. Sicher ein winziges Stück Irrwitz in dieser ausufernden Handschrift. Ich kann die weiße Königin noch übertrumpfen, ich kann vor dem Frühstück zehn unmögliche Dinge glauben und noch neun, bevor meine Hand endgültig abfällt. Schlag das erst mal.

Wieder die Faust der Königin an der Tür. »Nicholas! Ich weiß wie!« Die Königin der Hitze und der brutalen Sehnsucht, von allem, was falsch und verkommen war. Etwas stimmte mit ihrer Stimme nicht, sie klang verhängnisvoll und verhängnisvoll fröhlich zugleich. »Es ist wie ein Schlüssel«, sagte sie so vertraulich, als spräche sie direkt in mein Herz, und ich dachte, sie hat von Anfang an recht gehabt. Sie ist diejenige, die hier sein sollte.

Warum sie also nicht hereinlassen?

O nein, vielleicht sagte ich es laut. »O nein«, und ich lachte auf die Art, auf die man lacht, wenn man etwas vollkommen ablehnt. Ich ging so weit fort von der Tür wie möglich, es war schwierig, meine Muskeln waren fast nutzlos. Waren mir die Bewegungen gestern noch leichter gefallen, war das ein Omen oder nur mein schlechtes Gedächtnis, und überhaupt, wann war gestern?

Wieder zurück zur Tür, noch einen Blick auf das leere Gesicht über mir, das auf mich herabblickte. Ich schloß die Augen und begann zu gehen, nicht zurück, sondern durch meine Erinnerung, als wäre sie ein Haus mit vielen Zimmern, manche klein, manche verschlossen, manche ohne Tür und manche mit Bewohnern, die so aggressiv und mächtig waren, daß ich leise an ihnen vorbei kroch und auf Gnade hoffte. So viele Zimmer, und in den meisten war Nakota, jedenfalls in denen, auf die es ankam.

Besonders natürlich die Zimmer im Geisterloch-Flügel. Vorsicht Stufe!

Ihre Leidenschaft hatte die meine stets übertroffen, genau wie ihre Ungeduld. Alle Ideen stammten von ihr, von den Insekten im Einmachglas, bis zum Video, Randy, selbst Malcolm (obwohl das in der Endanalyse mein Fehler war). Alle Pläne, alle Vorstellungen kamen von ihr, ich war der Normale, der hinter ihr herstolperte. Konnte man sich sie anders vorstellen als besessen, aufgebracht von ihren eifersüchtigen Wünschen? Sie waren aufgebrochen wie eine alte Infektion, krustig wie ein Pickel, während sie mich beobachtete, wie ich in dieser Sache doch immer vor ihr stand, der Auserwählte, der ständig wiederholte: »Wer, Ich?« Ich war die leere Form, nicht du, meine Liebe, du warst nur ein kalter Schmelzofen der Sehnsucht. War ich es deshalb? Die perfekte Marionette, der dumme August, der die Zügel, die man ihm unerklärlicherweise in die Hand gedrückt hatte, kaum halten konnte, geschweige damit lenken. Aber wann hatte man jemals diese Scheiße erklären können? Die Frage war nicht wer, sondern warum ich? Aber wie bekommt man eine Antwort von einem Prozeß? Und an was kann man noch glauben, wenn man eine bekommt?

Ich erinnere mich an ihren Refrain, nicht fordernd, sondern so sehnsuchtsvoll wie es ihr möglich war. »Wir wäre es wohl, wenn man hinein stiege?« Wie sähe es wohl aus? Alices Kaninchenloch hatten wir es am Anfang genannt, bevor wir es besser wußten, bevor sie begann mich zu hassen. Aber trotz all ihrer giftigen Exzesse hätte ich keinen besser geeigneten Begleiter haben können. Einen anderen, niemals.

Noch eine Erinnerung, war das wirklich geschehen oder hatte ich es nur gewollt: ich fickte sie an den Wänden des Geisterlochs, betete ihre Schweißperlen wie einen seltsamen Rosenkranz, ihr Kopf gesenkt, ihre Augen geschlossen wie Fäuste, ihre Hüften schlugen gegen meine wie ein Herz. Ihr Haar flog mir ins Gesicht, ihr Haar habe ich immer geliebt, ich habe sie immer geliebt. Und ich werde sie immer lieben. Immer.

So viel von unserer Zeit war – nicht verschwendet, sondern aufgebracht, transformiert, transfiguriert, wie hieß ihr neues Wort? Transkursion. Ja. Eine lange Transkursion, und vielleicht war es letzten Endes doch Verschwendung, aber wenn es das Geisterloch nicht gegeben hätte, den großen, unwiderstehlichen Schrecken, den es in unser Leben gebracht hatte, hätte sie sich dann noch mit mir abgegeben, wäre sie – auch wenn es nur kurz und häßlich war – wieder meine Geliebte geworden?

Laß sie herein.

Nein. Sie gehört mir.

»Sie liebt dich«, sagte die Maske, eine schöne anteilnehmende Annäherung, aber selbst ich war zu schlau, um auf diesen Quatsch reinzufallen. Liebe, niemals, wir hätten niemals ein normales Liebespaar sein können, das sich Grußkarten schickt, keine Spaziergänge im Park für uns, sie war definitiv der Typ, der um Mitternacht über den Friedhof läuft, und wahrscheinlich hätte sie mir nicht einmal erlaubt mit ihr zu laufen, es sei denn mit einem Meter Abstand. Was sowieso um nichts in der Welt geschehen wäre, konnte ich nicht betrauern, aber ich spürte die Traurigkeit, die ich dabei empfinden würde.

Ich hatte viel verpaßt, hatte lange im Dunkeln gesessen und darauf gewartet, daß etwas passiert.

Hier wird bald etwas passieren.

Rufe draußen und Nakotas Geheul, nichts, was ich hören wollte, also preßte ich meine Hände, meine glatten, tropfenden Hände gegen die Ohren, ganz fest, störrisch und pedantisch, das Blut klebte wie Leim. Ich dachte daran, wie lange ich in diese Dunkelheit gestarrt hatte, die mein Leben nicht nur geprägt, sondern auch ruiniert hatte, die nicht nur die Dinge getötet hatte, an denen ich mich erfreute, sondern auch den Körper, dem diese Freuden galten. Und was bekam ich dafür?

Angst.

Das machtvollste aller Geschenke.

Und Erschöpfung, das trübste.

»Nicholas.« Ihre kalte, vieldeutige Stimme, sie vibrierte, sie erstrahlte in einem Triumph, der mich nicht erschreckte, sondern meine düsteren neuen Vorahnungen auf traurige Weise bestätigte, ebenso wie meine alten ängstlichen Gedanken. »Nicholas, ich kann diese Runen lesen. Und ich hatte recht.«

Vielleicht.

Jetzt gibt es niemanden mehr da draußen, der sich ihren Argumenten oder Drohungen widersetzen kann. Sie ist nur noch von Werkzeugen und Speichelleckern umgeben. Unwiderstehliche Kraft und unbewegliches Objekt, o ja, meine Herren, so ist mein Mädchen nun mal. Ich habe sie nie aufhalten können, konnte nur ihr Tempo etwas verlangsamen. Also warum noch bis zum Hauptkampf warten? Warum nicht ein für alle mal Schluß machen?

Ich liebe dich
noch mehr.

Ich erhob mich mit schwankenden Beinen, denn dieses Mal wollte ich es wirklich tun, kein Unsinn mehr, keine Ausflüchte, kopfüber in den Mahlstrom. Aber ich konnte nicht mehr stehen – überall nur Ironie – meine Beinmuskeln in offener Rebellion, und so kroch ich an meinem alten glänzenden Haufen Scheiße vorbei, kroch zur Finsternis, wie eine weiße Made, die auf eine herrliche Wunde zukriecht.

»Aufgepaßt«, sagte ich in die Leere.

Ich zitterte, ja, auch meine Arme konnten mich nicht mehr stützen, und so schob ich mich in bloßer Willenskraft voran, wand mich knochenlos wie ein Wurm durch den Staub, die Spuren meiner nackten Füße wurden langsam von dem Schleim meiner Fährte fortgewischt. Auch ich kann entschlossen sein, auch ich kann für das arbeiten, was ich will. Schweiß lief langsam über meine Nase, kühl und juckend, lief mir in den Mund. Nein, es schmeckte nicht salzig, schmeckte überhaupt nicht wie Schweiß.

Eine leere Flasche rollte sachte gegen mein Bein, jetzt war mein Kopf schon so nah vor dem schwarzen Loch, baumelte fast schon zitternd darüber. Ich spürte eine metallische Kälte auf meiner Haut und in meinem offenen Mund, es war unmöglich, in dieser negativen Luft zu atmen. Aber wo ich hingehe, dachte ich, brauche ich nicht zu atmen.

Da ertönte Nakotas Schrei, sie lachte teuflisch, zu laut, viel zu laut, und wieder kam das Echo aus dem Loch, der Zwilling ihrer Stimme. Ich wandte den Kopf zur Seite und sah, wie die Tür sich nach innen beulte, sich verzog wie heißes Gummi. In meinen Augen war Dampf, und ich kämpfte um die letzten Zentimeter, fordere deinen Körper, bring das Miststück bis an seine Grenze, komm schon. Aber die Maske rief: »Komm herein! Komm herein!« Und da war sie, sie kam auf mich zu, beugte sich mit der Anmut eines Tauchers, um sich hineinzustürzen, endlich, in das große schwarze Loch. Sie wollte es mit ihrem schlanken, pfeilgleichen Körper fikken, mit ihrem gierigen Lächeln und ihrer unbefriedigten, grinsenden Seele. Wild und Jäger in einem: fressen und gefressen werden.

»Aufgepaßt«, rief sie, meine letzten Worte, aber mit einer Betonung, die mir nie gelingen würde, in wilder Verzückung lief sie über mich, es war Absicht, warum? Weil sie so war, in diesem Schritt war ihr ganzes Wesen enthalten. Ich packte ihre Knöchel genau über den Sneakers, preßte meine Hände, meine neuen, starken, verfaulenden Hände in ihr Fleisch, sie schrie nicht einmal so laut wie ich, und ich drückte weiter, bis auf die Knochen. Ich fühlte, wie ihre Sehnen rissen, spürte den schlüpfrigen Saft ihres Blutes, es riß sie nach hinten, als ihre Knochen splitterten und brachen. Jetzt erst ein gurgelnder Schrei, ein Geräusch, das ich gefürchtet hatte wie kein zweites. In ihren Augen leuchtete die Wut über diesen Verrat, monströser noch als der Schmerz, und man sah den Haß, den sie in sich trug und den auch ich in mir trug, schon immer getragen hatte. Aber ich hatte das Böse unter dem dünnsten, dem undurchsichtigsten Schleier verborgen; der Schwäche. Nicholas Wiener. Kurz vor dem Ziel hatte ich sie abgefangen.

»Du schwanzlutschender Hurensohn.« Die gleichgültige, kalte Stimme des Schocks, aber für viele Worte war nicht mehr Platz in ihr, sie fiel plötzlich nach hinten, so wie damals im Schnee, und ich lag wie eine Schnecke neben ihr, nach Luft schnappend. Es tut mir leid, es tut mir leid, und ich erkannte, daß diese weinerliche Stimme, die mit der falschen Geschwindigkeit zu laufen schien, mir gehörte, auch das tat mir leid. »Wenn es dir so leid tut« – die Worte kamen aus ihrem Mund, aber es war nicht ihre Stimme – »warum hast du es dann getan?«

»Warum hast du nicht gewartet?« flüsterte ich. Mein Atem verwandelte sich in der Luft über dem Loch zu kleinen graurosa Wolken. »Du hättest nicht lange warten brauchen.«

Das war die Wahrheit. Deshalb gab es keine Antwort.

Sie verblutete, das wußte ich. Ich lag neben ihr in ihrem Blut und versuchte sie zu berühren, legte meine roten Hände auf ihre Stümpfe, und mühsam öffnete sie die Augen, zog die Brauen hoch und sagte mit ihrer eigenen, wie betrunken klingenden Stimme: »Es hat gesagt, du bist der Schlüssel. Es hat gesagt, daß du es in Bewegung setzt.«

»Es tut mir leid.« Tut mir leid, Liebes, daß ich dir die Füße abgerissen habe, es gab keinen besseren Weg. »Ich wollte dir nie weh tun.«

»Dann hast du alles versaut.«

Ihre Füße waren noch da, standen in den Schuhen vor dem Loch, es sah seltsam aus, und dann sah ich etwas Dunkles, weder Arm noch Tentakel, aber beiden ähnlich, aus dem Loch kommen, schnell und sicher.

O nein, du gieriges Miststück, du sollst nichts von ihr bekommen, und ich ergriff die Füße, wie schnell ich mich doch bewegen konnte, für jemanden, der vor kurzem noch gelähmt war. Du hättest mich länger unterstützen müssen, Arschloch, du bist schuld, daß sie hier reinkam, daß sie die Zeit hatte, den Schlüssel zu benutzen, den du ihr gegeben hast. Manche Tricks können sich gegen einen wenden, nicht wahr? »Nicht wahr?«

Ich zog die Füße an mich, abkühlende Relikte. Sie stöhnte,

fast so laut wie im Theater. Ich hörte, wie sicn auf dem Flur jemand übergab, große unregelmäßige Ausbrüche.

Ich stellte ihre Füße ab (in sicherer Entfernung, sollte ich hinzufügen) und nahm sie in die Arme, hielt sie wie ein frierendes Baby an meine pulsierende Brust, wiegte sie hin und her. Ihre Augen schlossen sich, schlaf, mein Kind, schlaf ein, Liebling. Ihr Mund öffnete sich, die Lippen hingen in einem seltsamen Bogen nach unten, wie nach einem Schlaganfall. Der Puls ging wild und unregelmäßig, sie öffnete die Augen und sagte mit brechender Stimme: »Du hast mir *weh getan*, Nicholas«, als könne sie sich jede Untat vorstellen außer dieser. Ich weinte auf ihr Gesicht und sah, die letzte Brutalität, wie sich die Tränen in kleine Geisterlöcher verwandelten, winzige, dunkle Gruben in der Landschaft ihrer Haut.

Weinend wiegte ich sie in meinen Armen, so lange, bis mir klar wurde, daß sie tot war. Ihr Mund blieb häßlich, aber als ich ihre Augen schloß, gehorchten mir die Lider. Ich küßte sie auf das Gesicht. Es war kalt. Ich hielt sie noch lange in den Armen. Ich wußte, daß es nicht mehr Nakota war, aber ihr leerer Körper war die letzte Freude, die ich je haben würde, und während ich sie hielt, konnte ich so tun, als wüßte ich nicht, was als nächstes kam.

»Erinnerst du dich noch?« fragte ich sie. Endlich war ich ganz nahe bei ihr, ich flüsterte in ihr Ohr, ich wollte sie immer fester halten als sie mich, ich brauchte sie mehr. »Die Ratte, nein, die Maus? Ich war ziemlich sauer. Und die Hand, Scheiße. Machte dir Spaß, mich zu erschrecken, was?«

Der tote Kopf rollte herum, als ich mich bewegte. Ihre Zunge wollte aus dem Mund, aber ich steckte sie sanft wieder hinein.

»Ich wünschte, wir hätten nie dieses Video gemacht«, sagte ich. Ich streichelte ihr behutsam übers Haar, fuhr mit langsamen Fingern hindurch: es war schmutzig, bemerkte ich traurig, fettig. Sie selbst war auch schmutzig, etwas Krustiges in den Mundwinkeln. Dreck unter den Fingernägeln. Es machte mich zornig, daß sie so vom Geisterloch angezogen worden war, daß sie vergessen hatte, sich wenigstens etwas zu waschen, oder zu nachlässig wurde. Wer weiß, wie oft sie gegessen und getrunken hatte. Ein kleiner Sack voller

Knochen, verrückte Knochen. In meinen Armen fühlte sie sich ganz leicht an. Ich küßte die hohle Stelle an ihrem Hals, kühle, gesprenkelte Haut unter meinem Mund, preßte sie wieder an meine Brust.

»Ich wünschte, wir wären woanders«, sagte ich zu ihr. Ihr Fleisch begann zu qualmen, ganz leicht, ein Geruch nach Zuckerwatte stieg auf, schwelte, wurde aber nicht verzehrt. Kalte Flammen. Das Geisterloch sang in einem süßlichen Refrain immer wieder meinen Namen, eine alte, alte Melodie, ein Liedchen, ein Tanz.

Ich lasse mir Zeit, dachte ich. Ich komme, wenn ich bereit bin oder überhaupt nicht.

Als ich aufsah, fiel ein fahles Licht vom Korridor in den Lagerraum, ein seltsamer Anblick nach so langer Zeit. Und in diesen Schein trat Malcolm, ich konnte ihn kaum erkennen, und sah zu uns herein.

Sein Gesicht hatte eine gelbliche, kranke Farbe. Vielleicht war er es gewesen, den ich kotzen gehört hatte. Er starrte uns an, als seien seine Augen Wasserkübel, die Bilder schöpften, Wasser im trockenen Land seines Lebens. Er war ein langweiliger Mistkerl, und ich war ihn endgültig leid. Ich wollte ihm nicht weh tun, aber irgend etwas hatte er verdient.

»Komm her, Malcolm«, sagte ich.

Er wollte natürlich nicht, aber er kam. Er war dumm, so dumm wie ich, aber auf andere Weise, egoistischer, gemeiner. Er hätte niemals versucht Nakota aufzuhalten, hätte nie verstanden, daß es für sie keine Transformation geben konnte. Keine Transkursion zur Erfüllung: denn sie war auch nur ein Insekt, nichts als eine verdammte Küchenschabe, für sie gab es keine Zeichen und Wunder. Ich wußte über sie Bescheid. Ich liebte sie.

»Hier«, sagte ich. »Ich will dir etwas zeigen.«

Die Maske lächelte und zeigte Zähne, die so verzerrt und blutig waren, daß selbst er hätte gewarnt sein müssen, aber er blickte nicht nach oben, er sah nichts. Statt dessen beugte er sich herab, um Nakota anzustarren und mich, dem eine pestartige Flüssigkeit über den Körper galoppierte. So stand er eine Weile da. »Du hast sie getötet«, sagte er dann, als ob ich es noch nicht begriffen hätte.

»Ja, ich habe sie getötet... ich sagte, komm her«, und ich packte ihn, er hätte sicher nie gedacht, daß ich so schnell sein könnte, ich packte ihn an den Handgelenken und drückte ihn flach wie ein Tischtuch auf den Boden, wie mit einem Zaubertrick. Dann zog ich ihn mit einem einzigen Schwung zum Geisterloch, bis an den Rand. »Sieh nur richtig hin«, sagte ich und drückte seinen Kopf hinunter, hielt ihn fest, als wolle ich ihn ertränken. Ich wußte, daß er nicht sterben würde.

Schließlich zog ich ihn wieder hoch.

Er gab Geräusche von sich, trockene, gedämpfte Töne. Er wedelte mit den Armen und griff sich ins Gesicht. Sein Gesicht – nun, ein Teil davon war noch normal, die Augen, aber auch für Malcolm gab es keine Transkursion. Auch keine Nase. Dafür hatte er einen neuen Mund, so ähnlich wie ein Viperfisch. Wie ein Viperfisch aussieht? Viele Zähne.

»Dein Wunsch ist erfüllt«, sagte ich. »Und jetzt scher dich zum Teufel.«

Er versuchte etwas zu sagen, aber mit so einem Mund würde er lange, lange üben müssen, bis er wieder sprechen konnte. Ich glaube, er weinte. Ich bekam nicht mit, wann er ging.

Später wurde es unruhig auf dem Flur. Die Tür hatte sich von selbst wieder verschlossen, der schnellste Wundverband, den es gab, aber ich konnte die streitenden Stimmen hören. Offenbar hatte Malcolm großes Aufsehen verursacht. Irgendein Typ redete ständig von der Polizei. »Die können die Tür aufbrechen«, sagte er immer wieder. »Die können die Scheiß-Tür einfach aufbrechen.«

Das kannst du auch, dachte ich, aber ich sagte es nicht. Ich hatte genug davon, mit Menschen zu reden.

Vielleicht ist die Polizei schon auf dem Weg, oder der Hausverwalter oder der Besitzer. Ich weiß es nicht genau. Ich glaube schon, aber ich habe nicht so genau aufgepaßt. Ich war beschäftigt.

Nachdem ich Nakota so aufgebaut hatte, wie ich es wollte,

sicher in eine Ecke gelehnt, die Arme an den Seiten, hörte ich auf nachzudenken. Oder mir Sorgen zu machen. Für mich sind die Dinge jetzt sehr einfach, sie beschränken sich auf zwei Ideen oder vielleicht die Doppelseiten von einer.

Ich kann nie mehr hier raus.

Also werde ich es wohl tun.

Nicht sofort. Die Flüssigkeit bewegt sich so schnell fort, meine eigene Flutwelle, daß ich warten will, bis ich vollkommen umhüllt bin, bevor ich gehe, wie eine blutige Klinge aus Glas. Ich bin mir nicht vollkommen sicher, natürlich habe ich meine Theorien, auch wenn ich nicht Malcolm bin, aber ich glaube nicht, daß es weh tun wird. Und wenn vorher die Polizei oder sonst wer hier auftaucht, egal. Bis sie sich überlegt haben, was sie mit mir machen sollen, bin ich, die lebende Zuckerwatte, längst weg.

Man braucht mir kein Glück zu wünschen. Ich will nur eine angenehme Fahrt.

Eines aber weiß ich immer noch nicht, und jetzt, da Nakota fort ist, habe ich keinen, der mir bei diesem Problem helfen könnte: die ganze Zeit hat sie gesagt, daß ich der Katalysator sei, daß es ohne mich nicht funktionieren würde. Sie sagte, ich sei der Schlüssel. Aber was passiert, wenn man den Schlüssel ins Schloß steckt? Schließt es auch wirklich glatt und sicher? Schließt es sich wie Wasser, strömt es sanft herbei, um die Lücke zu schließen, versiegelt es sie, als hätte es nie eine leere Stelle gegeben? Ich mache mir nichts vor: ich bin nicht viel wert, und ich weiß es, also ist es keine Frage der Selbstüberschätzung, wenn ich sage, daß es mich will, vielleicht sogar wegen mir kam. Die Frage nach dem Warum ist mir natürlich zu hoch und wird es immer sein. Egal. Ich muß nur noch den Schlüssel ins Schloß stecken und diese Tür für immer schließen.

Obwohl Nakota, wenn sie noch sprechen könnte, etwas anderes vorschlagen würde. Sie würde argumentieren, daß der gleiche Schlüssel, der die Tür schließt, sie auch öffnen kann, endgültig und vollkommen.

Aber da ist noch eins: mein dunkelster Teil fürchtet eine Wahrheit, die so schwarz ist, daß meine nebulösen Ängste vor einem Geisterloch, das irgendwie durch mein Zutun gestartet und angetrieben wurde, sich dagegen wie die lächerliche Vorstellung von dem schwarzen Mann unterm Bett ausnehmen. Was ist, wenn ich es bin? Was ist, wenn ich blind und mit dem Kopf voran in mein eigenes, krankes Herz krieche, wenn das Höllenloch die Leere nur dargestellt und gleichzeitig kaschiert hat? Muß ich dann für alle Zeiten in dem schmerzenden Gestank meiner eigenen Leere herumwühlen? O Jesus. O Gott, das darf nicht wahr sein.

Denn dann werde ich nie aufhören, darüber nachzudenken.

Ich will niemandem weh tun, aber alles andere wäre mir lieber als das.

Liebe ist ein Loch im Herzen
Ben Hecht